풍경의
건설자들 1

풍경의 건설자들 1

발행일	2016년 12월 23일			

지은이	박 동 원			
펴낸이	손 형 국			
펴낸곳	(주)북랩			
편집인	선일영	편집	이종무, 권유선, 김송이	
디자인	이현수, 김민하, 이정아, 한수희	제작	박기성, 황동현, 구성우	
마케팅	김회란, 박진관			
출판등록	2004. 12. 1(제2012-000051호)			
주소	서울시 금천구 가산디지털 1로 168, 우림라이온스밸리 B동 B113, 114호			
홈페이지	www.book.co.kr			
전화번호	(02)2026-5777	팩스	(02)2026-5747	

ISBN	979-11-5987-347-8 04810(종이책)	979-11-5987-348-5 05810(전자책)	
	979-11-5987-351-5 04810(세트)		

이 도서의 국립중앙도서관 출판예정도서목록(CIP)은 서지정보유통지원시스템 홈페이지(http://seoji.nl.go.kr)와
국가자료공동목록시스템(http://www.nl.go.kr/kolisnet)에서 이용하실 수 있습니다.
(CIP제어번호 : CIP2016031408)

풍경의
건설자들 1

국가를 캔버스 삼아
풍경을 그리는 여인들의 대서사시

박동원 장편소설

북랩 book Lab

차례

제1장

전운

별이 총총한 하늘이 갈 수 있고 또 가야만 하는 길들의 지도인 시대, 별빛이 그 길들을 훤히 밝혀주는 시대는 복되도다. 그 시대에는 모든 것이 새롭지만 친숙하며, 모험에 찬 것이지만 뜻대로 할 수 있는 소유물이다. 세계는 넓지만 마치 자기 집과 같은데, 영혼 속에서 타오르고 있는 불이 하늘에 떠 있는 별들과 본질적 특성을 같이하기 때문이다.[1]

— 게오르크 루카치의 『소설의 이론』, I 「전체 문화가 완결되어 있는가 아니면 문제적인가 하는 점과 관련해서 본 대(大) 서사문학의 형식들」, 1. 「완결된 문화들」 중에서

무방비한 국민에게는 동지만이 있을 뿐이라고 믿는 것은 어리석은 일이며, 무저항이 적을 감동시킬 것이라고 생각하는 것은 흐리멍텅한 계산에 불과할 것이다. 사람들이 모든 미학적이거나 경제적인 생산성을 단념함으로써 세계를, 예컨대 순수한 도덕성의 상태로 이행시킬 수 있다고는 아무도 생각하지 않을 것이다. 그러나 어떤 국민이 모든 정치적 결정을 포기함으로써 인류를 순수하게 도덕적이거나 경제적인 상태로

---

1 게오르크 루카치, 『소설의 이론』, 김경식 옮김, 문예출판사, 2007, 27쪽.

만들 수는 더더욱 없을 것이다. 어떤 국민이 정치적인 것의 영역에서 자신을 유지할 힘이나 의사를 잃는다고 해서 이 세계에서 정치적인 것이 사라지지 않는다. 다만 약한 국민만이 사라질 뿐이다.[2]

— 카를 슈미트의 『정치적인 것의 개념』, 제5장 「전쟁과 적에 대한 결단」 중에서

아테나이력 4378년, 을축(乙丑)년, 네스토리우스력 2045년

1

아테나이에서 자유주의 혁명이 일어나 통제경제 체제를 몰아내고, 시장경제가 일어난 지 11년이 지났다. 체제의 상징인 수도 서울은 자신의 얼굴을 가지고 있는 듯 보였으나, 자연의 조국 아테나이는 아직 그녀의 얼굴을 가지고 있지 못했다.

민자연(閔紫涓)은 언제나처럼 창문을 열고 삼각산을 바라보았다. 오늘은 백운대 인수봉 만경대가 먹구름에 휩싸여 모습을 드러내지 않는다. 연분홍을 띤 하얀 바위들이 언제나 자연의 마음을 가다듬어 주었는데, 오늘은 그들이 애써 자신을 외면하는 것 같다.

아직 제법 쌀쌀한 초봄 날씨라 검은 투피스 정장 위에 진남색 트렌치코트를 걸치고 허리띠를 단단히 조였다. 날씨에 복장을 맞추기도

---

2 카를 슈미트, 『정치적인 것의 개념』, 김효전·정태호 옮김, 살림, 2012, 70쪽.

했지만, 이것은 자연이 중요한 일이 있을 때 즐겨 입는 스타일이다.

옷을 다 입고 난 후 책상 서랍 상단 맨 구석에 보관해오던 오스트리아제 글록 권총을 꺼낸다. 탄창을 빼내 안에 열일곱 발이 모두 장전돼 있는 것을 확인하고 다시 집어넣는다. 그리고 사용한 지 40년이 넘은 큼직한 검은색 가죽 핸드백 깊숙이 소음기와 함께 넣어둔다.

외출 준비가 끝나자 자연이 방에서 나와 현관으로 향하는데, 손녀의 방문이 삼분의 일쯤 열려 있는 것이 보였다. 집을 나서기 전 손녀의 방에 들어가보고 싶어졌다. 방문을 열고 들어가니 학교 간 후라 주인 없는 빈방이지만, 요새 한참 성장기인 손녀의 체취가 느껴진다.

"어머니, 나가시려고요?"

부엌에서 일하던 며느리가 자연이 방에서 나오는 인기척을 느끼고 인사하러 나왔다. 그런데 시어머니가 딸의 방을 유심히 관찰하는 것을 보고, 살짝 호기심이 깃든 표정으로 시어머니를 바라보았다. 자연은 며느리를 향해서 이제 곧 나갈 거라는 신호로 살짝 고개를 끄덕이고, 손녀의 자아가 깃들어 있을 책장 앞으로 향했다.

손녀 진이의 책이 요전 보았을 때보다 몇 권인가 더 늘었다. 책은 진이가 스스로 형성 중인 우주를 나타낸다. 아래쪽의 비교적 높이가 있는 두 단은 백과사전류의 전집이 차지하고 위쪽 세 단은 단행본들이 꽂혀 있는데, 최근 진이의 관심사를 반영한다. 평소 용돈을 규모 있게 안배해가며 시내 대형서점에 수시로 가서 책을 사들이는 모양인데, 그런 모습은 돌아간 진이의 할아버지이자 자신의 남편 무사인(武士忍)을 꼬옥 닮았다.

처음 눈에 들어온 책은 프러시아 공법학자 칼 슈미트의 책이다. '열여섯 살짜리가 벌써?'라는 생각이 스치고 지나갔다. 이것은 진이가 자신의 아버지를 의식해서 꽂아놓은 것이다. 아직 어리지만, 사회학자인 아버지의 주된 연구내용이 무엇인지 알고 있고 아버지를 향해 자기를 무시하지 말라는 무언의 도전장이리라. 아들 윤이도 평소에 딸이 무슨 책을 읽고 있나 항상 주시하기 때문이다.

이 책은 올해 나온 새 판인데, 지금 대형서점 사회과학 코너에 보란 듯이 깔아놓은 책이다. 표지에는 프러시아어 원전 완역본이라 쓰여 있지만, 이것이 거짓말이라는 것은 알 만한 사람은 다 안다. 사실은 옮긴이가 크레타어 번역본을 중역한 것이어서, 번역이 매끄럽지 못하고 원저자의 이론을 명쾌하게 풀어내지 못하고 있다.

'진이가 이 책의 가장 뛰어난 번역본이 15년 전, 자기가 태어나던 해, 자기 아버지가 쓴 건 줄 아직 모르고 있구나! 아마 대학에 가서 아버지가 번역한 걸 헌책방에 가서 구해보겠지. 이젠 절판이 돼 새 책을 구할 수 없으니…'

아들은 자유주의 혁명 직후 통제경제 체제를 이론적으로 뒷받침했다는 이유로 대학에서 추방당하고 십 수년간 쌓아온 사회적 명성을 잃었다. 아들을 그렇게 만든 장본인이 바로 그의 어머니인 자연 자신이었다. 아들은 칠 년간의 야인생활을 지내고 삼 년 전 다시 복직되어 활동 중이지만, 예전만 한 큰 명예를 누리지는 못하고 있다. 한때 아테나이의 체제를 짊어지다시피 한 대학자 무사윤(武士銃)은 사람들에게서 이미 잊힌 상태이다.

책장 맨 위 왼쪽 구석을 보니 오래된 책이 하나 눈에 띄었다. 오랜만에 보는 책이다. 측면 제본이 낡아서 떨어져 나간 것을 셀로판테이프로 덧대놓은 모양이 눈에 띄었다. 꺼내서 책장을 넘겨본다.

500여 년 전 조국 프랑시아를 브리타니아의 침공에서 구원한 성녀

잔 다르크의 일대기를 그린 그림책. 자연이 12년 전 이오니아에 외교특사로 나갔다가 파리에서 사와 손녀에게 준 선물이다. 책 전체가 천연색 화보로 된, 당시로서는 상당히 사치스런 책이었다. 진이는 이 책을 장난감 곰 인형보다 훨씬 더 좋아했고, 프랑시아어를 할 줄 아는 며느리가 그것을 옆에서 읽고 해석해주었다. 진이는 같은 얘기를 수십 번 듣고도 질려 하지 않았고, 특히 잔이 브리타니아 군의 쇠뇌에 맞아 쓰러지는 장면과 마지막에 마녀로 몰려 화형당하는 장면을 유난히 흥미로워했다.

'십 년 동안 이 책을 볼 수가 없었는데…, 이게 진이의 책장에 다시 나타났다는 건…!'

자연이 이상하다는 듯 뭔가 곰곰이 생각하며 책장 넘기는 모습을 보고 며느리가 짚이는 구석이 있는지 말을 꺼낸다.

"아, 어머니 그 책, 아범이 그동안 자기 서재 깊숙이 보관해놨었는데, 진이가 어떻게 알았는지 얼마 전에 찾아서 자기 책장에 옮겨놓더라고요."

'그래, 그랬던 거야!'

이걸 아직 간직해온 아들도 그렇고 잊지 않고 기억해두었다가 다시 찾아낸 손녀도 고맙게 느껴졌다. 어렸을 적 보던 아동용 도서들은 이제 사춘기가 한창인 진이에게 어울리지 않는 것들이라, 이미 수년 전 한꺼번에 처분해버리지 않았나? 그러나 할머니에게서 받은 이 그림책만큼은 특별했던 거다. 그래서 참 고맙다.

그러나 한편으로는 진이에게 뭔가 갑작스러운 변화가 일어나고 있음이 아닌가! 걱정스럽기도 하다. 이 책을 진이에게 건네준 것이 12년 전이고, 정확히 일 년 후 자유주의 혁명이 일어났다. 그리고 그 해

진이가 자신에게 특별한 능력이 있음을 아들 내외와 또 다른 불청객에게 알게 한 것이다. 자연이 보나 아들 내외가 보나 이 책이 진이가 가진 능력의 촉매제가 된 것이 틀림없었다.

"그랬어, 혹시 최근에 진이한테 무슨 특별한 일이라도 있었니?"

"저도 그게 좀 마음에 걸려서요. 왜 새삼 그 책을 찾아내 자기 책장에 꽂아두었는지… 하지만 요즘 특별한 변화는 없었어요. 변했다고 해봐야 그 나이 또래 애들이 흔히 보이는 반항 정도고, 애가 요즘 외모에 관심이 많아졌는지 전보다 거울을 자주 들여다봐요."

"얘, 내가 말 안 해도 잘 알겠지만, 그런 평범한 것들이 우리 애에겐 큰일이 될 수도 있어. 애가 다치지 않도록 주의 잘 주고."

"네, 어머니. 잘 알고 있어요."

자연은 그림책을 다시 원래 있던 곳에 꽂아두고 손녀 방에서 나와 현관으로 향했다.

"어머니, 오늘 늦으세요?"

"아, 참 그래, 오늘은 혹시 밖에서 자고 오게 될지도 모르겠다. 기다리지 말고… 자세한 건 나중에 말해줄게. 아범한테도 그렇게 전해라."

"네, 조심해서 다녀오세요."

자연의 며느리 박영교(朴瑛橋)는 아까부터 시어머니가 멘 검은 핸드백을 유심히 보고 있었다. 핸드백 한쪽 면에 희미하게 자신의 모습을 드러내고 있는 물체…! 낡고 검은 가죽 한 겹이 가로막고 있긴 했으나, 튀어나온 모양으로 보아 시어머니가 평소에 책상 서랍 깊숙이 간직해온 권총의 총구와 가늠쇠 부분인 것을 영교는 눈치 채고 있었다.

대문을 나선 자연은 북악산로를 타고 천천히 개운산을 걸어 내려왔다. 집의 차로 나설까 생각도 해보았지만, 진이가 지금쯤 공부하고 있을 북바위 밑의 중학교를 바라보며 천천히 길을 걸어 내려가고 싶었다.

'이곳에 이사 온 지도 햇수로 11년째가 되는구나! 여기만큼 삼각산·도봉산·송추 오봉이 한눈에 보이는 집터도 흔치 않지.'

11년 전 일어난 혁명으로 자유파와 통제파 사이에 격렬한 시가전이 일어나, 사대문 안 서울 시내는 대부분 폐허가 되었다. 그래서 시내에 있던 옛집을 떠나 개운산 정상에 지어진 아담한 2층집으로 이사 와 아들 내외 손녀와 함께 살아왔다.

무엇보다 여기가 마음에 들었던 건, 집에서 바라볼 때 백운·인수·만경 세 거대한 바위를 중심으로 서남쪽의 비봉·향로봉까지 길게 뻗은 삼각산 주능선 줄기와, 동북쪽으로 나란히 앉아 있는 듯한 송추 오봉·도봉산이 한눈에 파노라마로 담긴단 사실이다. 그래서 이 풍경과 집이 40년 전 삼각산에서 산화한 남편과 살아 있는 가족과의 다리가 돼주었으면 하는 바람이었다.

산이라고는 하나 완만한 언덕에 불과한 개운산은 집에서 산 아래 대로까지 잘 닦인 아스팔트 차도와 보도로 연결되어 있다. 그 길을 거의 다 내려올 즈음 오른편으로 옛날 남편과 함께 재직하던 대학교의 캠퍼스가 면해 있고, 바로 길 건너편에 손녀 진이가 다니는 중학교가 있다.

천천히 내려오다 보니 어느덧 손녀가 공부하는 학교 옆을 지나게 되었다. 쉬는 시간인지 학교 안에서는 여러 애가 재잘재잘 떠드는 소리가 들린다.

'이제야 좀 사람 사는 것 같구나!'

아이들이 천진하게 까부는 모양을 상상해보니, 언제나 무겁게 짓눌리던 가슴이 조금은 가볍게 트이는 듯하다.

'저 안에서 진이도 친구들과 명랑하게 잘 어울려 놀고 있을까?'

오늘따라 손녀의 일이 더 걱정된다. 진이가 가지고 있는 특별한 능력이 앞으로 아이에게 큰 시련으로 작용할 거란 불길한 예감을 며칠 전부터 떨쳐낼 수가 없다. 그렇게 되면 자신은 과연 어떻게 손녀를 구해줘야 할지….

진이에게 나타난 능력이 단지 생물학적 돌연변이는 아닐 것이라고 생각했다. 끊으려야 끊을 수 없는 인과의 넝쿨이 남편과 자신 그리고 아들 내외를 거쳐 손녀 진이에게 뻗어 내려와 얽히고 있는 것 같았다.

대로변까지 내려온 자연은 택시를 잡아 탔다.

"어디로 모실까요?"

"우선 종로로 나가서서 쭉 가시다 동대문 끼고 좌회전하신 후, 장충단 공원 못 미쳐 건널목 앞에서 세워주세요."

"네 알겠습니다. 근데…, 아까 밖에서 택시 잡으실 땐 젊은 아가씨인 줄 알았는데, 지금 다시 뵈니 연세가 좀 있으시네요. 할머님이 어떻게 그렇게 정정하세요? 게다가 너무 멋쟁이시고!"

택시기사의 싱거운 너스레에 자연은 그냥 살짝 웃음으로 답하고 아무 말도 하지 않았다. 자연의 나이 벌써 여든네 살. 이 시기 아테나이 여성의 평균수명을 넘긴 지 이미 여러 해가 지났다. 이 연령대의 할머니라면 당연히 전통 아테나이 의상을 입고 허리가 굽어 지팡이에 의지해 절뚝거리며 걷는 것이 가장 자연스러운 모습이다.

하지만 지금 자연은 가까이에서 얼굴의 관록을 보지 않는 이상 영락없이 한참 활동 중인 30대 초반의 세련된 직장여성의 모습이다. 백미러로 얼굴을 자세히 들여다본 택시기사도 자연을 대략 60대 중반의 여성 정도로 짐작할 것이다.

호적상 나이에 비해 월등히 젊은 자연의 생체가 어쩌면 손녀의 특수한 능력에 영향을 주었는지도 모른다. 나이에 비해 너무나 젊고 아름다워 정부에서는 전례가 없는 사례를 남겼는데, 자연이 일흔을 훨씬 넘긴 고령임에도 수시로 외교 전권특사의 임무를 주어 해외에 파견했던 것이다.

자연은 택시 기사의 가벼운 덕담을 듣는 체 마는 체하고 이제부터 자신이 해야 할 일을 다시 생각해본다.

자연은 코트 주머니에서 수첩을 꺼내 목적지의 주소를 다시 확인한다.

'중구 장충동 1가 XXX 번지 - X'

사흘 전 국제공항 출입국관리소에 심어둔 심복에게 급히 전화 보고를 받았다.

『대사님, 보름 전 이매가 아테나이로 들어왔습니다. 그동안 크레타에서 신분세탁을 한 모양입니다. 위조여권을 사용해 하마터면 모르고 넘어갈 뻔했다가, 감시 카메라에 녹화된 모습이 평소 숙지해놓은 그의 인상과 너무 일치해서 추적해보았는데, 이매가 틀림없습니다. 190cm에 가까운 장신, 기다란 얼굴형에 검붉은 피부, 그리고 웃을 때 드러나는 이가 유난히 하얘 보여서 검불은 얼굴과 대조를 이룬다고 하셨죠? 다 일치하는데 한 가지…, 옛날에도 왼쪽 귓불이 없었습니까? 뭔가 날카로운 것으로 잘린 듯한데요.』

『아니, 귀는 정상이었던 것 같은데…; 아마 그놈이 크레타에서도 뭔가 흉한 짓을 한 모양이다.』

『조사해 본 바로는 크레타 적군파와 연계해 국내에 테러조직이라도 만들 모양입니다. 이시백 교수 살인 용의자로 고발할까요? 아니면 반혁명 분자로….』

『아니, 가만있어. 내가 알아서 하지. 자넨 이제부터 이매를 못 본 거로 해. 다른 사람에게 얘기하지 않았지?』

『네, 지금 처음으로 대사님께 보고하는 겁니다.』

『그래, 잘했어. 지금 그 녀석 거처는 어디지?』

『장충동 주택가의 오래된 크레타 식 가옥을 빌려 살고 있습니다.』

'이매…. 우리 집안과 그놈의 악연이 시작된 지도 40년이 넘었다. 어떻게 해서든 그놈을 죽였어야 했는데, 매번 미꾸라지처럼 교묘하게 빠져나가더니…. 이제 여기서 그놈을 끝장내놓지 않으면 머지않아 진이에게 해를 끼칠 거야.'

"손님, 다 왔습니다. 그나저나 날씨가 우중충하네요. 비가 쏟아지려나. 안녕히 가세요."

자연은 택시에서 내려 근처 무극당(無極堂) 제과점 안으로 들어갔다. 홀에 자리를 잡고 커피 한 잔을 시킨 후 한동안 기다리자 점원이 호출한다.

"혹시 민자연 씨 계신가요? 전화입니다."

점원이 호출하자 자연은 자리에서 일어나 정문 앞 카운터에 놓인 전화를 받으러 나간다.

"네, 아, 한 국장. 그래, 잠복 중인가? 어디야?"

―지금 신라호텔 714호입니다. 여기서 스코프(Scope)로 어제 저녁부터 이매의 집을 감시 중입니다. 오전 11시 30분경에 집을 나갔습니다. 동선은 임 중령이 추적 중인데, 조금 전 보고에 의하면, 율곡로에 있는 가든 호텔 레스토랑 안에서 30대로 보이는 남자 두 명과 만나 식사 중이랍니다. 상대 신원은 아직 밝혀지지 않았고요.

"알았어, 놈이 집으로 돌아오면 연락 줘. 난 여기서 계속 기다릴게."

보고를 받은 자연은 다시 자리로 돌아와 앉았다. 아무래도 오랫동안 여기서 놈이 집으로 돌아오길 기다려야 할 것 같다. 자연은 식은 커피 한 모금을 마시며 옛 생각에 빠져본다.

넓은 제과점 홀의 벽면을 육중한 청동 부조가 꽉 메우고 있다. 자유주의 혁명 직후 다량으로 제작된 민족 기록화 중의 하나를 동판에 돋을새김으로 새겨 붙박이로 걸어놓은 것이다.

혁명정권은 자유시장 경제체제를 적극적으로 수용하는 한편, 국민의 정신적 구심점을 생성시키기 위해 역사교육을 강화했다. 그 역사교육의 하나로 아테나이 역사의 위대한 순간들을 기록화로 묘사해 각지에 배포했다. 이 동판 부조도 그런 배경 아래 제작됐던 것인데, 이제는 유행이 지나 낡아 보이기도 하고, 나이 든 사람에게는 혁명정권 시대의 향수를 불러오기도 한다.

자연은 이곳에 손녀 진이를 곧잘 데리고 왔다. 불과 다섯 살 때 육체적으로 큰 고통을 당해서인지, 상처가 다 아문 뒤에도 짜증과 화를 잘 냈다. 애 성격이 삐뚤어지면 어쩌나 걱정도 되고, 나이 들어 손녀 보는 것도 인생의 낙이겠거니 하고 진이의 손을 잡고 자주 외출을 했다. 아이에게 단것을 먹이고 싶을 땐 이곳에 와서 모나카 아이스크림이나 팥빵을 사주곤 했다.

『진이야, 저기 벽에 새겨진 게 뭐야, 알지? 그림책에서 자주 보지 않았어?』

『거북 배.』

『그래, 맞았어. 근데 저 거북 배를 발명해서 크레타 군을 막 무찌르신 게 누구지?』

『무사신 장군.』

『아이구 그래. 그것두 잘 알구. 그럼 그분이 진이하곤 어떻게 돼, 응?』

『…?』

『아, 진이가 아직 그건 모르고 있었구나. 무사신(武土臣) 장군은 진이의 16대조 할아버지셔. 무슨 말인지 알아?』

『아니.』

진이는 설레설레 고개를 젓는다.

『그러니까 우리 진이와 아빠, 할아버지 또 그 할아버지의 아빠, 할아버지…, 이렇게 열여섯 분을 거슬러 올라가면 무사신 장군이 나오시는 거야. 반대로 무사신 장군이 자식을 낳고 또 그 자식이 자식을 낳고 해서 진이의 고조할아버지, 증조할아버지, 할아버지, 아빠를 거쳐, 열여섯 명째가 되면 진이가 나오게 되는 거야. 알았어?』

『응.』

아직 확실히 감이 잡히지는 않지만, 그래도 대충은 알겠다는 식으로 진이는 고개를 끄덕였다.

『우리 진이가 학교에 들어가면 선생님이 무사신 장군 얘기를 아주 많이 해주실 거야. 그럼 그때마다 바로 그분이 우리 16대조 할아버지시구나 하고 생각해. 그렇다고 그걸 이 아이 저 아이한테 자랑하고 다니진 말고, 조용히 가슴속에 꼬옥꼬옥 새겨넣어. 알았지, 응?』

자연은 이렇게 손녀와 같이 지내며 어린 진이에게 무사 씨 가문이 배출한 인물 중 가장 이름을 떨친 장군 무사신을 예로 들며, 스스로 뿌리 의식을 가지도록 애썼다.

옛 생각을 하며 기다리다보니 어느덧 6시간 이상 지나고 날도 어두워졌다. 이매가 집으로 돌아온다는 보고는 아직 들어오지 않고 있다. 오전부터 먹구름이 낀 하늘은 이제 비를 뿌리려는지, 조금 전부터 천둥과 번개를 치기 시작한다.

제과점 매장 카운터를 지키는 여자 점원 두 명 중 한 명이 자연에게 뭔가 불만스러운 듯 동료 점원에게 대고 투덜거린다.

"얘, 저 할머니는 아까 점심때 들어와서 달랑 커피 한 잔, 크림빵 한 조각 시켜놓고 종일 혼자서 저러고 앉아 있니?"

"참~, 넌 뭐가 불만인데? 그럴 수도 있지. 여기서 중요한 약속이 있는데 상대가 일이 생겨서 못 오고 있다든지."

"할머니가 무슨 연애라도 하나? 아주 젊은 아가씨처럼 쫙 빼입었네."

"저 할머니 보통사람이 아냐. 옷 입은 것도 그렇고…, 너 아까부터 못 봤니? 찻잔 입에 갖다댈 때, 크림빵 먹기 좋게 찢어서 입에 갖다 넣을 때 빼고는 여섯 시간 동안 미동도 안 해. 저 자세에서 1mm도 안 움직였다고."

"정말? 자기가 뭔데? 목각인형이야, 로봇이야?"

"난 태어나서 저렇게 세련되고 단정한 여자는 첨 봐. 여기서 보니까 할머니가 아니라 20대 처녀 같네! 그나저나 어째 난 으스스하다! 천둥 번개까지 치고."

-쩌억, 콰쾅.

-따르릉, 따르릉.

천둥소리가 나기 무섭게 전화벨이 울린다.

"네, 무극당입니다. 네? 아, 민자연 씨, 민자연 씨, 전화입니다."

자연이 자리에서 급히 일어나 전화가 놓여 있는 카운터 앞으로 가서 전화를 받는다.

"네."

—대사님, 조금 전 임 중령한테 연락이 왔습니다. 동대문 운동장쪽에서 초록색 포니 승용차 택시를 타고 장충단로를 달리고 있습니다. 그쪽으로 가고 있어요. 차량 번호 4423, 저도 지금 스코프로 계속 추적 중입니다.

"어디야. 지금 어디쯤 달리고 있어?"

—잠깐, 어, 어어, 대사님, 놈이 바로 그 앞이에요. 무극당 정문 앞에 섭니다.

순식간이었다. 이매가 탄 택시가 무극당 정문 바로 앞에 섰다. 자연이 전화를 받고 있는 매장 카운터 바로 앞에 유리로 된 정문이 있다. 제과점 안은 환한 불빛 속이고 밖은 밤거리라 안이 훤히 들여다보인다. 놈이 택시에서 내리자마자 정면을 응시하면, 제과점 안에서 전화를 받는 자연의 모습이 한눈에 보이게 된다.

갑자기 몸을 숨길 데가 없다. 자연은 순간 등을 돌리고 놈의 시선을 피해볼까 생각도 해보았지만 싫었다. 만일 놈과 눈이 마주친다면

이 자리에서 권총을 꺼내 쏘아버리고 싶었다. 단 불리한 것은, 가로등 불빛이 있기는 하지만 밖이 이곳보다 어두워서 조준하기가 힘들다는 것이다.

택시 문이 열리고 한 남자가 구부렸던 장신의 몸을 펴며 밖으로 나온다. 이매가 틀림없다. 자연은 숨을 죽이고 바라보며 아직 전화 수화기를 놓지 않고 있다.

—대사님, 대사님.

이매가 완전히 택시 밖으로 나와 몸을 펴고 섰는데, 중절모를 눌러쓰고 있어 그의 시선을 가늠하기 힘들다. 이쪽을 보고 자연을 알아보았는지 아니면 다른 곳을 보고 있는지….

—대사님, 대사님.

"가만, 그자가 지금 나를 알아본 건가?"

—글쎄요. 저도 여기서 보아서는….

순간 이매가 몸을 그의 왼편으로 꺾어 앞으로 걸음을 옮긴다. 그리고 낮에 자연이 택시에서 내린 그 건널목 앞에 서서 신호가 푸른빛으로 바뀌길 기다린다.

"저 건널목을 건너서 조금 걸어가면 이매의 집이지?"

—네, 잠깐 거기서 기다리세요. 이매가 집으로 들어간 걸 여기서 확인하고 제가 곧바로 그쪽으로 가겠습니다. 혼자서는 위험하십니다. 서두르지 마세요.

"한 국장, 내가 어제 말했지? 나 혼자 처리할 거라고."

파란불이 켜지자 이매가 건널목을 지나 주택가 쪽으로 난 골목 길로 접어든다.

—집으로 가는 것이 맞습니다. 저 골목을 50m만 걸어 올라가면 놈

의 집입니다.

"알았어, 난 지금부터 여길 떠나. 한 국장과 임 중령은 지금부터 이 일과는 관련 없는 거야."

자연은 전화를 끊고 제과점을 나왔다. 자연은 이번에야말로 이매와의 악연을 끊지 않으면 손녀에게까지 어떤 화가 닥칠지 모른다고 생각했다. 천둥과 번개를 동반한 찬 봄비가 내리기 시작한다. 자연은 우산도 쓰지 않고 빗속을 걸으며 이매의 집으로 향한다.

3

자연의 며느리 박영교는 어제 낮에 시어머니를 배웅하고 나서부터 계속 불안에 휩싸였다. 시어머니 핸드백 속에 들어 있다고 생각한 권총도 그렇고, 결국 어젯밤에 집에 돌아오시지 않으셨다. 뭔가 큰일을 벌이셨고, 그 일이 실패한 것은 아닌가? 집에 돌아오시지 않더라도, 평소 같으면 왜 못 들어간다고 전화 한 통쯤은 꼭 해주는 분이셨다.

남편 무사윤(武士鈗)은 아침에 대학교로 출근했고, 딸 무사진(武士眞)도 학교에 갔다. 남편도 자신과 마찬가지로 뭔가 알 수 없는 불안에 휩싸여 있었지만, 딸 진이는 요즘 들어 부모가 짐작키 어려운 자신만의 세계에 파묻혀 있는 듯, 할머니 걱정은 전혀 하지 않고 집을 나갔다. 어릴 적 할머니를 그렇게 잘 따랐음에도 불구하고. 할머니도 부모도 그저 매일 반복되는 일상의 잔재로 여기고 있으리라.

영교가 간단히 가사를 마치고 잠시 숨을 돌리고 있을 때, 누군가 집에 찾아와 대문 벨을 누른다. 이 시간에는 올 사람이 없는데? 하고 갸우뚱하며 인터폰을 받아보니 한의상 국장이다. 정부에서는 시어머니의 오른팔과도 같았으나, 원래 집안에서 수십 년 전부터 알고 지내오던 사람으로 남편과도 친하다. 시어머니는 평소 그를 양아들처럼 생각하는 것 같았다. 인터폰으로 대문을 열고 현관에서 한 국장을 맞는다.

"어머, 한 국장님 오랜만이에요. 어떻게 이 시간에 오셨어요. 별일 없으시죠?"

영교는 언제나처럼 상냥하게 손님을 맞긴 했지만, 이미 한 국장의 표정에서 어두운 그림자를 읽어내고 가슴이 내려앉는다.

'아, 시어머니께서 결국은…!'

4

북바위 자락에서 불어오는 선선한 바람이 창문을 타고 들어와 교실 안의 건조한 공기를 환기시켜준다. 어젯밤에 내린 비로 하늘은 구름 한 점 없이 맑게 갰다. 진이는 교실 밖의 파란 하늘을 바라보며 개운산 정상 집에서 보면 삼각산 하얀 바위가 선명하게 보이겠네 하고 생각하니, 60명이나 되는 애들 사이에 끼어 이렇게 건조한 수업을 듣고 있는 자신이 너무 초라하게 느껴진다.

학교에 온 진이는 오늘도 혼자서 공상에 빠져 있느라 수업에는 거의 집중하지 않았다. 예전처럼 친구들과 잘 어울리지도 않고, 어제 집에서 밤늦도록 읽은, 학교 공부와는 무관한 책 내용을 떠올리며 생각에 생각을 거듭한다. 그래서인지 예년보다 성적도 떨어지고 학교에서의 사회적 위상, 그러니까 선생님으로부터의 높았던 신망, 그리고 동갑내기 친구들 사이에서의 리더십도 상당 부분 잃어버린 것 같다. 내년에 고등학교에 진학하면 본격적으로 대학 진학을 위한 치열한 경쟁이 시작될 텐데, 진이는 그런 것들이 왠지 자기와는 거리가 먼 세상일로 느껴졌다.

'미(美)란…, 아름다움이란 무엇일까?'

진이는 이런 질문을 스스로 던지다가 새삼 자기가 앉은 자리에서 왼쪽으로 두 번째 열, 창가 쪽에 앉은 숙영이의 얼굴을 쳐다보았다. 좀 맹한 표정으로 고개를 수시로 들었다 숙였다 하며 선생님이 칠판에 판서한 내용을 정신없이 받아 적고 있는 모습을 보았다.

'참, 저건 별로 중요한 내용도 아닌데…'

성실하지만 좀 미련해 보이는 숙영이는 수시로 진이가 아주 예쁘다고 칭찬해주는 착한 친구이다. 하지만 어떤 때는 진이보다 한참 떨어지는 외모의 소유자에게도 우리 누구누구 참 예쁘다고 쉽게 칭찬을 남발하는 아이라 진이를 자꾸 짜증나게 한다.

'내가 궁극적으로 추구해야 할 미는 어떤 것일까? 어떤 것을 추구해야 남들과 비교될 수 없는 영원불변의 아름다움을 가지는 것일까? 주변 친구들이나 어른들이 예쁘다고 잘났다고 해주는 가벼운 칭찬에 만족해서 그것을 지켜내려는 소시민적 삶은 정말 질색이야! 어렸을 때부터 자신에게 쏟아지던 칭찬은 내 것이라기보다 할머니와 부모님의 후광으로 주어진 것들이 많아.'

진이는 작년부터 이런 생각에 자주 빠졌다, 그리고 학교생활이 싫어졌다. 학교에서는 모든 학생이 보는 교과서를 수동적으로 학습하고, 선생님이 원하는 답을 가장 잘 적어내야 높은 점수를 따게 되어 있다. 이런 시스템은 더 나아가 아이들 사이의 위계를 설정한다.

한때 이 시스템에 충실해서 상당한 자기만족을 얻기도 했지만, 이제 그것이 지겹고 무의미하게 느껴졌다. 그래서 진이는 이 하잘것없어 보이는 현상을 타파하고자 생각해낸 방책이 독서였고, 목적은 남과는 비교 대상이 될 수 없는 절대적이고 영원한 미의 획득에 있었다.

대형서점에 가면 꽂혀 있는 수많은 책이 자신에게 새로운 길을 제시해줄 거라 믿었다. 사실 책이라면 집에도 엄청나게 많다. 현직 교수이신 아빠의 책, 엄마가 대학교 때 보셨다는 책, 역시 옛날에 교수셨고 정부에서 고위직까지 오르셨던 할머니의 책, 거기다 생사를 알 수 없는 할아버지가 보셨다는 고서(古書)들. 집에는 사람이 사는 공간보다 책이 차지하는 공간이 더 넓다.

하지만 진이가 추구하는 독서는 어른들의 영향에서 벗어나 스스로 일어서기 위한 것이다. 집에 있는 책들은 어른들이 구축한 세계의 상징과 다름없다. 자신이 직접 책을 선택하고 자신만의 맥락에 따라 책을 읽는 것에 의미가 있다.

그래서 시내의 대형서점에 가 지금 자신이 읽기에는 어려운 책들을 사서 읽거나 수집한다. 수집이란 당장 읽어보지 않더라도 나중에 필요해질 것 같은 책이나 자신의 미래를 암시해줄 것 같은 책을 사놓는 것이다.

'책에 의한 자기암시'

이건 성 아우구스티누스의 『고백』에서 본 '상대에 의한 자기계시'란 개념을 빌린 것인데, 몇 주 전에 사놓은 칼 슈미트의 책이 바로 그런 예이다. 지금 자신이 이해하기 힘든 책이지만, 뭔가 미래를 암시하는 복선이 깔린 것 같아 소장해둔다.

그러다가 진이는 일종의 회귀본능 때문인지, 최근 자신이 태어나서 가장 처음 읽은 책이 무엇인가 생각해보았다.

「맞아, 내가 네 살 때 할머니가 사다주신 잔 다르크의 그림책. 그 책을 마지막으로 본 지가 십 년이 넘었다.」

11년 전의 충격적인 사건 때문에 모든 원죄를 뒤집어쓰고 아빠의 서재 깊숙이에서 유배당해오던 책. 그 책을 일주일 전 다시 찾아내 펼쳐보았다. 제본과 표지는 세월을 못 이기고 해졌으나, 안쪽 책장의 칼라화보는 아직 생생한 색채를 유지하고 있어, 옛날 진이가 머릿속에 수없이 그리던 풍경을 복원해주었다.

「마지막 페이지로 가보자.」

하얀 옷을 입고 장작 위에서 붉은 화염과 함께 타오르는 그녀. 그러나 그녀의 얼굴에는 아무런 고통과 두려움도 서려 있지 않다. 이걸 볼 당시 엄마가 내용을 간략히 번역해주시긴 했지만, 왜 그녀가 화형에 처해졌는지 그 이유를 알 수 없는 상태에서 계속 몰입했던 기억이 난다.

-딩동댕동, 딩동댕동.

수업 종이 울린다. 쉬는 시간이다. 화장실에도 갔다 와야 하고, 목이 말라 학교매점에서 탄산음료라도 사 마시고 와야겠다.

수업 종이 울리기가 무섭게 애들은 몇 명씩 몰려서 수다를 떨고, 자기들끼리만 통하는 어떤 매개체를 통해 음모를 꾸미기도 한다. 오늘도 어김없이 모여서 쑥덕이는 남자애들 네 명. 오늘은 무슨 대단찮은 거리를 가지고 역적모의를 하시는지…. 지난번엔 쟤네 옆을 지나는데 한 녀석이 유방과 음모가 훤히 보이는 헤어누드를 진이의 얼굴에 들이밀었다.

『너희는 아직도 이 정도에 자극을 받니?』

우습지도 않아 한마디 내뱉었었다. 그리고 시선을 아래쪽으로 내리니 한 녀석의 허리춤 아래가 불룩하게 튀어나온 모양이 보였다. 그래서 더 우스꽝스러웠다.

그런데 오늘은 화제가 좀 색다른 것 같다.

"야, 40년 전에 삼각산에서 절대무기가 터졌댄다."

"그때 벌써 그런 게 있었냐? 병신 새끼야."

"그걸 내가 어떻게 알아, 새끼야. 여기 이렇게 나왔잖아."

뭘 보고 저러는지…, 핵분열이나 핵융합을 원리로 강대국들 사이에서 논의되고 있는 신무기지만, 아직 보유한 나라는 없는 거로 알고 있는 절대무기가 어떻게 40년 전 삼각산에서 폭발했다는 건지? 무슨 근거를 가지고 저러는지 궁금해 슬쩍 엿보았다.

예전에 자주 보던 소년 잡지가 아닐까? 거기에는 서울시에 공룡·UFO가 출현했다느니, 서 라케다이몬 오지 밀림엔 키가 30m가 넘는 고릴라가 산다느니 하는 황당한 기사가 나오곤 했는데, 지금 쟤네들끼리 보고 있는 것이 그런 것 아닐까?

그런데 뜻밖에 그것은 아테나이 사회에서 꽤 정평이 나 있는 월간지였다. 주로 정치·사회 관련 기사나 기획물을 연재하는 잡지다. 진이의 관심을 자극하는 화제긴 했지만, 화자들이 워낙 신뢰가 안 가는 인물들이라 지금은 그냥 넘어가기로 한다.

화장실에 갔다가 매점에서 소다수를 한 병 사서 교사 밖으로 나와 마신다. 어제 저녁부터 오늘 새벽까지 내린 비로 세상이 이전보다 더 투명해졌다. 파란 하늘에 시선을 정하고 선선한 바람을 쐬니, 교실 안에 있을 때보다 머리가 맑아져 좋은 생각이 떠오를 것 같다. 다시 11년 만에 보게 된 잔 다르크의 그림책을 떠올려본다.

'잔 다르크를 아름답게 했던 건 그녀의 실제 얼굴 모습과는 별도로 위대한 역사적 업적이 있었기 때문이야. 그녀의 억울한 죽음 또한 그녀를 더욱 아름답게 했겠지. 그녀의 죽음을 둘러싼 세인들의 탐욕과 이기심, 음모, 복잡한 국제정세 또한 역으로 그녀를 아름답게 했어. 그래, 역사 또한 아름다움을 창조할 수 있는 거라고. 제한된 자신의 신체가 역사성을 획득하면, 그것은 영원한 아름다움으로 감히 세인들이 범할 수 없는 초월성을 부여받게 되는 거야.'

그래서 진이는 다시 역사를 공부해보고 싶어진다. 학교에서 암기 중심으로 가르치는 제도사·경제사·문화사 같은 건조한 역사가 아닌 것으로.

'오늘은 집에 가서 헤로도토스의 『역사』와 사마천의 『사기』를 두 시간씩 읽어보자. 역사의 아이러니·배신·음모·살인·전쟁 그리고 숭고한 죽음을 만나봐야 한다!'

그런데 저쪽 운동장 건너편 교문에서 아까부터 한 아저씨가 자신을 계속 바라보는 것 같다. 큰 키에 운동으로 잘 다져진 몸매, 그리고 맵시 있게 차려입은 양복, 가만히 보니 낯이 익은데 아는 사람 같다.

'우리 학교 선생님은 아닌데? 누구였더라? 아, 임 중령 아저씨?'

국립의료원 부검실.

"보호자 분들께 어떻게 위로의 말씀을 드려야 할지 모르겠습니다. 사망한 민자연 씨는 부검 결과 어제 오후 7시를 전후한 시기에 장충동 민가 2층에서 타살된 것으로 추정됩니다. 범인은 현장에 떨어져 있던 긴 나무핸들이 달린 벌목용 도끼로 민자연 씨의 오른쪽 어깨와 목을 가격한 것으로 보입니다. 현장에서 머리와 오른팔이 모두 절단된 상태로 발견됐습니다."

어머니의 시신을 확인한 아들 무사윤과 그의 아내 박영교는 부검의 설명을 들은 후 한 국장과 따로 자리를 마련했다. 영교는 어제 시어머니가 권총을 핸드백에 숨기고 외출할 당시의 상황이 자꾸 생각났다. 그때 집요해 보이더라도 좀 더 자세한 것을 물어야 했던 것 아닌가. 이 사건의 책임 일부가 자신에게도 있는 것은 아니겠느냔 죄책감이 자꾸 들었다.

그러면서 딸 진이가 자꾸 걱정되기 시작했다. 이번 일이 사실대로 진이에게 알려진다면, 파란이 일어날 것만 같았다. 시어머니가 무리하게 이매를 죽이려 한 것도 결국은 손녀의 장래가 걱정돼서였을 것이다.

아들 윤이는 시종 매우 차분했다. 이 일이 마치 예고된 일이었다는 것처럼. 근본적인 문제는 이매를 죽인다고 해결될 일이 아니라고 믿었다. 그리고 이번 어머니의 죽음은 자신의 가시권 밖 저 멀리서 시작된 전쟁의 징조처럼 느껴졌다.

'어차피 11년 전 어머니가 일으킨 혁명은 일종의 미봉책이 아니었던

가?'

한참 깊은 생각에 잠겨 있는 윤이에게 한 국장이 위로의 뜻을 전하며 정적을 깬다.

"죄송합니다. 제가 더 적극적으로 나서야 했는데, 대사님이 혼자서 일을 처리하시겠다고 워낙 엄하게 단속을 하시니 어쩔 도리가 없었습니다."

한 국장이 침통한 표정으로 미안해서 어쩔 줄 몰라 하자, 부검의의 설명을 들을 땐 아무 말도 않던 윤이가 무거운 입을 뗀다.

"한 국장이 나서도 어쩔 수 없었을 거란 생각이 들어. 어머니가 11년 전 진이 일 때문에 더 서두르셨던 것 같아."

"대사님께서는 현직에 있는 저와 임 중령이 이 일에 관여된 사실을 정부에서 알면, 저희 장래에 지장이 있을까봐 그러셨을 겁니다. 예전에 저희가 직접 모신 건 사실이지만, 이번엔 대사님께서 사조직을 동원하신 셈이니까요.

그런데…, 저흰 지금까지 이매를 추적했다고 생각했는데, 왠지 지금은 대사님도 저도 이매에게 유인을 당했단 생각이 들어요. 그렇지 않다면 대사님께서 저렇게 일방적으로 당하실 리가 없어요."

듣고 있던 영교가 새파랗게 질린 얼굴과 떨리는 목소리로 말한다.

"이제 어떻게 하면 좋아요. 이 일을 진이에겐 뭐라고 설명하죠? 할머니가 이렇게 끔찍하게 돌아가신 걸 진이가 알면 어떻게 받아들이겠어요. 옛날부터 누구보다도 할머니를 가장 잘 따르던 애예요. 이 사실을 알면 어쩌면 11년 전보다 더 큰 일을 일으킬지 모른다고요."

"진이에겐 할머니가 평범한 사고로 돌아가셨다고 해야지. 한 국장, 병원에 목과 팔의 접합수술을 부탁해줄 수 있겠어? 나와 집사람은 도저히 말 못 하겠어."

"알겠습니다. 제가 부탁해보지요. 가능할 겁니다."

"수술 성공하면 가능한 한 빨리 염을 하고 수의를 입혀드린 후 진이가 할머니를 뵙게 해야 해."

"대사님이 쓰셨던 권총은 경찰이 오기 전 제가 미리 가서 입수했습니다. 여기… 다섯 발을 쏘셨더군요. 아래층에서 두 발, 2층에서 세 발. 이매가 총에 맞은 흔적은 전혀 없었습니다. 제가 벽에 박힌 총탄 다섯 발을 다 빼내고 탄피도 모두 수거했어요. 경찰에선 대사님이 총을 사용한 사실은 전혀 모릅니다. 그리고 그날 밤 천둥이 치고 비가 억수같이 쏟아진데다가, 대사님이 소음기를 장착해 쏘셨기 때문에 주민들은 안에서 무슨 일이 있었는지 전혀 몰랐던 것 같습니다. 걱정하지 마세요."

한 국장은 노란 사무용 봉투에 든 총을 윤이에게 건넸다. 윤이는 봉투의 뚜껑을 열어 안에 든 총과 소음기를 확인해본다. 어머니가 지니시던 총이 주인을 잃고 아들인 자신에게로 돌아왔다. 시신을 보아도 믿기지 않던 어머니의 죽음이 그제야 실감이 났다. 그러면서 윤이는 40년 전 어머니가 김현안을 처단할 때의 모습이 자꾸만 떠올랐다. 지금 권총을 넘겨준 한 국장도 자신과 같은 생각을 하고 있을 거라 생각한다.

"그리고 임 중령이 한동안 휴직서를 내고 진이를 보호하기로 했습니다. 이매가 당장 진이에게 접근할 거라곤 생각되지 않지만, 놈은 워낙 예측불허이니 만일을 대비해서요. 참, 그리고 조금 있으면 임 중령도 이리로 오신다고 했습니다. 제가 전화드리니 화를 내시더군요. 이런 일을 왜 진작 알리지 않았냐고요."

한 국장의 말을 듣자 영교가 눈물을 닦고 고마움을 전한다.

"정말 여러 모로 감사드려요. 임 중령님이 진이 옆에 계셔주시니 좀 안심이 돼요."

"이제 좀 있으면 정부에서 안보령(安保令)을 발동할 겁니다. 정부에서 이매를 위협으로 인식했으니까요. 민간인은 전혀 눈치 채지 못하게 진행될 겁니다. 옛날처럼 비상조치다 뭐다 해서 국민을 겁주지 않아도 얼마든지 잘할 수 있는 여건이 됐어요. 아무리 이매가 대범해도 최소한 삼 년간은 꼭꼭 숨어 있을 수밖에 없을 겁니다."

"옛날보다 기법이 세련됐군."

윤이가 대꾸한다.

"다 예전에 교수님께서 세워놓으신 이론대로 하는 거 아닙니까. 지금 이런 말씀드리는 거 이상할지 모르지만…, 이번 일을 계기로 교수님이 어쩌면 다시 중용되실 수도 있습니다. 지금 이 상황…, 어쩌면 대사님이 돌아가시면서 마지막으로 우리에게 주고 가신 선물일 수도 있어요."

6

진이는 임 중령과 만난 후 조퇴를 하고 함께 귀가했다. 어머니 영교는 이미 한 국장과 병원으로 간 후라서 집은 비어 있었다. 임 중령에게 무슨 일이 난 거냐고 물었지만, 차차 알게 될 거고 사실은 자신도 별로 아는 게 없다고 둘러대는데, 거짓말 같았다. 무슨 일이 일어났는지 영문을 알 수 없는 진이는 임 중령과 함께 집을 지킨다. 늦은

저녁 시간이 돼서야 영교가 병원에서 딸에게 전화를 걸고, 진이는 수화기를 든다.

—진이니? 엄마야. 뭐 하고 있었어? 임 중령님하고 같이 있지?

"엄마, 지금 어디 있어요? 아까 학교 조퇴하고 아저씨랑 같이 들어왔어요."

—저녁은 먹었어?

"음, 아저씨 오셨는데 대충 아무거나 먹기도 뭐해서, 밥하고 반찬은 집에 있던 거 내놓고 요리 하나 배달시켜서 아저씨랑 같이 먹었어요. 근데, 아저씨 오늘은 가슴에 권총 차고 계시네. 무슨 일이에요? 전엔 안 그랬잖아요?"

—그럴 일이 좀 있어.

"엄마, 근데 아파요? 울었어? 계속 코맹맹이 소리 내잖아요."

—진이야, 너무 놀라면 안 돼…. 사실은…; 어젯밤에 할머니가 교통사고로 돌아가셨어. 아빠하고 엄만 낮에 연락받고 병원에 와 있어.

"…!"

—그래, 진이야, 너무 힘들어하지 말구. 내일 아저씨 모시고 학교 대신 천천히 병원으로 와. 여기 국립의료원이야. 어딘지 알지? 담임 선생님께는 엄마가 전화해놓을게.

"…"

—진이야, 진이야?

제2장

아테나이

그리스로부터 온 식민자가 구축한 이오니아의 도시들에서 상공업이 가장 발달하고, 또 많은 철학자, 과학자, 의사를 배출했다. 하지만 이런 번영은 페르시아의 정복에 의해 간단히 끝나고 말았다. 한편 아테네에서는 페르시아와의 전쟁에서는 승리했지만, 이오니아처럼 상공업이 발달하지는 않았다. 아테네는 국제교역의 중심이 되었지만, 교역은 오로지 기류(寄留)외국인이나 외국인에게 맡겨졌다. 아테네의 시민은 어디까지나 전사=농민으로서 상공업을 경멸했던 것이다.

화폐경제의 침투는 그리스 도시국가의 시민사회(지배자 공동체)에 데미지를 주었다. 그것은 경제적 격차를 증대시키고, 시민 가운데서 채무노예를 계속 배출시켰다. 그것은 폴리스 공동체의 위기일 뿐만 아니라 자변(自辯)무장에 의한 개병제를 가진 폴리스에게 군사적 국가 존망의 위기를 의미했다. 그에 대해 그리스의 폴리스는 다양한 대책을 시도했다. 그 한 극단이 스파르타였다. 이것은 교역을 정지하고 자급자족경제를 지향하는 것이다. 그것은 타부족(메세니아인)을 정복하여 농노(헤일로타이)로 삼는 것에 의해 가능했지만, 그것은 또 노예의 반란에 대비하는 군국주의적 체제를 불가피하게 만들었다. 다른 쪽의 극단은 아테네이다.

그들은 시장경제를 배척하지 않고 시민 사이의 계급 대립을 해결하려고 했다. 그것이 바로 민주정(데모크라시)이다.[3]

— 가라타니 고진의 『세계사의 구조』, 제2부 「세계=제국」 중에서

근대의 민주주의란 자유주의와 민주주의의 결합, 즉 자유-민주주의이다. 그것은 상극하는 자유와 평등의 결합이다. 자유를 지향하면 불평등하게 되고, 평등을 지향하면 자유가 손상을 입는다. 자유-민주주의는 이런 딜레마를 넘어설 수 없다. 그것은 예를 들어 자유를 지향하는 리버테리언(신자유주의)이라는 극과 평등을 지향하는 사회민주주의(복지국가주의)의 극을 진자처럼 오가며 움직이게 된다.

오늘날의 자유-민주주의는 인류가 도달한 최종적인 형태이기에, 인내하면서 그 한계까지 천천히 나아가는 수밖에 없다고 생각하는 사람들이 많다. 그러나 당연하지만 자유-민주주의는 마지막 형태가 아니다. 그것을 넘어서는 길이 있다. 그리고 그것을 위한 열쇠를 고대 그리스에서 발견하는 것이 가능하다. 하지만 그것은 아테네가 결코 아니다. 아테네의 데모크라시를 모범으로 삼아 근대민주주의의 문제를 해결하는 것은 불가능하다. 오히려 근대민주주의에 존재하는 곤란함의 원형을 아테네에서 발견해야 한다.[4]

— 가라타니 고진의 『철학의 기원』, 제1장 「이오니아의 사회와 사상」 중에서

---

3 가라타니 고진, 『세계사의 구조』, 조영일 옮김, 도서출판 b, 2012, 164~165쪽.
4 가라타니 고진, 『철학의 기원』, 조영일 옮김, 도서출판 b, 2015, 42쪽.

아테나이력 4367년,
갑인(甲寅)년, 네스토리우스력 2034년

7

10월 20일 금요일 저녁 아테나이 서울.

진이의 할머니 민자연(閔紫涓)이 세상을 떠나기 11년 전 아테나이는 아직 통제경제 체제 아래 있었다. 아테나이의 통제경제 체제는 크레타의 제국주의 통치에서 벗어난 4338년, 을유(乙酉)년 이후 29년간 지속되었고, 이제 그 마지막 순간을 맞고 있었다.

"또 읽어달라고? 정말 수십 번을 듣고도 질려 하질 않는구나. 빨리 글을 깨쳐서 직접 읽든지 해야겠다. 네가 아주 잔 다르크에 미쳤구나. 잔 다르크처럼 되고 싶어? 할머니 덕에 잔 다르크를 다 알고. 지금 아테나이에서 프랑시아 그림책을 가지고 있는 애들이 너 말고 몇이나 되겠니."

"엄마, 할머니 언제 와?"

"내일 모레 새벽에 오실 거야."

"엄마, 그럼 우리 내일 모레 공항 나가겠네?"

"아니, 할머니가 이번엔 마중 나오지 말라고 하셨어. 우린 내일 먼저 양주 산소에 가 있고, 할머니가 오시면 대통령께 귀국인사 드리고 양주로 오신대. 그래서 같이 진이 증조할아버지께 제사 지낼 거야.

할머니가 이번엔 더 힘든 일을 하고 오시는 거야. 가신 지 두 달이 넘었네! 진이는 좋겠다. 이번에 브리타니아에서 오시면 뭘 선물로 사오실까? 할머니는 적성국도 거침없이 막 넘나드시는 분이니 아마 특별한 걸 사오실 거야."

"적성국이 뭐야?"

"하하하, 서두르지 마. 그런 건 천천히 알아도 돼."

진이의 성화에 못 이겨 프랑시아어의 그림책을 또 한 번 읽어준 후 영교는 석간신문을 들고 그날의 머리기사를 천천히 읽어 내리기 시작했다. 신문이라고 구색은 갖추었지만, 통제 시스템의 검열을 받고 나온 것이라 뉴스는 주로 정부가 공식적으로 국민에게 선전하고 싶은 내용이 주를 이룬다. 사실 그날 신문을 다 읽는 데 10분이면 충분하다는 것이 사람들의 공통된 지론이다. 하지만 오늘은 신문 머리기사부터 눈에 띄는 기사가 있었다.

"어머! 이게 어떻게 된 거야?"

「아테나이 국사학계의 대부 이시백 교수 사망.」

이시백 교수라면 영교의 대학 시절 은사였던 분이다. 그분의 국사학 개론은 문·이과를 망라한 모든 학생이 교양필수로 들어야 했던 과목이었다. 전체주의에 가까운 엄격한 통제 체제 아래서 국사 교육이 종교만큼 신성시되기 때문이기도 했지만, 당시 이시백 교수의 명성은 온 아테나이에 자자했다. 그런데 어찌된 일인가. 영교는 이 교수가 아직 돌아가실 연세는 아니라고 생각했다.

기사의 내용은 끔찍했다. 교수의 시신은 자택에서 부인의 시신과 함께 칼로 난자된 상태로 발견됐단다.

'세상에, 이게 어찌된 일이람. 종잡을 수가 없네! 진이 아빠는 이 사건에 대해 뭔가 들은 얘기가 없을까? 그나저나 내일 양주로 떠나야 하는데, 빨리 와서 준비를 같이 해주었으면 좋으련만…'

계속해서 영교는 석간을 읽어 나간다.

신문 경제면은 국가 경제가 좋지 못하다는 현실을 아주 완곡한 표현을 빌려 전하고 있으며, 그래도 몇 년 지나면 희망이 있다는 낙관적 전망을 제시하고 있다. 그러나 이건 작년이나 재작년이나 같은 논조의 반복에 불과하다. 이걸 믿는 아테나이 시민은 이제 존재하지 않는다. 아테나이의 경제 문제를 거슬러 올라가자면 크레타의 식민통치 35년을 되돌아봐야 한다. 아테나이 총독부는 근대화 정책의 하나로 이오니아 식 자유시장경제를 아테나이에 이식하여 번영으로 이끈다는 거창한 구호로 일관했다.

하지만 아테나이는 근본적으로 크레타 제국 팽창을 위한 착취구조 아래 있었기 때문에 아테나이의 경제는 크레타에 의해 멸망한 이전 왕조 치하에서보다 월등히 많은 채무 노예를 양산하고 경제는 파탄에 직면하게 되었다. 그래서 비참한 경제 현실을 타파하고 제국주의 지배 아래 있는 민족을 해방하기 위해 4338년 을유년에 무장봉기가 일어났다. 다음 해에 브리타니아 자본주의의 이념적 대척점에 있다고 할 수 있는 사이베리아의 마르크스주의를 채택하고 크레타로부터의 독립에는 성공했다. 그러나 대안으로 제시됐던 마르크스주의 통제경제 체제 또한 아테나이의 현실에 맞지 않아 경제는 과거보다 나아질 기미가 보이지 않았고, 점차 확대되는 정치부패로 체제는 급격하게 한계에 도달하고 있었다. 게다가 지금 아테나이의 마르크스주의는 사이베리아의 마르크스 파 이론과 아테나이에서 자생한 리쿠르고스 파 이론이 혼재하여, 그 이념적 정체성도 모호한 상태에 있다.

영교는 언제나처럼 뻔한 내용이 쓰여 있을 정치면은 건너뛰는 버릇이 있지만, 최근에는 정치면을 유심히 들여다보아야 할 이유가 생겼다. 이제 시어머니의 기사가 나올 때가 됐는데, 하며 정치면 곳곳을 자세히 훑어본다. 그리고 정치면 구석에 유심히 보지 않으면 그냥 지나칠 만한, 보잘것없는 크기로 난 기사를 발견한다.

「특임 전권대사 민자연 "이든 총리와의 회담은 성공적, 1~2년 이내에 아테나이 브리타니아 간 평화조약 체결 가능"」

"진이야, 할머니가 이번에도 큰일을 하셨구나. 이리 와서 읽어볼래? 할머니 사진은 안 나오고 기사도 작게 실렸지만…, 진이 이제 이 정도 글은 읽을 수 있지?"

사실 이 정도 기사라면 신문 1면에 대문짝만하게 실려야 할 큰 소식이다. 아테나이 29년간의 외교정책 기조가 이제 변화하기 시작한 것이다. 브리타니아는 세계 최초로 산업혁명이 일어났고 이오니아 시장경제·자본주의의 원류가 된 나라다. 그리고 아테나이와 29년간 군사동맹을 맺어오던 사이베리아와는 적대관계에 가깝다. 이렇게 되면 최대 우방이었던 사이베리아와의 관계가 앞으로 불편해진다.

그런데도 이번에 시어머니가 특사로 파견돼 평화조약의 사전조율을 하게 된 배경은 사이베리아가 점차 강대해져가는 아테나이의 서쪽 이웃 나라 라케다이몬을 아테나이보다 우선시하게 되었다는 것이다. 여기에 대항하여 아테나이도 사이베리아와 사이가 나쁜 브리타니아와 관계를 개선해, 좁아져가는 외교적 입지를 강화할 수밖에 없었다.

아테나이의 동쪽에는 동 아테나이해란 호수같이 아담한 바다를 사이에 두고 과거 아테나이를 식민지배했던 크레타가 있다. 크레타는 약 100년 전부터 문호를 개방하여 브리타니아의 자유시장경제 체제를 적극적으로 수용해온 나라다.

아테나이의 서쪽으로는 육지를 면하여 라케다이몬이란 거대한 나라가 있다. 인구는 아테나이의 20배, 국토는 40배가 넘는 전통적인 제국이며, 아테나이와 마찬가지로 통제경제 체제 아래 있는 나라다.

아테나이인, 라케다이몬인 그리고 크레타인은 눈으로 보기엔 큰 차이가 없는 황인종에 속하지만, 각기 다른 언어를 사용하며 그 민족 형성의 유래도 서로 다르다. 이 세 민족이 이루고 있는 세계를 옛날부터 '아카이아'라고 불렀다.

그리고 이 아카이아 세계의 동쪽으로 아이가이온 해란 지구상에서 가장 거대한 바다가 있고, 이 바다를 건너면 이오니아 대륙이 나온다. 이 대륙에 앞서 언급한 브리타니아·프랑시아·사이베리아·오스트리아 등의 72개 나라가 그들 나름의 절묘한 세력균형을 이루며 공존하고 있다.

이들은 지구상에서 가장 먼저 근대화한 국가들로, 인구가 1억이 넘는 국가부터 수백만의 도시국가까지 다양한 형태가 공존하지만, 모두 예외 없이 과거의 유습을 이어받아 폴리스(Polis)라 불린다.

'이오니아 72 폴리스…!'

지구상에서 가장 문명화되고 강대하며 부유한 세계의 대명사이다.

"진이야, 어때? 왜, 글자는 읽을 수 있는데 무슨 얘긴진 잘 모르겠어?"

"민·자·연."

진이가 세 글자를 유난히 큰 소리로 읽는다.

"하하, 그래, 할머니 성함만큼은 확실히 알았구나. 할머니가 회담을 잘하셔서 내년쯤에 브리타니아의 이든 총리가 우리나라를 방문한대. 일이 성공적으로 마무리됐으니까 이제 할머니도 곧 오셔. 근데 신문엔 귀국 날짜가 안 적혀 있네. 일요일에 오시기로 했으니. 진이야 기대 많이 해. 선물…. 그나저나 아빠는 왜 빨리 안 오시니. 내일 우리 양주로 가야 할 텐데. 빨리 와서 짐 싸는 것 좀 도와주시지."

영교는 정치면 한 귀퉁이에 난 작은 기사를 진이에게 열심히 설명했다. 아테나이가 기존의 동맹국 사이베리아와 거대한 이웃 라케다이몬을 자극하지 않기 위해, 그리고 자국민의 동요를 최대한 막으려고 일부러 축소하여 낸 기사를….

8

10월 21일 토요일 새벽 4시, 브리타니아의 수도 론디니움.

론디니움 다우닝가 10번지 수상 관저 침실에 갑자기 울린 전화벨은 숙면 중인 수상 이든을 깨웠다. 외무장관 고든은 며칠 전까지 수상을 괴롭히던 아테나이의 민자연 대사에 관한 건을 들고 나왔다.

"뭔가? 이렇게 새벽부터. 조약 사전 조율은 다 끝나지 않았나? 내년에 내가 서울을 방문하기로 했으면 됐지, 뭐가 또 부족한 거야? 그 여잔 지난 두 달 동안 우릴 얼마나 성가시게 했어?"

─그게, 알고 보니 그 건과는 또 다른 겁니다. 비공식 요청인데 사절단을 따돌리고 혼자 비밀 회담을 요청해왔습니다. 문젠 이것이 우리가 지금까지 다뤄온 문제보다 더 중대한 겁니다. 지난 두 달간 해

온 건 다 눈가림이었어요. 빨리 나오셔서 검토해주셔야 합니다. 이게 사실이면 우리가 오히려 더 큰 건을 잡게 됩니다.

"뭐야, 그 여자가 혹시 정치망명이라도 신청해왔나?"

—그게 아니라…, 전화로 말씀드릴 일이 아닙니다. 빨리 나와주세요. 민 특임 대사와 독대도 준비하겠습니다.

"알았어. 곧 나가지."

곤한 잠을 깨며 침대에서 일어난 총리 이든은 진절머리가 났다. 두 달을 넘게 어지간히 자신을 피곤하게 했던 민자연이라는 아테나이 여자. 며칠 전 복잡한 안건을 겨우 마무리 짓고, 주말인 오늘은 모처럼 로렌스 경과 만나 테니스를 치기로 했는데, 이제 다 망쳐버린 것 같아 화가 났다. 사실 진짜 목적은 테니스가 아니라, 동반해 오기로 한 로렌스 경의 부인 아만다 로렌스와의 밀회였다.

처음 자연을 만났을 때는 미시즈(Mrs.) 로렌스에게보다 더욱 강력한 매력을 느꼈다. 가늘고 길게 빠진 몸, 아카이아적 교양으로 다져진 듯한 고상한 태도, 발음이 완벽하지는 않지만 상당한 고급 어휘로 구사하는 브리타니아어와 이오니아에 대한 해박한 지식은 이국적 신비감을 고취하는 한편, 브리타니아 백인 주류사회의 총아인 자신의 자부심을 몇 배나 증폭시켜주는 것 같았다.

이든은 옥스브리지 대학교 재학시절 크레타를 여행한 적이 있다. 이때 호오류우사(法隆寺)란 고대 사찰에서 아테나이 관음상(觀音像)이라는 거대한 불상을 대면했다. 제작 경위에 대한 논란이 있기는 하지만 이름에서 나타나듯이, 고대 아테나이에서 제작돼 크레타로 건너왔거나 아테나이 도래인(渡來人)이 크레타에서 제작한 것으로 생각된다. 아카이아 세계에서 흔히 볼 수 있는 불상과는 분위기에서 많은 차이가 있었는데, 3m에 가까워 보이는 관음보살의 늘씬한 몸이 성스러움과 관능미를 동시에 느끼게 했다.

그런데 이번에 아테나이의 전권 대사로 온 민자연과 30년 전에 본 아테나이 관음상의 모습이 묘하게 교차하며 알 수 없는 신비감을 자아냈고, 며칠이 지나자 그 신비감은 은은한 성적 매력으로 옮겨가기 시작했다. 마음이 들썩여 평소보다 큰 포즈를 취하며 자연에게 전례에 없는 큰 호의를 베풀었다.

하지만 날이 갈수록 자연의 태도가 녹록치 않아지며, 틈만 나면 자신의 허점을 교묘히 파고들어 회담에서 자신을 난처하게 할 때가 한두 번이 아니었다. 회담 준비는 또 얼마나 철저히 해왔는지. 이 정도 수준이면 전문가 팀을 꾸려 적어도 삼 년 이상 치밀한 준비를 해온 것이 틀림이 없었다.

더욱 놀라운 것은, 40대 중후반으로밖에 보이지 않던 자연이 사실은 올해 72세라는 것이며 예상치 못한 사연이 많은 여자라는 것이다. 결국 한동안 혼자서 만끽했던 이국의 성적 환상은 온데간데없이 사라지고, 지금은 가능하면 그녀를 피하고 싶다. 그러던 차에 주말 새벽부터 자신을 불러대는 그녀의 결례는 무엇이며, 아만다와의 짜릿한 교합을 방해하는 것은 도대체 뭐란 말인가?

'역시 아테나이 여자란 크레타 여자만 못해!'라고 몇 번을 속으로 되뇌었다.

9

10월 21일 토요일 오후 아테나이 서울.

자연이 새벽에 브리타니아 총리 이든과 비밀 회담을 하고 있을 때, 론디니움의 그리니치 표준시보다 아홉 시간을 앞서가는 서울은 오후 두 시. 아테나이 의회 소장파 원로 김이매(金魑魅)는 오랜만에 본 피 맛으로 야수적 본능을 평소보다 더 증폭시키고 있었다. 그는 서울 을지로 변에 있는 한 채의 기와집 담벼락 앞에 차를 세우고 뭔가를 깊이 생각 중이었다. 차 안에는 기사와 그를 수종하는 거구의 보좌관 두 명이 동석하고 있다.

김이매는 서울의 북부 양주 지역에서 한 빈농의 아들로 태어났다. 무장봉기가 일어난 을유년에 14세의 나이로 마르크스 파당에 가입하여, 모진 고생 끝에 현재 아테나이 의회의 원로 자리에 올랐다. 소장파 정치인으로 대중들에게 널리 알려진 인물은 아니었으나, 현재의 통제 체제를 이끄는 데 커다란 공헌을 한 배후의 실력자다.

그가 당내에서 젊은 나이에 신임을 얻게 된 배경에는 독특한 전력이 있다. 그는 자신이 어렸을 때 집을 나가 소식을 알 수 없던 아버지의 행적을 조사하던 중, 아버지가 크레타의 아테나이 식민지배에 적극적으로 협조한 사실을 알게 되었다. 보통 사람이라면 이것을 부끄러워하고 민족 반역자로 낙인찍히는 것이 두려워 숨기는 것이 보통이다. 자칫하면 자신이 친 크레타 파의 후손이란 불명예에 멍든 채로 죽을 때까지 살아야 하며 그 자식의 미래 또한 불투명해지기 때문이다.

그러나 김이매는 오히려 이것을 스스로 폭로하고 아버지 대신 속죄한다며 자신의 당적을 버리고 은퇴했다. 이러한 그의 대범하고 솔직

한 행동이 오히려 당내에서 큰 동정을 샀다. 김이매의 고백은 누구보다 모범적이고 아름다운 자아비판의 사례로 사람들에게 주목받은 것이다. 김이매는 큰 인기를 얻고 당으로 복귀하여 전보다 더 큰 권력을 쥐게 되었다.

김이매는 또한 몇 년 전 의회에서 남들이 감히 생각지 못한 과감한 제안을 해 주목을 받았다. 계속된 경제 실정으로 통제 체제의 수명이 거의 다해가는 것을 감지한 그는 통제 체제를 유지하기 위한 대안으로 '아내 공유제'를 주장했다.

아내 공유제란 고대 스파르타에서 소수의 무사 계급이 절대 다수의 노예를 통치하기 위해 건강하고 아름다운 여인들을 무사들끼리 공유하면서, 건강한 사내아이를 가능한 한 많이 생산하고자 하는 고대의 관습이었다. 더 나아가 이 제도는 사유재산을 금지하는 통제 국가에서 체제를 존속시키는 기능을 한다. 인간이 가지는 소유욕의 근원 중 하나가 가족제도라고 보고, 배우자를 공유하게 하여 배우자와 자식까지도 국가의 소유로 간주하면, 개인이 가지는 소유욕의 근원을 제거할 수 있어 통제 체제가 더욱 공고해진다고 믿은 것이다.

이러한 생각은 이오니아에서 근대 공산주의가 마르크스에 의해 세상에 나왔을 당시에도 많은 문제가 됐었다. 가부장적인 유산계급의 남성들은 개인의 재산 소유를 금지하는 공산주의는 필연적으로 자신들이 소유한 여자들마저 빼앗아갈 것으로 생각하여 공산주의를 두려워하고 비난했다.

어찌됐건 김이매는 아내 공유제를 아테나이의 통제경제 체제를 유지할 수 있는 정책으로 제안했는데, 열렬한 아테나이의 마르크스주의자조차도 여기에 아연실색하지 않을 수 없었다.

『그건 당신이 결혼하지 않고 부인과 자식을 두지 않았기에 그럴 수 있는 거 아뇨?』

라고 웃지 못할 반박을 가하는 의회 원로도 있었다.

그는 이렇게 젊었을 때부터 파격적인 행동으로 사람들을 압도해 자신의 어두운 그림자를 가리는 데 능했다. 그런데 그런 그의 승승장구에 제동을 거는 일이 생겼다.

사흘 전 아테나이 국사학계의 대부인 이시백 교수에게서 전화 연락이 왔다. 기쁜 소식이 있으니 자신의 집으로 와달라는 거였다. 대학교에서는 은퇴하고 주로 집에서 개인 연구로 말년을 보내는 노교수가 무슨 일로 자신을 부르는지 짐작이 안 갔다. 이제 조금만 더 위로 올라가면 국가를 좌지우지할 수 있는 지위에 오를 것을 믿어 의심치 않는 입장에서, 아무리 국가 원로급의 지식인이라고는 하나 퇴임 교수 따위가 자신을 오라 가라 하는 것이 영 성가시게 생각됐다. 하지만 사람들의 평판도 관리를 해야 하니, 가식이나마 한결같이 겸손한 자세로 다음날 교수의 집을 방문했다.

이시백 교수와 이매는 응접실 소파에 앉아 테이블을 사이에 두고 이야기를 나눈다.

『자네가 부친으로 믿어온 김제순 씨는 자네의 부친이 아니네.』

『그게 무슨 말씀입니까?』

『자네가 직접 친 크레타 인명사전에 올린 김제순 씨는 자네 부친이 아니네. 자네의 진짜 부친은 동명이인의 가제순(軻齊純) 씨야. 자네도 김이매가 아니라, 가제순 씨의 아들 가이매란 말야. 자네 어떤 자료를 조사했던 건가? 뭔가 조사 중에 착오가 있었던 듯하네. 자네는 지금까지 다른 사람을 아버지로 오해하고 있었단 말일세.』

『…!』

『자네의 아버님 가제순 씨는 무극교의 창시자 가수운의 셋째 부인에게서 태어나신 분이네. 교단 내에서 정실 소생이 아니라 쉬쉬하며 기록에 안 올렸던 모양이야. 요즘 기준으로 보면 종교 지도자로서 흉이 될 수 있지만, 가수운 선생은 봉건 왕조에서 태어나 성장하신 분이셔. 지금 우리 기준대로 평가해서는 안 되지. 돌아가시기 전까지 훌륭한 일을 많이 하셨어. 자네 기쁘지 않은가?』

『전 지금 갑자기 그런 말씀을 들으니, 뭐가 뭔지 모르겠습니다.』

『그래, 왜 안 그렇겠어. 자네 겉으로는 초연한 척해왔지만, 그동안 얼마나 마음고생이 심했으려고…. 또 자기 아버지의 치부라고 생각했던 것을 세상에 솔직히 드러낸 자네 용기는 어떻고…. 그런데 자네 이제 그 굴레에서 벗어날 수 있게 됐어.

자네 아버님은 민족 반역자가 아니시고, 게다가 할아버님은 근대 아테나이의 위대한 종교가셨어. 안타깝게도 을유년 혁명 때 혹세무민하는 사교의 교주로 몰리셔서 처형을 당하셨지만, 그건 워낙 혼란했던 시절 탓이었네.

참, 자네도 그 당시에 당에 적을 두고 있었지 않았나? 가수운 선생이 처형당하실 때 자네는 그분이 친 할아버님인 줄도 몰랐겠군. 비극이야….

이건 아직 세상에 잘 알려진 건 아니지만, 선생이 아테나이 독립을 위해서 적지 않은 일들을 하셨더군. 내가 최근에 그걸 자세히 연구하고 있네.』

『아, 네. 뭐라고 감사를 드려야 할지….』

이매는 언제나처럼 가식적 겸손으로 답했지만, 금속성의 목소리로 후렴을 더욱 강하게 낸다. 은근히 상대방을 위압하는 태도다.

『자네 아까부터 식은땀을 자꾸 흘리는군. 무리도 아니야. 수십 년간 마음을 옥죈 사슬이 풀리는 순간 아닌가. 여보, 여기 차 한 잔만 갖다줘요. 가 원로가 목 좀 축이고 진정할 수 있게 말이야.』

『네, 알았어요.』

멀찌감치 부엌에서 혼자 일하던 이 교수의 부인이 대답한다.

『이제까지 자네가 해오던 말을 바꾸어 직접 이 사실을 공표하긴 어려울 거로 생각하네. 아버님은 자네가 어렸을 때 집을 나가서서 얼굴도 모른다고 했지? 자네를 전혀 돌보지 않았던 아버지가 원망스러울지도 모르지만, 그렇다고 민족 반역자의 억울한 낙인을 찍은 채로 내버려둬선 안 되겠지. 그래서 내가 며칠 후 학계에 그동안 연구한 내용을 발표할 예정이야. 그때 내가 자네 입장도 자세히 얘기할 거야. 어떤가. 그렇게 하는 편이 낫겠지?』

이때 교수의 부인이 차를 가지고 와 테이블 위에 잔을 놓고 이매에게 권한다.

『사모님, 고맙습니다. 그런데 차를 마시기 전에 한 가지 부탁드릴게 있습니다.』

『아, 네. 말씀하세요.』

『부엌에 칼이 있을 거로 생각합니다. 그 중에서 가장 묵직하고 잘드는 놈을 하나 빌려주실 수 있겠습니까? 댁에서 직접 질긴 고기를 다지거나 생선회를 뜨실 때 사용하는 것이면 좋겠군요.』

『네? 갑자기 그건 왜 찾으시죠?』

교수와 부인 모두 이매가 무슨 말을 하는지 이해가 안 간다는 식으로 멀끔히 쳐다본다. 하지만 잠시 전부터 저음으로 변해가는 이매의 목소리가 은근히 위협적으로 들리기 시작했고, 예전부터 막연하게 느껴졌던 이매에 대한 의구심이 점차 이시백 교수의 표정에 드러나기 시작했다. 그리고 이매도 그것을 감지하는 순간 자리에서 벌떡 일어선다.

『아, 이런. 제가 잠시 결례를 범했습니다. 저보다 연배가 한참 위이신 부인께 날을 가져오라 시키는 것은 예의가 아니죠.』

그러더니 발소리도 내지 않고 사뿐사뿐 발을 옮겨 부엌으로 간다. 싱크대의 찬장을 열자 문짝에 다섯 자루의 부엌칼이 손잡이를 위로 한 채로 꽂혀 있다. 이매는 그 중에 가장 큼직하고 시퍼렇게 날이 선 놈으로 뽑아 다시 응접실로 돌아온다.

먼저, 서 있는 이 교수 부인의 배를 한 번 찔러 쓰러트리고, 다음 소파에 앉아 있는 이시백 교수의 목과 등을 여러 차례 내리찍어 난자한 후, 머리를 잡아끌어 소파에서 마루로 쓰러트린다. 그리고 나서 이매는 부인이 가져와 테이블 위에 놓았던 차를 후루룩, 후루룩 마셨다. 마루에 깔아놓은 카펫은 노부부가 흘린 시뻘건 선지피로 금세 젖어가기 시작했다.

이매는 한동안 차 안에서 이틀 전 있었던 살육의 순간을 되새겨보았다. 다시 한 번 고개를 쳐든 가학적 본능은 또 다른 제물을 찾아 헤맸다. 이번엔 비릿한 피 냄새가 아니라, 수십 년간 쌓아온 타인의 명예와 그가 지켜온 따뜻한 가정과 추억을 짓이겨버리고 싶었다. 그가 아테나이의 통제 체제를 지속하기 위해서라며 의회에서 발의한 아내 공유제는 사실 이러한 그의 본능이 동기가 된 것인지도 모른다.

그가 아까부터 차 안에서 바라보고 있던 집은 현재 어린 진이가 그녀의 할머니, 아버지, 어머니와 같이 사는 집이다. 또한 그녀의 고조할아버지, 증조할아버지, 할아버지께서 100년 전부터 사셨던 무사 씨 집안의 고택(故宅)이기도 하다.

10

10월 21일 토요일 오전 10시 론디니움.

"지금쯤 그 여자 히스로 공항의 탑승 대기 라운지에서 우리와 한 비밀회담의 내용을 머릿속으로 한참 정리하고 있을 거야."

"글쎄요. 올 때와 마찬가지로 특별기편으로 돌아가니, 벌써 하늘 위를 날고 있지 않겠습니까? 아테나이와는 정규 항공편이 없으니까요."

"이런, 이런. 내가 그걸 깜박했군."

수상 이든은 새벽부터 민자연이 혼을 쏙 빼놓아 자신의 기본적인 판단력마저 흐려놓았다고 생각했다. 이든은 외무장관 고든과 브런치를 들며 앞으로 전개될 일의 경과를 논해본다.

"하지만 이르면 내년 초순경에 정규 항공편이 들어설 수도 있겠군. 물론 쿠데타가 성공해서 우리와 정식 수교를 한다면 말이야."

"성공할 겁니다. 이미 국민에게 민심을 잃어 한계에 닥친 통제 체젭니다. 그리고 오늘 새벽 쿠데타가 성공할 수밖에 없는 결정적 이유를 민자연에게 직접 들으셨잖습니까?"

"하여간 대단한 여자야. 29년 만에 자기 남편의 원수를 갚는 셈인가? 그런데 아들은 좀 안됐어. 체제가 바뀌면 처벌을 면치 못할 텐데. 그동안 쭉 현재 체제에 협조적이지 않았나?"

"그럴까요? 하지만 슈미트의 이론이 프러시아에서 언제 발흥했는지를 보면 꼭 그렇지만도 않을 겁니다. 자유주의 체제가 되면 오히려 더 써먹힐 데가 많을 수도 있죠. 게다가 자기 어머니가 최대 공로자가 될 텐데요. 한동안 자숙 기간을 거치고 다시 중용될 겁니다."

"흐흠, 생각해보니 그래. 재밌어. 아주 재미있어."

"이제 우린 승인 준비를 철저히 해놓아야 합니다. 가장 먼저 아테나이 반군을 승인하고, 다른 이오니아 폴리스들의 승인도 적극적으로 주선해야 합니다. 민자연은 내전이 전국 규모가 아닌 서울 시가전에 국한되고 기간이 열흘을 넘지 않으면, 성공한 혁명이 될 거라고 했습니다. 이때 우리의 외교적 승인이 절대적으로 필요한 겁니다. 쿠데타군이 국제사회에서 가능한 빨리 교전 단체로 승인받고 현 정부의 토벌 의지를 꺾기 위해서요."

"헤라클레이아 놈들 배 좀 아프겠군. 아카이아에서 29년간 유사 공산주의 체제였던 나라가 이제 자유주의 체제로 전환하려고 한다고. 그걸 우리가 가장 먼저 승인해주고, 우린 아카이아에서 미래의 강력한 지렛대를 얻게 되는 거야."

"그렇습니다. 이번 기회를 헤라클레이아에게 빼앗기지 않은 것이 행운이죠. 잘하면 이걸 계기로 이오니아의 세력균형 중심을 우리가 되찾아올 수 있습니다."

"참 고든, 내년쯤 국교가 수립되면 30년 전 서울 외곽에서 있었다는 그 폭발의 진상도 생각보다 쉽게 알아낼 수 있겠군."

"네, 안 그래도 스파이를 잠입시켜 조사해볼 계획이었는데, 비용도 수고도 훨씬 덜게 되었습니다. 서두를 필요가 없게 됐죠."

"오늘 잠을 설치긴 했지만, 얻은 것이 아주 많아! 이 카페오레와 쿠키…, 오늘따라 유난히 더 맛있는데! 안 그런가, 고든 군?"

11

10월 21일 토요일 오후 7시 서울.

브리타니아에서 외교 목적을 달성한 자연이 특별기로 아이가이온 해 상공을 날아오고 있을 즈음, 진이네 가족은 토요일 저녁 무사 씨의 선산이 있는 양주로 제사를 지내러 가기 위해 제수를 준비하고 있었다. 진이의 할아버지 무사인은 을유년 무장봉기 때 실종되어 생사를 알 수 없어 제사를 지내지 못하고, 증조할아버지 무사태의 제사를 할아버지 제사만큼의 비중을 두어 매년 지내고 있다.

사실 엄격한 통제 경제를 지향하던 이 당시의 아테나이에서 제사는 불법은 아니었으나, 탐탁지 않은 봉건시대의 잔재로 괄시받고 있었다. 그러나 진이의 가족은 할머니의 의견을 존중해 진이의 아버지 무사윤을 중심으로 3대까지의 제사는 꼭 지내오고 있었다.

그런데 올해 예외인 것은, 자연이 브리타니아로 떠나기 전 반드시 제사를 양주에서 지내자고 아들 내외와 약속을 하고 떠난 것이다. 게다가 약속한 날짜는 진이의 증조부 무사태의 기일을 열흘 이상 앞당긴 것이다.

어차피 서울의 집에서 천천히 지내도 큰 무리가 없는 제사를 자연이 브리타니아에서 귀국하는 바로 다음 날 지내자는 것이다. 며느리 영교는 이것이 영 부자연스러웠지만, 시어머니의 간곡한 당부가 있어 할 수 없이 따르고 있었다. 무슨 특별한 이유가 있는 것은 아닌지. 어쩌면 남편은 시어머니와 미리 어떤 특별한 약속을 해놓은 것은 아닌 가 하고 생각했다.

"어머닌 너무 힘드시겠어요. 내일 아침 귀국하시자마자 대통령 만 나뵙고 양주로 오셔서 우리랑 제사도 지내야 하고. 게다가 시차 적응 까지 하시려면 힘드실 텐데. 왜 올해는 날짜까지 일부러 앞당겨 이 바쁜 때 꼭 양주에서 지내자고 하시는지…."

"선산이 빨리 보고 싶으신가 보지. 우리한텐 거기서 특별한 일이 많았어. 또 마침 내일이 일요일이고 하니 그러셨겠지."

"진이 고모 일 말이죠! 그래도 어딘가 좀 이상해요. 어머니가 가시 기 전 당부하실 때 무슨 중대한 일이라도 되는 것처럼, 안 하면 큰일 날 것처럼 말씀하셨단 말예요. 당신은 뭐 다른 얘기 들은 것 없어 요?"

"…"

영교는 남편의 침묵이 자신을 무시하는 듯하여 조금 불쾌했지만, 자신이 아직 알지 못하는 사연이 있는 듯도 하여 조심스럽기 그지 없다.

"음! 어쨌건 오늘 당신이 와서 도와주니 좋아요. 제사 준비는 꼭 나 혼자 다 시키더니…. 진이야, 그건 엄마가 할 테니까 넌 여기 이 놋그 릇 마른행주로 좀 닦아. 그거 중조할아버지 진지 담을 제기야. 정성 들여서…, 알았지?"

"서둘러야겠어. 원래 우리가 떠나려던 시간보다 많이 늦었어. 저녁 은 양주 가서 먹기로 했는데, 아직 출발도 안 한 지금 벌써 저녁 먹 을 시간이 됐잖아."

윤이가 영교와 진이를 재촉하기 무섭게 벨이 울리며 누군가 집 대문밖에 와 있다. 영교가 먼저 인터폰을 받아 누구인지 확인하고 윤이에게 묻는다.

"여보, 김이매 원로가 누구예요, 아세요?"

'이런! 놈이 왜 여기에…, 혹시 일을 눈치 챈 건가? 그럴 리가 없는데….'

순간 윤이는 어찌해야 할지 몰라 당황했고, 영교는 영문을 모른 채 남편의 얼굴을 물끄러미 보았다. 남편의 표정으로 보아 김이매란 자가 불청객임은 틀림없다.

"여보, 어떻게 해요? 돌려보내요? 안 계시다고 할까요?"

"아냐, 일단 문은 열어주자고."

영교가 인터폰으로 대문을 열고, 뒤이어 손님을 맞기 위해 잠긴 대청마루 미닫이문을 열기가 무섭게 이매가 거대한 체구를 들이밀며 대청마루 위로 올라왔다. 연이어 이매보다도 우람하게 생긴 두 명의 보좌관이 밀고 들어와 이매보다 일 미터쯤 뒤에 횡으로 나란히 서서, 이매와 그 두 명 사이의 위계를 말해주었다.

세 사람 다 까만색 슈트를 차려입고 뒷짐을 진 거만한 자세로 섰는데, 마치 군대의 제식을 연상시켰다. 영교는 갑자기 밀려들어온 세 명의 사내를 보고 겁에 질려 뒷걸음질 치며 윤이와 진이가 있는 곳까지 몸을 피했다.

세 사람 다 구두를 벗지 않고 마루에 올라와 마치 점령군처럼 진이네 가족을 노려보았다. 이들이 구둣발로 대청마루 위를 딱딱 소리내며 걸어 들어올 때, 이 집 안에 머물던 조상의 정령들이 모두 흩어져 달아나는 것 같았다. 집안의 가장인 윤이의 권위도, 어머니인 영교의 다사로운 체취도 순식간에 날아가버렸다. 귀여움과 미래에 대한 숭고함으로 집안을 충만케 해온 어린 진이의 존재도 세 불청객에 의해 땅 밑에 묻혀버리는 듯했다.

"안녕하십니까. 무사윤 교수님. 절 기억 못 하진 않으시겠지요?"

"안녕하셨습니까. 근데 무슨 일로 이렇게…."

먼저 이매가 말을 건네고 윤이가 이에 답했다. 지금 같은 상황이라면 이매의 무례함을 꾸짖어야 할 판인데도, 윤이는 지극히 간단하게 답하고 이어지는 이매의 말을 기다려볼 수밖에 없었다.

"무사윤 교수님, 교수님처럼 고매하신 학식을 가지신 분께 시시한 설명은 필요 없을 것으로 생각되지만. 제가 지금 이렇게 결례를 무릅쓰고 이 집에 찾아온 만큼 말씀을 좀 드려야겠습니다."

상당히 거만한 말투긴 하지만, 일단 상대의 다음 행동이 무지막지한 폭력이 아닌 대화라고 느꼈을 때 윤이는 약간의 안도감을 느꼈다. 그리고 이 상황을 빨리 벗어나야 한다는 조바심이 드는 가운데 상대에 대해 약간의 기대감마저 들었다. 이어서 이매의 말이 이어졌다.

"세상 사람들은 우리 아테나이가 마르크스주의 국가, 또는 근대 공산주의 국가라고들 알고 있지만, 저는 그것이 사실이 아님을 알고 있습니다. 우리 아테나이는 바로 교수님의 부친 되시는 무사인 교수님이 돌아가시기 전 고대 스파르타의 리쿠르고스가 창안한 전체주의 체제를 근대적으로 재설계한 이론 아래 들어선 국가라는 것을 말입니다. 물론 그것조차도 세월이 지나며 어느 정도의 변형은 불가피했습니다. 지금은 리쿠르고스 파 이론과 마르크스 파 이론이 혼재된 상태 속에 있습니다. 하지만 저도 얼굴이 빨간 코쟁이가 만든 이론보다는, 교수님의 부친께서 만드신 이론이 더 사랑스럽습니다."

"고맙군요."

윤이 마지못해 감사를 표했으나, 지금 이자가 왜 갑자기 자신의 아버지를 들먹이는지 알 수 없어 불안하다.

"그런데 교수님. 부친께서 세우신 이론의 모태가 된 고대 스파르타에 아주 재미있고도 유용한 제도가 있었다는 것을 저는 몇 년 전에야 깨닫게 되었습니다. 제가 공부가 좀 짧지 않습니까?"

그제야 윤이는 이자가 말하고 싶은 것이 무엇인지 감이 왔다. 이년 전 이자가 의회에서 체제의 항구적 유지를 위해 아내 공유제 실시를 제안했다는 소식을 들었다. 그때 이매가 결국은 미친 게 아닐까 생각했었다.

"그래서 뭘 어쩌겠다는 거지요?"

윤이가 상기된 목소리로 반문한다.

"교수님은 아버님을 참 많이 닮으신 것 같습니다. 아버님께서 리쿠르고스의 전설 같은 이야기를 믿고 그것을 발전시켜 마르크스주의에 접목하신 후 아테나이의 실정에 맞게 적용하신 것이나, 교수님께서 프러시아의 칼 슈미트 이론을 연구해서 우리 조국 아테나이에 큰 도움을 주신 것이나…, 정말 부전자전 아닙니까?"

'이매 이 녀석이…, 나의 과거를 조롱하고 내 아버지까지 욕되게 하자는 것이구나! 사람 마음의 허점을 귀신처럼 알아내고, 그것에 파고들어 자신의 목적을 달성해내는 것에 쾌감을 느끼는 놈!'

계속해서 이매의 말이 이어진다.

"그래서 저도 두 분을 본받아 옛것으로부터 지금에 도움이 되는 것을 한번 창조해보고 싶었습니다. 이미 아시고 계시겠지만, 제가 의회에서 아내 공유제를 제안했습니다. 그랬더니만 여기저기서 저를 다 미친놈 취급하더군요. 하지만 겨우 그 정도 비난에 굴복할 제가 아니지요. 저는 제 아버지의 반민족 행위까지 망설이지 않고 고백한 후 제 모든 권리를 버린 사람입니다. 다행히 사람들이 그런 저를 아껴주어 다시 의회로 돌아올 수 있었습니다.

마찬가지로, 제가 지금 충심으로 이 창조적인 제도를 설파하려 한다면 언젠간 사람들이 절 인정해주겠지요. 아테나이의 체제는 이제 허물어져가려고 합니다. 계속된 계획경제의 실패, 그리고 크레타와 라케다이몬 같은 강대국의 위협 때문이지요. 이런 예외적 위기상태는 평소에는 용납되지 않던 것에 법적인 권위를 부여합니다."

"궤변이야. 어떻게 당신이 주장하는 아내 공유제 따위가 위기에 처한 아테나이를 구할 수 있단 말이야?"

윤이 드디어 분노를 참지 못하고 큰소리로 외친다.

"학식이 높으신 교수님께서 그걸 모르신단 말입니까? 아내 공유제는 인간 이기심의 근원인 가족을 해체하여, 인간의 생각 자체를 공동체 위주로 전환할 수 있게 해줍니다. 게다가 사모님같이 아름답고 지적인 여인을 통해 아테나이의 미래를 짊어질 건강하고 총명한 아이를 많이 생산한다면 얼마나 바람직한 일입니까. 저기 엄마 옆에서 아까부터 초롱초롱한 눈빛과 당돌한 표정으로 저를 노려보고 있는 교수님의 따님처럼 말이죠."

'진이야!'

딸 진이에게까지 옮겨가는 이매의 증오심이 느껴졌다. 이매에게 정신을 빼앗겨 진이를 잠시 잊고 있었다고 윤이는 생각했다.

'이 녀석은 처음부터 우리 집안을 파멸시키려고 했구나! 아내 공유제를 빙자해 영교를 빼앗아 내 인격을…; 그리고 어머니까지 파괴하려는 거야. 지금 이놈은…!'

순간 시간의 흐름이 멈추어버린 듯했다. 그리고 정신이 수년 전으로 거슬러 올라간다.

무사윤은 30대 후반에 미모의 여배우와 만나 결혼하게 된다. 자신이 다니던 명문 여대에서 메이퀸으로 뽑힌 후 여배우로 데뷔해 지적인 미인의 대명사가 됐던 열한 살 연하의 여자. 그 사람이 지금 자신의 아내이자 진이의 어머니 박영교이다. 윤이가 평범한 학자였다면 영교와 맺어지는 일은 불가능했을 것이다. 그는 이미 20대 후반부터 아테나이 통제 체제를 이론적으로 뒷받침하는 어용학자였다.

그렇다고 윤이가 학자의 양심을 버리고 진리를 왜곡했다거나 먼저 정부의 시녀 노릇을 자처한 것은 결코 아니다. 윤이가 박사과정에서 프러시아의 공법학자 칼 슈미트의 이론을 아테나이의 실정에 맞게 개량하는 연구를 하던 중, 정부가 먼저 윤이의 이론 가치를 알아보고 그에게 협조를 요청했던 것이다. 그래서 윤이는 통제 체제 아래서 같은 연배의 다른 이들이 감히 누릴 수 없는 많은 특권을 누렸다.

윤이는 서른일곱의 나이에 결혼했는데, 당시로서는 상당한 만혼이었다. 그렇게 늦게까지 결혼하지 않았던 것은 연구 때문에 바빠서, 또는 연애에 워낙 서툴다는 이유도 있었지만, 무엇보다 자신의 욕심에 차는 여자를 만날 수 없었기 때문이다. 주위에서 참하다고 소개받아 만나본 아가씨들은 다 시시했다.

그런데 30대 후반 노총각이 돼서야 아테나이에서 가장 유명한 여배우와 맺어진 것이다. 게다가 명문 여대 출신의 엘리트라는 간판이 있어, 사람들이 여배우에게 갖는 편견도 일소시켜주었다. 윤이가 영교를 사랑하지 않았던 것은 아니다. 분명 사랑했다.

그러나 영교가 윤이의 허영심을 만족하게 해주는 대상이 될 수 있었던 것 또한 사실이다. 평소에 여자에 거의 관심이 없어 보이던 윤이가 영교와 결혼한다는 소식을 들은 주위 사람들 중에 놀라지 않은 사람은 없었다. 그만큼 윤이와 영교의 결혼은 아테나이에서 일대 사건이었다. 윤이의 주된 연구 주제가 '국가의 예외상태'란 것을 아는 윤이의 친구 중 한 사람은

『이번에 무사윤이 진정한 '예외상태'를 아테나이에 실현했다.』

라고 비아냥대기도 했다.

이런 윤이의 행태는 그가 학문하며 일관되게 추구했던 철학과는 모순된 점이 있었다. 통제경제 체제의 가장 두려운 적인 개인의 소유욕은 근본적으로 사람이 남에게 자신을 드러내고 싶은 욕망에서 비롯된다고 생각했다.

그리고 인간의 그 드러내고자 하는 마음은 통제경제 체제의 대척점에 있는 자유주의 시장경제 체제의 기반이 된다. 뭔가를 남에게 보이고 싶은 마음이 존재하지 않는다면, 자본주의 시장경쟁은 성립할 수 없기 때문이다. 그래서 윤이는 사람이 드러내고 싶은 욕망으로부터 해방되는 것이 진정한 구원이라고 믿었고, 이런 그의 철학이 학문 연구의 근본을 이루었다. 그리고 이것은 마르크스주의에 맞서 리쿠르고스 파 이론을 세운 아버지 무사인의 철학을 물려받은 것이기도 했다.

그런데 윤이가 자신과 평생을 함께하고 자신과 닮은 자식을 낳아줄 배우자를 선택할 때만큼은 이 철학에 어긋난 행동을 했다. 남자라면 누구나 부러워할 만큼 아름답고 유명한 여인을 아내로 선택한 것이다.

하지만 지금까지 그것을 끄집어 문제 삼은 사람은 없었다. 이러한

일에서 과연 자유로운 사람이 누가 있을까? 모든 사람이 정도의 차이는 있을지언정, 이중 기준을 가지고 있다. 그리고 이러한 모순을 해결할 능력도 없다. 어차피 인지상정이기에 대부분의 사람이 침묵으로 일관한다.

그러나 지금 윤이 앞에 서 있는 이매와 같은 파렴치한 인물은 자기 욕망을 채우기 위해 상대의 그런 약점을 태연하게 파고든다. 아마 이매의 내면을 들여다보면 윤이와는 비교도 되지 않을 추악한 모순 덩어리의 인물일 것이다. 그 말도 안 되는 거대한 추악함이 오히려 윤이를 무력하게 했다.

"교수님은 사모님과 같이 아름다운 분을 독점하시기에는 너무 고지식하십니다. 너무 이론적이기만 하시단 말씀입니다. 하지만 저 김이매는 매사에 생각보다 행동이 앞섭니다. 그러니 제게 사모님을 한동안 빌려주십시오. 한 일 년 정도면 될까요. 사모님께서 제 아이를 배어 낳을 때까지 말입니다. 그리고 다시 고이 돌려드리겠습니다."

"당신 지금 그게 말이 되는 소리라고 생각하나? 여보, 빨리 공안에 신고해요. 어서!"

"반역죄로 처단되고 싶으시다면 그렇게 하시지요. 그래도 교수님 생각해서 정부에 보고하지 않고 있었지만…, 그러시다면 저도 이 길로 보고해야겠습니다. 그러면 어머니이신 민자연 대사께선 내일 아침 공항에 귀국하시자마자 체포되실 겁니다. 그렇게 되셔도 좋으십니까?"

'그랬구나. 역시 이놈은 눈치 채고 있었어. 단지 디데이가 내일인 건 모르고 있는 것 같다. 원래 한 달 후였던 것을 어머니가 출국 전 내일로 앞당겼던 건데…!'

"자네들 사모님을 빨리 모셔야 하지 않겠나. 특별한 준비는 필요 없으십니다. 제 보좌관들이 차 안으로 모시고, 나중에 필요한 것은 뭐든지 구해다 드릴 겁니다. 사모님, 빨리 따님과 작별인사를 하시지요. 꼬마야, 너무 서운해 하지 마라. 엄마는 아주 가시는 게 아냐. 일 년쯤 나랑 같이 있다가 다시 오실 거란다."

이매 뒤쪽에 서 있던 두 명의 보좌관이 앞으로 나오며 영교를 데려 가려 한다. 영교는 어찌할 줄 모르고 딸 진이의 손을 꼭 잡고 있다. 피할 곳도 저항할 힘도 없었다. 윤이는 이 상황이 너무 수치스럽지만, 저 거구 셋을 당해낼 수는 없었다. 압도적인 무력에 당할 수밖에 없는 것은 수치가 아닐 수도 있다.

하지만 윤이는 오늘 이매에게 말할 수 없는 정신의 참패를 당했다고 생각했다. 놈은 자신이 가지고 있는 정신의 치부를 교묘히 공략하고 자신의 아버지도 은연중 모욕했다. 이것은 단지 이매의 사악함에서 비롯된 것이 아니라 자신의 모자람 때문에 기인한 사실이라 생각하니, 최소한의 저항조차 할 기운이 나지 않았다.

윤이는 그냥 침묵을 지키는 수밖에 없었다. 이런 말도 안 되는 상황에 대해서 어떻게 대항해야 할지 알지 못하는 것이다. 20년을 닦아온 학문은 아무 소용도 없었다. '국가 비상사태이므로 모든 일이 특별한 결단을 요구하며, 법의 예외적 상태에 있다. 그리고 현재의 이런 예외적 상황이 장래의 새로운 관습과 법을 구성할 것이다.' 이런 이론들이 머릿속을 오갈 뿐, 이 어처구니없는 현상의 원인을 정확히 그리고 빨리 집어낼 수 없음이 더욱 고통스러웠다. 언제나 중립적인 관점에서 학문에 천착하다 보니, '나'란 입장에서 상대에게 분노하는 능력을 잃어버리고 있었던 것 같다.

이때 겨우 다섯 살이었던 진이는 자신의 부모와 세 거대한 남자들 사이에서 무슨 일이 벌어지고 있는 것인지 알 수 없었지만, 아빠의 무표정함과 꽉 다문 입술, 그리고 잡고 있는 엄마의 한쪽 손에서 느껴오는 체온과 맥박의 변화로부터, 이제까지 절대적으로 의지해온 부모님조차도 어쩔 수 없는 처지에 놓여 있다는 것만큼은 느낄 수 있었다. 거기다가 이매라는 자의 검붉은 얼굴에서 풍기는 가증스러운 미소와 허옇게 드러난 이빨이 어린 진이의 뱃속 심연에서 알 수 없는 분노를 분출하게끔 했다.

거구의 두 보좌관이 이매의 지시를 받고 앞으로 성큼 다가와 영교의 양쪽 팔을 한쪽씩 채어 끌어내리려 하자, 엄마의 한쪽 손을 잡고 있던 진이가 옆으로 밀려나며 넘어졌다. 영교는 다리에 힘이 풀려 두 무릎이 거의 마루에 닿게 된 채로 끌려간다.

이때 어디선가 타는 냄새가 나기 시작했다. 고대 사원에 들어가면 나는, 사람의 정신을 일상에서 탈출시키고 또 다른 자신을 느끼게 하는 향냄새 같은 것이 나기 시작했다. 그리고 조금 전 마루에 넘어졌던 진이가 서서히 몸을 일으키기 시작했는데, 등 쪽에서 하얀 연기가 피어오르기 시작했다. 잠시 넋이 나갔던 영교가 기이한 냄새에 정신이 들어 고개를 돌려보니, 진이의 몸에서 뽀얀 연기가 피어오르는 것이 보였다. 소스라치게 놀라 두 사내를 세게 뿌리치고 진이에게로 달려갔다. 보좌관들도 예측하지 못한 상황이라 영교를 손에서 놓치고 만다.

"진이야. 어떻게 된 거야, 어? 아앗."

영교가 서서히 상반신을 일으키는 진이의 왼쪽 손을 잡고 도와주려는 순간, 진이는 비명을 지르고 붉은 화염이 그녀의 등 아래쪽에서부터 위로 솟구치더니, 이내 그것이 파란빛으로 변한다. 영교는 이때 진이를 잡았던 왼쪽 손에 화상을 입은 채 후폭풍 같은 기운에 밀려 뒤로 넘어진다.

파란 화염이 진이의 척추를 타고 오르며 등과 어깨를 태우고 머리카락으로 번졌다. 불이 얼굴에 가까워질수록 파란빛에서 점점 흰 빛을 띠어가기 시작했다. 그리고 진이의 금속성(金屬性) 외침은 전류처럼 공기를 타고 듣는 사람의 고막을 뚫고 들어와 온몸에 파고들었다.

지향성이 있는 소리의 파동이기에, 이 소리는 유령처럼 누구보다도 이매의 몸 안에서 죄진 것을 다 내놓으라며 신경을 파열시키고 장기와 근육을 갈기갈기 찢어놓는 듯했다. 이윽고 혼절할 정도가 된 이매는 한동안 어찌할 줄 모르다가 두 명의 보좌관을 데리고 두 귀에서 피를 흘리며 도망치듯 돌아갔다.

진이의 몸을 태우던 하얀 불은 이제 불이 아니라 구름 같은 형상으로 진이의 광배가 되어, 전신을 떠받치며 의식을 잃은 그녀의 몸이 온전히 서 있을 수 있게 해주는 것 같았다.

12

10월 22일 일요일 오전 병원 안.

병실 창문을 통해 조금씩 들어오는 냉기가 홍조가 든 진이의 얼굴을 식혀주었다. 잠시 뒤 할머니가 수건으로 이마의 식은땀을 닦아주었다. 진이가 감겼던 눈을 힘없이 뜨자 할머니의 모습이 희미하게 시야에 들어왔다. 할머니가 이제 아테나이로 귀국해서 자기 옆에 와 계신 것을 알았다. 벌써 여러 시간째 어린아이가 견디기엔 너무나 큰 고통을 느껴왔지만, 진이는 할머니를 보자 자신도 모르게

"할머니, 선물…." 하고 힘겹게 첫 입을 뗐다.

"그래, 할머니가 선물 사왔어. 좀 참았다가 진이 아픈 것 다 나으면 할머니가 보여줄게. 진이야. 조금만 참자. 착하지, 응?"

옆에서 지켜보던 영교는 진이의 첫마디를 듣고 자신도 모르게 눈물이 왈칵 흘러나왔다.

일요일 새벽 서울로 귀국한 자연은 대통령궁에서 대통령과 독대 직후 오전 9시경에 아직도 가족이 양주로 떠나지 않았다는 사실을 알게 되었다. 어찌된 일이냐고 전화에 대고 아들 내외에게 불같이 소리 지르며 화를 냈다.

그런데 진이가 큰 상처를 입고 대통령궁 바로 앞에 있는 효자동 병원에 입원했다는 사실을 알고 병원으로 달려왔다. 그러고 나서 어제 저녁 이매가 집으로 쳐들어와 벌인 참담한 일, 그리고 진이에게 일어난 이상한 현상에 대해 알게 되었다.

진이는 주로 등과 어깨 그리고 엉덩이에 심한 3도 화상을 입어 살이 벗겨지고, 상처 부위가 뻘겋게 부어오르며 진물이 철철 흘러내렸다. 머리카락은 거의 다 타서 없어지고, 얼굴 가장자리가 그을려 분홍빛을 띠었다. 환자가 고통스러워 상처를 손톱으로 긁어내지 않도록, 엎드리게 한 채 두 손을 침대 앞 철제 난간에 묶어두었다. 고통스러워 혼자서 고래고래 고함 지르며 울다가 이내 제풀에 죽어 잠들기를 계속 반복했다.

열이 40도 이상으로 오르다가, 해열제와 항생제를 투여하면 식은 땀이 흘러 잠시 열이 내렸다가도 다시 오르기를 반복하여 온몸의 기

력이 쑥 빠졌다. 화상 부위가 너무 넓어서 호흡이 가빠 산소호흡을 해야 했고, 어린 나이라 면역력이 약해 합병증으로 얼마든지 사망에 이를 수 있었다. 그래서 의사들은 살아날 가망이 없다고 생각하고 있었다.

자연은 병실 안에서 이곳저곳 전화를 하며 당장 가족과 어디로 피해야 할지 알아보았다. 진이의 입원은 전혀 계산에 넣지 못했던 변수라, 매사에 치밀하고 완벽한 자연도 어찌할 바를 몰라 했다. 계속 항생제와 해열제를 투여하고 산소 호흡기를 달지 않으면 생명 유지가 힘든 진이를 큰 병원이 없는 양주로 데려갈 순 없었다.

"임 중위, 전술차량 한 대 효자동으로 보내줄 수 없을까? 의무 후송용이면 더 좋겠는데. 제대로 된 병원이 있는 지방 도시로 갈까 해. 손녀가 갑자기 크게 다쳐서 말이야. 뭐! 벌써 미아리 고개를 넘었어? 그럼 지금 빠져나올 순 없겠군. 그럼 일단 여기서 버텨봐야겠어. 알았어. 수고해."

반군 통제실에 있는 임세호 중위와 통화한 후 전차부대가 이미 미아리를 지나 대통령궁으로 향하고 있다는 소식을 들었다. 전차의 무한궤도가 미아리에서 대통령궁까지 달려오는 데 대략 30분 정도 걸릴 것이다. 예상보다 빠른 진격이라 이미 서울을 떠나기 틀렸다고 생각한 자연은 며느리를 재촉한다.

"어멈아, 병원에 부탁해서 진이 침대를 응급실로 옮겨야겠다. 응급실이 지하에 있지?"

"무슨 일이 나나요?"

"그래. 시가전이 벌어질 거야. 여긴 특별히 더 위험해. 대통령궁 바로 앞이라. 좀 있으면 탱크 부대가 들이칠 거야."

"어머! 어떻게 하면 좋아요. 지하로 피신한다고 될까요?"

"설마 병원에 대고 포를 쏘기야 하겠니. 총탄이나 파편만 피할 수 있으면 당분간 버틸 수 있을 거야. 그런데 아범은 어디 갔니? 아까까지 있었잖아?"

"당장 필요한 것들 좀 챙긴다고 집으로 갔어요. 제가 전화해서 빨리 이리로 오라고 할게요."

진이는 할머니를 본 후 눈을 감고 있었다. 할머니의 전화통화 소리, 어머니의 울먹이는 목소리가 왠지 저 멀리서 들려오는 것 같았다. 그런데 잠이 든 상태도 깨어 있는 상태도 아닌 몽롱한 기분에서 공기의 냄새 그리고 뺨에 닿는 촉감이 몇 시간 전과는 다르게 느껴졌다.

할머니를 보고 나서부터 상처에서 느껴오는 쓰라림이 아까보다 한결 나아진 듯했다. 자신의 상처가 조금씩 아물어가며 몸의 상태가 나아지고 있는 표시겠거니 했지만, 그렇게 받아들이기엔 변화가 무척 빨랐다.

그리고 몇 분 전부터 어떤 힘이 지표를 타고 와 진이의 팔이 묶여 있는 침대 난간까지 미세한 진동을 일으키는 듯하다. 다시 눈을 떠보았다. 할머니와 엄마가 창문 밖을 숨 죽이고 내다보고 계신다. 엎드린 채로 팔이 앞으로 묶인 상태라 몸을 움직이기 힘들었다. 언제나 약간의 냉기를 들여보내주는 창문이 침대 앞 벽, 오른쪽 옆으로 나 있는데, 창문을 향해 머리를 최대한 기울이고 밖을 보았다.

시꺼먼 쇳덩어리들이 줄지어 도로 한가운데를 통과하며 대통령궁을 둘러싼 하얀 철책 담을 따라 대열을 이루어 섰다. 진홍색 아스팔트로 포장된 대통령궁 정문 앞 광장에는 여러 겹의 까만 무한궤도 자국이 선명하게 찍혔다. 화상으로 인해 받아온 아픔을 진이는 순간 망각했다. 육중한 전차의 차가운 쇠 기운이 눈으로 전해지고 그것이 피부로 퍼져서 열상의 불기운을 제압해주는 것 같았다.

집에 잠시 가 있었던 윤이는 큰 여행가방 한 개를 들고 병실로 돌아왔다. 서둘러서 온 모양이지만, 영교의 눈에 비교적 침착해 보였다.

"탱크가 막 밀고 들어오네. 대통령궁을 포위했어. 조금만 더 늦었으면 도로가 차단돼서 병원 쪽으로 진입도 못 할 뻔했네. 차 트렁크 안에 짐이 몇 개 더 있는데, 찬 병원 지하 주차장에 세워놨어. 안 그러면 아마 밖에서 산산조각이 날지도 몰라."

막 돌아온 윤이가 영교에게 먼저 말을 건네고 어머니에게는 말없이 시선만 보낸다.

"그래요. 시가전이 벌어질 거라면서요. 여보, 빨리 진이 침대를 응급실로 옮겨야 해요. 근데 병원에 부탁해놨는데 아직 아무 말이 없네요."

"저 사람들이 뭘 알겠니. 우리 부탁은 지금쯤 잊어버리고 허겁지겁하고 있을 거야. 우리가 먼저 진이 데리고 아래로 내려가자. 다행히 지금 환자들이 많은 거 같진 않더라."

자연이 먼저 진이의 침대를 끌며 앞장서서 병실을 나왔다. 환자용 엘리베이터를 타고 지하 응급실까지 내려와 응급실 한구석에 자리를 얻었다. 진이의 상처가 큰데다가 어린 탓에 감염 위험성이 크므로 항생제를 추가로 놓고, 침대 주위를 병실용 커튼으로 둘러쳐서 독실 같은 분위기가 되었다. 진이의 침대를 옆으로 하고 응급실 바닥에 수건이나 외투를 깔개 삼아 그 위에 자연, 윤이, 영교가 앉았다.

진이는 울고불고 악을 쓰던 몇 시간 전과는 달리 오히려 차분해졌다. 좀 있으면 내전의 시작을 알리는 총소리, 폭탄 터지는 소리가 날 것이라 생각하고 바짝 긴장해 있는 세 어른과는 대조적이었다.

사실 진이는 병실에서 나오면서 창문밖에 보이던 시꺼먼 탱크들을 볼 수 없게 되어 아쉬웠다. 그것들은 지금 몸에 난 쓰라린 상처를 달래주고, 동시에 어제 이매 때문에 입었던 정신적 외상을 치유해주는 것도 같았다. 그리고 몸의 긴장이 풀리고 호흡도 아까보다 편해졌다. 그래서 시간이 지나자 편하게 잠을 잘 수 있게 되었다. 따로 진통제를 투여한 것이 아닌데도 불구하고….

한동안의 침묵을 깨고 자연이 먼저 아들 윤이를 향해 말을 걸었다.

"너무 낙심하지 마라. 네 이론은 나중에 다시 쓰일 데가 있을 거야. 네 이론은 자유주의 체제에서 더 긴요해."

"왜요. 나중에 또 쿠데타를 일으키시려고요?"

"난 이제 늙었어. 몇 년만 더 일하다가 은퇴할 텐데…."

"어머닌 이제 새로 시작될 체제를 전혀 신뢰하지 않고 계세요. 자기 스스로 일으켜 놓으시고도요. 그냥 아버질 복권해드리려고 그러신 거예요?"

"네 아버진 이 정권이 완전히 무너져도 복권되지 않을 거야. 내가 그걸 원하지 않고 네 아버지도 마찬가지실 거야."

"그럼 왜 지금 이 짓을 하신 거예요?"

"어차피 이 단계는 거쳐야 해. 한꺼번에 모든 걸 다 이룰 순 없잖아? 네 아버지도 한꺼번에 이루시려다 그냥 묻히셨어.

앞으로 십 년 이상 무서운 속도로 산업이 발전할 거야. 아테나이는 부자가 되겠지. 하지만 문제는 그 다음이야. 이제 새로 시작하는 체제는 결함을 안고 있어. 이렇다 할 대안이 없으니 그냥 이오니아 체제에 편승하는 거야. 제대로 된 자기 얼굴을 갖지 못한 체제라고. 원수처럼 생각했던 크레타도 이제 다시 올 거고…, 선생의 얼굴을 하고 말야. 크레타는 아카이아에서 이오니아 문명을 받아들여 가장 성공한 케이스니까.

이런 불완전한 체제는 체제 수호를 위한 기본원칙을 스스로 무너뜨려. 체제를 쇄신하기 위해서 말이지. 늦어도 60년 후엔 누군가 일어날 거야. 그때 너의 이론은 다시 빛을 볼 거고. 그러니 당장 세상이 널 찾지 않는다고 해서 의기소침하진 마."

콰앙~!

갑자기 강력한 폭발음이 진동과 함께 지하 응급실까지 전해졌다. 본격적인 쿠데타의 시작을 알리는 신호음 같았다. 사람들이 순간 비명을 지르고 우왕좌왕한다. 하지만 진이네 가족만큼은 당연히 올 것이 왔다는 듯 차분히 앉아 다시 대화를 이어나간다.

영교가 진이의 머리를 쓰다듬으며 유심히 바라보다 이야기를 꺼낸다.

"어머니, 진이가 많이 나아진 것 같아요. 호흡도 이제 별로 벅차하지 않고요."

"그래, 내가 보기에도 그렇구나. 이렇게 포 소리가 요란하게 울리는데도 아주 편안하게 자는구나!"

"어머, 이걸 좀 보세요. 여보, 당신도 이리 와서 좀 봐요. 아침까지만 해도 불에 타 뭉그러진 살에서 벌써 새살이 돋아나왔어요. 여기 이렇게 맑은 분홍빛으로요."

진이는 놀랄 만한 회복력을 보이기 시작했다. 보통 이 정도 심한 화상을 입으면 징그러운 흉터가 남고, 성형수술을 하더라도 원상태로의 복원이 어려운 것이 보통이다. 하지만 앞으로 수개월 후 이 화상 자국은 완전히 아물고, 진이는 예전보다 더 정제된 외모를 가지게 된다.

"어머니, 어떻게 이렇게 빨리 회복이 되죠? 어제 몸에서 이상한 불길이 치솟은 것도 그렇고…."

영교가 시어머니에게 물으며 대화의 화제를 진이에 대한 문제로 옮기려 애썼다. 이대로 시어머니와 남편이 계속 대화를 이어가다간 분명히 큰 소리가 나고, 앞으로도 모자 관계가 나빠질 것 같았다. 자신은 자세한 내막까지는 모르지만, 시어머니는 적극적으로 쿠데타를 계획해왔고, 남편은 어쩔 수 없이 따르긴 했으나 이 나라의 체제를 바꾼다는 것에 회의적인 것이 틀림없다.

"글쎄다. 혹시 몸에 다른 이상은 없었고?"

"입원 직후에 검사를 이것저것 다 해봤지만, 화상 이외에 아무 이상은 없었어요. 의사가 어쩌다가 이렇게 됐느냐고 물어볼 땐 너무 난처했죠. 사실대로 얘기해봐야 믿을 것 같지도 않아서…. 그런데 제 생각이 좀 엉뚱할진 모르지만…."

"왜 뭐 집히는 데라도 있니?"

"전 작년부터 어머니가 사주신 잔 다르크의 그림책에 진이가 유난히 집착을 보였던 게 마음에 걸려요. 이 년 가까이 거의 병적으로 집착해왔거든요."

"그래, 그랬지."

"특히 그 마지막 화형 장면이요. 그저께 밤늦게까지도 그 장면을 보다가 잠들었거든요. 그리고 어제 진이의 몸에서 일어난 불 모양을 지금 떠올려봐도 그림책에 나왔던 불 모양과 너무 비슷했어요."

"그러니까, 당신은 진이가 눈으로 본 것을 자기 몸에 실현했다는 거야? 그런 특수한 능력이 아이한테 있을지도 모른단 얘기지?"

영교가 하던 얘기를 듣던 윤이가 불끈하며 끼어든다.

"어머니가 사다주신 그림책에서 잔 다르크를 보고 흉내 내 자기 몸을 불살랐어요. 물론 실제 역사와는 좀 다르죠. 잔은 억울하게 마녀로 몰려 화형 당했던 거지만… 자, 그리고 이번엔 탱크들이 시내로 막 쳐들어오는 걸 직접 눈으로 보았고, 폭발음과 진동 속에서 전쟁을 직접 체험하고 있어요. 그럼 이 아인 나중에 어떻게 해서든 직접 반란이나 전쟁을 일으킬지도 몰라요. 할머니가 일으킨 반란을 보고요. 그럼 이제 모든 씨는 어머니가 뿌리신 게 돼요."

"여보, 너무 그렇게 부정적으로 보지만 마요. 우린 어제 그 상황에서 정말 아무것도 할 수가 없었어요. 그런데 뜻밖에 진이가 우릴 구한 거예요. 자기가 평소에 보던 그림책 내용을 본받아서요."

진이네 가족들이 논쟁을 벌이고 있을 때, 기갑부대를 앞세우고 대통령궁을 포위한 쿠데타군은 아직 방송국 등의 언론 기관을 장악하지 못하고 있었다. 효과적인 프로파간다를 살포하지 못하고 있었기 때문에 사람들은 갈피를 못 잡고 불안해했다.

기갑부대가 대통령궁을 포위하는 것에 기가 질린 수도경비사령부는 대통령궁에서 남쪽으로 3km가량 떨어진 남산으로 집결했고, 일부 병력은 용산에 진을 치고 반란군에 대응하기로 했다.

산속 암반 속에 요새화된 제1 전시 작전사령부가 있는 남산은 소수의 병력으로 방어하기 쉽고 지원병이 올 때까지 버티기도 좋았다. 대통령궁과 시내 곳곳에 배치된 전차의 주포들은 남산 사령부와 용산의 군사기지들을 향해 포를 쏘아댔다. 남산에서는 산 중턱의 울창한

솔밭이 타 화염과 검은 연기가 피어올랐다. 그리고 얼마 못 가서 산 정상에 있던 철제의 통신 탑이 쓰러지고 일부 건물들이 무너져내렸다. 용산에 있는 병기창고와 군 막사 역시 포격에 파괴되기 시작했다.

152mm 전차포의 위력은 대단한 것이었다. 아테나이 반도 이북 평원지역에서 라케다이몬의 대전차 부대와 충돌할 때를 대비해서 제작된 중전차의 주포이다. 그 파괴력이 라케다이몬의 125mm 전차포를 뛰어넘는다. 아테나이 전차부대가 라케다이몬에 대한 수적 열세를 상쇄할 목적으로 전차포의 파괴력을 극대화한 것이다. 그래서 이것이 포탄을 쏘아댈 때는 전차포가 아니라 마치 자주포와 같았다.

그러나 이것도 역시 기능상의 한계가 있었다. 이것은 전차를 파괴하기 위해 만든 직사포였기 때문에, 높은 곳을 포격하기 위한 앙각 기능이 떨어져 해발 250m 정도의 산에 요새화된 군 기지와 벙커를 정확히 파괴하기에는 여의치 않았다. 그래서 쿠데타군은 산정에 있는 구조물을 최대한 파괴하고 화재를 일으켜 기선을 제압하기로 했다. 아직 정부군을 완전히 제압하기에 충분히 다양한 화기가 동원되지 못하고 있었다.

마찬가지로 남산 수도경비군 사령부에는 쿠데타군의 전차를 파괴할 만한 대전차포나 로켓이 없었다. 할 수 없이 크레타의 공습에 대비하여 배치해둔 대공포들로 전차를 공격하기로 했다. 서툰 솜씨로 대공포를 조작하다 보니 공습경보 장치를 건드려, 수도 서울 전체에 사이렌이 울리기 시작했다. 낮게 드리운 회색 구름을 타고 고음의 소리가 도시 전체를 덮었다. 30mm 개틀링건의 탄들이 시내 곳곳에 떨어졌다. 원래 공중으로 쏘게 된 것인데 산 아래를 향해 쏘다 보니 명중률이 떨어지고, 운 좋게 맞더라도 두꺼운 전차의 장갑을 뚫지도 못

했다. 몇 분인가 지난 후부터는 전차를 조준해서 쏘는 것이 아니라, 전차의 포격과 움직임을 방해하려는 의도에서 전차 주변의 건물들을 무차별적으로 파괴했다.

쿠데타군과 수도경비군 사이의 전투로만 바라보던 시민 중 수백 명이 순식간에 죽거나 다쳤다. 진이가 입원해 있는 병원이 바로 대통령궁 앞 광장 서쪽에 자리 잡고 있어서 병원 건물이 궁 앞에 배치된 전차를 방해하기 위한 표적이 되었다. 병원 건물의 콘크리트 벽이 산산이 부서지며 사방으로 튀었다.

지상에서의 충격으로 지하 응급실이 심하게 울리고 천장의 마감재가 바닥으로 떨어져 사람들이 놀라며 비명을 지른다. 영교는 지상에서 벌어지는 일들을 상상해보지만, 전황이 어떻게 돌아가는지 짐작하기 힘들었다. 이 쿠데타의 설계자로 보이는 시어머니 자연이 다친 손녀와 함께 병원 응급실 바닥에 궁상맞게 앉아 있는 것 또한 실감이 나지 않았다. 시어머니는 어째서 아들과의 불화를 감수하고라도 아테나이의 체제를 바꾸려 했던 것일까? 진이가 이렇게 다쳐 누워 있는 것도 이 일과 무관해 보이지 않았다.

영교의 궁금증은 계속 증폭돼갔지만, 시어머니나 남편 모두 말수가 적다. 그래서 침묵하고 있는 시어머니에게 먼저 말을 건다.

"어머니, 조금 전에 공습 사이렌이 울리더니, 이젠 쿠데타군이 시내를 폭격하나봐요?"

"아니야. 아직 전투기가 동원될 단계는 안 됐어. 공군이 쿠데타에 동조할지 반대할지는 아직 모르지. 아마 돌아가는 전황을 보고 판단하겠지. 지금 움직여야 육군 항공대 정돌 텐데…, 근데 아직 헬기 소리는 안 들리지?"

"내전이 빨리 끝나 다치는 사람이 많지 않았으면 좋겠어요."

"첫 포격이 일어난 지 이제 꽤 됐지? 이미 대통령이 쿠데타 승인을 세계에 요청하고, 가장 먼저 브리타니아가 공식 승인을 했을 거야. 헤라클레이아와 프랑시아가 승인하는 것도 이제 시간문제고…. 오래 가지 않아. 단지 군이 어젯밤에 갑작스러운 명령으로 출동해서 장비를 충분히 서울로 가져오지 못했겠지. 그래서 초전에 정부군을 제압하지 못하고 있을 거야. 하지만 어쩔 수 없었어. 비밀유지를 위해서 오늘이 디데인 줄 아는 사람을 최소한으로 해야 했으니까."

이때 듣고만 있던 윤이가 끼어든다. 윤이의 말투에는 계속 불만스런 기분이 깔렸다.

"이매도 디데이가 오늘인 줄은 모르고 있더군요. 쿠데타 냄새는 이미 맡고 있었나 본데…."

"그러니 어제 그런 짓을 했겠지. 아직 시간 여유가 있으니 너희를 천천히 괴롭히다가 진압에 나서도 될 거로 생각한 거야. 그놈을 죽이려고 여러 번 시도했지만 번번이 눈치 채고 빠져나갔지. 내가 그동안 당을 반밖에 장악 못 했던 탓도 있고…."

"디데이가 한 달 앞당겨진 걸 아는 게 누구였나요? 어머니와 저 빼고요."

"한 달 앞당겨진 게 아냐. 원래 오늘이었어. 어차피 보안이 완벽하지 못할 걸 알고 육 개월 전부터 헛정보를 흘렸지."

"그랬군요. 그럼 처음부터 쿠데타 원안을 다 알고 있던 사람은 누구였나요?"

"대통령하고 나."

"어머, 대통령이 쿠데타의 주동자라고요?"

영교가 갑자기 놀란 듯 대꾸한다.

"그래, 재작년 의회 원로회의에서 뽑히기 전부터 나와 계획을 짰어. 그다음에 난 그 사람이 대통령으로 선출되도록 뒤에서 최대한 노력했고…. 쿠데타 주동자가 대통령이라서 브리타니아를 설득하기도 쉬웠어.

밖에서 보면 전차들이 대통령궁을 포위하고 대통령이 반군에게 사로잡힌 것 같이 보이겠지만, 아니야. 지금 대통령은 군 병력 중에 가장 막강한 부대를 직접 수중에 넣은 셈이 돼.

중앙당 간부들에게 손쓸 틈을 안 주고 대통령과 군 사이의 간격을 메워버렸거든. 장비와 병력 부족도 하루나 이틀 후면 해결될 거고. 문제는 해군인데, 해군이 통제파 정부군 쪽에 붙으면 곤란해. 해군이 인천 앞바다에서 서울로 함포사격이라도 하면 큰일이지. 내전이 장기화한다고….

그래서 조기에 브리타니아와 이오니아 폴리스들의 승인이 필요한 거야. 공군은 크게 문제 될 게 없어. 이제까지 비교적 정치엔 중립적이었고 아직 세도 미미하니까. 우리가 승기를 잡아가면 마지못해 우리를 편들 거야."

영교는 내심 매우 놀랐다. 이제까지 시어머니를 유능한 정부의 고위관료 정도로 알고 있었는데, 알고 보니 수십 년 앞을 내다보고 나라를 들었다 놨다 하는 여인인 것이다. 남편은 그런 어머니의 본모습을 예전부터 잘 알고 있었지만, 어머니와는 뜻이 잘 안 맞는 것 같다. 그런데 시어머니는 과연 무엇 때문에 목숨을 걸고 저토록 큰일을 벌이시는 걸까. 저렇게 일흔이 넘은 고령임에도 불구하고….

한편 진이는 몽롱한 상태에서 할머니·어머니·아버지의 목소리, 사람들의 웅성거림, 지상에서 들려오는 폭발음과 건물의 울림을 느끼며 차분히 잠이 들었다. 덴 살이 조금씩 고통과 열기를 삼키며 새살로 다시 돋아나는 것이 느껴졌다. 아침에 창밖으로 보았던 탱크의 차갑고도 비상한 기운을 꿈속에서 떠올렸다. 진이는 소록소록 잠을 자며 미래를 향해 새로운 마음과 몸을 만들어가고 있었다.

13

며칠간 치열한 시가전이 벌어졌다. 선봉으로 서울시에 진입했던 쿠데타군의 전차부대 후속으로 2만의 기계화 보병이 증원되면서, 서울의 아리수 이북지역은 쿠데타군에 의해 거의 완벽히 점령되어갔다. 더는 남산 사령부에서 시간을 끌기 어렵다고 생각한 수도경비 사령부는 아리수 이남의 관악산에 있는 제2 전시작전사령부로 거점을 옮기고, 아테나이 반도 남쪽에서 증원된 병력으로 끈질기게 저항했다.

서울 한가운데를 관통하며 흐르는 아리수를 중간에 놓고 남쪽의 통제파와 북쪽의 자유파가 결전을 벌이는 형국이 되어버렸다. 통제파 정부군에게도 중화기가 보급되어, 아리수 이북으로 로켓을 날려보내거나 대전차 공격 헬기를 북측으로 보내 자유파의 전차를 파괴하기 시작했다.

그러자 이오니아 폴리스들의 승인 후 북쪽 자유파 쿠데타군에 가세한 공군은 전폭기를 동원해 관악산 제2 전시 작전사령부와 주변 시설들을 맹폭했다. 그러면서 서울은 아테나이력 4303년 크레타의 식민통치 이후 60여 년간 조성돼온 시가지가 초토화되어갔다. 처절한 파괴라고 볼 수도 있었지만, 어쩌면 이것은 지난 60여 년간 누적된 두 차례의 이념적 실패를 극복하고 새로운 역사를 건설하고자 하는 아테나이인들의 에너지가 폭발한 창조적 파괴라고 볼 수도 있었다.

시간이 갈수록 전세는 북쪽의 자유파 쿠데타군에게 유리해져갔다. 원래 반도의 북방군은 만추리아에 주둔한 라케다이몬 대전차 부대가 남하할 것에 대비해 크레타가 창설해놓은 기계화 부대였다. 이후 크레타 축출 후에도 북방군은 아테나이 최정예로 유지되어왔다. 약 20여 년간 라케다이몬과는 이념적으로는 같은 길을 걸어왔지만, 그렇다고 두 나라가 사이가 좋았던 것은 아니다. 언제고 전쟁이 날 수 있는 상태였다.

그런데 이번 쿠데타에 이 북방군의 기계화 부대가 가장 먼저 쿠데타군으로 참가했다. 결국 남쪽 통제파가 밀리기 시작했다. 만일 반도 남쪽의 해군이 적극적으로 통제파를 지원했다면 이야기는 또 달라졌을 것이다. 남쪽의 해군은 크레타의 침공에 대비하여 충분치는 않으나 상당한 전력을 갖추고 있었기 때문이다. 그러나 다행히 해군의 내전 개입은 없었고, 통제파가 자유파에게 항복함으로써 내전은 마무리됐다.

내전은 서울 이외의 지역으로 확대되지 않고 7일 만에 종료되어 피해를 최소한으로 줄였다. 자연의 바람대로 성공의 요건을 갖추어 훗날 쿠데타가 자유주의 혁명으로 평가받을 수 있게 된 것이다.

자연의 가족이 살았던 을지로의 기와집은 전장 한복판에 있었으면서도 다행히 파괴되지 않고 남아 있었다. 하지만 시내 대부분이 폐허가 된 상황이고 이매의 폭거가 떠오르기도 하여 이 집에 계속 살 엄두가 나지 않았다.

그래서 자연이 이미 수년 전 사놓은 개운산 위의 아담한 2층 양옥 집으로 이사하기로 했다. 이곳은 사대문 안의 시내에 비하여 전흔이 거의 남아 있지 않았고, 최근 신식으로 지어진 집인 데다가 무엇보다 집에서 삼각산의 하얀 바위들을 한눈에 바라볼 수 있다는 데 가족들 모두 만족했다.

　내전이 끝나고 한 달쯤 지난 후 을지로 집에 있던 가산을 정리해 이사를 했다. 짐을 실은 트럭을 앞세우고 자연의 가족 네 명은 자가용으로 트럭을 뒤따랐다. 윤이가 운전을 하고 영교가 조수석에, 그리고 자연과 진이가 뒷좌석에 나란히 앉아서 간다. 진이는 한 달이 지난 지금 상처가 놀라운 속도로 아물었다. 아직 흉터가 남아 있긴 하지만, 그것도 얼마 후엔 완전히 나을 기색이다. 보통사람에게는 있을 수 없는 놀라운 회복력이다.

　"진이야. 할머니가 그동안 정신이 없어서 진이 주는 걸 깜박하고 있었어. 할머니가 진이 주려고 브리타니아에서 사온 거야. 가방 깊숙이 넣어두었다가 오늘에야 꺼냈다. 자 보렴. 열어봐, 뭔가."

　진이는 정말 오랜만의 기쁜 일이라는 듯이 얼굴에 화색이 돌아 서둘러 포장지를 뜯고 상자를 열어본다. 상자 안에는 아주 정교하게 실물과 똑같이 만들어진 비행기가 한 대 있었다. 재질은 가벼운 금속과 플라스틱이고, 색깔도 반짝반짝 빛나는 하얀 에나멜 칠이 되어 있어 고급스러움까지 겸했다. 어떻게나 잘 만들어져 있는지, 비행기의 랜딩기어와 날개 등이 자연스럽게 열리거나 접혔다. 아직 아테나이에서는 이런 유의 모형이 보급 안 된 상태지만, 이오니아에서는 아이들의 장난감이라기보다 장인정신이 깃든 어른들의 수집품으로도 애용되는 상품이다.

"이번엔 셰익스피어 그림책을 사올까 했는데, 그럼 또 얼마나 어멈이 읽고 번역해주랴 고생이겠니. 그래서 이번엔 비행기 모형으로 했어."

"어머니, 진이가 마음에 들어 하네요. 벌써 빠져 있는 것 같은데요? 콩코드 여객긴가요?"

"그래, 어멈이 잘 아는구나. 헤라클레이아의 항공 산업이 워낙 앞서가니, 독주를 막느라고 브리타니아와 프랑시아가 합작으로 만들고 있지. 지난번에 브리타니아 쪽 생산 공정을 견학했어. 큰 공장 안 라인에서 10대가 동시에 만들어지고 있더라. 이 년 후에 항공사에 납품돼서 운항할 계획이래."

"어마어마하군요. 우리나라가 브리타니아·프랑시아와 정식 수교하게 되면, 서울에도 콩코드 운항편이 생길까요?"

"글쎄, 그때 가봐야 알겠지. 공장 견학 후 공군기지에서 시제기 두 대로 시험비행 하는 걸 봤어. 원래 전략 폭격기로 개발됐던 거라 그런지 공중에서 전투기 못지않은 기동을 보이더라. 전쟁이 나면 다시 폭격기로도 전용이 가능할 것 같아."

이때 듣고만 있던 윤이가 끼어든다.

"대부분의 첨단 제품은 군비로 개발됐다가 민수용으로 전환된 게 많아요. 어머니가 즐겨 입으시는 브리타니아 제 트렌치코트도 원래 브리타니아 육군용으로 디자인된 거죠."

"그러게, 생각해보니 그렇구나. 역사와 문명을 이끄는 게 전쟁이라니…"

잠시 뒤 영교가 무슨 생각에서인지 진이에게 말을 건넨다.

"진이야, 할머니가 이번에 또 덤으로 선물을 주셨구나."

자연이 무슨 영문인지 몰라 금세 반문한다.

"무슨 말이니? 또 덤으로? 얘, 난 지금 귀국해서 처음 주는 선물이야."

잠시 뜸을 들인 후 영교가 담백하게 대답한다.

"아니에요. 어머닌 귀국하자마자 진이에게 큰 선물을 주셨어요. 콩코드를 진이에게 주시기 전에요."

잠시 침묵이 흐른 후 자연도 윤이도 영교의 말뜻이 무엇인지 알겠다는 듯 살짝 고개를 끄덕이며 말없이 새 집으로 향했다.

쿠데타 이후 아테나이는 본격적으로 산업화를 추진하게 된다. 100여 년 전 밀려온 이오니아 문명의 거센 물결 속에서 한 번은 크레타 식민지배 체제 아래서 신음하다가, 혁명을 통해 유사 공산주의 체제로의 전환 후 뼈아픈 체제 실패를 경험했다. 그리고 이제 다시 자유주의 시장경제 체제로 전환하여 본격적인 근대 산업화의 길을 걷게 되었다.

그러나 쿠데타의 주동자 자연이 아들 윤이와의 대화에서 밝혔듯이, 아테나이의 정체성은 산업화의 성공 이후에도 모호하여 그녀 자신의 얼굴을 갖지 못할 것이었다. 그리하여 미래에 아테나이의 업은 이제 겨우 다섯 살인 진이에게 돌아가게 된다.

할머니의 도움으로 이제 막 첫 환란을 극복한 다섯 살의 진이는 그런 자신의 미래를 아는지 모르는지, 할머니에게서 받은 콩코드 비행기 모형을 가지고 놀며 새 보금자리로 향하고 있었다.

제3장

가락기누

그리하여 강한 상대와 교제하면 아무래도 자신을 버리고 상대방의 습관을 따르기 마련입니다. 우리가 저 사람은 포크 쥐는 방법도 모른다는 둥 나이프 쥐는 방법도 터득하지 못했다는 둥 하면서 타인을 비평하고 우쭐거리는 것은 어떤 특정한 이유 때문이 아니라, 다만 서양인이 우리보다 강하기 때문입니다. 우리 쪽이 강하면 우리 쪽을 흉내 낼 것을 저쪽에 강요해 주객의 위치를 바꾸는 것은 손쉬운 일입니다. 하지만 그렇게 되지 않으니까 이쪽에서 상대방의 흉내를 냅니다. 더욱이 자연스럽게 발전해온 풍속을 갑자기 바꿀 수는 없는 노릇이라, 단지 기계적으로 서양 예식을 터득할 수밖에 달리 방법이 없습니다. 자연스럽게 안에서 발효해 빚어진 예식이 아니기 때문에 억지로 갖다 붙인 것 같아 매우 보기 흉합니다. 이것은 개화가 아니고 개화의 일단이라고도 말할 수 없을 정도로 사소한데, 그런 사소한 내용에 이르기까지 우리가 하고 있는 일은 내발적인 것이 아니고 외발적인 것입니다. 한마디로 말해, 현대 일본의 개화는 피상적인 개화라는 사실에 귀착됩니다. 물론 1부터 10까지 모두 그렇다고는 말하지 않겠습니다. 복잡한 문제를 다룰 때 그런 과격한 언어는 삼가하지 않으면 실례일 것입니다만, 우리 개화의 일부분 혹은 대부분은 아무리 자부해보아도 피상적이라고 평할 수밖에 도리가 없습니다. 그렇지만 그것이 좋지 않으니 멈추라는 뜻은 아닙니다. 사실 어쩔 수 없이 눈물을 삼키면서 피상에 편승해 진행하지 않으면 안 되는 것입니다.[5]

— 나쓰메 소세키의 「현대 일본의 개화」 중에서

아테나이력 4303년, 경술(庚戌)년, 네스토리우스력 1970년

14

진이가 스스로 자신의 몸을 불태우고 자연이 쿠데타를 일으켜 아테나이가 자유주의 체제로 전환하기 64년 전의 아테나이 서울이다.

올해 아홉 살인 자연은 유서 깊은 무사 가문 민 씨 댁의 외동 따님이다. 오늘은 황후마마의 초청으로 대궐을 방문하기로 한 날. 어머니이신 선전관 부인 박교하(朴交河)와 함께 아침부터 몸단장하느라 바빴다. 아버지는 선전청 선전관 민경하(閔敬霞) 공으로 이른 아침 등청하셨지만, 궁궐 수비를 맡고 계시니 어쩌면 대궐에서 우연히 만나뵐 수도 있겠다고 생각했다.

자연이 작년에 대궐 갈 때 입었던 연두색 당의(唐衣)를 장롱에서 꺼

---

5   나쓰메 소세키, 『나의 개인주의 외』 김정훈 옮김, 책세상, 2004년, 104쪽.

내 입었다. 한 해 동안 몸이 커서 작년에 여유 있게 맞춘 것이지만 올해는 몸에 딱 맞는다. 어머니 교하는 다시 잘못된 데가 없나 몇 번이고 딸의 옷매무시를 다듬어주었다. 행여나 제대로 못 배웠다고 대궐에서 책을 잡히지 않기 위해, 황후마마와 한 집안사람으로서 마마께 누를 끼치는 일이 없기 위해서이다.

오늘 한 해 만에 다시 만나뵙게 될 민 황후마마는 자연과 8촌간이 되며 나이는 자연보다 22살이 많아 어머니뻘 되시지만, 항렬이 같아 집안에서 자연은 황후마마를 사사로이 '자영 언니'라고 부르길 좋아했다. 항렬이 같으므로 돌림자도 같은 자줏빛 자(紫)자를 쓴다. '민자영(閔紫英)과 민자연(閔紫涓)', 자신과 한집안이요, 같은 돌림자를 사용하는 자영 언니가 황후라는 사실이 어린 자연에게 자신도 어쩌면 장래에 황후가 될 수 있다는 생각을 심어주었다.

'지금 나보다 한 살 어리신 태자마마. 태자께서 성장하시어 나의 남편 되고 나는 이 나라의 국모가 될 수도….'

어머니의 도움을 받아가며 몸단장하는 순간에도 자연은 속으로 이렇게 되뇌었다.

당의를 격식에 맞춰 단정히 입고 어머니와 방에서 대청마루로 나왔다. 하얀 댓돌 위에 놓인 꽃당혜가 눈에 들어온다. 아침 햇살을 받은 빨간색 비단 빛이 유난히 더 윤기를 머금은 듯 보였다.

하얀 버선 신은 발을 신 속에 쏘옥 밀어넣으려고 오른쪽 다리를 마루 아래로 내리려 하니, 침모가 옆에서 자연의 바른손을 잡아 부축해주었다. 곧이어 발이 신에 닿자마자 침모는 다시 당혜가 앞으로 밀리지 않도록 양 손바닥으로 신의 앞부리와 뒤꿈치를 발이 다 들어갈 때까지 꼭 잡아주었다.

제법 몸에 살점이 붙어 중년여성다운 후덕함을 지닌 침모와는 평소에 격이 없이 편하게 지내는 사이다. 침모는 아주 오래전부터 집안일을 돌보아온 사람인데, 어찌나 목소리가 크고 괄괄한지 아버지를 제외한 집안의 모든 장정을 휘어잡을 정도다. 그래서 자연은 대체 침모의 어디에서 저런 기운이 나오는지 궁금했고, 실질적인 집안의 가장이 침모라 생각될 때도 있었다.

　그러나 오늘은 자연이 황후마마를 뵈러 가는 날이다. 그래서인지 침모는 평소보다 자신을 깍듯이 상전으로 모시는 듯하다. 오랜 세월 동안 파탈된 자연과 침모 사이의 노주(奴主)관계를 집 저편 대궐에 계신 황후마마께서 복원시키고 계신 것이다. 침모가 고맙다기보다 황후마마의 눈에 보이지 않는 덕을 새삼 느끼는 순간이다.

　마당에는 가마 두 채가 준비되어 있었다. 가마에 올라 북촌 집에서 대궐로 가야 하는데, 올해는 작년에 대궐을 방문할 때와 다른 것이 있다. 북악산 아래 있는 정궁 경복궁으로 가는 것이 아니라, 정동에 있는 경운궁으로 향하는 것이다. 올해 초부터 황제 폐하 내외분이 거처하시는 궁궐은 경운궁이고, 오늘은 그 안에서도 이오니아 식으로 지어진 석조전이란 전각에서 황후마마를 배알하게 된다.

　황제께서는 오 년 전 아테나이가 라케다이몬의 번신(藩臣)이 아니라 자주 국권을 가진 황제국임을 세계만방에 선포하셨다. 그러자 이제까지 아테나이가 라케다이몬의 영향에서 벗어나 근대 주권국가가 될 것을 독려해온 크레타는 이율배반적이게도 황제 폐하의 정책을 집요하게 방해했다. 계속되는 크레타의 간섭과 위협에 지치신 폐하께서는 너무 넓어 경비하기 힘든 경복궁을 버리시고, 비교적 아담하며 이오니아 강대국의 외교 공관에 둘러싸여 크레타의 위협을 막기 수월한 경운궁으로 이어하셨다.

집을 나선 가마는 집 바로 앞에 있는 훈련원을 지났다. 지금 어린 자연은 알 리가 없지만, 후일 시아버님이 되실 무사태(武士泰) 공이 종사품 훈련원 첨정으로 재직하고 계신 곳이다. 자연은 이 해로부터 21년 후 무사태 공의 아들 무사인(武士忍)과 결혼하게 된다.

가마는 운현궁과 낙원동을 지나 종로로 나와 광화문 앞을 지난다. 자연은 왼쪽 창을 열고 주렴을 제친 후 남산 쪽 하늘을 바라본다. 오늘도 어김없이 하늘에 괴물같이 거대한 물체가 서울 하늘에 떠 있었다.

길이는 100m가 훨씬 넘고 폭도 10m가 넘는 회색 괴물이다. 철골로 기다란 타원형 꼴을 만들고 그 위에 두꺼운 천을 덮어 형체를 만든 다음, 안에는 수소를 채워 오랫동안 공중에 뜰 수 있게 만든 것이다. 외국 문물에 밝은 사람들은 저걸 체펠린 비행선이라고 불렀는데, 크레타가 군사적 목적으로 사용하기 위해 프러시아에서 수입한 것이라고 자연은 들었다.

비행기보다 오랫동안 하늘에 떠 있을 수 있으니, 지상을 감시하는 데 유용하고 비행기보다 한꺼번에 더 먼 거리를 날아갈 수 있다. 안에서 사람이 망원경으로 지상을 감시하고 비행선 바깥쪽에 브리타니아에서 수입한 고성능 카메라를 장착해, 그들이 보기에 수상하다고 보이는 물체나 사람의 사진을 찍어 분석한다. 안에는 폭탄과 기관포를 싣고 있다가 언제라도 지상을 폭격할 수 있게 해놓았다.

폐하께서 올해 초 크레타의 간섭을 피하고자 경운궁으로 거처를 옮기신 후부터, 크레타는 비행선을 동원해 서울 구석구석을 감시하고 아테나이인들에게 계속 겁을 주었다. 그렇게 한 것이 이제 반년을 홀쩍 넘겼다.

여름이 지나 가을이 되어 해가 짧아지고 선선한 가을바람이 불어오자, 해질녘 석양에 비친 비행선의 모습은 공포 그 자체였다. 특히 비행선의 한복판에 그려진 커다란 검은 소의 대가리는 크레타가 근대국가로 전환하면서 크레타 군의 상징으로 사용하기 시작한 것인데, 이것이 사람들의 공포를 몇 배로 더 증폭시켰다.

어떤 날은 3대, 또 많게는 6대가 서울 상공에 떠 있으며 수천 년간 쌓아온 아테나이의 풍경을 훼손했다. 밤이 되면 비행선이 제 큰 몸뚱이를 스스로 밝게 비추며 삼각산 백운대와 인수봉 바로 위에 떠 있곤 했다. 어찌 보면 비행선이 봉우리 위에 떡하니 걸터앉아 있는 것처럼 보이기도 했는데, 그때 비행선의 조명에 비친 백운대와 인수봉의 허연 바위가 밤하늘에 몹시도 처연하게 보였다.

원래 백운대와 인수봉은 임금님 바위라 해서 사람들이 함부로 오르지 못하게 하던 곳, 즉 아테나이 왕실을 상징하는 신성한 바위이기도 했다.

이것이 올해 아홉 살 난 소녀 자연의 눈에 비친 아테나이의 풍경이다. 황후마마를 뵈러 간다는 가슴 설렘과 함께 외세에 의한 공포와 억압이 자연의 머릿속 풍경에 혼융되어갔다.

서울 하늘에 군림하며 아테나이가 수천 년간 이룩해놓은 풍경을 보란 듯이 파괴하고 백성을 겁주는 저 비행선들은 크레타에서 동 아테나이해를 건너온 것이다. 그러나 문제의 근원으로 거슬러 올라가자면, 지금 이 위협은 이오니아 대륙에서 저 넓은 아이가이온 해를 건너온 것이라고 봐야 한다. 본래 아카이아 세계의 일원이었던 크레타는 광포한 이오니아 문명의 첨병으로 아테나이를 침략해온 것이라보는 것이 더 정확할 것이다.

아테나이인은 수만 년 전 라케다이몬의 서쪽, 그러니까 서(西) 라케다이몬 또는 서역이라 부르는 지역에서 일어나 오랜 세월을 거쳐 동쪽으로 이동하다가, 약 일만 년 전쯤 아테나이 반도에 정착하게 된다. 그 후 역사시대에 들어서면서도 대륙의 정세가 불안할 때마다 반도로 유이민이 흘러들어, 오늘날과 같은 민족을 형성하고 국가를 세우게 되었다.

마찬가지로 이오니아 인들도 아테나이인처럼 서 라케다이몬에서 일어난 사람들인데, 그들은 아테나이인들과는 반대로 서쪽으로 이동하여 이오니오스 해란 바다를 건너 이오니아 대륙에 정착하기 시작했다. 처음에는 주로 이오니아 대륙 동쪽 해안에 정착하여 폴리스란 도시국가들을 건설했다.

이 폴리스의 문화는 집단보다는 개인의 자유를 중시하는 풍조를 가지고 있었고, 이것이 폴리스들 사이에서 새로운 땅과 자원을 찾고자 하는 치열한 경쟁으로 발전했다. 그들은 이오니아 대륙 서쪽 내륙으로 앞 다투어 진출하다가 결국은 아이가이온 해안에 다다랐고, 여기에 세워진 신흥 폴리스들에 의하여 다시 저 넓은 아이가이온 해를 건너 동 아테나이해에까지 다다르게 된다.

이오니아 도시국가들 사이에서는 자유무역이 성행하고 금융업이 발달하여 거대한 시장경제 체제가 형성되었다. 이들의 문화가 크레타와 아테나이에 전해지게 되었는데, 그 구체적인 계기는 이오니아 인들의 포경선이 동 아테나이해에까지 고래를 잡으러 오면서부터이다. 아직 석유가 본격적으로 사용되기 전까지는 고래 기름은 중요한 에너지원이었다.

특히 동 아테나이해에서 많이 잡히는 향유고래의 머리에서 채취되는 경뇌유(鯨腦油)는 이오니아 사람들이 보편적으로 신앙하는 네스토리우스교의 사원에서 제의(祭儀)에 사용되는 양초의 원료로 쓰여, 매우 비싼 가격에 거래되기 때문에 경제적 수익이 매우 컸다.

아테나이·크레타·라케다이몬 삼국은 수천 년간 서 라케다이몬이나 이오니아와는 다른 성격의 아카이아 문명 세계를 이룩해온 나라들이었다. 그러나 이오니아 문명을 다른 두 아카이아 국가보다 수십 년 일찍 받아들인 크레타에서는 빠르게 도시와 상업이 발달하여 자유시장경제가 생겨났다.

원래 크레타는 대륙과 동 아테나이해를 사이에 두고 떨어져 있는 섬이란 지리적 요건 때문에 라케다이몬과 아테나이보다 비교적 느슨한 전제 정치 체제와 지방 분권적 자치제도가 병존하고 있어서, 이오니아의 자유시장경제 체제를 받아들이기 더욱 수월하기도 했다.

이오니아 식 산업화 정책이 어느 정도 결실을 보게 되자 크레타는 스스로 아카이아 세계의 일원이기를 거부하며 이오니아 세계에 급속히 편승하려 시도했고, 또 한편으로는 이오니아의 자유시장경제와 전통적인 아카이아의 전제국가 체제를 융합한 중앙집권적 근대국가 체제를 완성하여 그 힘을 아테나이와 라케다이몬에 투사하기 시작했다.

크레타가 이렇게 급격한 변화를 겪고 있을 즈음, 아테나이는 이오니아의 자유시장경제 체제를 신속히 받아들이고 소화해서 체화시킬 시간적 여유를 가지지 못했다. 이 점에서는 라케다이몬도 아테나이와 비슷한 입장이었다.

아테나이 반도의 국가가 성장하는 과정에서 라케다이몬의 영향은 막대했다. 라케다이몬은 거대한 영토와 풍부한 자원, 다수의 노예와 소수의 귀족에 의해 통치되는 전제 국가였고 이 체제가 수천 년 지속했다. 아테나이 반도의 역대 왕조들은 라케다이몬의 체제를 받아들이고 또 나름 자신의 현실에 맞게 변형시켜 체제를 유지했다.

아테나이는 본격적인 시장경제를 한 번도 경험해보지 못했고, 전제 왕조 체제도 크레타보다 더욱 견고했기에 크레타처럼 급속히 과거의 체제에서 벗어나 새롭게 국가를 재편하는 것이 어려웠다. 아테나이는 조금씩 크레타의 제국주의적 간섭을 받기 시작했고, 자유시장경제 체제를 통해 강화된 크레타의 생산력과 군사력을 막아낼 수 없는 지경에 이르렀다.

황후마마를 뵈러 가기 위해 집에서 경운궁으로 가던 자연이 가마의 창을 액자삼아 바라본 아테나이의 그림은 이처럼 이오니아 문명과 제국주의가 크레타를 거쳐 물밀 듯이 밀려오는 과정에서 그려진 무서운 풍경이었다.

15

석조전의 표면을 장식한 새하얀 화강암이 유난히 밝은 빛으로 자연의 눈을 자극했다. 자연은 황급히 고개를 오른쪽으로 돌려 바로 동쪽 옆 중화전이나 그 밖의 전각들을 쳐다보았다. 검고 장중한 기와지붕, 알록달록한 단청, 자주색 나무기둥의 색감으로 조금 전 자신의 눈으로 들어온 이오니아의 강렬한 표상을 희석하려 들었다.

올해 아홉 살 난 자연이 '건축이란 정말 그 시대의 정신을 모두 나타내줄 수 있는 것일까?' '지금 눈에 비친 석조전의 모습이 바로 아테나이에 몰아닥친 이오니아 문명의 본모습을 총체적으로 보여주는 것일까?'라는 식의 논리적인 명제를 끌어낼 수는 없었지만, 자연은 어렴풋이나마 그런 생각을 분명 머릿속에 가지고 있었다.

각 전각에서 새의 날개처럼 동서남북 네 방향으로 뻗은 처마가 중첩되면서, 마치 검은 바다의 물결이 굽이치는 장관을 볼 수 있는 아테나이 전통 궁궐과는 달리, 이오니아 식 석조전은 홀로 자신의 강렬한 아우라를 내뿜어 자연을 몹시도 민망하게 했다. 지금 저 새하얀 빛이 아버지와 어머니 그리고 석조전 안에 계실 황후마마의 존위까지 위협하지 않을까? 하는 조바심마저 들었다.

이국적인 나무들이 심어진 정원을 지나 꽤 높은 돌계단을 어머니와 함께 올라간다. 시선은 앞을 향하지 않고 아래만 보며 올랐다. 열다섯 단쯤 올라온 것 같은데 계단이 끝나 앞과 좌우를 번갈아 돌아보니, 어머니와 자신이 6개의 장중한 이오니아 식 열주들 사이에 서 있는 것을 알았다. 고개를 위로 쳐들어보았다. 장중하게 뻗은 돌기둥이 육중한 지붕을 떠받치고 있는 형상을 보니 자신의 몸이 하늘로 상승하는 기분이 들었다. 저 무시무시한 크레타의 회색 비행선이 떠 있는 곳보다 더 높은 하늘까지….

상궁들의 안내를 받으며 석조전 안으로 들어섰다. 출입하는 방법부터가 이전 궁궐 전각과는 많은 차이가 있었는데, 우선 신을 벗지 않고도 실내로 들어갈 수 있다는 것이다. 진이는 오늘을 위해 준비했던 고운 꽃당혜를 벗지 않고 마마께 직접 보일 수 있다는 것이 무엇보다도 기뻤다.

석조전 안에 들어서자 더더욱 놀라운 일이 벌어졌다. 황후마마께서 시종들을 좌우편으로 세우고 널따란 중앙 홀에 나오셔서 자연 모녀를 직접 마중하고 계신 것이다. 전에는 이런 예법이 없었다. 전각이 이오니아 식으로 바뀌니 궁중 예법도 이렇게 금세 바뀌는 거구나 싶었다.

바닥에서 절을 하는 것이 아니라 선 채로 정성스레 허리를 굽혀 인사하고 황후마마를 따라 접견실로 이동했다. 실내가 유난히 밝다고 느껴져 고개를 들어 위를 쳐다보니, 천장이 유리로 돼 있어 하늘에서 빛이 곧바로 중앙 홀에 들어오게 돼 있었다.

접견실에 들어서니 처음 접하는 분위기지만 이곳이 외부에서 온 손님을 대접하는 용도의 공간이란 것은 어렵지 않게 알 수 있었다. 화려한 문양의 테이블과 앉으면 매우 푹신해 보이는 소파들, 바닥에 깔린 화려한 꽃문양의 양탄자가 발걸음 소리를 흡수해준다. 시종들이 방 둘레에 서서 단단히 긴장하고 있는 모습을 보니, 언제라도 손님의 요구에 응할 준비를 하는 것 같았다.

자연은 이오니아인들이 아테나이인보다 사람과의 만남과 헤어짐이 빈번한 일상을 보내며 변화가 잦은 생활을 하는 것 같다고 생각했다. 집안에서 침묵과 인내를 미덕으로 교육받은 자연이 이런 분위기에 민감해질 수밖에 없고 약간의 거부감도 느꼈지만, 지금은 황후마마가 이오니아 풍습을 솔선해서 행하시고 어머니도 순순히 따르고 계신다.

소파에 앉은 자연은 바로 앞에 놓인 동그스름하고 폭이 좁은 목제 티 테이블이 유난히도 귀엽게 보였다. 종래에 쓰던 다담상 대신에 다과를 올려놓은 이오니아 식 티 테이블은 마치 집에서 기르는 새끼 바둑이의 동그스름한 머리통 같다고 느꼈다. 테이블 위에 놓인 이오니아 식 홍차를 얌전을 떨며 홀짝홀짝 마시고, 정갈하게 놓인 쿠키와 이오니아 식 과자를 오물오물 씹어 먹어본다.

자연은 동그란 티 테이블을 받치고 있는 세 다리가 유난히 가느다래서 테이블 밑이 탁 트여 있다는 것을 뒤늦게 알았다. 테이블의 다리 사이로 새로 산 꽃당혜를 보이고 싶어 두 다리를 앞으로 펴보았다. 아직 다리가 짧은 자연은 소파에 앉자 발이 땅에 닿지 않고 떠 있었다. 짧은 다리를 쭉 뻗은 모습과 자그마한 발에 신긴 빨간 꽃당혜가 황후마마가 앉아 계신 뒤쪽 벽 거울에 비쳤다.

이런 버르장머리 없는 행동은 작년 경복궁에서였다면 도저히 허용되지 않을 짓이었을 것이다. 그러나 지금 이 석조전의 분위기에서라면 허용될 거란 생각이 들었다. 바로 옆에 앉아 있는 어머니 교하가 눈에 힘을 주며 금방 타박이라도 할 것 같은 얼굴을 했지만, 곧이어 자연의 그런 모습이 황후마마의 눈에는 귀여워 보였다.

"자연이는 일 년 만에 보니 많이 컸구나. 더 어른스러워졌어. 지금 신고 있는 꽃당혜는 어머니가 새로 사주셨니? 참 색깔도 고와라."

철없는 행동을 했건만 마마는 오히려 어른스럽다고 칭찬을 해주시니 자연은 몸 둘 바를 몰랐다. 저런 역설적인 어법이 오히려 마마의 권위를 높이고 있다고 생각하니, 우리 같은 신하나 어리석은 백성과는 뭔가 틀려도 크게 틀리시는구나 하고 생각했다.

집에서는 황후마마가 아니라 '자영 언니'라고 부르면서 주제넘게 마마를 하대하던 자신의 경망함이 부끄럽기만 했다. 그리고 새 신을 자랑하고 싶어 했던 자신의 유치한 행동이 너무 부끄러워, 다리를 도로 오므리고 꽃당혜를 치마 속으로 쏙 숨겼다.

그럴수록 마마는 자연의 그런 어린 탯거리가 귀여워 보이셨는지 연신 활짝 웃는 얼굴을 보이신다. 순간 자연은 마마의 얼굴이 자신의 어머니와 많이 닮으셨다는 생각이 들었다.

"선전관 부인, 부군이 불철주야 대궐을 지켜주시는 덕분에 폐하와 제가 언제나 안심하고 이곳에서 지낼 수 있습니다."

황후마마는 자연의 어머께 깍듯한 존대로 대했다. 자연의 아버지가 선전청 선전관으로 대궐의 수비를 맡은 장교인 것은 사실이나, 아직 30대 초반의 젊은 나이인 데다가 직급도 아주 높은 편은 아니었다. 황후의 입장에서 상대에게 상당한 예우를 한 셈인데, 거기엔 자신의 친정 집안에 대해 각별한 배려의 뜻이 담겨 있었다.

대대로 무사 집안이었던 민 씨 가문에서는 적지 않은 왕비를 배출했다. 철저한 문치주의를 지향했던 아테나이 왕조였지만, 국가 권력의 가장 근원이 되는 것은 결국 군사력이었기에 유력한 무가(武家)인 민 씨 가문의 규수를 왕비로 삼아 권력의 안정을 도모해왔다. 미래의 부원군이 될지도 모르는 자연의 아버지, 부부인이 될지도 모르는 자연의 어머니, 그리고 황후가 될지도 모르는 자연에게 황후는 특별히 정성을 쏟고 있다.

그러나 자연은 훗날 민 씨 가문과 함께 무가로 이름난 무사 씨 가문의 무사인(武士忍)과 결혼하게 된다. 무사 씨는 외적의 침입으로부터 나라를 구한 야전군 형 장수를 많이 배출한 데 반해, 민 씨는 수도인 서울에서 도성과 대궐을 지키는 중앙군의 장수를 많이 배출했다. 그래서 왕실과 가까운 사이를 수백 년간 유지해왔다. 지금 자연의 아버님이 계시는 선전청도 예로부터 국왕을 호위하는 관청이다.

"지금은 나라를 방어할 군사력이 부족하고 대궐을 지키는 근위대의 개인 화기조차도 모자라는 형편이라 선전관의 노고가 클 것입니다."

"네, 저희도 익히 들어 알고 있습니다. 선전관도 가끔 사비를 들여 휘하 병졸을 무장시킬 때가 있습니다. 하지만 선전관 한 사람이 도와 봐야 몇 명이나 도울 수 있겠습니까?"

마마와 어머니의 대화가 자연이의 재롱을 화제 삼다가 어느덧 어려운 나랏일로 바뀌었다.

"저런, 조정의 힘이 약해 얼마 안 되는 신하의 녹봉까지 축내게 되었습니다. 너무나 안타깝고 딱한 일입니다."

"마마, 그런 말씀 마시옵소서. 나라가 위태로운 것은 조신(朝臣)의 집안이 위태로운 것이나 다름이 없습니다. 하루빨리 군비를 늘여 수비를 튼튼히 한 다음 본래 어소인 경복궁으로 이어하셔야 합니다. 경운궁은 아담하여 수비하기 좋고 석조전이 아름다운 이오니아 식 전각이기는 하나, 주위가 외국의 공사관들로 둘러싸여 폐하가 외세에 의존하고 계신 듯 보일 수 있습니다. 백성들의 마음을 잃으실까 염려되옵니다."

"하하, 선전관 부인, 이야기하다 보니 분위기가 너무 진중해진 듯합니다. 오늘은 그런 얘기를 하려고 오시라고 한 건 아니었습니다. 제가 괜히 선전관의 얘기를 꺼낸 겁니까? 거처를 이곳으로 옮긴 것을 너무 부정적으로 보시지만 마세요. 석조전을 지은 목적은 이오니아 문물을 적극적으로 수용하자는 폐하의 뜻을 나타내기 위한 것이었습니다. 오신 김에 2층 제 침실로 가서 이야기를 나누면 어떻겠습니까? 이오니아 식 침실이 어떻게 생겼나 구경도 하실 겸요. 우리의 양식과는 많이 다릅니다."

"그러십시오."

이때 자연의 어머니 교하는 사실 신하가 황후에게 드리는 말씀치 곧 상당히 당돌한 내용을 말한 셈이었다. 다른 사람이라면 비록 고관대작이라 할지라도 감히 이런 말씀을 드리기 어려울 것이다. 황제와 황후는 크레타의 위협이 두려워 경운궁으로 도망치듯 들어온 것이 사실이었고, 이것을 직언했다는 것은 황후의 너무나도 아픈 곳을 건드린 셈이기 때문이다. 주위에서 지켜보던 궁인들은 선전관 부인 박교하가 황후와 같은 집안사람이라는 사실을 의지 삼아 방자하게 굴었다고 볼 수도 있었을 것이다.

그러나 두 사람은 이미 무언의 대화를 주고받고 있었다. 교하는 딸의 태자비 간택을 약속받고, 황후는 선전관 민경하와 그의 부인 박교하가 황제와 자기 대신 큰일을 해주길 바라며…

"그럼, 자연이는 따로…, 아, 아니다 자연이도 함께 올라가자. 너도 이오니아 식 침실이 어떻게 생겼는지 많이 궁금하지?"

"네, 마마."

자연 모녀는 황후를 따라 석조전 2층으로 올랐다.

황후의 침실은 생각만큼 넓거나 화려하지 않았다. 사방의 베이지 색 벽은 안정감을 주었고, 짙은 자주색의 커튼, 카펫, 침대의 휘장과 시트가 이곳이 황후의 침실임을 상징해주는 정도였다.

마마는 우선 자연 모녀를 제외한 모든 사람을 침실 밖으로 물리치셨다. 그러더니 직접 손으로 자연의 겨드랑이를 번쩍 들어 안아 유난히도 폭신하게 생긴 침대 시트 위에 걸터앉게 하셨다. 그리고 자신도 자연의 바로 옆에 몸을 맞대고 앉고, 자연의 어머니 교하에게는 바로 맞은쪽 가까이에 의자를 놓고 앉게 하셨다.

그런데 교하를 어찌나 바투 앉게 하셨는지, 마마와 교하의 무릎이 맞닿을 정도였다. 마치 여염집 아낙들이 모여앉아 수다라도 떨려는 듯하다. 잠시 마마는 자연의 자그마한 두 손을 만지작만지작하시며 귀여워하신다. 침실에 들어오니 마마는 국모로서의 위엄을 버리고 최대한 자연 모녀를 가족처럼 대하려고 하신다.

그러다가 마마께서 먼저 말씀을 꺼내신다.

"사실은 선전관 부인에게 긴히 말씀드릴 것이 있어 모셨습니다. 가벼운 담소나 나누는 것처럼 보이기 위해 자연이도 같이 데리고 오자고 했습니다. 따로 떼어놓으면 무슨 중요한 이야기를 하나 보다 하고 염탐하려 들 것 같아서요."

"예, 이미 알고 있습니다."

"선전관 부인께서 말씀하신 대로, 폐하와 저도 북궐로 돌아가기 위해선 우선 군사력부터 키워야 한다고 믿습니다. 그런데 크레타의 방해를 뚫고 이오니아에서 무기를 들여오는 것이 여간 힘이 드는 게 아닙니다. 다행히 무기 판매에 대해서는 브리타니아가 가장 협조적이라 여기에 희망을 걸고 있습니다."

"브리타니아가 이오니아 열국 중에서는 아테나이에 대해 가장 영토욕이 적고, 국제법에 따라서 비교적 공평한 잣대로 외교에 임한다고 들었습니다. 지금 이 석조전도 브리타니아인이 설계한 것 아닙니까."

"최근에 그런 경향이 있는 것 같습니다. 다만 과거에는 지금의 크레타나 사이베리아보다 더 포악했었지만 말입니다. 브리타니아의 침략 방식이 과거의 포함외교에서 경제를 통한 지배로 바뀌어서 그렇게 보이는 겁니다. 게다가 크레타가 사이베리아를 해전에서 크게 이긴 후 욱일승천하는 기세이므로 브리타니아가 이것을 견제하려는 듯도 합니다."

황후는 자연의 어머니에게 최근 브리타니아의 태도 변화에 관해 설명한다. 오 년 전 크레타는 사이베리아와 큰 전쟁을 치른다. 사이베리아는 이오니아 대륙 서안에 자리 잡은 폴리스인데, 이오니아의 전통적인 강대국 브리타니아나 프랑시아와 비교하면 후발 근대국가에 속한다. 사이베리아는 백인들이 주축이 된 전통적 강대국들과 달리 홍인종이 주축을 이루고 있고 문화도 이질적이었다.

급격한 근대화를 거쳐 아테나이를 식민지로 삼고 라케다이몬에 진출하려는 크레타와 아이가이온 해의 제해권을 잡은 후, 아테나이와 라케다이몬에 진출하려는 사이베리아와의 충돌은 필연적이었다. 바꿔 말하면, 사이베리아의 계속된 서진 정책을 크레타는 국가의 운명을 걸고 저지할 수밖에 없었다.

이 두 국가의 전쟁에서 대부분의 사람은 사이베리아가 이길 것으로 예측했다. 사이베리아는 이오니아 대륙 내에서는 홍인종이 지배하는 후발 근대국가일지 모르나, 아카이아 세계에 대해서는 강대한 근대국가인 것이다. 이때 하나의 변수로 작용한 것이 브리타니아의 외교정책이었다. 이오니아 대륙에서 가장 강대하며 힘의 균형 정책을 주도 하던 브리타니아는 은연중 크레타를 지원했다. 자국의 최신형 전함을 크레타에 판매해 사이베리아의 함대와 대등한 전력을 가지게끔 했다.

이오니아 대륙 동안에 위치한 브리타니아는 자국의 동해 이오니오스 해의 제해권을 쥐고 있었으나, 대륙 건너 아이가이온 해 진출에서는 사이베리아에 뒤처져 있었다. 만일 사이베리아가 크레타를 이겨 아이가이온 해의 제해권을 완전히 장악하면, 브리타니아는 장차 아이가이온 해와 아카이아 세계로의 진출이 막히게 되는 것이다. 그래서 크레타를 승리하게 해 사이베리아의 서진에 제동을 걸 필요가 있었다.

　결국 크레타는 사이베리아가 승리할 거란 세상의 예측을 깨고 기적적인 승리를 거둔다. 승리의 대가는 찬란했다. 이제까지 이오니아인들에게 야만인 취급을 받던 크레타는 일약 이오니아 제국과 어깨를 나란히 하는 근대국가로 인정받았다. 크레타 국내에서는 전쟁 승리에 고무된 국운이 경제를 빠른 속도로 성장시키고 문화에까지 영향을 미쳐, 작가들은 전에 없던 창작열을 불태워 크레타 문화사에 길이 남을 명작들을 탄생시켰다.

　그런데 이러한 크레타의 번영이 브리타니아에겐 새로운 위협으로 간주됐다. 막상 크레타가 승리하여 성장하는 모습을 보니, 미래에는 사이베리아보다도 더 무서운 적이 될 가능성이 있었다.

　국제정치에서는 영원한 친구도 적도 없었다. 브리타니아는 암암리에 아테나이의 군비 확충을 도와 크레타에 저항하도록 하는 것이다.

　황후의 설명은 계속 이어진다.

　"최근에 폐하께서 브리타니아 공사로부터 거액의 차관공여를 제안받으셨습니다만, 폐하께서는 망설이고 계십니다. 과거에 크레타에서 받은 차관이 누적되어 결국 크레타의 영향력을 지나치게 키웠다고 생각하시기 때문이죠."

　"군사비를 버는 방식이 꼭 열강으로부터의 차관밖에는 없는 것입니까?"

　"있기는 합니다만…."

　"그게 무엇입니까?"

　"아직 아테나이에는 농업이 주된 산업이라 이렇다 할 큰 자본이 없습니다. 그런데 지난 갑오년 이후 동학의 잔당들이 세운 무극교(無極

敎)란 교단에서 나라를 위해 거액의 기부를 하겠다고 합니다. 혹시 가수운(軻水雲)이란 자의 이름을 들어보셨습니까?"

"아니요. 들어보지 못했습니다."

"그러실 겁니다. 서울에는 무극교의 신도가 거의 없을 테니까요. 그러나 삼남의 백성들 사이에선 지금 상당한 교세를 가지고 있습니다. 동학의 신도였던 가수운이란 자가 세운 교단인데, 아테나이 전례의 선(仙) 사상에다가 네스토리우스교의 메시아 신앙을 혼합해서 스스로 구세주라 칭한다 합니다."

"그렇다면 사교(邪敎)가 아닙니까?"

"그렇지요. 그런데 그자가 내놓겠다는 자금이 어마어마합니다. 브리타니아의 최신식 전함 10척을 한꺼번에 살 수 있는 돈입니다."

"아…!"

"놀라우시겠지요. 액수도 액수지만, 만약 10척의 최신식 전함을 들여오게 되면 크레타보다 강한 해군을 갖게 됩니다. 물론 거함(巨艦)만을 기준으로 놓고 보았을 때 말입니다만…"

"그렇습니다. 지난 을사년 전쟁 때 크레타가 6척의 전함 중 2척을 잃어 지금 4척만을 보유하고 있습니다."

"역시 선전관 부인이시라 남다른 데가 있으십니다. 10척을 무사히 사들이고 잘 훈련된 수병을 배치한다면, 지금 이 크레타의 간섭에서 벗어날 수가 있습니다. 지금 저 하늘에서 우리를 위협하는 비행선들도 함포로 공격하면 얼마든지 아테나이 영공으로의 진입을 막을 수 있고요. 하지만 크레타가 이를 방해할 것이 뻔하고, 나라에서 사교의 교주가 내는 돈을 받기가 힘이 듭니다. 지난 갑오년에 동학을 크레타의 힘을 빌려 진압하지 않았습니까. 그 잔당이 세운 교단에게 다시 돈을 받는다는 것이 백성들의 눈에 어떻게 보일지요. 아무리 목적이 숭고하다 해도 말입니다."

"마마, 하지만 지금은 그런 것을 가리실 때가 아니옵니다. 비록 사교의 교주가 바치는 재물이라 할지라도, 그것으로 나라를 이 어려움에서 구할 수 있다면 무엇을 더 바라겠습니까."

"그래서 드리는 말씀인데…"

"무엇입니까? 지체치 마시고 말씀해주시옵소서."

"선전관이 저 대신 가수운에게 자금을 받아 전함을 사주셔야겠습니다. 나라가 시행하는 사업이 아니라 우선 개인이 사들이는 것으로 해서 말입니다. 본래 폐하께서 선전관 민경하에게 건함도감(建艦都監) 별감(別監)을 예겸케 하시는 것이 도리일 테지만, 크레타가 눈치 채지 못하도록 어떤 공식적인 임명과 절차도 갖추지 못합니다. 그래서 오늘 이렇게 사사로운 자리를 가장해 부인에게 부탁합니다."

"마마…!"

"그리고 차후 적당한 때가 되면 정식으로 자연이를 태자비로 간택하겠습니다."

"마마, 성은이 망극하옵니다."

황후는 잠시 말을 끊고 입고 있는 당의의 배래 안에서 작은 가죽지갑을 꺼내 자연의 어머니에게 건넨다.

"지갑을 여시고 안에 접혀 있는 종이를 펴보십시오."

교하는 손바닥만 한 크기의 짙은 자주색 가죽지갑을 황후에게서 건네받는다. 내용물을 넣은 후 두 번 접고 열리지 않게 표면에 달린 까만 매듭 끈으로 묶은 지갑이다. 교하가 이것을 풀고 안에 접혀 있는 종이를 펴보았다. 이때 자연도 유심히 그것을 지켜보았다.

하얀 옥판선지 위에 새빨간 경면주사로 특이하게 생긴 도형들이 그려져 있다. 어떻게 보면 고대의 상형문자를 흘림체로 쓴 것 같기도 하고, 무당이 사용하는 부적의 문양 같기도 하다.

"이것이 무엇입니까?"

자연의 어머니는 처음 보는 해괴한 문형들이 황후마마가 주시는 것치고는 상스럽다고 생각했는지, 당혹해 하는 표정이다.

"좀 이상하지요? 마치 무당이 쓴 부적 같습니다. 무극교 내에서 교의를 나타낼 때 사용되는 문형들인데, 그 내용은 신경 쓰시지 않아도 됩니다. 교주 가수운이 거액의 자금을 내놓기로 한 약속의 증표입니다. 일종의 어음 같은 것으로 생각하시면 됩니다. 또 이걸 보이면 가수운은 상대가 황후를 대신해 자금을 받아 군함을 사들이는 중책을 맡은 자라고 간주할 겁니다. 그걸 선전관에게 전하고 가수운을 만나보라고 하세요."

"예, 잘 알겠습니다."

16

서서히 깔리기 시작한 어둠이 석조전 밖에서 궁을 지키는 선전관 민경하의 가슴을 내리눌렀다. 오후부터 왜성대에 있는 크레타 공사관에 병력이 집중하고 있다는 보고를 받고 있었다. 왜성대에서 경운궁까지 보병이 진격해온다면 불과 30분 거리다. 어쩌면 오늘 밤 크레타 군과 교전을 벌일지도 모른다.

경하는 황후께서 오늘 아내와 딸을 불러들이신 것이 은근히 원망스럽기도 했다. 딸 자연을 태자비 감으로 생각하고 계신 것은 고마운 일이나, 그게 다 무슨 소용인가. 이 나라는 이미 크레타에 넘어간 것이나 다름없다. 오 년 전 크레타가 사이베리아에 승리를 거둔 때부터 이미 결정 나버린 것이나 다름이 없었다. 브리타니아가 최근 아테나이에 무기를 팔려는 것도 어찌 보면 가소로운 일이다.

석조전에서 열리는 연회는 예상 외로 길었다. 오늘 오전에 아내와 딸이 들어가서, 해가 지기 시작했는데도 아직 나오질 않고 있다. 아침에 궐문에 들어선 가마에서 내리는 아내와 딸의 모습을 보았다. 딸과 눈이 마주치면 살짝 웃음이라도 지어줄까? 손이라도 흔들어줘야 하나? 생각했지만, 곧 단념하고 등을 돌렸다. 지금은 왠지 딸과 눈이 마주치는 것이 두려웠다. 그러기엔 지금 대궐의 분위기가 너무 무겁다.

황제가 경운궁으로 옮긴 후부터 언제 크레타 군사들이 대궐을 들이칠지 모르는 상황이다. 아내와 딸은 지금 상황이 얼마나 위급한지 아직 피부로 느끼고 있지는 못할 터였다. 경하는 지금 아내와 딸이 빨리 대궐을 나와 집으로 돌아갈 수 있기를 바랄 뿐이다.

그러다가 경하는 문득 하늘을 올려다보았다. 하늘에 떠 있는 비행선의 수와 위치를 다시 확인하려는 것이다. 오전엔 3대였던 것이 오후부터 5대로 늘었고, 가장 가까이에 떠 있던 것이 남산과 용산 쪽에 있던 것이었는데, 그게 지금 보니 경운궁 쪽으로 더 다가온 것 같다.

'저 위에서 아래로 내려다보면 대궐 안이 훤히 다 보이겠구나!'

매일 바라보이는 비행선이건만 경하는 새삼 그런 생각을 되뇌었다.

'총검으로 무장한 크레타 병력이 몰려오면, 지더라도 끝까지 무인답게 싸우다 죽을 수 있다. 하지만 저 비행선이 대궐에 기총사격을 가하거나 폭탄을 떨어뜨리면 그냥 당할 수밖에 없는데…'

경하는 지금 죽는 것보다 아무것도 못 하고 속수무책으로 당할 수밖에 없는 자신의 위치가 더 싫었다.

'저 비행선의 약점은 뭘까? 철골로 형체를 만들어 그 위에 질긴 천 같은 것을 씌워 만든 것이다. 그리고 안에 넣은 공기보다 가벼운 기체로 부력을 얻어 하늘에 뜨는 것 같다. 추진력은 피스톤 엔진으로 움직이는 프로펠러를 뒤쪽에 달아 얻고 있다. 사정거리가 긴 총을 쏘아 몸통에 구멍을 내면, 안의 기체가 빠져나와 떨어지지 않을까? 아니다! 저걸 그렇게 허술하게 만들었을 리는 없지. 총이 아니라 위력이 강한 곡사포 한 방 정도면 저 몸뚱이에 큰 구멍을 낼 수 있을 텐데…. 그런데 적당한 무기가 있더라도 여기서 쏘아 떨어트리면 아군과 민가에도 피해가 크겠구나!'

경하는 잠시 동심에 빠진 어린아이처럼 저 비행선을 쏘아 떨어트리는 꿈을 꾸어본다.

"선전관, 선전관!"

갑자기 위급을 알리는 목소리. 거의 비명에 가까운 외침이 들려왔다.

"크레타 군이 몰려옵니다. 크레타 군이 몰려옵니다."

동시에 하늘에서도 기괴한 기계음이 들린다. 고개를 쳐들자 어느 틈엔가 비행선이 바로 자신의 머리 위에 떠 있다. 그리고 비행선의 몸통 한복판에 그려진 거대한 검은 소의 대가리가 유난히 더 크게 보였다. 하늘 위에서 검은 소의 두 눈이 자기를 노려보고 있는 것 같았다. 몇 달 전부터 경하가 가장 두려워하던 순간이 이제 막 닥친 것이다.

'자연아…!'

17

타타타타, 타타타탕, 콰앙!

갑작스러운 굉음이 밖에서 들려와 자연의 고막을 찢고 들어오는 것 같다. 생전 처음 들어보는 총소리는 천둥소리보다도 커서, 전각 전체를 당장에라도 무너뜨릴 듯이 천지를 진동시켰다. 동시에 '쩌억' 하고 나무와 돌이 깨지며 날아가는 소리가 들리고, 작은 파편들이 석조전 창문을 '챠앙, 챠앙' 하며 갈랐다.

그 순간 교하는 남편의 모습이 번뜩 떠올랐다. 오늘 아침 경운궁에 든 후 가마에서 내릴 때 본 남편의 뒷모습이 혹시 마지막이 되는 것은 아닌지…. 교하는 순간 자연의 손을 꼬옥 잡았다.

"마마, 황후마마, 크레타 병사들이 몰려옵니다. 대궐 문이 박살나고 병사들이 몰려옵니다."

궁녀가 황급히 황후의 침실로 들어와 외친다. 경운궁은 대궐의 정문인 대한문과 석조전과의 거리가 짧다. 궐문이 깨지고 크레타 군이 진입하기 시작하니 석조전이 크레타 군에게 포위당하는 것은 삽시간이었다. 아담해서 지키기 좋다는 장점이 순식간에 취약함으로 돌변했다. 궁을 점령한 크레타 병사의 일부가 석조전 1층 중앙 홀로 들어왔다.

"황제를 찾아내 굴복시키는 것보다 더 중요한 일이 있다."

진입한 크레타 군의 최고 지휘관 후루타 대좌(古田大佐)가 주위의 참모들에게 특별히 명령을 하달한다.

"근래에 황후 민 씨가 황제를 대신해 아테나이 국정을 도맡아오다시피 했다. 그런데 그녀는 한 번도 백성과 대신 그리고 외교 사절에게조차 자신의 얼굴을 보인 적이 없다. 그녀의 얼굴을 직접 볼 수 있는 사람은 그녀를 직접 수종하는 궁녀와 그녀의 친지 정도로 극히 제한되어 있다.

우리는 그것이 황후에 대한 신비감을 높이고 권력을 극대화하려는 정책이라고 생각한다. 그래서 오늘 황후를 잡아 처형하기 전에 우리 크레타 전통의 가라기누(唐衣)를 입힌 뒤 사진을 찍기로 했다.

그녀가 죽은 뒤 가라기누를 입은 황후의 모습을 아테나이 백성에게 공개할 것이다. 그렇게 함으로써 황후가 크레타에 굴복한 평범한 여인에 불과했다는 것을 강조해야 한다. 아테나이 백성들 마음속 깊이 자리 잡은 황후의 권위를 해체하라."

이어서 크레타의 통역관이 궁녀들에게 황후가 지금 어디 있느냐고 아테나이 어로 묻는다. 일부는 굳은 표정으로 절대로 말할 수 없다는 듯이 입을 다물고 있고, 일부는 어찌해야 할지 몰라 우왕좌왕하고 있다.

"말을 안 하고 버틴다고 될 일이 아니다. 우리는 지금 이 석조전 안에 황후가 있다는 사실을 확인하고 이곳에 왔다. 홀과 접견실에 없는 것으로 보아 2층 침실이 아니면 어딘가에 숨어 있겠지. 하지만 그래봐야 얼마나 숨어 있을 수 있다고 생각하나? 다 헛된 일이다. 어찌 됐건 황후마마시니 마지막까지 욕되지 않게 정중히 모실 것이다. 여기 우리가 가지고 온 가라기누를 입고 접견실로 내려오시라 여쭈어라."

통역관이 후루타의 요구사항을 궁녀들에게 통역하고, 그 중 가장 연장자로 보이는 상궁에게 가라기누가 든 목함을 건넨다. 처음 가라기누를 건네받은 상궁은 어찌할 줄 모르고 잠시 망설이다가, 결정은 황후마마께서 하셔야 된다고 믿었다. 일단 2층 침실로 올라가 황후에게 저들의 요구사항을 전하기로 했다. 상궁이 2층으로 향하자 후루타는 부하에게 명령을 내린다.

"밖에 계신 니컬슨 부인을 모셔 와라."

"예, 알겠습니다."

가라기누를 들고 2층 침실로 간 상궁은 상황을 황후께 말씀드렸다.

"나보러 내가 입은 이 아테나이 식 당의를 벗고 그 크레타 식 당의를 입고 내려오라고?"

"그렇습니다. 그리고 제가 크레타 말을 할 줄 모르지만, 우리말과 발음이 비슷한 것이 들려서…, 저들이 '사진'이라고 하는 것도 같았습니다. '샤싱'이 사진을 말하는 것 아닙니까?"

"사진? 사진이라…. 그래, 고작 내 사진이나 찍자고 대궐 문을 비행선으로 부수고 이렇게 쳐들어왔을 리는 없을 테고…, 그래, 날 황후의 자리에서 내쫓아 죽이기 전에 자기네 옷을 입히고 사진을 찍어 욕보이겠다 이거구나. 백성들에게 보여 날 조롱하겠다는 거야."

"마마, 어찌하면 좋겠습니까?"

가라기누를 들고 온 상궁이 갑자기 고성을 지르며 운다.

그러자 이것을 보고 있던 교하가 갑자기 나선다.

"마마, 제가 마마를 대신하겠습니다. 마마를 의도적으로 욕보이려는 행위를 보고만 있을 순 없습니다. 저의 용모가 마침 마마를 많이 닮았고 동년배이옵니다. 낯선 복색을 하고 내려가면 평소에 마마를 자주 보던 궁녀들조차도 구별하기 힘들 겁니다."

자연의 어머니 교하가 황후와 의논하고 있는 동안 브리타니아 여인 니컬슨이 중앙 홀로 들어와 후루타 대좌와 브리타니아 어로 이야기를 나누고 있다. 커다란 키, 금발에 저음의 목소리를 가진 니컬슨은 어찌 보면 남자 같기도 했다.

"황후를 만난 것이 칠 년 전 일인데, 제대로 기억을 하시겠습니까?"

후루타가 노파심 섞인 태도로 묻자 니컬슨은 웃으며 거만하게 대답한다.

"걱정하지 마십시오. 황후의 얼굴은 평범한 얼굴이 아니었습니다. 그때의 기억이 희미해졌다 해도, 지금 다시 보면 상대가 황후인지 아닌지는 금방 구별해낼 수 있습니다."

"그 정도로 미인입니까?"

"보시면 아실 겁니다. 아마 죽이기 아깝단 생각이 드실 걸요? 그나저나 황후가 가라기누를 제대로 입을 수 있겠습니까? 이번에 가지고 온 것이 헤이안 조(平安 朝)의 주우니 히토에(十二單) 양식인 걸로 알고 있는데요?

가장 겉에 입는 가라기누(唐衣)를 포함해 총 12겹으로 입어야 하는, 헤이안 귀족사회에서 가장 격식 차린 옷이지요. 이 겹쳐 입기 양식은 이오니아에서 발전한 레이어드 룩(layered look) 양식 보다도 앞선 것입니다. 그것을 저 야만스런 아테나이인들이 과연 격식에 맞게 제대로 입고 나오겠습니까?"[6]

"그래서 니컬슨 부인을 모셔 온 것 아닙니까? 크레타의 전통 복식에도 조예가 깊으시니…, 황후가 가라기누를 입고 내려오면 다시 잘 가다듬어주시지요. 궁내청 직원을 불러올까도 생각했지만, 크레타 황실이 직접 이 일에 관여한 사실이 밖으로 새나가면 곤란해질 수 있

---

6 무라사키 시키부, 『무라사키시키부 읽기』, 전순분 옮김, 지식을만드는지식, 2011, 70~73쪽 참조.

어서 그만두었습니다."

"하하, 걱정하지 마십시오. 전 브리타니아 정부 소속이 아니라, 사인으로 귀국에 협조할 따름입니다. 절대 오늘 일을 밖에 누설하지 않겠습니다. 절 믿으세요. 전 브리타니아와 크레타의 우호가 계속 깊어지길 빕니다. 그리고 아카이아에서 크레타에 영광이 있기를."

"흠, 감사합니다."

니컬슨은 브리타니아 인이지만, 아테나이와 크레타에 체류한 기간이 길며 아카이아의 전통, 특히 크레타의 역사와 문화에 상당한 지식을 가지고 있었다. 이러한 니컬슨의 경험과 지식은 아카이아 세계를 사랑한다기보다 아래로 깔아보는, 다시 말하면 이오니아 문화보다 열등한 문화로 보는 관점에서 쌓아온 것이었다. 게다가 이제 곧 크레타의 식민지로 전락할 아테나이에 대한 멸시는 황후에 대해서까지 매우 방자한 태도를 보이게 했다.

칠 년 전 당시 중전 민 씨는 이오니아의 문화를 배우고자 니컬슨을 경복궁으로 초대해 전례가 없는 특혜를 베풀었다. 외부인에게는 절대 중전의 얼굴을 보이지 않는 법이었건만, 이오니아의 문화를 고려해 니컬슨과 직접 얼굴을 맞대고 대화를 나눴던 것이다.

잠시 뒤 가라기누를 걸쳐입은 황후, 아니 자연의 어머니 교하와 가라기누를 들고 침실로 올라갔던 상궁이 중앙 홀로 내려왔다.

18

크레타 군이 경운궁을 습격해 황후가 참살당한 지 두 달이 지났다. 황후의 인산과 49재까지 마쳤지만, 북촌 자연의 집 안방에는 두 여인이 소복 차림으로 아직 장례를 치르기라도 하듯 숙연하게 앉아 있다.

오늘은 날씨가 어제보다 추워진 탓인지 방안이 냉랭하게 느껴지고, 황후와 자연 간의 대화가 이상할 정도로 없었다. 곧잘 자연에게 말씀을 걸고 자연의 말을 상냥하게 들어주던 황후마마가 말씀이 없으신 것이다. 가끔 시선이 서로 교차했지만 무슨 말을 해야 할지 몰랐고, 이런 어색한 침묵이 영원히 지속할 것 같아 이 겨울이 더더욱 차게만 느껴진다. 애써 침묵을 깨보려는 듯 어린 자연이 먼저 입을 연다.

"오늘 유난히 더 추운 것 같습니다. 침모에게 불을 좀 더 지피라고 했는데…, 혹시 잊어버린 건 아닌지 모르겠어요."

자연이 방문을 열고 침모를 부르려 하자 황후마마가 입을 여신다.

"아니다, 놔둬라. 마음이 차서 그런 걸, 불을 더 때면 뭐하겠니. 이리 와 자연아. 내 옆에 편안히 앉아."

황후마마가 자연을 오른쪽 옆에 앉히고, 왼손으로 자연의 왼손을 잡고 오른손으로 자연의 오른쪽 어깨를 안아주신다. 어머니 아닌 어머니…. 두 달 전까지만 해도 대궐에 계셨던 황후마마가 지금은 자연의 어머니가 되어 계시다. 어머니는 돌아가셨지만 어머니의 자리는 여전히 남아 있고, 그 자리에 마마가 계신다.

자연은 갑자기 어머니의 젖이 생각났다. 황후마마의 가느다랗고 보드라운 손가락이 자신의 손과 어깨에 닿으니, 세상에 그 무엇보다 보드랍던 어머니의 젖이 느껴졌다. 젖을 뗀 후에도 어머니를 모시고 자며 밤마다 만지작거리던 보드라운 어머니의 젖! 황후마마 대신 가라기누를 입고 크레타 군에게 몸을 던지셨던 어머니의 젖이 유난히 더 그리워진다.

"조금 전 자연이가 침모를 부르러 나가려 할 때 유난히 더 어른스러워진 것 같아."

황후마마의 이 말씀은 두 달 전 석조전 접견실에서 자연이 어른스러워졌다며 하시던 역설적인 칭찬과는 달랐다. 정말 자연은 두 달간 많이 성장했다. 한창 클 때라 그 사이 몸이 조금 더 자라기도 했겠지만, 무엇보다 받아들이기 힘든 이 현실이 자연의 마음을 조숙케 했다. 그러나 마음이 성숙해진 만큼 따뜻한 피부의 접촉이 더욱 그리워졌다. 하지만 그렇다고 감히 황후마마의 가슴속에 손을 밀어넣을 수는 없다.

자연은 다시 그날의 일을 떠올려보았다. 어머니는 입고 계시던 아테나이 식 당의를 벗고 상궁이 가져온 크레타 식 당의로 갈아입으셨다. 아주 여러 가지 홑옷을 겹쳐 입어야 하는 크레타의 당의는 어떤 면은 아테나이의 것과 같았고 어떤 면은 이질적이었다. 어찌어찌 입기는 했지만 익숙지 않은 복식이 황후마마, 어머니 그리고 자신을 유난히 더 불안하게 했고, 앞으로 닥칠 긴 시련을 예고하는 것 같았다.

어머니와 상궁이 아래층으로 내려간 뒤 한참이 지났다. 침실 밖에서 도대체 무슨 일이 일어나는지 알 수 없었다. 간간이 여자의 비명과 병사들의 외침이 들리기도 했지만, 자연은 그것이 어머니와는 관계없는 것이라고 믿고 싶었다. 그렇게 황후마마의 침실 안에서 꼬박

밤을 새고, 크레타 군이 대궐에서 모두 물러간 뒤에야 상궁이 다시 들어왔다.

『어찌되었느냐? 왜 이렇게 늦었어? 선전관 부인은 어찌 됐어? 빨리 말해라.』

『….』

『어찌 대답하지 않느냐? 지난밤 나와 자연이가 여기서 밤을 꼬박 새며 기다렸다. 어찌 그리 무심한가?』

『선전관 부인과 제가 아래층으로 내려가자, 크레타 군의 우두머리로 보이는 자와 그와 함께 온 이국 여인이 있어 자세히 보았습니다. 그랬더니 예전 마마를 배알하고 브리타니아의 다도(茶道)를 소개해준 니컬슨 부인이었습니다.』

『니컬슨이? 그 여인이 어째서 크레타 군과 함께 있는가?』

『크레타군 장교와 브리타니아 어로 이야기를 나누고 있었기 때문에 무어라고 하는지는 알 수 없었지만, 아마도 선전관 부인의 얼굴을 유심히 본 후 황후마마가 맞는다고 확인하는 듯했습니다.』

『그래. 내 얼굴을 확인하려 니컬슨을 데리고 온 거구나.』

『그러고 나더니 뭐라고 큰 소리로 떠들어대며 선전관 부인이 입고 있던 크레타의 당의를 마구 풀어헤쳤습니다.』

『뭐라고?!』

『아마 크레타의 격식에 맞지 않게 입었다고 해서 다시 풀고 입히려 했던 모양입니다. 그렇다면 마땅히 여인들만 대동한 밀실에서 갈아입혀야 도리건만, 수십 명의 크레타 군이 보는 앞에서 거침없이 옷을 풀어헤쳤고, 그 과정에서 선전관 부인의 알몸이 고스란히 비쳤습니다. 어떤 크레타 병졸은 끝까지 군기를 지켜 엄숙히 고개를 숙이고 있는가 하면, 어떤 병졸은 그것을 빤히 바라보며 조롱하여 웃기도 했습니다.』

『고만, 고만해라. 자연이가 듣고 있지 않으냐.』

『…!』

『이런, 니컬슨이란 년, 나와 수년 전 만났을 때는 온갖 친절과 아양을 떨더니만, 이제는 내게 천하에 있을 수 없는 배은망덕을 떤 것이 아니냐. 그래 그 다음은 어찌 됐느냐. 그래서 사진을 찍더냐?』

『네, 접견실에서 수 시간에 걸쳐 사진을 아주 여러 장 찍었습니다.』

『내 사진을 세상에 퍼뜨려 나를 조롱하려는 게다. 국모의 권위를 실추시키고 나라의 격을 떨어뜨리려는 거야. 그리고 다음엔 어떻게 되겠나? 이제 폐하의 차례가 될 것이다.』

『마마….』

궁녀는 목 놓아 통곡하기 시작했다. 자연은 마마와 궁녀의 모습을 그냥 지켜만 보았다. 슬프다거나 무섭다고 외칠 수가 없었다.

"자연아, 어머니가 그리우니?"

한동안 석조전에서의 기억에 잠겼던 자연에게 마마가 말씀을 거셨다.

"아니요."

대답을 마치고 나서 자연은 왜 마마께 어머니가 생각나지 않는다고 했는지 이유를 알 수가 없었다. 지금은 그냥 침묵해야 할 때라고 생각했다. 자신의 혼란스러운 마음을 감춰야 한다고 생각했다.

결국 크레타 군이 경운궁으로 쳐들어온 그날 밤 자연의 어머니 교하는 석조전 밖으로 끌려 나가 황후 민 씨로서 죽임을 당했고, 그 시신은 황실의 능에 묻혔다.

황후의 인산이 끝나기 무섭게 크레타는 가라기누를 입고 찍은 황후의 사진을 신문과 잡지에 싣거나 수만 장을 복사하여 아테나이 각지에 배포했다. 자연의 어머니 교하의 얼굴은 국정을 파탄 내고 나라를 기울게 한 요사스런 황후의 얼굴로서 온 백성들 사이에 보였고, 크레타와 이오니아에서도 처음 소개되는 아테나이 황후의 얼굴이 됐다.

황후가 마지막 순간마저도 지조 없이 천한 크레타의 복식을 하고 자신의 얼굴을 팔아 크레타에 협조했다고 아테나이 백성들은 믿게 됐다. 게다가 죽기 직전엔 크레타의 병정들에게 능욕까지 당했다는 소문이 파다하게 퍼졌다.

그로부터 수십년이 지난 후까지 그 사진은 아테나이의 마지막 황후 민자영이 남긴 유일한 사진이 되어, 사람들은 자연의 어머니 박교하의 얼굴을 황후의 얼굴로 알게 된다.

황후의 인산 직후 황제폐하는 아테나이의 국권을 크레타에 완전히 빼앗기고 폐위당하셨다.

아테나이력 4303년, 경술(庚戌)년, 네스토리우스력 1970년, 11월. 왕조는 멸망하고 아테나이는 크레타의 식민지가 되었다.

"자연아."

"네."

"앞으로는 어찌할 생각이냐. 아버지의 장례와 49재도 모두 마쳤다. 이젠 너도 네 갈 길을 가야지."

크레타 군이 모두 물러난 후 자연은 속치마를 둘러쓰고 어머니를 가장한 황후마마를 따라 궁 밖으로 나왔다.

궁에서 나오며 아버지의 부하들이 궐문과 함께 산산조각이 난 아버지의 시신을 한 곳에 모아놓은 것을 보았다. 갑옷을 입고 계셨는데도 크레타가 하늘에서 쏜 총알 하나의 지름이 2cm가 넘어, 사람이 몸에 맞으면 몸이 거의 산산조각이 나 사방으로 튀었다고 했다.

입고 계시던 갑옷의 형체에 맞춰 대충 뼈와 살점 그리고 손발을 사람의 형태로 땅 위에 맞춰놓았을 뿐, 원래의 아버지 모습은 확인할 길이 없었다. 살점과 뼈 일부는 어쩌면 아버지 것이 아니라 다른 병졸의 것일 수도 있었다. 그나마 이 정도의 형체라도 갖출 수 있었던 것은 궁궐 수비를 담당한 선전관에 대한 예우 때문이었다.

자연은 망연자실하여 그냥 산산조각 나 누워 계신 아버지의 시신을 멍하니 바라보기만 했다. 그리고 거대한 회색 비행선은 여전히 궁궐 위를 맴돌았고, 크레타 군의 상징인 검은 소의 대가리는 계속 아래를 내려다보고 있었다.

"어, 어머니께서…"

"괜찮다. 마음 놓고 말해라. 여긴 우리 둘밖에 없잖니."

"어머니께서 침실을 나서기 전에 어려운 일이 생기면 훈련원 첨정 무사태 공 댁으로 찾아가 보라고 하셨습니다. 아버님의 가장 친한 친구 분이라 하시면서요."

"훈련원 첨정 무사태…, 그래. 나도 들어본 적이 있다. 병조판서를 지낸 무사영(武士英)의 15대손, 충무공 무사신(武士臣)의 13대손이 되는 분이구나. 잘됐다. 무사 씨 집안이라면 민 씨와 나란히 이 나라를 떠받쳐온 무가다. 네가 의지할 만한 곳이야. 빨리 찾아뵙고 그분을 아버지 삼아 신식학교에 나가야지. 이제부터 이오니아 식 교육을 받아야 한다. 가능하면 빨리 소학교에 입학해라."

"마마, 제가 훈련원 첨정께 의지 하더라도 마마께서는…"

"그래? 내가 계속 네 어머니가 돼줄까, 그래도 좋겠어?"

"…!"

자연은 그때 아무 말도 할 수가 없었다. 계속 마마께 어머니가 되어달라고 하자니 자꾸 황후마마 대신 돌아가신 어머니의 모습이 떠올랐다.

마마는 자연의 그런 속내를 이해했는지, 살짝 웃으며 자연을 꼭 끌어안으셨다. 소복을 사이에 두고 느껴지는 보드라운 마마의 살결, 심장 고동, 그리고 냄새. 모든 것이 어머니의 것 못지않게 좋았다.

자연은 마마와 많은 이야기를 나누었다. 자연이 앞으로 신학문을 공부하면 무엇을 공부할지도 이야기해보았다. 혹시 외국으로 공부하러 간다면 어디가 좋을까? 같은 아카이아 세계의 나라이면서 아테나이보다 앞서 근대화에 성공한 크레타가 가장 수월할 것 같지만, 마마나 자연이나 그들의 가르침이 순수하게 가슴에 와닿지 않을 것으로 생각했다.

그러나 이 나라는 어차피 크레타의 지배 아래 놓이게 됐고, 나중에 크레타가 아닌 이오니아 근대국가로 유학을 가더라도 적어도 수년간 아테나이에서 크레타의 영향 아래 설립된 학교에 다닐 것을 생각하니 앞이 막막하기도 했다.

'아버지와 어머니를 앗아가고 동경해 마지않던 황후마마의 지체를 하루아침에 땅바닥으로 내동댕이친 크레타의 지배 아래 살아야 한다니….'

"자연아."

"네?"

"오늘은 내가 혼자 자고 싶구나. 사랑채에 가서 자는 게 어떠니? 혼자 자는 게 싫으면 침모를 불러서 같이 자렴."

"네, 그러세요."

마마와 한참 장래에 관한 이야기를 나누다 보니 어느덧 잘 시간이 되었다. 그런데 오늘은 마마가 자연에게 따로 자라고 하신다. 뜻밖이었다. 마마가 자연의 집에 와서 어머니 아닌 어머니가 되시면서부터 자연은 매일 황후마마를 모시고 잤다. 마치 어머니와 지내던 때와 똑같이. 다만 어머니처럼 허물없이 젖가슴에 손을 가져가지 못할 뿐….

자연은 방에서 나오기 전에 마마께 이부자리를 펴드렸다. 이번에도 어김없이 마마가 웃으시며 자연이가 대견스럽다며 칭찬을 해주신다. 수십 번도 더 들은 말씀이지만, 자연은 언제나처럼 흐뭇해하며 방문을 열고 밖으로 나왔다.

매일 밤 잘 때 가슴을 만지도록 허락하는 어머니의 태도가 자연에의 변함없는 애정의 증표였듯이, 마마의 그런 칭찬은 마마가 앞으로도 한결같이 어머니처럼 대해주시리라는 확인이었다. 갑자기 따로 자란 말씀이 마음에 걸리긴 했지만, 나오기 전 칭찬과 함께 활짝 웃는 얼굴을 보여주셨으니 걱정할 것은 없다고 생각했다.

자연은 침모와 같이 자자고 해놓고 먼저 사랑채에 들어 잘 준비를 했다. 둘이 잘 이부자리를 펴고 옷을 벗어 잘 개킨 후 머리맡에 놓았다.

꼭 침모를 부를 필요는 없었다. 아버지가 돌아가신 후로 침모는 예전보다 더 집안에서 차지하는 비중이 높아지고 자연이 더욱 의지하는 상대가 됐지만, 잠을 같이 잘 정도로 편한 사람은 아니었다. 어머니나 마마만큼 부드럽고 섬세한 면이 없기 때문이다. 퉁퉁하고 억센 몸에서 나는 암내는 자연의 비위를 상하게 했고, 거친 손은 자연의 머리를 쓰다듬거나 가슴이나 배를 문질러줘도 전혀 마음의 위로가 돼주지 못했다. 그러나 마마께서 침모와 함께 자라고 하셨기에 이에 충실하려는 것이다.

불을 끄고 한참을 기다리자 밖에서 집안일을 마친 침모가 들어왔다. 자연이 자는 줄 알고 깨우지 않기 위해 불을 켜지 않은 채 옷을 벗어놓고 주섬주섬 주변을 정리하려 든다.

"침모, 나 안 자. 불 켜고 해도 돼."

"어, 왜 잠이 안 오세요? 중전마마 춥지 않으시게 불 새로 넣고 오느라 좀 늦었네요. 갑자기 날이 더 추워졌어요."

침모는 황제 폐하께서 제국을 선포하신 후 황후마마라 불러야 할 것을 무시하고 그냥 옛날식대로 중전마마라 부르길 좋아했다. 침모는 지금은 안채에 계신 분이 자연의 어머니 교하가 아니라 황후마마인 것을 아는 몇 안 되는 사람 중 하나이다.

"그런데 오늘은 왜 갑자기 따로 주무시래요? 아무래도 친딸이 아니라 그동안 불편하셨나?"

'흥, 말도 안 되는 소리 하고 있어.'

자연은 침모가 무심코 내뱉은 말에 순간 역정이 났다. 마마가 그러실 리 없다고 생각했다. 그동안 마마의 옆에서 지내며 얼마나 자주 자신에 대한 그분의 마음을 확인해왔던가. 오늘 따로 자라고 하신 것은 자신이 귀찮아져서가 아니라, 뭔가 다른 이유가 있을 거라 생각했다.

침모는 계속 혼잣말을 중얼거렸다. 알아들을 만한 말도 있고 알아듣지 못할 말도 있었다. 어찌됐건 지금 아테나이는 어린 자연과 침모가 헤쳐 나가기엔 너무나 혼란한 세상이다. 오랜만에 황후마마와 떨어져 잠자리에 드니 마마의 존재가 더욱 무게감 있게 다가온다. 그리고 그 마마의 존재 안에는 어머니가 계시다.

　가라기누를 입고 침실 밖으로 나가시던 어머니의 마지막 뒷모습을 떠올리며 자연은 천천히 잠이 들었다. 침모의 혼잣말이 점점 귀에서 멀어졌다.

19

　밖에서 참새가 짹짹거리는 소리가 들리고 창으로 아침 햇살이 비쳐온다. 눈을 반쯤 뜨고 아직 잠이 덜 깬 상태가 얼마간 지속된다. 보통은 이런 때 바로 옆에 누워 계신 어머니 젖을 만지며 비몽사몽인 정신을 보드라운 손의 촉감으로 가다듬고 일어나는 것이 정해진 순서였다. 그러나 두 달 전부터 옆에 어머니 대신 황후마마가 누워 계신다. 조심스럽게 몸을 옆으로 돌리며 마마를 쳐다본다.

　'아 참! 어젠 마마가 아니라 침모와 같이 잤지.'

　잠이 덜 깨서 어젯밤 침모와 잠자리에 든 것을 깜박 잊고 있었다. 침모는 먼저 일어나서 밖으로 일하러 나갔는지 자라가 비어 있다. 그런데 생각해보니 조금 전 침모가 뭐라고 또 혼자 중얼거리며 옷을 주워 입고 나가는 소리를 들었다. 자연은 오늘 자신이 평소와는 달리 아침부터 정신이 오락가락함을 느꼈다. 예사롭지 않은 아침이라고 생각했다.

　— 에구머니나!

　갑자기 침모의 목청 찢어지는 소리가 들려온다. 몽롱하던 정신이 척추를 타고 오르는 전류 같은 것에 감전돼 번쩍 깨어났다. 이런 침모의 비명을 자연은 이제껏 들어본 적이 없었다. 순간 자연은 가랑이가 찌릿하면서 오줌을 찔끔 지렸다.

'뭐지, 대체?…; 서, 설마…'

한동안 혼자 눈을 말똥거리며 천장을 바라보았다. 그런데 이상하게 눈의 초점이 맞지 않고 천정이 뿌옇게 보였다. 왼쪽 팔로 천천히 이불을 제치고 일어났다. 조금 전 침모의 비명이 들린 후론 밖에서 아무 소리가 들리지 않는다. 을씨년스럽기 그지없다. 차라리 밖이 소란스러운 편이 나을지도 모른다. 또 받아들이기 힘든 무언가가 일어났음이 틀림없다.

비명이 들린 쪽의 창가로 천천히 기어갔다. 창문이 이중으로 닫혀 있는데, 우선 안쪽의 미닫이문을 연다. 한겨울 냉기가 얼굴을 확 덮쳤다. 다시 바깥쪽 여닫이문을 앞으로 조금씩 밀어낸다. 바깥의 정경이 천천히 그리고 조금씩 들어오게 하고 싶었다. 침모의 모습이 반쯤 보이기 시작하는데, 안채 쪽을 향해서 입을 떡 벌리고 가만히 서 있다. 안채가 시야에 들어오도록 문을 좀 더 바깥으로 밀어냈다.

"아!"

안채 대청마루에서 대들보에 목을 매어 죽은 소복 차림의 여인이 보인다.

"어, 엄마…"

제4장

리쿠르고스

"그런데 철학자들에 관한 우리 이야기가 사실이라는 것을 안다면, 대중이 철학자들에게 악의를 품게 될까? 대중은 또한 신적인 본보기에 따라 그림을 그리는 화가들이 국가의 설계도를 그리지 않으면, 국가는 결코 행복해질 수 없다는 우리의 주장을 불신하게 될까?"

"대중은 알기만 한다면 악의를 품지 않겠지요." 하고 그가 말했네.

"한데 선생님께서 말씀하시는 설계도란 대체 어떻게 그리는 건가요?"

그래서 내가 말했네.

"그들은 국가와 인간의 성격들을 화판(畫板)처럼 손에 든 다음, 먼저 그것을 깨끗하게 만들 것이네. 물론 그건 쉬운 일이 아니라네. 하지만 그들은 국가를 깨끗한 상태로 물려받거나 자기들이 깨끗하게 만들기 전에는, 개인이나 국가에 손대거나 법률을 기초하려 하지 않는다는 점에서 이미 여느 사람들과 다르다는 점을 자네는 알고 있어야 하네."

"그들의 태도는 분명 옳아요." 하고 그가 말했네.

"그런 다음 그들은 정체의 윤곽을 그리겠지?"

"그러겠지요."

"그런 다음 일단 작업이 시작되면 그들은 때로는 정의와 아름다움과 절제와 그 밖에 그와 비슷한 온갖 미덕의 본래 모습을 바라보기도 하고, 때로는 자신들이 본래의 모습에 따라 인간들 속에 그려 넣은 복사물(複寫物)을 바라보기도 하면서, 여러 가지 인간 활동을 뒤섞어 참다운 인간의 모습을 만들어낼 것이네. 이때 그들은 인간들 속에 나타날 때면 호메로스가 '신과 같은 모습'이라고 했던 것을 본보기로 삼게 될 걸세."

"옳은 말씀이에요." 하고 그가 말했네.

"그리고 인간의 성격을 되도록 신의 뜻에 맞도록 만들 때까지 어떤 부분은 지우고 어떤 부분은 새로 그려 넣을 것이네."

"그렇게만 한다면 가장 아름다운 그림이 되겠네요." 하고 그가 말했네.

그래서 내가 말했네.

"그렇다면 우리는 자네 말처럼 대오를 지어 우리를 향해 돌진해오는 사람들을 설득할 수 있을까? 이렇게 정체를 그리는 화가야말로 우리가 그들에게 칭찬했던 사람이며, 우리가 그 손에 국가를 맡기려 했다 하여 그들이 화를 냈던 바로 그 사람이라고 말일세. 그들은 이제 우리가 하는 말을 듣고 좀 진정될까?"[7]

— 플라톤의 『국가』, 제6권 중에서

---

7 플라톤, 『국가』, 천병희 옮김, 숲, 2013, 360~362쪽.

아테나이력 4332년,
기묘(己卯)년, 네스토리우스력 1999년

20

아테나이가 4303년 경술년에 크레타에게 국권을 빼앗긴 지 29년이
지났다. 자연이 아버지를 잃고 어머니를 두 번 여읜 지도 29년이 지
났다.

자연은 새벽부터 남편과 자신의 출근 준비, 장남 윤이의 등교 준
비, 세 살배기 막내딸 영이의 뒷바라지, 게다가 시아버지의 조반 준
비까지 하랴 정신없이 바빴다. 집안에 부릴 만한 사람은 얼마든지 있
었지만, 어지간한 일은 직접 하지 않으면 직성이 안 풀리는 성격 때
문에 언제나 힘들기는 마찬가지다.

"영이야, 엄마 밖에 있을 동안 할아버지 모시고 잘 있어야 돼. 아빠
하고 엄마 오늘 밖에서 저녁 먹고 들어올 거야. 그러니까 할아버지
모시고 저녁 맛있게 먹어. 알았지, 응?"

"어."

"윤이야, 너도 마찬가지야. 학교 갔다 와서 숙제 잘하고 영이하고도
좀 놀아주고, 할아버지 모시고 저녁 먹어. 알았지? 아빠랑 엄마 오늘
좀 늦는다."

"네."

자연은 아침부터 오늘 저녁에 있을 남편과 모처럼의 저녁 약속에
은근히 많은 기대를 한다. 그다지 특별할 것도 없는 평범한 일에 불

과하지만, 자신과 남편에게 흔치 않은 기회처럼 느껴지기 때문이다.

"아버님, 저희 출근하겠습니다."

자연 내외가 마당으로 나와 집을 나서기 전 집안 어른인 무사태(武士泰)에게 인사드리려 한다. 먼저 남편 인이가 아버지를 부른다. 그러자 무사태는 기다렸다는 듯이 안방에서 대청마루로 나와 마당에 서 있는 아들과 며느리를 내려다보며 점잖게 서서 응수한다.

비록 자신보다 젊은 아랫사람이지만 예의 바르고 품위 있게 대하려 애쓴다. 전통 아테나이 옷을 입고 상투를 틀고 있는 모습이 과거의 전통을 고집스럽게 지키려는 듯이 보이지만, 평소에 새로운 문물을 많이 접하려고 애쓴 까닭에 어감은 고루하다거나 봉건적인 분위기가 느껴지지 않는다. 시어머니는 자연이 시집 온 지 육 년 만에 돌아가셨다.

"그래, 잘 다녀와라. 두 내외가 매일 같이 출근하는 모양이 보기 좋구나. 옷도 아주 하이칼라로 차려입고. 어멈은 너무 애들 걱정은 하지 말고. 영이도 이젠 꽤 커서 너 없이도 집안에서 혼자 잘 논다. 오늘은 둘이서 오랜만에 외식할 거라고? 그래, 둘이서 모처럼 재미있게 놀다 와라. 오늘은 내가 윤이하고 영이 데리고 먹으마."

시아버님은 며느리 자연을 유달리 아끼셨다. 29년 전 아테나이가 멸망하던 해, 아버지와 어머니를 잃고 자신에게 아버지 대신 보호자가 돼달라고 혼자서 찾아온 친구의 외동딸이었다. 다음 해 정월을 지내고 봄에 직접 자연의 손을 잡고 소학교에 가서 3학년에 편입시켰다. 그래서 자연을 대할 때면 예사 며느리와는 남다른 감회가 있었다.

"네 아버님. 다녀오겠습니다. 여보, 가요."

"윤이는 벌써 학교 갔나?"

장남 윤이는 벌써 소학교 1학년으로 혼자서 통학을 할 정도로 컸다.

"그럼요. 아까 전차 시간 늦는다고 막 뛰어나갔어요. 요샌 걔가 당신보다 더 부지런하다고요."

두 사람은 집을 나와 시내를 걷기 시작했다. 전차로 몇 정거장을 가야 하고 빠른 걸음으로도 한 시간이 넘게 걸리는 거리였다. 하지만 두 사람은 아침에 학교에 갈 때만큼은 이렇게 걷기를 좋아했다. 집에 자가용이 있어서 타고 가도 되지만, 둘은 한사코 걷기를 고집했다.

오늘은 하늘에 먹구름이 낀 것이 비가 올 것 같아 두 사람 다 장우산을 들고 검은색 슈트에 남색 트렌치코트를 입었다. 두 사람 다 부끄럼을 타서, 개화된 부부이지만 같이 걸으며 팔짱을 끼거나 손을 잡지는 못했다. 다만 같은 우산, 같은 색깔의 코트를 입고 단정히 둘이서 걷는 품새로 이들이 부부라는 것을 짐작케 했다.

"자연아, 그 비문 탁본한 거 다 해석했지?"

"아직 다 못 했어. 지난번에 했던 것보다 연대가 더 상한이 돼서 그런지 해석하기가 더 어려워."

"뭐야? 그럼 이거 약속 위반 아냐. 비문 해석 다 끝낸 걸 기념으로 오늘 스테이크 사달라고 한 거 아니었어? 이런 식으로 하면 수고비 지급할 내 의무는 없어지는 거야. 계약 위반이라고."

"걱정하지 마. 오늘 학교 가서 오전 수업 하나 하고 오후에 시간이 쭉 비어. 그때 완성할 거야. 거의 다 해놓고 끝에 마무리만 남겨놨단 말야. 예민하게 굴긴…, 이렇게 저비용으로 이 정도 수준의 일을 해주는 데가 어딨다고. 이 아테나이 땅엔 나밖엔 없고 남 같았으면 당신 일 년 봉급을 다 줘도 안 해준다고."

자연은 집안에서 시부모님과 아이들 앞에서는 깍듯이 남편에게 존댓말을 썼다. 하지만 밖에 나와서는 옛날 학창시절처럼 동년배 친구로서 대했다.

"그런데 말야, 고대 스파르타에도 아내 공유제란 것이 있더군. 누군가가 건강한 아이를 얻을 목적으로 상대 부인을 빌려달라고 하면 빌려주어야 하는 것이 의무던데?"

자연은 남편 인이에게 살포시 웃음을 지으며 마음에 담아두었던 것을 물었다. 그리고 묻자마자 인이의 반응이 보고 싶어 옆에서 인이의 표정을 자세히 관찰한다.

"…"

인이는 뜻밖의 질문이라고 생각했는지 아무 대답도 안 하고 가만히 걷기만 한다. 무뚝뚝하다!

"난 말야, 인이는 자기 아내를 다른 남자에게 빌려줄 수 있을 정도의 냉정한 사람은 못 될 것 같아. 모든 재산을 철저히 남과 공유할 수 있다 치더라도, 사랑은 결코 남과 공유할 수 없는 거 아니겠어, 그렇지? 그리고 그 제도란 게 아무리 그럴듯한 목적이 있다고 해도, 내가 보기엔 결국 남자들이 제 욕심들 채우려고 만들어낸 것 같아."

"바보 같은 소리. 내가 하려는 게 그런 게 아닌 거 알잖아."

인이가 갑자기 버럭 소리를 낸다.

"하하, 농담도 할 줄 모르고, 발끈하긴… 근데 당신 지금 옆에서 보면 무지 어색한 거 알아? 또 근엄한 척이야. 엄숙주의자."

"…"

"흠, 드러내지 않음을, 영원함을 직접 실현해보이시겠다. 이건가?"

"…"

"야, 웃기지 좀 마라!"

자연은 남편의 이런 무뚝뚝함이 귀여워 보였다. 자신이나 남편이나 왕조시대에서 근대세계로 넘어가는 가교에 해당하는 시대를 사는 사람들이었다. 그런 환경에서 오는 괴리는 어떨 때는 사람들을 엄숙주의자로, 또 어떤 때는 광인으로 몰아넣기도 했다. 자연의 인이에 대한 이런 어린아이 같은 희롱은 언제든 다가올 수 있는 파란을 직감하고 그 불안을 완충하기 위한 장치이기도 했다.

민자연(閔紫涓)과 무사인(武士忍)은 동년배로, 서울에 있는 한 사립 대학교에서 교수로 재직 중이다. 인이의 아버지가 자연의 보호자가 되면서부터 자연과 인이는 서로 가깝게 지냈고, 같은 대학교 동기동창이었으며, 둘 다 스물아홉 살에 같은 대학에 교수로 부임했다. 둘은 그렇게 오랜 세월을 친구로 자연스럽게 지내다가 결국 30살에 결혼하게 된다. 당시로서는 만혼이었다.

자연의 전공은 학부 때는 역사학, 석·박사 때는 고고학 전공으로, 주로 고대 스파르타 어를 연구했다. 인이 역시 같은 대학교에서 역사학을 전공했으나 석·박사 때는 전공을 바꾸어 사회학을 공부했다. 인이는 어릴 때부터 역사를 좋아하여 주로 역사소설을 많이 읽었다. 그래서 대학에서도 역사학을 전공한 것인데, 막상 공부해보니 자신이 기대했던 역사학과 대학에서 배우는 내용은 많은 차이가 있었다.

우선 역사학은 문헌사학이나 고고학이나 발굴에 중심이 가 있다. 추상적인 이론을 좋아했던 인이는 계속되는 고문서 읽기가 너무 지루했고, 세상에 크게 도움이 되지 않을 거라 생각했다. 그가 학문하는 주된 목적은 자신이 만든 이론에 의해 세상이 바뀌길 바라는 것이었다.

두 사람은 서울 을지로 집에서 인이의 친부모 두 분을 모시고 살다가 삼 년 전 어머니가 돌아가시고, 지금은 아버지 무사태 한 분만 모신다. 아들 무사윤(武士鈗)은 현재 소학교 1학년이고, 딸 무사영(武士瑩)은 세 살짜리 꼬마다.

인이의 아버지 무사태(武士泰)는 훈련원 첨정을 지내다가, 경술년 왕조가 멸망하자 대대로 내려오던 무가의 전통을 버리고 가산을 털어 근대식 출판사를 세웠다. 집안에 출판사와 윤전소를 모두 갖추어 당시로서는 아테나이에서 가장 큰 규모의 출판사 중 하나였다. 주로 이오니아와 크레타에 관한 신문물(新文物) 서적, 각종 학술지와 문예 동인지 등을 찍어냈다.

그러다 보니 학계와 문학계의 인사들이 인이의 집에 자주 드나들었다. 책 출판과 더불어 여러 교양강좌와 외국어 강습반도 개설해서 사설학원의 기능도 가졌던 것인데, 경술국치 이후 아직 근대적 교육체계를 다 갖추지 못했던 때에는 임시대학의 기능도 했다. 교육체계가 정비되어 대학교가 설립된 이후에도 크레타의 사상 검열로 연구가 자유롭지 못한 경우에는 이곳이 연구의 아지트가 되곤 했다.

인이는 이런 분위기 속에서 자라 자연스럽게 학자가 되었다. 그래서 그의 아버지가 운영하던 출판사는 500년 무사 가문인 무사 씨(武士氏)가 무(武)에서 문(文)으로 전환하게 된 계기와 배경이 됐다.

21

대학교에 도착한 두 사람은 일을 마치고 저녁때 다시 만나기로 한 후 각자의 학과 건물로 향했다. 자연은 오전에 수업이 하나 있었고,

그 후에는 연구실에서 인이가 부탁한 탁본의 해석을 마칠 생각이다.

오전 수업은 학부생을 대상으로 한 고고학 개설 수업이었는데, 고고학이 아직 아테나이에서는 생소한 학문 영역인 데다가, 전공자가 많지 않아 아테나이 어로 된 변변한 개설서가 없어서 크레타 어와 이오니아 어 교재를 병용했다. 이러한 현상은 고고학에만 국한된 것이 아니고 아테나이 학계 전반에 만연한 것이었다. 사실 제대로 된 번역서가 있더라도 학과에서 교재로 채택될 가능성은 희박했다.

아테나이의 대학교에서는 소위 '원서주의'가 만연했다. 외국어로 된 교재를 사용하는 것을 선호했고, 번역서를 읽는 것은 격이 떨어지는 것으로 인식되었다. 사실 자연이 자신도 번역서를 읽고 있는 모습을 남에게 보이기 싫어, 시간이 더 걸리고 사전을 종종 찾아야 하는 불편함을 감수하고라도 원서를 고집했다. 번역서를 읽는다는 것은 원서를 읽을 능력이 없는 것으로 간주될 수 있기 때문이다.

식민지 국민이라는 이유로 아테나이인에 대해 이오니아로의 유학을 금지하는 크레타의 정책으로 볼 때, 원서주의를 부추기는 것이 이율배반으로 느껴졌다.

크레타는 개국한 지 100년 가까이 되어간다. 크레타도 개국 초기에는 원서주의에 함몰되었었고, 이오니아 어에 능통한 소수의 엘리트가 국가권력을 독점한 때가 있었다. 그러나 정부 차원에서 번역청을 설치해, 이오니아의 거의 모든 고전 번역을 최고의 석학들을 동원해서 이루어냈고, 최신의 자료들이 족족 번역되어 대학교에 공급된다. 그래서 학생들은 굳이 많은 노력과 시간을 이오니아 어 습득에 들이지 않아도 수준 높은 학문적 성취를 이룰 수 있는 조건에 있고, 이것은 경제적으로도 효율적이다.

사실 외국어 학습의 목적은 외국어에 능통해지기보다, 모국어를 살찌우는 데 있다고 봐야 한다. 크레타 어도 활발한 번역 사업을 통해 과거보다 풍요로워졌고, 정부에서 말과 글이 일치하는 문장만을 사용되도록 하여, 과거 라케다이몬의 문자를 즐겨 사용하던 독서 계급의 지적 특권을 소멸시켰다. 연이어 많은 독자를 확보한 잡지나 신문들이 쏟아내는 쉬운 자국어의 읽을거리, 가령 소설 같은 것은 크레타 근대국가 성립에 지대한 문화적 공헌을 했다.

아테나이에서도 라케다이몬의 문자사용을 줄이고, 500여 년 전 왕조시대에 만들어진 표음문자를 적극적으로 사용하도록 권장해 읽기의 대중화에는 성공했다. 그러나 이와는 반대로 원서주의를 은연중에 강요해 크레타 어와 이오니아 어 학습에 에너지를 낭비케 하는 것을 보면, 자연은 이것도 크레타의 식민정책의 일환이 아니겠느냔 의구심이 든다.

자연은 원서로 진행된 껄끄러운 두 시간짜리 오전 수업을 마치고 개인 연구실로 돌아왔다. 남편이 자신에게 맡긴 탁본을 다시 들여다본다. 지난주부터 반복해서 읽고 다른 문헌과 대조해보아도 이해가 안 가는 구절이 있다.

「섭정 리쿠르고스가 스파르타의 위대한 시민을 그려내었다.」

'그려내었다'라는 것이 무엇인가? 혹시 오역이 아닌가 하여 다시 해석해보아도, 넓게 잡아 '만들어내다', '창조하다' 정도로, 결국은 같은 범주의 표현에 들어간다.

'새로운 시민을 창조했다, 발견했다'라고 의역해야 하나?'

여기서 리쿠르고스란 사람은 왕의 숙부로서 섭정의 지위에 올라 고대 스파르타의 개혁을 단행한 사람이다. 그런데 리쿠르고스 시대의 개혁이란 것이 사이베리아에서처럼 노동자와 무산자가 자본가를 몰아내고 이룩한 혁명이 아니라, 경제적으로 파탄 상태에 빠진 귀족들을 구제하여 다시 다수의 노예를 안정적으로 지배할 수 있도록 체제를 강화한 조치였다. 결코 새로운 계급이 출현한 것이 아니었다. 그래서 자연은 전체적으로 보았을 때 '그려내다' 또는 '새롭게 만들어내다'라는 표현이 역사의 전체적 맥락에서 어긋난다고 생각했다.

근대 공산주의는 이오니아 대륙 서안에 위치한 사이베리아에서 혁명이 발발함으로써 세상에 알려졌다. 이 시점은 아테나이력 4303년, 경술년에 아테나이가 크레타의 식민지로 전락한 지 십 년이 채 못 되던 시기였다. 크레타가 아테나이를 침략하며 강요한 것이 자유주의 경제체제였고 크레타가 사이베리아의 적성국이었으므로, 자연히 아테나이의 지식인들은 공산주의를 크레타에 대한 저항이념으로서 호감을 가질 수밖에 없었다.

사이베리아는 주로 홍인종들이 주축이 된 후발 근대국가로, 이곳 출신의 마르크스는 유서 깊은 근대국가 브리타니아에서 젊은 시절 유학을 하던 중에 근대 공산주의 사상을 창시했다. 당시 백인종이 주류였던 브리타니아에서 홍인종인 마르크스는 심한 인종적 차별과 모욕을 견디기 위해 일 년에 800권이 넘는 책을 읽었다. 이런 엄청난 독서량과 천재적인 두뇌로 그는 이오니아 근대국가들을 지배하는 자유주의 경제체제와 그 근저에 내재한 자본주의의 맹점을 날카롭게 비판하여, 여기에 대한 대안으로 일체의 '사적 소유'를 폐지하려 했다.

모든 사유재산을 폐지하고 이것을 국가를 통해 공유하자는 것인데, 문제는 이 공유의 대상이 물적 재산에만 한하는 것이 아니라 인간도 해당하는 것이었다. 공산주의의 사유재산 부정은 결국 가족제도의 폐지로 이어지는 것이기 때문에, 이를 수용하는 과정에서 문제가 많았다.

이점에 대해 아테나이의 공산주의자들 중에도 비판적인 사람들이 있었고, 바로 이들 중에 한 사람이 자연의 남편이자 훗날 진이의 할아버지가 되는 무사인이었다. 그는 이 이론적 결함을 극복하고자 사이베리아의 근대 공산주의 대신 고대 스파르타 체제에 대한 독자적인 연구를 계획했고, 공산주의자는 아니지만 이런 무사인의 계획에 협력했던 것이 아내 민자연이었다.

문장을 다시 읽어내리길 반복하고 해석을 마무리 지은 자연은 벌써 퇴근할 시간이 다 된 것을 알았다. 인이도 지금쯤 퇴근 준비를 하고 있으리라. 자연은 학교 내선으로 인이의 연구실에 전화한다.

"나야. 탁본 해석은 다 마무리됐어. 자 이제 내가 예약해둔 멋진 스테이크 레스토랑으로 가자고."

— 그래, 수고했어. 오늘은 약속대로 내가 쏜다.

"근데 좀 확실치 않은 것이 있어. 있다가 식사하면서 얘기하자. 15분 후에 학교 정문 앞에서 봐."

22

둘은 소공동에 있는 제국호텔 식당으로 갔다. 이 호텔은 크레타가 대전차 부대로 라케다이몬의 동북 평원지대를 점령한 후 세워진 만추리아 철도 회사가 운영하는 근대식 호텔이다.

호텔 스카이라운지에 자리한 레스토랑은 이오니아의 이국적인 분위기를 물씬 풍긴다. 자연은 창가에 자리한 룸을 예약했다. 창밖에는 서울의 야경이 보이는데, 한 쪽은 비교적 정리가 잘된 근대식 시가지의 화려한 빛이, 또 한 쪽으론 무정형으로 늘어선 빈민가의 판잣집에서 흘러나오는 희미한 빛이 묘한 대조를 이루고 있다.

자연은 아들 윤이와 딸 영이를 낳은 후론 남편과 이런 레스토랑에서 식사하는 것이 처음이다. 자연은 인이와 단둘이 룸에서 멋진 식사를 하며 그간 못 나누었던 이야기를 오늘 실컷 해볼 생각이다.

"난 미디엄으로 익혀주세요. 당신은?"

인이가 먼저 스테이크를 주문하고 자연에게 물었다.

"나야 언제나 당신하고 같지. 저도 미디엄으로 익혀주세요."

"와인은 샤토 라피트 로실드 1878년산으로 주세요."

자연은 인이가 포도주를 주문하는데, 자신의 예상보다 훨씬 비싼 것으로 주문해 놀란다.

"오오, 오늘 아주 세게 나오는데?"

"당신이 오늘을 특별한 날로 삼고 싶어 하잖아. 어디 당신이 해석한 게 와인 값을 제대로 하는지 보자고, 리쿠르고스가 제대로 부활할지 어떨지…"

주문한 음식을 기다릴 동안 인이는 자연이 해석한 내용을 읽어본다. 애피타이저가 나온 후로도 인이는 그것을 먹으면서 읽기를 계속했다. 메인 음식이 나온 후에야 인이는 읽기를 그쳤다. 둘은 스테이크와 와인을 즐기며 오랜만에 긴 대화를 시작한다.

"근데 뭔가 풀리지 않은 게 있어? 지금 대충 읽어보니 해석은 무난하게 잘된 것 같은데?"

"음, 거기 리쿠르고스가 시민을 그려냈다고 하는 부분 말야. 그게 영 어색하게 느껴져서. 고대 스파르타의 귀족 전사계급은 새로이 혁명으로 등장한 계급이 아니잖아. 프롤레타리아트도, 부르주아지도 아니라고. 그런데 어떻게 그걸 리쿠르고스가 새로 창조한 계급인 것처럼 평가할 수 있는 거지?"

"뭐야. 난 네가 '그려내다'란 표현을 써서 해석한 걸 아주 기특하게 생각하고 있었는데…, 확신이 있었던 건 아니었던 모양이군.

나는 사이베리아의 프롤레타리아트라는 계급도 실재하는 것이라고 보진 않아. 마르크스가 그려낸 하나의 근대적인 풍경이었다고 봐.[8] 사이베리아에 실제 있었던 노동자의 삶과는 차이가 있었을 거란 의미야. 마르크스의 주관이 함유된 낭만적 풍경이었던 거지. 그런데 그 풍경이 무시무시한 유령이 돼서 세상을 휘젓고 있는 거야. 브리타니아인들이나 크레타인들이 재구성한 그들 근대 민족국가의 풍경이나 마찬가진 거고. 다만 그 대상이 자연에서 사람들, 군중으로 향한 것이겠지.

크레타는 대평원에 우뚝 솟은 거대한 분화구와 검고 무섭게 생긴 외래종 수소를 민족의 풍경으로 삼았어. 매우 남성적이며 숭고미를 느끼게 하지. 그와 반대로 브리타니아의 풍경은 여성적이야. 녹색의 아름다운 들판과 야트막한 언덕, 평온한 강물과 구름, 이런 전원적 정경이 그들의 민족적 풍경을 이루고 있어. 재미있지? 실제 역사에서 그들의 정체성을 표현했다면 산업혁명의 발상지답게 철도, 공장, 도시 같은 것들이 풍경을 이루어야 했을 텐데 말이야."

"녹색의 아름다운 들판, 야트막한 언덕, 평온한 강물과 구름…. 음,

---

8 '프롤레타리아트의 풍경'은 아래 책 내용을 인용하여 재구성했다. 가라타니 고진, 『일본 근대문학의 기원』, 박유하 옮김, 도서출판b, 2010, 46쪽 참조.

전원적 풍경은 아늑하고 평화로워. 자유주의의 발상지답게 '자유'를 형상화했다고 볼 수 있겠네."

언제나 자연을 자신보다 한 수 아래로 보던 인이는 자연의 섬세한 반격에 순간 당황했다. 자연은 인이가 말한 풍경을 다시 되뇌고 거기에 자기 생각을 간략히 표현한 것뿐이었지만, 자연의 목소리를 통해 전해온 브리타니아의 풍경은 마치 공중에서 촬영한 천연색 활동사진이 눈앞에서 펼쳐지는 듯했다.

'순간적인 환영이었을까?'

정말 살아 있는 풍경을 바라보는 것 같았다.

인이가 자연에게 말해준 브리타니아의 풍경은 그가 평소 브리타니아의 풍경화가 컨스터블이 그린 브리타니아의 소박한 시골 풍경을 책이나 도록에서 보고 언급했을 뿐이었다. 이 당시 크레타는 아테나이 반도 인의 이오니아 방문을 금지했으므로.

"드, 듣고 보니 그러네. 기기끼진 생각 못 했어. 하여간 이런 데 반해 사이베리아의 마르크스는 자신의 눈을 자연이 아닌 사람들, 군중에게로 돌린 거야. 군중은 원래 개인보다 단순하고 무지하며 충동적이고 비현실적이야. 하지만 이들의 존재는 역사에서 필요악적인 존재지. 군중이 운동을 통해 민족이 되고, 이것이 제도화와 맞물리면 문명으로 발전해."

"그럼 당신은 사이베리아의 혁명은 계급혁명이 아니라, 넓은 의미의 민족주의라고 보는 거야? 그리고 고대 스파르타에도 근대적 풍경과 민족이 존재했다는 거잖아?"

"나도 지금 계속 연구 중이니 확실히 단언하긴 이르지만, 근대를 고대 정신의 복원이라고 한다면 그것도 가능할 거라고 봐. 물론 고대의 풍경이 가졌던 총체성과 지금의 근대성과는 내용에서 큰 차이가 나겠지만 말야. 그리고 내가 비록 공산주의에 관심이 많긴 하지만, 계급혁명 자체에 그다지 큰 의미를 두고 있지 않아. 이미 다 알고 있을 텐데, 새삼 왜 묻는 거야? 난 언제나 개인에게 초점을 맞추고 있어. 개인의 발견이 있고 나서, 그 개인에게 정체성을 주기 위한 문화적 상상력에서 민족이 탄생한 것이니까."

"인이는 공산주의자 같지 않아."

"그럴지도 모르지. 어쩌면 많은 아테나이 사람들이 교리 자체에는 큰 의미를 두지 않으면서, 네스토리우스 교회에 나가는 것으로 자신이 문화적으로 앞서나간다는 생각을 하는 것과 닮은 것일 수도 있어. 공산주의는 가장 첨단의 사회과학 이론으로서 연구에 아주 유용한 도구를 제공해주니까."

"그런데 인이는 왜 근대 공산주의보다 고대 스파르타 체제에 관심이 많은 거야?"

"우선은 근대 사이베리아 공산주의의 한계성을 벗어나 독자적인 연구를 하고 싶다는 생각에서지. 마르크스가 지은 텍스트에 매몰되기 싫다고. 그리고 말야, 난 마르크스같이 설익은 천재보다는 리쿠르고스 같은 신화적인 인물을 스승으로 받들고 싶어. 리쿠르고스의 이름으로 받아들이는 근대정신이 마르크스의 이념으로 받아들이는 근대 공산주의보다 아테나이 사람들에게 더 설득력이 있을 거야.

게다가 무엇보다 낭만적이야. 수만 년 전 우리 조상의 활동무대였을 서역에 3,000년 전 있었던 것이 고대 스파르타야. 여기에 기원을 둔 새로운 사상이 지금 우리의 문제에 탁월한 해법을 내놓는다면, 100년이 채 안 된 마르크스의 공산주의보다 뛰어날 수 있고 우리의 것으로 내면화시키는 데 도움이 된다고."

여기서 인이가 말하는 스파르타란 3,000년 전 서역(西) 라케다이몬)에 있었던 고대 도시국가로서, 철저한 원시 공산사회를 건설했었다. 이때도 현재 아테나이가 겪고 있는 경제적 파멸 상태를 극복하기 위하여 비상체제를 시행했는데, 화폐의 사용을 엄격히 금지하고 사람들이 비싸고 기름진 음식을 먹는 것, 큰 집에 사는 것, 비싼 장신구나 옷으로 치장하는 것 등을 철저히 배격했다.

이러다 보니 사람들이 남에게 과시하기 위하여 소비하고자 하는 욕구 자체가 사그라졌다. 그리고 인간의 탐욕, 즉 소유욕은 가족제도에 근거한다는 통찰 하에, 부모들은 자식을 낳아도 그 자식이 자신의 소유가 아닌 나라의 소유로 인정해야 했고, 자식의 보육과 교육도 집단으로 탁아소에서 이루어졌다.

더 나아가 '아내 공유제'란 법을 만들어, 건강한 자식을 낳기 위해 누군가가 어떤 남자의 아내를 빌려달라고 요구하면, 그 남편은 아내가 상대 남자의 아이를 배고 낳을 때까지 빌려줘야 했다. 이것을 거부하면 반사회적 인물로 낙인찍히게 된다.

이런 식으로 고대 스파르타에서는 인간이 남에게 과시하고자 하는 허영심을 억제하고 가족제도를 철저히 해체함으로써 인간의 소유욕을 철저히 제거하려 했고, 이러한 체제는 철저한 통제경제 체제를 가능케 했다. 이와 같은 과거의 역사가 얼마만큼 사실이었는지는 정확히 알 길이 없지만, 수천 년간 끊이지 않고 문헌에 전해 내려오며 많은 학자의 상상력을 자극해왔다.

"그 신비의 보이지 않는 얼굴 연구는 잘돼가?"

"놀리는 거 같은데?"

"예민하긴. 아냐 그런 거."

"그건 근본적으로 인간해방의 실마리를 찾는 길이야. 프롤레타리아트 혁명은 시간의 구속을 받게 되어 있어. 성공하기 위해서는 몇 가지 사회적 진화의 단계를 거쳐야 하고, 즉 오래 기다려야 해. 그리고 그들이 더 이상 잃을 것이 없어서 들고 일어난다지만, 혁명에 성공하더라도 시간이 지나면 그 안에서 소수의 특권 엘리트가 형성될 수 있다는 것은 상식적으로도 추론이 가능하잖아?

인간의 본성과 심리에서 인간해방의 실마리를 발견하고 사회과학적 이론으로 발전시켜, 이를 기반으로 한 민족해방운동을 일으켜야 해. 고대 스파르타에서 리쿠르고스가 개혁에서 취한 조치들을 보면, 리쿠르고스는 누구보다도 인간 내면 깊이 감추어진 본성과 심리를 날카롭게 꿰뚫어본 사람이란 생각이 들어.

그는 사람이 남에게 무언가를 계속 보이고 싶어 하는 욕구를 끊도록 하기 위해 생활에 필요한 최소한의 물질만을 소유하도록 했어. 계속 남에게 뭔가를 보이지 않으면 살아남을 수 없는 끔찍한 세상 자체를 없애려 한 거야. 나는 여기서 '얼굴을 보이지 않는 신(神)'이란 화두를 끄집어냈어. 리쿠르고스 자신도 그가 제정한 스파르타의 법을 절대 성문화시키지 못하게 했지. 성문화시키는 것, 곧 보임으로써 법이 본래의 취지에서 벗어나 타락한다고 생각한 거야."

"리쿠르고스는 마치 신 같아. 인이도 혹시 신이 되려는 거야? 하하."

"…"

"이런, 또 자존심 상했구나. 농담이야. 그런데 말이야. 인이의 인간해방은 민족을 단위로 하고 있는데, 더 코스모폴리티컬하게, 왜 공산주의나 자유주의처럼 세계를 대상으로 하진 않는 거야?"

"공산주의로 세계가 적화되건, 단일한 시장경제로 세계가 통합되어 국제적인 분업체계가 완성되건, 민족이 사라질 것 같아? 지구의 유일한 세계 제국이 출현하더라도, 역설적으로 민족은 오히려 더 강화될 거야. 근대화된 세계에서, 개인의 자아실현을 위해서 민족은 최소이자 최대의 단위라고. 그 이상이나 그 이하를 추구하는 사람이 있다면, 그는 아마 관념적 사치에 빠져 있거나 아직 뭘 모르는 작자일 가능성이 높지. 그런 의미에서 난 인디비주얼리스트(individualist), 개인주의자야.

그러나 단."

"단, 뭐?"

"내가 말하는 민족해방이라는 것이 크레타의 지배에서 벗어나 정치적 독립을 쟁취하는 것만을 의미하진 않아. 다람쥐 쳇바퀴 돌리듯이 끊임없이 자신을 보이지 않으면 존립할 수 없는 이 세계를 극복하기 위함이야. 그건 공산주의 계급혁명보다 더 근원적인 접근이고, 내가 그토록 리쿠르고스에 집착하는 것도 그 때문이야."

"암울한 현실을 극복하기 위해 인이가 리쿠르고스를 매개로 하여 창조한 '얼굴을 보이지 않는 신'! 자신의 모습을 보이지 않음으로써 시간의 한계에서 벗어나 영원할 수 있는 자리! 국가나 민족의 구성원인 개개인이 모두 그 자리에 이르러야 한다는 거지? 일종의 방법적 회의같이 느껴져. 종교적 색채도 느껴지고!"

"현실도피라 이거지? 맘대로 생각해."

"화내지 마."

"…"

"인이의 말을 쭉 듣다 보니 헤르더의 말이 생각났어. '모든 개별자 안에서 그 모습을 드러내는 전체야말로 위대하다! 개별자 안에는 오직 전체를 향해서만 자신을 드러내는 불확정적인 일자(一者)가 들어 있다'라는 말. 인이가 관념적으로 추구하는 '얼굴을 보이지 않는 신(神)'이 바로 이런 것 아냐? 전체와 합일될 수 있는 인이 안에 있는 그 무엇. 헤르더가 말했던 '일자(一者)' 말야.

계속 헤르더의 맥락에서 말한다면, 인이가 해방시키려는 아테나이는 그 자체로 다른 그 어떤 민족과 비교될 수 없는 완결자이면서도 인류사라는 전체적인 과정에서는 일부이며, 다른 민족이 감히 예측할 수 없는 역사적인 사명을 가지고 있어.

그것의 키워드가 바로 인이가 '얼굴을 보이지 않는 신'이라고 상정한 화두겠지. 아테나이가 보편세계에 실현해야 할 것은, 계속 남들에게 무엇인가를 보이지 않으면 생존할 수 없는 이 근대세계의 한계를 초월한 '얼굴을 보이지 않는 신'의 자리야."

자연의 말을 듣고 있던 인이는 다시 한 번 놀란다. 아직 명료하게 정리되지 않고 있던 자신의 사상을 자연이 헤르더의 사상을 빌어 정리하고 미래의 이정표까지 제시했기 때문이다. 요한 고트프리트 폰 헤르더는 보편적인 인류사와 개별적인 민족사를 모순 없이 설명하기 위해 노력했던 프러시아의 철학자이다.

"아테나이가 크레타로부터 독립한 후 부강한 나라가 되면, 훗날 인류사에 있어서 구체적으로 어떤 일을 하느냐는 아테나이 독립 이후의 문제겠지. 인이는 거기에 대해서 어떤 비전을 그려본 일이 있어?"

---

9 요한 고트프리트 폰 헤르더, 『인류의 교육을 위한 새로운 역사철학』, 안성찬 옮김, 한길사, 2011, 177~178쪽.

"…"

사실 인이는 여기에 대해 아직 구체적인 계획을 가지고 있지 않았고, 그것은 어쩌면 당연한 일인지도 모른다. 아테나이는 현재 크레타의 식민지에 불과하다. 지금 자연은 지나치게 앞서가며 인이를 괴롭히고 있는 것일 수도 있다.

"또 침묵이야? 그래, 알았어. 그럼 아침에도 말했던 아내 공유제에 대해서도 말해줘."

"또 그 얘기야? 어린애 같긴."

"재미있잖아. 고대 스파르타에도 아내 공유제가 있었다는 것이. 강인한 무사집단을 유지하기 위해서 아름답고 건강한 여인을 공유한다. 물론 이것도 '사유(私有)'를 금지한다는 원칙에 바탕을 둔 것이겠지. 우리가 고대 스파르타에 태어났으면, 당신도 나를 다른 남자에게 빌려줘야 할지 모른다고."

"자기 자랑을 아주 유치하게 하잖아?"

"내가 보통이 넘는 외모인 건 인정하고 있는 모양이네? 하도 말을 안 해서 난 모르고 있는 줄 알았지."

"마르크스는 여기에 대해서 분명히 밝혔어. 너희 가부장적인 자본가야말로 아내 공유제를 즐기는 놈들이라고. 아내를 자기 소유의 도구로 여기기 때문에 사유재산을 부정하니, 그걸 아내 공유제로 확대 해석하는 거라고. 수천 년이 넘었을 거로 생각되는 매춘업도 그렇고.

저기 창밖을 봐. 작은 집들이 지저분하게 다닥다닥 꼴사납게 붙어 있는 빈민가가 보이지? 자본가들의 착취로 경제가 이렇게 최악의 상태라면, 저 안에서는 남편이 아내에게, 아비가 딸에게 매춘을 강요하는 일들이 오늘도 버젓이 일어나고 있어. 그럼 자식들은 부모를 사람으로 안 보고, 반말과 욕설을 하고 부모의 뺨까지 후려치고 협박을 해.

우리가 동화책에서 흔히 보는 화목한 가정이란 것이 누구에게나 당연한 것처럼 여겨지지만, 그 평범해 보이는 것조차도 경제적으로 상당한 여유를 가져야 지탱이 가능한 것들이야. 우린 어쩌다 운이 좋아서 이렇게 호텔에서 호사스런 식사를 하고 있어서 실감을 못 하고 있을 뿐이지."

"그런 정도는 나도 알아. 하지만 말이야. 사유재산 금지의 원칙이 가족해체로 이어지고, 그것이 다시 개인의 배우자 소유나 자식 소유를 부정하는 길로 나아갈 수 있다는 것은 논리적 귀결이 될 수 있어. 그것이 단지 자본가들의 자가당착적 기우이거나 공산주의에 대한 공포를 확산시키기 위한 의도적 왜곡만은 아니라고 생각해.

그리고 왜 배우자를 자기 소유로 생각하는 것이 천박한 건데? 예를 들어 어떤 돈 많은 자가 예쁘고 젊은 여자를 첩으로 들여놨다고 쳐. 그의 늙은 아내는 힘없이 남편의 경제력에 종속되어 있지만, 저 여우같은 년이 내 남편을 뺏어갔다고 증오할 거야.

그리고 아이들을 봐. 우리 아빠, 엄마라고들 하지? 어린 자식들이 분명히 타자와 차별화시킨 '우리'란 범주 안에 자신의 부모를 가두고 자기 소유라고 생각해. 소유란 것은 꼭 강자가 약자에 대해서만 행사하는 것이 아니라고. 나도 가부장적인 무사 씨 가문에서 순종적으로 살고 있지만, 무사인이 내 남편이고 내 소유라고 생각한다고. 사람은 소유로부터 자신의 정체성을 느껴."

"…"

"뭐야 또 침묵이야? 내 남편은 역시 신이 되려는가봐."

"…"

"그래 알았어. 이런 얘기는 피하기로 해. 아까 풍경에 대한 얘기는 참 재미있었어. 그래서 생각났는데, 내가 만약 다시 젊어져서 대학교에 들어간다면 문학을 공부해보고 싶단 생각을 종종 해."

"왜 갑자기…, 역사학과로 간 게 후회돼?"

"아니, 그런 건 아니고. 사실 인이가 너무 사회과학적 이론에 집착하는 것 같다는 느낌이 들어서."

"혹시 내가 역사학에서 사회학으로 전공을 바꾼 걸 혐오하는 거야?"

"아니, 그런 게 아냐. 나도 방금 역사학이 아닌 문학을 해보고 싶다고 말했잖아. 내가 중심을 두는 것은 바로 '서사(敍事)'야."

"서사…?"

"음, '서사', 이건 아까 우리가 얘기한 풍경과 같은 맥락의 것이라고 생각해. 하지만 물질의 가장 근본이 되는 원자 같은 것을 발견해서 이론화하고 싶어 하는 인이의 접근과는 반대되는 것일 수도 있어. 현실적인 필요에서랄까? 아까 인이가 잠깐 군중에 관해 얘기를 했어. '군중이 운동을 통해 민족이 되고, 이것이 제도화와 맞물리면 문명으로 발전한다고…' 그런데 여기서 그 군중에 지속적인 운동성을 갖게 해서 민족으로 승화시키는 힘을 어디서 얻어야 할까?"

"…"

"난 지금 인이에게 묻고 있는 거야."

"…"

"그것 봐. 지금부터 너무 기분 나쁘게 듣지는 마. 왕조시대의 형이상학을 빌려서 얘기하자면, 내가 보기엔 지금 인이는 이(理)는 있는데 기(氣)가 없는 상태 같아. 난 서사가 모든 사회 작용에서 기, 다시 말해서 역사를 추동하는 에너지와 같은 역할을 할 수 있다고 생각해. 인이는 시간을 초월한 불변의 진리가 곧 에너지로 작용할 수 있다는 것, 그리고 그것은 이미 자신의 선험적 지식이라는 전제하에 일을 벌이고 있는 것 같아."

"…"

"그런데 말야, 내가 공부해본 경험에 의하면 제아무리 천재들에 의해 만들어진 뛰어난 사회과학 이론이나 담론이라도, 세상을 직접 바꿀 수 있는 힘으로 작용하는 경우는 매우 드물어. 그냥 전문가들 사이에서 회자되다가 아카데미즘에 매몰되어 잊히겠지? 아마 지금쯤 인이가 그런 악몽을 자주 꾸고 있을지도 몰라."

"…"

"원리를 깨닫고 이론을 만드는 것만으로 세상을 바꿀 수 있다면 얼마나 좋겠어. 공부하는 보람도 훨씬 있겠지. 그런데 세상을 바꾸는 힘은 원리와 이론에 있지 않거든. 내가 서사라고 한 것을 바꿔 말하면, 우리가 학문을 할 때 추구하는 보편적 법칙보다는 인간의 감성과 하나가 되어 작동하는 생동성(生動性)이라고 표현해도 좋을 것 같아."

"세상을 바꿀 수 있는 힘이 서사에 있다는 얘긴가? 보면 자연이도 상당한 낭만주의자야."

"자꾸 그렇게 어떤 주의로 환원시키지 말아줘. 사회과학 이론이라는 것이 너무 건조하고 서사를 추동할 수 있는 역동성이 부족해. 아까 인이는 확답을 피했지만, 이미 고대 스파르타에 근대성이 내재해 있었다고 믿는 것 같아. 당시 리쿠르고스는 먼저 외국에서 탈레스라는 문인을 초빙해 시로써 시민들을 교화한 후 입법을 하고, 과단성 있는 통제경제 체제를 시행했어. 정치를 하기 전에 먼저 문학을 통해 당위성을 확보하고, 시민들로부터 최소한의 묵시적 승인을 받아냈다고 봐야 해.

그리고 마르크스의 이론이 유령처럼 세계를 떠돌며 자본가를 두려움에 떨게 하는 것은 그 자신도 밝혔듯이, 이념 속에서의 현실탐구를 거부하고 현실 속에서 이념을 찾으려고 했기 때문이지. 게다가 그는 거대한 역사적 서사를 가지고 있었어. 그의 역사발전 단계론은 그것의 옳고 그름을 떠나서, 보는 사람으로 하여금 숭고함을 느끼게 해. 내가 인이에게 부족하다고 생각되는 것이 바로 이거야."

"그래 알 것 같다. 정제된 사회과학 이론만으론 세상을 바꾸기 힘드니, 거기에 문학적 상상력을 가미해야 한다는 말로 받아들이면 되겠어?"

"마르크스의 이론을 뛰어넘는 새로운 이론을 창안해서 민족해방의 밑거름이 될 수 있다면 학자로서는 더없는 영광이겠지. 게다가 인이는 겉보기와는 다르게 내심 정치 지도자로서의 꿈을 꾸고 있을 거야. 그러나 원리와 이론만으로 세상을 이끌 수는 없어. 그건 왕조시대의 학자 형 관료에게나 가능했던 일일 거야.

하지만 너무 의기소침할 필요는 없다고 봐. 우리 둘 다 기골이 장대한 무사의 자손이야. 원래 이런 책상물림들이 아니었다고. 무사 씨 가문의 시조(始祖)이신 무사영 공(武土英 公)께서 무관(武官)은 무식하다는 문관(文官)의 편견이 미워, 누구보다도 공부를 열심히 하시어 시(詩)·서(書)·예(禮)·악(樂)과 의술(醫術)에까지 통달하셨다고 하지만, 어느덧 세상이 바뀌어 우리는 반대로 문약(文弱)하지 않다는 것을 세상에 증명해야만 하게 됐어. 지금부터 우리 자신의 몸속에 흐르는 피를 한 번 믿어보자."

"역동적인 서사를 만들려면 어떻게 해야 하는데? 나보러 소설책이라도 많이 읽으라는 얘기니?"

"아테나이의 한 중학교로 크레타 해군 제독 출신이었던 자가 교장으로 부임해왔어. 그날 아침 운동장에 전교생들을 모아놓고 이 군인 출신의 크레타인 교장은 군복을 입고 허리에 칼을 찬 채 높은 교단에 올라, 매우 권위적인 자세로 학생들에게 첫 훈화를 시작했지.

그런데 뜻밖에도 이 교장은 320여 년 전 아테나이에 침공한 거대한 크레타 함대를 기적적으로 괴멸시킨 아테나이의 수군 제독 무사신(武士田)을 숭앙하며 학생들에게 그를 본받을 것을 이야기하는 거야. 그 교장에게 이 아테나이로 부임해온 것은 일종의 성지순례가 돼버린 거지. 그때 갑자기, 운동장 한가운데서 그분이 바로 나의 14대조 할아버지라고 외친 학생이 있었는데, 그게 누구야?"

"…"

"그러고 나서 그 교장이 빌려준 크레타 해군 전사(戰史) 교본을 혼자 밤에 울면서 읽고, 결국은 역사학을 공부하기로 결심한 사람이 누구지? 그 전사 교본에는 그의 14대조 할아버지의 수군 전략과 역사적 업적이 쓰여 있었어."

"그걸 어떻게 알았니?"

"내가 시집오고 얼마 안 돼서 어머님이 다 말씀해주셨어."

오랜만에 둘은 아주 많은 이야기를 나누었다.

두 사람이 식사와 이야기를 마치고 호텔 밖으로 나오자, 아침부터 하늘을 덮고 있던 먹구름이 그제야 비를 뿌리기 시작했다. 둘은 준비해온 우산을 받쳐 들고 아침에 입고 나온 남색 트렌치코트의 벨트를 꼭 졸라맸다.

집으로 향하던 길에도 둘은 조용히 계속 걸었다. 특별히 대화는 하지 않았다. 자연은 결혼한 지 십 년이 다 돼가지만, 이렇게 걸으며 남편과 한 번도 손을 잡거나 팔짱을 끼어보진 못했다. 나란히 걷되 언제나 남편의 오른편에서 반 발짝 뒤로 물러나 걸음을 옮겼다.

순간 자연이 코트의 오른쪽 주머니에 손을 넣고 있던 인이의 오른팔에 팔짱을 끼었다. 인이는 그냥 아무 말 없이 계속 걸었다. 두 사람의 거리가 좁혀지니 두 우산 끝이 겹쳐졌다. 그리고 비는 계속 내렸다.

23

6월 초여름 날씨치곤 상당히 더운 날씨다. 서울에서 네 시간 거리, 300km나 남쪽으로 내려와서인지, 오랜만의 장거리 운전으로 피로해서인지, 그리 가파르지 않은 산길을 오르는데도 흰 블라우스가 땀에 젖어 자꾸 살에 달라붙으려 한다. 챙이 넓은 흰 모자를 썼는데도 햇빛의 열기를 차단하지 못한다. 서울에서 혼자 몰고 온 차는 산 아래 두고, 무극교의 교주 가수운이 살고 있다는 모악산 기슭의 성전으로 가는 중이다.

무장의 딸인 자연은 이 시대 보통 여자들과 비교하면 키가 크고 체력이 월등한 편이었지만, 십 년 동안 집과 대학교 사이를 오가는 단조로운 생활을 계속한 탓에, 그리 깊지 않은 산행도 왠지 생경하고 힘들게 느껴진다. 이후로는 서울의 진산인 삼각산에 자주 올라야겠다고 생각했다.

삼각산을 떠올리니 문득 대학생 때 읽은 이광수의 소설『무정』이 생각났다. 이오니아 식 교육을 받고 깨어난 사람을 자처하는『무정』의 주인공 이형식은 어느 날 신비로운 구름장이 머물러 있는 삼각산 백운대의 범상치 않은 기운을 감지하며 스스로 아름다운 미래를 상상한다. 그리고 삼각산에서 불어오는 서늘한 바람에 고무되어, 지금까지 자기가 알아온 세상보다 더 가치 있는 무언가가 자신에게 도래할 것을 꿈꾼다.

자연은 지금 자신의 모습이『무정』의 주인공 형식과 닮았음이 느껴진다. 후덥지근한 모악산의 열기에 달아올라 벌겋게 된 자신의 얼굴을 서늘한 가을바람 같은 것이 불어 식혀주기를 간절히 바란다.

지난봄 남편 인이와의 대화를 가진 후 자연은 29년 전 경운궁 석조전 침실에서 황후마마가 어머니에게 전했던 가수운의 증표를 기억해 냈다. 황후마마의 말씀대로라면, 브리타니아의 최신형 전함 10척을 살 수 있는 지금의 가치를 가진 것이다. 물론 그때로부터 벌써 30년에 가까운 세월이 흘러버렸지만….

어머니가 황후마마 대신 가라기누를 입고 황후마마의 침실을 나서시면서 가수운의 증표는 다시 마마에게로 돌아갔다. 그 후 마마가 자연의 북촌 집에 들어와 사시게 되면서 자연이 그 증표를 마마께 도로 받아 보관하게 되었다. 그리고 마마가 목을 매어 돌아가신 후 29년의 세월이 흐르면서, 그 꿈같았던 이야기는 자연의 기억 속에는 남아 있되 빛바랜 풍경이 되었다.

그러나 언제부터인가 그 빛바랜 풍경이 다시 선명한 색채를 띠기 시작했다. 언제나 자신을 표현하는 것이 서툴렀던, 아니 일부러 표현하지 않던 남편 인이의 생각이 자연의 몸을 통해 부지불식간에 읽혔다.

인이는 거대한 반역을 꿈꾸고 있었다. 그런데 그 반역은 최근 몇 년 사이에 계획된 것은 아니었다. 인이의 내면에 수십 년 간 쌓이고 쌓인 생각이 응축되어 마침내 일이 년 전부터 발화하기 시작한 것이 틀림없었다. 그것이 자연의 머릿속에 남아 있던 풍경과 어떤 연관이 있는지는 확실히 알 수 없었지만, 날이 갈수록 을씨년스러워가던 옛 풍경에 다시 아름다운 색채를 주입하는 것은 사실이었다.

자연은 기름종이로 싸서 장롱 깊이 보관해오던 증표를 다시 꺼냈다. 자주색 소가죽지갑 속에 고이 보관해온 증표의 빨간 경면주사가 아직도 윤기를 잃지 않고 빛나고 있었다. 자연은 용기를 내어 무극교의 교주 가수운을 만나보기로 했다. 아직 살아 있을까? 살아 있다면 올해 여든의 고령이다. 살아 있다고 해도 옛날같이 막강한 교권을 쥐고 있을지도 의문이었다.

자연이 서울에서 한 신문사를 통해 수소문해본 결과, 가수운은 지금 모악산 남쪽 기슭에 무극교의 본원을 두고 거기에 기거하며 교세를 유지하고 있다는 소식을 들었다. 자연은 그 얘기를 듣고 역시나 하는 생각이 들었다. 무극교의 본원이라는 곳이 1,500년 전부터 아테나이 미륵신앙의 중심이었던 금산사 근처에 자리하고 있다. 미래에 이 땅에 직접 강림하여 중생을 구제하고 이상세계를 건설한다는 미륵불 신앙. 여러 제왕이나 종교가들이 이 미륵을 등에 업고 자신의 꿈과 야망을 실현하려 했었다.

자연은 무극교 신자들이 믿는 하느님을 미륵이라 부르고 있는지, 가수운이 자신을 미륵이라 칭하고 있는지 확인한 바 없지만, 가수운이 미륵신앙이라는 고대의 유서 깊은 풍경을 배경으로 교세를 키우려 하는 것이나, 남편 인이가 전설적인 리쿠르고스의 이야기로부터 새로운 사회과학 이론을 창안해 민족을 해방하고 이오니아 자본주의의 원초적 모순까지도 해소하려는 것이나, 근본적으로 같은 현상이라 생각했다.

한적한 산길을 30분가량 올라가니, 언덕길 양편으로 초가집이 대여섯 채씩 모여 집락을 이루고 있고, 간간이 규모가 큰 기와집이 보인다. 이제 무극교의 신앙촌에 들어온 것 같은데, 대여섯 가구를 한 단위로 한 조직이 모여 신앙촌을 이루고 있는 것 같았다.

그러나 겉보기에 딱히 종교 색이 드러나 있지 않았고, 마을을 거치면서 마주친 사람들에게도 특별한 기색은 없었다. 자연의 세련된 이오니아 식 복장이 아테나이 전통의 흰옷 입은 마을 사람들과 큰 차이를 보이긴 했지만, 그들이 자연을 적대시하는 일은 없었다. 오히려 서울에서 내려온 개화한 부인에게 미소를 지으며 호의적으로 대하려는 사람이 대부분이었다.

이오니아 인이 처음 아테나이에 들어왔을 때 아테나이 사람들이 그들에게 보인 태도 또한 그랬다. 이오니아 인의 기록을 보면, 아테나이인은 크레타와 라케다이몬 인보다 몸집이 크고 새로운 것에 호기심이 많아 난생처음 보는 이오니아 인에게 웃으며 다가왔다고 적혀 있다. 그리 풍족하지 못한 삶에도 이오니아 인에게 먼저 음식을 대접하곤 했다고 한다. 그러던 그들이 배타적이고 공격적인 태도로 돌변한 것은 이오니아의 배들이 먼저 대포나 총을 쏘아대기 시작했을 때부터이다.

좀 더 걸어 올라가니 신앙촌 구역이 끝나갈 즈음 길의 왼편 언덕 위에 절의 가람 양식이나 유교의 서원 양식을 흉내 내어 지은 듯한 제법 큰 기와집이 보였다.

'이곳이 무극교의 성전인가? 저 안에 가수운이 있나?'

한 달 전 자연이 가수운에게 편지를 보냈고 거기에 대한 답신을 받은 후, 오늘 이 시간에 모악산을 방문하겠다는 답신을 보낸 것이 열흘 전이다. 자연은 왠지 설레기 시작했다. 가수운이란 이름과 자신이 간직하고 있는 증표는 잃어버릴 것을 강요당하다시피 한 29년 전 풍경과 다시 만날 수 있는 연결고리이기 때문이다.

어머니의 얼굴은 여전히 아테나이 마지막 왕비의 모습으로 세상에 알려지고 있다. 이 문제를 해결하기 위해서는 과연 어디서부터 손을 대야 할지, 이것을 폭로한다면 언제가 좋을지, 그래서 이 사실이 세상에 밝혀진다면 어떤 의미가 있을 것인지 알 수 없었다. 그렇게 자신만이 풀 수 있는 역사의 매듭을 안고 29년의 세월을 지냈다.

그 사이 소학교, 중학교, 대학교를 거쳐 학자가 되었으며, 한 남자의 아내가 되었고 두 아이의 엄마가 되었다. 엄마가 되고 보니 어머니 아닌 어머니의 죽음이 내일 악몽으로 반복된다. 자연은 황후까마의 죽음을 본 순간 그것이 가슴속에 어머니의 죽음으로 각인되었음을 수없이 느꼈다. 그 일을 생각하며 자식들을 바라보면 자신이 큰 원죄를 가지고 있는 것 같았다.

그러다가 어느 날부터인가 남편 무사인이 머릿속에 커다란 계획을 세우고 있음을 알았다. 인이의 리쿠르고스에 대한 열정은 학문적인 호기심을 넘어선 것이었고, 석 달 전 어렵게 마련한 둘만의 저녁 식사에서 대화를 나누던 중 인이가 혁명까지 계획하고 있다는 사실을 깨달았다.

그러나 혁명이라는 것이 한 학자의 정제되고 치밀한 이론으로 성공할 수 있는 것이 아니다. 거대한 군중이 인이의 생각에 동조해 움직이게 하려면 어떻게 해야 하나?

이러한 생각들이 오가며 자연은 다시 과거의 기억을 다리삼아 현재의 문제를 해결해보고자 했다. 논리적인 사고가 아니라 과거 황후 마마에 의해 인연 지어졌던 가수운을 찾아가보면 뭔가 돌파구를 찾을 수 있지 않을까란 막연한 기대감에서 일을 시작했다.

성전 안에 들어서자 가수운의 시종으로 보이는 다부진 체격과 예리한 눈매의 남자가 이미 자연을 안내하기 위해 성전 마당에서 대기하고 있었다. 시종은 자연에게 가수운을 천사(天師)라 호칭해달라고 부탁하며 내실로 안내해 들어갔다. 성전의 본당으로 보이는 2층 누각 안에 구두를 벗고 들어갔지만, 실내는 이오니아 식 양탄자가 깔렸고 제법 멋을 낸 이오니아 식 테이블과 의자를 사용하게 돼 있었다. 실내가 전통 아테나이 식이나 불교 사원의 내부처럼 꾸며졌을 거로 생각한 자연의 예상과는 달랐다.

곧이어 또 한 가지 예상 밖의 장면이 시야에 들어왔다. 분명히 이 교단의 지도자로 보이는 사람이 의자에 앉아 있다가, 자연이 실내 중앙까지 걸어 들어오고 자신과의 거리가 세 발짝 정도로 좁혀지자, 천천히 일어나 가벼운 눈인사와 함께 자연에게 악수를 청하는 것이었다. 6척 장신 거구의 사나이가 장중한 품격으로 자연을 맞았다.

'이 사람이 가수운?'

자연도 역시 가벼운 눈인사를 하고 청해오는 악수를 받으며 예상했던 무극교의 교주 가수운의 모습과는 너무나도 다른 모습에 놀란다. 흰 두루마기에 상투를 틀고 갓을 쓴 도인의 모습을 상상했던 자연의 눈에 하얀 양복과 흰 구두를 멋스럽게 차려입은 신사가 자연의 눈동자를 자극했다. 거기다 길게 늘어뜨린 수염은커녕 깔끔하게 면도를 해 턱이 말쑥하고, 자연을 맞이해 일어서기 전까지 의자 등받이에 멋스럽게 기대 파이프 담배를 피우고 있었다. 나이도 여든이 아니라 60대 중반 정도로밖에 보이지 않았다.

"자네가 민자연인가? 황후마마가 시해되시던 날 어머니와 같이 황후마마를 끝까지 지켜보았던 선전관 민경하의 딸이?"

"네, 그렇습니다."

건장한 몸에서 울려오는 가수운의 목소리에서 실제 나이보다 훨씬 정정한 그의 기력이 느껴졌다. 어감에서 풍겨오는 그의 인격이 결코 고루한 수구주의자가 아님을 알 수 있었다.

"편지에선 자네가 여기 온 이유를 밝히길 꺼리는 게 보였네. 직접 만나서 털어놓고 싶었겠지. 우선 서울에서 여기까지 오느라 힘들었을 거야. 우선 뭔가 들면서 천천히 얘기하세.

자네, 귀한 손님이 오셨으니 다과를 내오게. 우리가 직접 만든 과자, 그리고 팡도 좀 가져와. 그러고 나서 자넨 좀 나가 있게. 이 숙녀분과 중요한 얘기를 나눠야 할 것 같으니."

수운이 시종에게 먹을 것을 자연에게 내온 후 나가 있도록 명했다. 잠시 후 시종이 흰옷으로 차려입은 여신도 두 명과 함께 차와 음식을 가져와 테이블 위에 차려놓은 후 전각 밖으로 물러간다.

"다과를 좀 들어보게 맛이 괜찮을 거야. 이오니아 식 과자나 팡을 흉내 내서 만들어본 것들이야. 크레타에서 이미 인기가 있는 것들도 참고해서 말야. 사실은 최근에 교단에서 근대식 제과점을 해보려고 만들어본 것들이네. 이걸 대량으로 만들어서 서울에 가게를 낼 생각이야. 이런 걸 수시로 사먹을 만한 사람이 그래도 서울에 가장 많이 살지 않겠나?"

수운이 웃으며 과자와 팡을 권한다. 자연은 이야기의 서두를 과자 얘기로 시작한 수운에게 뭔가 특별한 뜻이 있음이 느껴진다.

"맛있군요. 이 정도면 크레타 수입품보다 훌륭해요."

"그런가? 자네 정도의 신여성이 칭찬할 정도면 서울에서도 잘 팔릴 거 같네."

자연은 수운이 단순히 사교의 교주가 아니라 근대의 성격을 상당히 예리하게 꿰뚫고 있는 인물이라고 생각했다. 그가 과자를 얘깃거리 삼아 자연에게 말을 거는 모양에서 이미 오늘 나눌 대화의 핵심이 드러났다고 판단한다.

"29년 전 황후마마께 경면주사로 써진 증표를 건네드렸지요?"

"아, 그래. 빨리 본론으로 들어가자는 얘기지? 알겠네. 사실이네. 내가 군비에 쓰실 자금을 지원하겠다는 증표로 그걸 보냈네. 그런데 그걸 지금 자네가 가지고 있는 건가?"

자연은 핸드백 안에서 증표가 들어 있는 자주색 가죽지갑을 꺼내 수운에게 건넨다. 29년을 자연이 보관해오던 중 이미 가치를 상실한 종잇조각처럼 되었던 것이 다시 살아난다. 수운은 천천히 지갑 안에 들어 있는 증표를 펼쳐 유심히 관찰한다.

"그래. 이건 내가 직접 수결해서 보낸 증표가 맞아. 감회가 새롭군. 간절한 마음을 담아서 보냈던 게…; 금세 증발해버려 쓸쓸했던 것이 이만저만이 아니었는데…!"

"그걸 어머니가 받으실 때 황후마마께서는 천사께서 브리타니아의 최신형 전함 10척을 구입할 수 있는 금액을 기부해주실 거라 하셨습니다."

"브리타니아 최신식 전함 10척? 마마께서 당시 꽤 조급하셨나보군.

나는 그런 말씀을 드린 적이 없네."

자연은 순간 이미 예고된 낙담을 하기 시작했다. 석조전 침실 안에서 황후마마께서 말씀하신 내용이야 당시 자연이 어렸기 때문에 모두 믿을 수밖에 없었지만, 나이를 먹어가며 마마가 하시는 말씀의 신빙성이 점점 흐려져갔다.

크레타가 사이베리아와 국운을 건 일대 회전에 임할 때조차 6척밖에 보유할 수 없었던 브리타니아의 전함이다. 아무리 가수운이 수백만의 신도를 거느려 막강한 자금력을 가지고 있다 해도, 최신형 전함을 단번에 10척이나 구입할 수 있는 자금을 내놓을 수 있단 말인가?

그런 마음이 드는 한편, 가수운이 29년 전이나 지난 옛일을 들고 찾아온 자신을 못 미더워하거나, 이미 황후마마가 돌아가신 지 오랜 세월이 지나갔으니 그때 일을 잊고 싶을지도 모른다고 생각했다. 그래서 좀 더 집요하게 상대를 추궁해보려 한다.

"황후마마께서 거짓을 말씀하셨을 리가 없습니다. 29년이나 지난 옛일이지만 마마께서는 저의 어머니에게 분명히 그렇게 말씀하셨고, 제 아버지에게 건함도감 별감을 맡기실 거라고 분명히 말씀하셨습니다."

"하하, 내가 자네가 말한 것을 모두 부정하는 게 아냐. 마마께서 좀 과장을 하신 것 같다는 얘기지. 내가 당시 내기로 한 자금이 10척까지 살 만한 액수는 못 돼. 좀 무리를 하면 2척 정도는 살 수 있었을까? 그때 마마는 너무 초조하셔서 그럴 수밖에 없으셨을 거야."

"전함 구매 자금을 내시기로 한 일만큼은 사실이란 말씀이죠?"

"황실에서 내가 낸 돈으로 전함을 사건 대포를 사건 내가 상관할 일은 못 되지. 그런데 마마께서 전함을 먼저 사겠다고 하신 것이 재미있군. 나라가 멸망하기 직전인데도 뜻을 잃지는 않으셨어."

"군자금을 내시기로 하신 것만은 사실이군요. 그 액수가 얼마나 됐습니까?"

자연은 계속 수운에게 당돌한 태도로 밀어붙이려 했다. 산전수전 다 겪은 80살의 노인에게 30대 후반의 자연이 이런 식으로 대드는 것은 오히려 상대에게 신뢰를 잃고 자신의 어리석음을 드러내는 결과를 가져올 수도 있었다.

하지만 자연은 자신의 마음 깊숙이 맺힌 선민의식이 점점 깨어나고 있음을 느낀다. 황후마마께서 자신을 태자비로 점찍으셨고, 나라가 망하지 않았다면 지금쯤 자신이 아테나이의 황후가 됐을 수도 있었다. 자연은 부지불식간에 황후의 인격이 되어 수운을 몰아세우고 있었다. 그리고 이러한 자연의 심리를 자연 자신보다 수운이 먼저 알아차렸다.

"자네가 황후 대신 그 액수 그대로 받아가기라도 하겠다는 건가? 지금은 그때보다 교세가 기울어, 그때 예상했던 금액만큼 내줄 형편이 못 되네. 자네가 내게 돈을 받아가서 무슨 큰일을 벌이려고 하는 것 같은데, 지금은 한꺼번에 큰 자금을 건넬 수 없는 형편이야.

자넨 29년 전 황후만큼 초조해 하는군. 하지만 그분도 어차피 안 될 일을 하고 계셨잖은가? 그때 자네 부친이 전함 10척을 무사히 사오셨더라도, 아테나이가 크레타로 넘어가는 것을 막을 순 없었을 거야. 전함이 있으면 뭐하나. 그걸 유지할 재물이 아테나이엔 없는 걸. 다 차근차근 단계를 밟아야 하는 거야.

난 그때 특별히 큰 뜻이 있어 그랬던 게 아니라, 황실의 환심을 사서 서울에서도 무극교를 포교하려고 했지. 황실 후원 없이는 도저히 포교가 안 되겠더라고. 서울사람들이 워낙 깍쟁이라서…, 자네처럼 말야. 하하."

자연의 속내를 알아차린 수운은 분위기를 돌려보려 애쓰고 자연을 향해 손가락으로 가리키며 깍쟁이라고 놀려도 보지만, 그는 이미 자연을 상당히 마음에 들어한다.

"그때 약속대로 돈을 받아내겠다는 것이 아닙니다. 전 그때 흐르다 말라버린 강의 흐름을 다시 찾고 싶어요. 그 강 위에 거대한 전함을 뜨게 하고 싶어요. 천사님도 단지 교세를 확대할 목적이라면 신도들을 더 끌어 모아 헌금을 내게 하는 게 더 빠르겠죠. 뭐 하러 애써 근대식 사업을 벌여 자본을 모으려 하시나요? 단지 포교를 위해서 황실에 돈을 바치려 하셨다고요? 전 아니라고 봐요."

수운이 자연의 생각을 알아가듯이, 자연도 수운의 본 모습이 혹세무민을 일삼는 사교의 교주가 아님을 느끼고 있었다. 처음 그의 모습을 보았을 때부터 느꼈지만, 이 노인의 눈에 비친 근대의 풍경은 허황한 종교가들이 본 것과는 다를 것이라 짐작했다. 다만 제도권의 용어와 개념을 사용하지 않을 뿐, 이 시대의 근대란 화두를 상당한 정도까지 꿰뚫고 있을 것으로 생각했다.

"나같이 혹세무민하는 사교의 교주를 너무 높이 보지 말게. 몸 둘 바를 모르겠으이, 하하…."

"서울에서 포교와 자본 축적을 동시에 이루고 황실과 같이 아테나이를 개혁할 뜻이 있으셨던 게 아닌가요?"

"나를 너무 과대평가하지 말래도 그래. 내가 무극교를 아테나이의 국교로 삼게 해서 무슨 선경 세계라도 건설하려 했다고 보는가, 크레타와 이오니아의 오랑캐를 몰아내고 개벽을 해서? 애초부터 그따위 생각은 다 틀린 거야. 지금 그게 가능한 종교가 있다면 네스토리우스교 정도겠지.

이오니아의 천하를 네스토리우스교가 연 것을 알고 있나? 무극교나 무극교의 모태가 된 동학도 결국은 네스토리우스교의 영향을 받았던 거야. 나도 네스토리우스의 교리를 공부했었네. 애초부터 한계가 떠억 하니 보이는데 무슨 허튼소리…. 동학이 성공하려 했다면 애초에 왕실을 부정하고 천지를 완전히 뒤엎을 생각을 했어야 했는데…. 그렇게 보면 나도 참 딱해. 서울에 교세를 펴보겠다고 황후에게 돈을 갖다 바칠 궁리나 하고 있었으니…."

수운은 자연의 물음에 바른 대답 대신 푸념을 늘어놓으면서도, 교묘하게 문제의 본질에 조금씩 다가가는 방법을 취했다. 자연이 과거의 사건을 인연 삼아 자신을 찾아온 근본적인 이유를 짐작하고 있었고, 그래서 자본이나 종교의 문제를 언급하는 것이다.

"아테나이를 해방하고 성공적인 근대국가로 세우기 위해선 네스토리우스교가 이오니아에서 했던 역할이 필요하다는 말씀으로 들려요. 그래야 성공적으로 자본도 축적될 수 있다는 말씀이죠? 그런데 무극교나 고래의 유교, 불교가 그 역할을 해주지 못한다면 어떻게 해야 하나요. 네스토리우스교가 이오니아에서 했던 역할이 아테나이에서도 가능할까요?"

자연과 수운의 대화는 일종의 문명론으로 발전하기 시작했다. 이오니아의 폴리스들이 근대국가로 거듭나기 전, 아테나이 왕조시대 사람들이나 그 밖의 아카이아인들, 그리고 네스토리우스교를 신앙하던 이오니아 문명권 사람들조차 근대인들이 추구하는 것과는 다른 미와 가치를 추구했다.

근대화된 이오니아의 자유시장경제 체제는 근본적으로 '보임'을 전제하지 않고는 성립하지 않는다. 서로가 보임으로써 관계 지워지며, 물자를 교류하고 시장이 형성되어 금융업이 고도화된다.

그런 면에서 보면 일반적으로 근대 이전 봉건 시대에 왜 상업을 천시했는지는 충분히 이해가 간다. 경제가 발전하지 못하여 상업이 그 진가를 인정받지 못하고 억울하게 천시 받은 것이 아니라, 봉건시대의 체제에 충실했던 사람들은 그 '보임' 자체에 대하여 부질없음을 깨닫고 절제했기 때문이다. 보인다는 것은 그 자신을 한정짓는 것이다. 보임으로써 그 자신을 무한(無限)에서 유한(有限)으로 끌어내린다.

고대 스파르타에서 시행됐던 통제경제 체제도 남에게 보이고자 하는 인간의 욕망을 제어함으로써 파탄지경에 빠진 사회를 구하려고 했다. 서역(서[西] 라케다이몬)에서 인격신을 신봉하는 고대종교들을 보면, 대부분 그들의 하느님은 절대로 인간에게 자신의 얼굴을 보이지 않는다. 왜냐하면 '보임'으로써 신은 유한한 존재로 전락하고 하나님이 될 수 없는 것이다. 그래서 신은 언제나 나무나 산, 번개를 통해서 인간에게 계시한다. 이오니아에서 보편적으로 신앙되는 네스토리우스교도 여기서 유래했다.

그런데 이 네스토리우스교의 사상에 변화가 일어나기 시작했다. 재화를 벌어들여 즉시 다 써버리는 것이 아니라, 검소한 생활을 통해 소비를 최대한 줄이며 미래를 대비하여 재산을 축적하는 행위는 도덕적이고 경건한 행위로 높게 평가받게 되었다. 시장에서 장사함으로써 돈을 버는 행위는 자신을 겉으로 드러내고 팖으로써 무한에서 유한으로 전락하는 죄악이기는 하나, 대신 돈을 다 소비하지 않고 미래와 후손들을 위해 모아둔다면, 이것은 간접적으로 영원을 추구하는

지혜로운 처신이 될 수 있다.

그래서 부자가 된 사람들은 사회에서 존경받게 되었다. 현실적으로도 경제적으로 여유가 생기면, 가난할 때보다 사람들의 마음에 여유가 생기고 품위와 교양을 찾게 되며, 남을 배려할 줄 알게 된다. 또 그 자식들도 좋은 환경에서 양질의 교육을 받아 훌륭하게 성장할 가능성이 커진다. 물론 부자가 타락하여 죄악을 저지르는 경우도 있지만, 그것이 일반적인 사례는 아니다.

이런 종교사상의 변화가 이오니아 대륙에서 산업과 무역을 번성하게 했고, 거대하게 성장한 시장경제 체제는 그 가공할 생산력에 힘입어 아이가이온 해를 건너 크레타에, 그리고 다시 아테나이까지 영향을 미치고 있는 것이다.

근대화에 실패해 크레타의 식민지가 돼버린 아테나이가 스스로 독립하기 위해서는 사람들의 신념체계로 작동할 수 있는 사상이 필요하고, 이를 바탕으로 산업과 금융이 발달하여 고도의 자본주의 국가로 변모해야 한다. 그런데 아테나이에서 전통적인 유교와 불교는 이오니아와 크레타 세력 앞에서 무력함을 드러내 권위를 상실했고, 외래종교라 할 수 있는 네스토리우스교가 앞으로 어떤 역할을 해줄 수 있을지는 미지수이다.

"네스토리우스교가 아테나이에서 근대의 하나님이 돼줄 수 있단 확신이 내게 있었다면, 나는 지금 무극교의 교주가 아니라 네스토리우스교의 사제가 돼 있을지도 몰라.

크레타에서는 네스토리우스교가 교세를 크게 확장하지 못했어. 박해가 워낙 심하기도 했지만, 크레타인들이 그다지 관념적인 것을 좋아하지 않는 것 같아. 아테나이 사람들 종교심이 크레타인들보단

강하니 교세가 꽤 커질 것 같기도 해. 게다가 돈이 있고 교육을 잘 받은 사람들이 네스토리우스 교당을 즐겨 찾는 경향이 있지? 나쁘게 볼 것만은 아니라고 봐. 수천 년 전 불교도 그랬지 않나?

거기다 마르크스주의도 있어. 우리한텐 둘 다 똑같은 근대의 이정 표들이야. 근데 네스토리우스교나 마르크스주의나 진짜론 다 허상이고, 실제 우리 하나님은 이오니아 제국이나 크레타 같은 근대국가들이겠지. 직접 섬기기 부끄러우니 이념이나 종교를 믿는다고 하는 거 아닌가?"

듣기에 따라서 상당히 불편한 말일 수 있었다. 우선 수운이 종교 가답지 않게 종교를 너무 수단으로만 보고 있었고, 네스토리우스교와 마르크스주의를 동일 선상에 놓고 보는 것도 일반론에서 많이 벗어나 있었다.

하지만 냉정히 생각해보면 수운의 말에 틀린 점은 없었다. 지금 아테나이가 처한 근대의 풍경을 누구보다 잘 그려네고 있다. 그리고 자연은 새삼 남편 인이가 보기보다 훨씬 더 뛰어난 인물일지도 모른다는 생각을 한다.

인이는 네스토리우스교나 마르크스주의를 연구대상으로만 볼 뿐이지 마음을 주지 않고 있었다. 오히려 독자적으로 리쿠르고스의 신화에서 근대적 이념을 추출해 오늘날의 지배적인 종교와 이념을 능가하려 하고 있었다. 처음부터 그 발상 자체가 쉬운 것이 아니었음을 새삼 느낀다.

"그저 남을 흉내 내는 것에 머물지 않고 진정한 근대화를 이루기 위해선 이오니아에서 네스토리우스교가 한 역할이 필요한데, 아테나이에선 진짜배기가 없으니 어쩌죠? 천사께선 어떤 대안을 가지고 계신가요? 무극교든 네스토리우스교든 마르크스주의든, 그 무엇도 신뢰하시고 계시지 않잖아요?"

"날 너무 야단치지 말게. 말했지 않나? 난 그저 혹세무민하는 사교의 교주일 뿐이라고. 허허, 너무 서두르지 마. 지금 한꺼번에 다 이루려고? 그렇게 될 수 없지 않은가?

만약 지금 혁명을 일으킨들 무슨 큰 의미가 있겠나? 재물이 많아야 있는 사람한테 뺏어서 없는 사람에게 나눠줄 텐데, 아테나이엔 뺏을 재물 자체가 별로 없어. 크레타를 내쫓겠다고? 그럼 뭐하나? 얼마 못 가 다시 크레타를 쫓아가기 급급할 텐데. 처음부터 어떻게 완벽한 밑그림을 얻을 수 있겠나? 네스토리우스교건 마르크스주의건, 한 몇 십 년은 길잡이 노릇을 그럭저럭 해줄 수 있겠지."

"크레타의 경우 네스토리우스교 대신 자신들의 천황을 국가의 근본으로 세우는 데 성공했죠. 아테나이에도 과연 크레타의 천황에 상응하는 대체물이 있을까요?"

아카이아 세계의 일원으로 먼저 이오니아 문명을 받아들여 근대국가 건설에 성공한 크레타는 이오니아에서 네스토리우스교가 한 역할을 천황에게서 찾았다.

이오니아 폴리스에서 혁명이 일어나 전제군주의 목을 베어 공화국이 되든지, 왕을 단지 상징적인 존재로 격하시켜 입헌 군주국이 되든지, 왕이 차지하던 빈자리는 계속 남아 있는 상태가 되었다.

국가의 근본이 되는 헌법을 제정하더라도 사람들이 이를 따르지 않는다면 아무 소용이 없게 된다. 이오니아에서 인간이 만든 헌법에 권위를 부여하여 사람들이 자발적으로 따르게 한 것이 바로 네스토리우스교였다. 이오니아의 근대화에서 네스토리우스교의 종교적 권위를 세속적인 헌법의 권위로 치환하는 단계를 거친 것이다.

그런데 이 역할을 크레타에서는 군주인 천황이 대신했다. 크레타 헌법의 권위를 종교가 아닌 살아 있는 왕으로부터 부여받은 것이다.

자연은 장래에 아테나이가 독립하여 성공적인 근대국가가 되기 위해 과연 무엇에서 그 원동력을 찾아야 하는지를 수운에게 묻고 있다.

"설혹 지금까지 없더라도 앞으로 생기지 않을까? 종교도 다 사람의 필요 때문에 난 것이 아니겠나. 앞으로 수십 년은 선진 근대국가를 하느님 삼아 열심히 배워가며 성장하겠지. 그러다가 한계에 달하면 절실하게 뭔가를 찾지 않겠어?

다 사람이 하게 돼 있는 거야. 문제의 절실함이 사람에게 수렴돼야 일이 되지 않겠나. 그리고 종교란 게 이제까지처럼 교의 종장이 있고 그를 따르는 제자와 수많은 신도가 뭉쳐서 교단을 세우고 하는 식이 아니라도 상관없지 않은가? 그런 것들은 오히려 앞으로 힘을 잃어버릴 거야."

수운의 답변은 계속 소탈했지만 명철했다. 자연은 문제의 절실함이 사람에게 수렴돼야 일이 되지 않겠느냐는 수운의 답변에서 석 달 전 인이와 나눴던 대화 내용이 떠올랐다. 어떤 주의를 추구하건 인이 자신은 결국 '개인주의자'라고. 그리고 그 개인을 가장 절실하게 실현해주는 단위가 민족이라고.

자연과 수운의 대화는 한동안 더 이어졌다. 주로 종교·이념·근대문명에 관한 이야기로 서로가 어떤 세계관을 가졌는지 시험하고 확인하는 과정이 되었다. 자연은 이제 다시 본론으로 돌아가야 한다고 생각한다.

"이제 세상을 보시는 천사의 관점은 잘 알겠습니다. 무례하게 들리

실지 모르겠지만, 29년 전 황후마마께 약속하신 대로 가능한 많은 금액을 제게 넘겨주세요. 그 자금으로 하고 싶은 일이 있습니다."

"그래. 사실 자네가 이곳에 오기 전에 이미 준비해놓은 게 있네. 우선 경기도 양주에 내 가족 명의로 된 땅이 있는데, 그걸 자네 명의로 돌려놓지. 양주 쪽 지리를 좀 아나?"

수운이 양주 땅의 위치를 구체적으로 설명하자, 자연은 그곳이 무사 씨의 선산이 있는 곳과 매우 가까운 지역임을 알았다. 그곳이라면 인이와 시부모님을 모시고 자주 가서 아주 친근한 시골 마을이다.

특히 그곳에서 바라보는 삼각산의 모습이 유난히 아름다워, 차례나 제사를 지낸 후에 인이와 자연은 그곳에서 삼각산을 스케치하곤 했다. 둘은 같은 대상을 그렸지만, 느낌이 서로 달랐다. 인이가 그려낸 삼각산의 바위는 여성적이었던 것에 반해, 자연이 담아낸 모습은 남성적이었다. 같은 대상을 스케치북에 옮겨놓았음에도 어찌 그리 느낌이 틀리던지!

"그리고 내가 앞으로 서울에 세울 제과점 수익의 일부를 자네에게 정기적으로 보내도록 하겠네. 자네가 그 제과점의 주주가 되어달란 얘기야.

추가로 오늘 자네가 직접 가져가서 돈으로 바꿀 수 있는 금괴를 몇 개 내주지. 적지 않은 양이야. 차를 가져왔다고 하니, 옮기는 데는 문제가 없겠지? 장래에 예상되는 수익까지 합친다면 오늘 자네에게 넘기는 건 적지 않은 액수네. 29년 전 황후에게 바치려 했던 금액에는 못 미치지만⋯.

참, 주식 얘기가 나왔으니 참고로 하나 더 말해두겠는데, 여윳돈이 생기거든 크레타의 조선회사 주식을 사게. 크레타가 앞으로 항공모함을 본격적으로 제작할 모양이네. 크레타의 해군력이 전함 위주에서 해군 항공대 위주로 재편될 거야. 그럼 앞으로 항모를 수십 척 건조하겠지. 조선회사 주가가 계속 오르고, 몇 년 뒤면 투자금액 몇 배의 차액을 벌 수 있을 걸세.

아, 그래, 조선회사 말고도 항공기 회사에 투자해도 좋겠어. 함재기를 적어도 수천 대 건조하지 않겠나? 거함 거포의 시대는 이제 지났네. 크레타의 주력은 앞으로도 해군이겠지만, 그게 해군 항공대 위주가 될 거거든. 29년 전 황후가 전함을 사려고 했던 것의 연장으로 생각해도 좋겠군. 크레타 회사에 투자하는 게 마음에 좀 걸리겠지만."

자연은 수운이 예상보다 시원스럽게 자신의 요구에 응하는 것에 놀랐다. 그것이 자신에 대한 신뢰 때문인지 아니면 과거 황후와의 인연 때문인지 알고 싶었지만, 일이 잘 마무리돼가는 상황에서 대화에 사족을 달긴 싫었다.

"그런데 자네 아까 스스로 큰 전함을 띄우는 강물이 되고 싶다고 했는데, 그게 구체적으로 무언지 내게 알려줄 순 없겠나?"

"29년 전 황후마마께도 소용처를 그렇게 소상히 밝히라고 하셨나요?"

"하하, 알겠네, 알았어."

"말씀드리지 않겠다는 건 아닙니다. 사실 아직 세부적인 계획이 서 있지 않아 말씀드리기 곤란해서요. 하지만 계획이 구체화하면 서신으로 알려드리겠습니다."

"알겠네. 난 이걸 예외적인 일로 간주하고 있네. 젊은 자네가 내게 그렇게 당돌하게 나왔다고 마음이 상하거나 하진 않아. 이건 특별한 경우니까.

그런데 자넨 어렸을 때 황후를 직접 뵈었지? 나도 직접 뵙고 싶었지만 그렇게 하지 못했어. 증표도 궁녀를 통해서 전했지. 나중에서야, 황후가 돌아가신 후에야 사진으로 그분의 용안을 뵐 수 있었어. 그런데…, 내가 만일 그때 황후를 직접 뵀다면 자네 같은 모습을 하고 계셨을까? 사진의 모습과 자네의 얼굴이 아주 닮았어. 같은 민 씨집안사람이라 당연한지도 모르지만, 그래도 참 많이 닮았네!"

자연을 바라보던 가수운의 모습이 조금 전까지와 크게 달라졌다. 시종 소탈하고 여유 있는 웃음을 지어오던 노인의 얼굴에서 매서운 호랑이가 나타나기 시작한다. 그리고 계속 혼자서 읊조린다.

"그래…. 닮았어. 무척 닮았어!!"

"…!"

24

모악산에서 돌아온 자연은 가수운에게서 받아온 금괴를 팔아, 일부는 수운의 고견대로 크레타의 조선소와 항공기 제작소에 투자하고, 나머지는 서울 사대문 북쪽에 있는 평창(平倉)의 땅을 매입했다. 수운이 명의이전 해준 양주 땅과 평창 땅을 합하면 수십만 평의 대지가 되는데, 우선 여기서 과수원을 해 추가 수입을 올리기로 했다. 그리고 내년부터 수운이 서울에 열 제과점에서 일정 수익이 자연의 은행계좌로 송금될 텐데, 그게 몇 년간 모이면 상당히 큰 금액이 될 것이다.

자연이 시집오기 전까지 살던 북촌 집은 그동안 세도 주지 않고 빈

집인 채로 놓아두었다. 황후마마가 목매어 돌아가신 그 자리를 남에게 팔거나 다른 사람이 들어와서 살게 할 수는 없었다. 그러나 이제는 자연도 새로 일어서야겠다고 생각했다. 언제까지 돌아가신 마마의 그늘에서 자신을 자책하며 살 수는 없었다. 자신은 이제 전함을 띄울 강이 될 준비를 해야 한다. 그래서 북촌 72칸짜리 집을 팔았다. 인이에게는 당분간 북촌 집을 판 돈으로 평창 땅을 샀다고 해둘 생각이다.

자연은 평창을 때가 되면 인이가 일으킬 혁명의 거점으로 삼게 해주고 싶었다. 인이와 자연의 집에서 평창으로 들어가려면 서울 도성 북소문인 자하문(紫霞門)을 지나고, 자문 밖 세검정과 탕춘대 사이를 지나가야 하는데, 이 길은 무사 씨 일가에게는 매우 친숙한 길이다. 매년 두 번씩은 이 길을 거쳐 양주 산소에 성묘를 가기 때문이다. 게다가 양주에는 이번에 자연이 수운에게 받아 새로 생긴 땅까지 있다.

평창 일대는 삼각산과 시울 도성 사이에 있는 으늑한 장소로 옛날부터 군사적 요충이기도 했다. 서울 사대문 안으로 진입하기도 쉽고, 일이 잘못돼 후퇴하게 되면 구기계곡·사자능선·평창계곡 등을 따라 삼각산성 안으로 들어갈 수도 있다.

평창은 동북쪽에서 서북쪽까지 삼각산 줄기가 병풍처럼 둘러쳐져 있고, 동남쪽에서 서남쪽까지는 서울의 주산인 북악산에 가로막혀 있다. 평창에서 바라본 삼각산 줄기는 하얗고 험한 암각을 울퉁불퉁 드러낸 기복이 심한 능선으로, 그 중간에 보현봉이 우뚝 솟아 거친 암벽을 자랑하고, 가슴팍이 넓은 남자처럼 생긴 형제봉이 어깨에 힘을 주고 서쪽을 응시하며 동쪽 끝에 버티고 있다.

이와는 대조적으로 평창에서 바라본 북악산 줄기는 기복이 크지 않고 녹음이 우거진 평평한 능선으로, 삼각산 줄기와 연계해 남쪽을 방어하는 토성처럼 느껴진다. 세검정과 탕춘대가 자리한 서남쪽으로는 삼각산과 북악산 줄기가 각각 완만한 경사로 흘러내려 평창으로 들어올 수 있는 유일한 입구를 형성한다. 지도상으로 보면 평창은 서남쪽 입구를 제외한 모든 면이 삼각산과 북악산으로 둘러쳐져 있는데, 만약 이곳에 바닷물을 채워넣는다면 배를 접안시키기 딱 좋은 항구의 형상이나 만의 지형과 유사하다.

자연은 인이가 여기에 비밀 아지트를 세워 혁명을 준비해주길 바란다. 인이가 리쿠르고스를 통해 꾸고 있는 꿈은 어차피 그런 식으로밖에 이룰 수 없다. 아테나이는 이미 멸망해 크레타의 식민지가 되었다. 아테나이인은 현재 국제법으로 통용되는 이오니아 공법에 의하면 크레타의 국민이고, 크레타인들은 아테나이인을 제2 크레타 신민이라 불렀다.

이것을 인정하지 않는 사람은 게릴라식 저항을 하여 새로운 공간을 창조하고 적을 끌어들여 승리해야 한다. 이런 저항을 하는 사람들을 보통 파르티잔이라 하고, 그들이 벌이는 전쟁은 비정규전으로 국가 대 국가의 전쟁과 구별된다. 자연은 그런 저항의 온상을 인이에게 제공하고 싶었다.

지난번 인이와의 대화에서 자연은 인이가 사회과학적 이론 연구에만 열중하다 보니 현실적 역동성이 떨어진다며 나무랐고, 인이도 그것을 수긍하기에 이르렀다. 하지만 당시 자연은 건조한 사회과학 이론 대신 문학적 서사를 통해 현실변화를 시도하는 관념적 접근법을 제시했을 뿐, 구체적인 행동 계획이 없기는 인이와 마찬가지였다.

그러나 이제 자연은 인이가 일어설 물적 기반을 상당한 규모로 갖추어 나가기 시작했다. 자연은 왠지 모르게 몸에서 힘이 솟았다. 파란 하늘과 뭉게구름을 바라보자, 평소에 말이 없던 창공이 그녀에게 창대한 앞날을 예고해주는 것 같다.

자연이 평창 땅을 둘러보고 행복한 자기암시를 하며 집에 돌아오니 인이가 먼저 들어와 있었다.

"무슨 좋은 일이라도 있어? 당신 요새 자주 싱글벙글이야."

"음, 있지."

"아 참, 북촌 집을 팔았다며? 웬일이야. 그렇게 팔기 싫어하던 걸. 무슨 바람이 분 거야?"

"나도 이제 부업을 좀 해보려고. 북촌 집 판 돈으로 평창에 땅을 샀어. 과수원을 할 거야."

"평창? 옛날에 선혜청 평창이 있던 데 말야? 왜 하필이면 거기 땅을 산 거야?"

"평창에서 자두하고 능금이 잘된대. 당신 자두 좋아하잖아. 아빨 닮았는지 윤이도 자둘 좋아하고. 거기다 자두나무를 심어보려고. 자두 잼이나 파이를 만들어서 내다 팔아도 좋을 것 같아."

"그래?!"

인이는 갑자기 자두나무를 심어보겠다는 자연의 말에 영문을 몰라 하며 고개를 갸우뚱한다. 그런 인이의 표정을 보고 자연은 피식 웃는다.

"이제 방학도 했고 우리도 좀 한가해졌으니 삼각산에 자주 가보면 어때? 아, 내일 평창에 가서 내가 사놓은 땅도 보러 간 김에 삼각산에도 오르자고."

"그럴까? 그럼 내일 아침 일찍 출발해서 평창에 들렀다가 바로 옆

구기계곡을 타고 올라가보지. 대남문까지 올라가서 문수사도 들러보고, 당신 체력이 되면 한번 백운대까지 갔다가 오자고. 나도 오랜만에 백운대까지 올라가고 싶어."

인이가 말하는 것을 들어보니 삼각산에 대해서는 인이가 자연보다 아는 것이 훨씬 많은 것 같다. 생각해보니 인이와 같은 대학교 같은 학과에 재학할 때 주말에 뭘 하고 지냈냐고 물어보면, 산에 갔다 왔다고 말했던 것이 여러 차례였다. 예전에는 산을 좋아했지만, 결혼한 이후부터 자주 가지 못했던 모양이다.

처음이라 힘들겠지만, 내일 아침 일찍 인이와 평창에 들렀다가, 구기계곡에서 백운대까지 오르고 다시 구기계곡으로 내려오기로 했다. 자연은 시아버님을 모시고 남편 아이들과 저녁 식사를 했다. 그리고 집안 살림을 마무리해놓은 후 인이와 이부자리에 들었다.

눈을 감으니 29년 전 밤하늘의 풍경이 비친다. 크레타의 거대한 비행선이 백운대 위에 체공하면 비행선의 몸통에서 발광하는 빛이 삼각산의 하얀 바위까지 비췄다. 바위에 반사된 어스름한 빛을 타고 백운대·인수봉·만경대의 우는 소리가 서울 도성 안에 퍼져가는 것 같았다.

제5장

삼각산

투구를 번쩍이는 위대한 헥토르가 그녀에게 대답했다.
"난들 어찌 그런 모든 일들이 염려가 안 되겠소, 여보!
하지만 내가 만일 겁쟁이 모양 싸움터에서 물러선다면
트로이아인들과 옷자락을 끄는 트로이아 여인들을 볼 낯이
없을 것이오. 그리고 내 마음도 이를 용납하지 않소. 나는 언제나
용감하게 트로이아인들의 선두 대열에 서서 싸우며 아버지의
위대한 명성과 내 자신의 명성을 지키도록 배웠기 때문이오.
나는 물론 마음속으로 잘 알고 있소.
언젠가는 신성한 일리오스와 훌륭한 물푸레나무 창의
프리아모스와 그의 백성들이 멸망할 날이 오리라는 것을.
그러나 트로이아인들이 나중에 당하게 될 고통도,
아니 헤카베 자신과 프리아모스 왕과 그리고 적군에 의해
먼지 속에 쓰러지게 될 수많은 용감한 형제들의 고통도,
청동 갑옷을 입은 아카이오이족 가운데 누군가가 눈물을 흘리는
당신을 끌고 가며 당신에게서 자유의 날을 빼앗을 때
당신이 당하게 될 고통만큼 내 마음을 아프게 하지는 않소.

그리하여 당신은 아르고스에 살면서 다른 여인의 명령에 따라
베를 짜고, 마음이 내키지 않더라도 멧세이스나 휘페레이아 샘에서
물을 길어 나를 것이며, 심한 강압이 그대를 억누를 것이오.
그때는 당신이 눈물을 흘리는 것을 보고 누군가 말하겠지요.
'저 여자가 헥토르의 아내야. 사람들이 일리오스를 둘러싸고 싸울 때
그는 말을 길들이는 트로이아인들 중에서 으뜸가는 전사였지.'
누군가 이렇게 말할 것이고, 그러면 당신은 굴종의 날에서
당신을 구해줄 그런 남편이 없음을 새삼스레 슬퍼하게 될 것이오.
당신이 끌려가며 울부짖는 소리를 듣기 전에
쌓아 올린 흙더미가 죽은 나를 덮어주었으면!"
이렇게 말하고 영광스러운 헥토르는 아이를 향해 두 손을
내밀었다. 그러나 아이는 사랑하는 아버지의 모습에 놀라
소리를 지르며 예쁜 허리띠를 맨 유모의 품속으로 파고들었으니,
청동과 투구의 정수리에서 무시무시하게 흔들리는
말총 장식을 보고 겁을 먹었던 것이다.[10]

　　　　　　― 호메로스의 『일리아스』, 제6권 「헥토르와 안드로마케의 만남」 중에서

10　호메로스, 『일리아스』, 천병희 옮김, 숲, 2007, 184~185쪽.

아테나이력 4338년,
을유(乙酉)년, 네스토리우스력 2005년

25

3월 3일 평창 삼각산신각 리쿠르고스 파 본부.

자연이 인이의 마음을 읽고 혁명을 준비하기 시작한 해로부터 육
년이 지났다.

오늘은 리쿠르고스 파와 마르크스 파 대표들의 긴급회담이 평창에
있는 리쿠르고스 파 본부에서 열리는 날이다. 현재 아테나이가 당면
한 문제를 해결하고자 인이가 이끄는 리쿠르고스 파가 마르크스 파
에 제의하여 개최하는 회담이다.

인이는 자신이 독자적으로 창안한 이론으로 후배와 제자들을 모
아 리쿠르고스 파를 결성해왔다. 그리고 육 년 전부터 자연이 가수
운에게서 받은 자금으로 인이를 도우면서부터 리쿠르고스 파는 보
다 체계를 갖춘 조직으로 성장하기 시작했다. 그래서 현재 아테나이
공산당은 다수의 마르크스 파와 인이가 이끄는 소수의 리쿠르고스
파로 양분돼 있다.

자연은 아침에 인이와 을지로 집을 나서 평창으로 향하면서 평소
보다 경직된 인이의 몸을 느낀다. 인이는 새벽에 잠을 제대로 이루지
못해 피로가 누적돼 있는 상태다. 그래서 자연은 인이가 상대와 토론
중에 큰 실수를 하지나 않을까 염려하고 있다.

평소 학교에 출근할 때와 마찬가지로 두 사람은 차를 타지 않고 걸

어서 간다. 평창까지는 북악산 서쪽 기슭에 있는 자하문 고개를 넘는 등 적잖이 운동이 되는 곳을 지나야 하기에, 인이가 걸으면서 땀을 실컷 흘리며 몸의 긴장을 풀고 정신을 맑게 하길 바랐다. 두 사람은 지난 육 년 간 혁명을 준비하며 함께 삼각산에 수시로 올랐다. 몸이 피로하다가도 산에서 땀을 쑥 빼면 경직됐던 몸이 풀리며 정신도 맑아지는 경험을 여러 차례 했고, 좌절을 느낄 때마다 둘이 함께 산에 올라 다시 용기를 얻곤 했다.

챙챙, 쾅쾅, 삐리릭 삐리릭.

자하문 고개를 넘고 세검정과 탕춘대 사이를 지나 평창 안으로 들어오니 북·꽹과리·징·피리 소리 등이 어우러져 굿판 벌이는 소리가 사방에 진동한다. 자연이 사들인 평창 땅의 삼각산신각 일대는 예로부터 삼각산 신령의 원기가 세다고 하여 기도의 효험이 높기로 이름난 곳이기도 했다.

자연은 서울에서 이름 있는 무당들을 모아 삼각산신각과 그 근방에서 예전보다 더 자주 굿판을 벌여왔다. 무지몽매한 아테나이 신민들이 기복신앙에 빠져 있는 모습을 보여 크레타 경찰을 방심하게 했다. 삼각산신각 근처에는 집채만 한 바위가 여기저기 흩어져 있었는데, 바위의 밑동마다 이전부터 기도소가 있던 곳을 더욱 깊이 파내려가 나무나 콘크리트로 지하 창고를 만들어, 라케다이몬에서 조금씩 밀반입한 소총류·탄약·수류탄 등을 보관하고, 밖은 더 철저하게 기도소로 위장했다.

인이는 그동안 자신이 개발한 이념을 아테나이에서뿐만 아니라 라케다이몬에도 전파했다. 크레타의 계속된 침략으로 만추리아 평원과 해안가의 주요 도시들을 점령당해 반식민지 상태에 빠진 라케다이몬이 아테나이와 같이 일어나준다면, 크레타의 병력을 분산시킬 수 있기 때문이다. 만일 라케다이몬에서도 크레타를 몰아내고 혁명이 성공한다면, 혁명 수출의 역사적 위업도 달성하게 된다.

크레타는 아카이아에서 패권을 잡았다고 여기면서부터 사이베리아와의 제2차 전쟁을 준비하고 있었다. 이번에 사이베리아를 완전히 꺾어 아이가이온 해 전체를 장악하고, 이오니아 대륙의 일부를 점령할 계획까지 세우고 있었다. 인이는 크레타가 사이베리아와 전쟁을 치러 아카이아에서 군사적 경계가 소홀해진 때가 혁명의 적기라고 생각하고 있었다.

그러나 혁명을 실행할 다른 공산당 동지들의 생각이 인이와 다르다는 것이 문제였다. 마르크스 파는 사이베리아 국제 공산당 본부의 지령에 따라 움직일 것을 주장하며, 크레타의 사이베리아 침공 이전에 크레타에 대한 무장봉기를 일으켜 사이베리아와 동서 양쪽에서 크레타를 협공하자는 것이었다.

듣기에는 그럴듯하지만, 제대로 된 정규 군사력이 없는 아테나이가 사이베리아와 크레타를 협공한다는 것 자체가 말이 안 되고, 전략 자체가 아테나이의 독립보다 사이베리아의 군사전략에 힘을 실어주자는 것이다. 다시 말하면 크레타의 동쪽에서 싸우는 사이베리아를 위해 아테나이가 크레타의 서쪽에서 크레타 군을 교란시켜야 한다는 것이다.

일찍이 리쿠르고스의 이야기에서 영감을 받아 독자적인 민족해방 이론을 구축해오던 인이와 리쿠르고스 파가 사이베리아의 지령에 따라 전위부대 노릇을 한다는 것은 받아들일 수 없는 일이다. 크레타를 몰아내더라도 다시 사이베리아의 지배 아래 스스로 들어간다면, 혁명이 무슨 의미가 있단 말인가?

그렇다고 해서 인이가 뜻을 같이하는 리쿠르고스 파 동지들과 아내 자연의 물적 지원만으로 아테나이에서 혁명의 성공을 바라는 것은 무리가 있었다. 인이는 어떻게 해서든 마르크스 파를 설득해보려 한다.

자연과 인이는 삼각산신각 아래 리쿠르고스 파 본부에 도착했다. 무당이 굿하는 소리가 더욱 요란하게 들린다. 인근 주민 수십 명이 구경하며 굿이 끝난 후 먹게 될 떡과 고기를 기다린다. 밖의 분위기가 이렇듯 어수선한 데 반해, 삼각산신각 아래 기도원으로 위장한 리쿠르고스 파 본부 안에서는 평소에는 느낄 수 없던 극도의 긴장감이 사람들 사이에 흐르고, 이 긴장의 기류 한가운데로 인이가 앞장서서 자연과 들어간다.

2층 기와 목조건물로 지어진 이 건물은 결성된 지 얼마 되지 않았던 리쿠르고스 파 동지들을 위해 자연이 삼 년 전 지은 것이다. 1층은 무속에 필요한 도구나 제를 지낼 때 필요한 제기와 음식들을 보관하는 장소로 꾸며놓고, 2층은 회의장·독서회 학습장 등으로 사용됐다. 무속인으로 위장한 리쿠르고스 파 사람들은 이 건물 2층에 드나들며 동지애를 쌓고, 독서회를 열어 리쿠르고스 파 이론을 체계화시켜왔다.

인이가 먼저 2층으로 올라오자, 미리 와서 대기하던 후배 동지들이 인이에게 깍듯이 인사를 하고, 인이도 단정하게 묵례로 후배들에 답했다. 원래 이들이 모여 회의나 독서회를 가질 때는 엄하게 위계를 따지지 않고 대학교의 동아리같이 자유로운 분위기에서 모임을 가져왔지만, 오늘은 누가 시키지 않았음에도 엄격한 조직의 분위기를 연출했다. 그만큼 지금 상황이 중대하다는 것을 모든 사람이 피부로 느끼고 있다.

서서히 하나의 독립된 당으로 성장해가던 리쿠르고스 파에게는 이번 회담이 마르크스 파와 겨루어 그들의 역량을 시험해볼 기회이며, 자칫하면 파가 와해할 수 있는 위기이기도 하다.

　인이는 작년부터 리쿠르고스 파를 따돌리려는 마르크스 파를 이번에 어떻게 해서는 설득해야 한다고 생각한다. 그러나 자연은 어차피 회담은 결렬될 것이고, 인이가 앞으로 외로운 길을 가게 될 것이라 생각한다. 그래서 자연은 이번 회담을 리쿠르고스 파가 마르크스 파와 깨끗이 결별하고 동지들을 강하게 규합하는 계기로 삼아야 한다고 생각했다.

　인이를 뒤따라 2층으로 올라온 자연은 동지들이 지나치게 경직되었음을 느끼고 회담 전까지 긴장을 조금은 풀어놔야겠다고 생각했다.

　"회담까지는 아직 1시간이 넘게 남았습니다. 조금 쉬시며 긴장들을 좀 푸세요. 이제까지 우리가 얼마나 노력을 해왔습니까. 오늘 일은 잘될 겁니다."

　자연이 남편의 후배들에게 쉬라고 권한 후 인이에게 바짝 다가와 귓속말로 전한다.

　"당신 지금 몸이 땀에 절어 있어요. 씻고 몸을 좀 눕히도록 해요. 마르크스 파 사람들이 오면 얼굴을 맞대고 토론해야 할 거 아녜요."

　자연의 말에 따르는 것이 좋을 것 같다고 생각한 인이는 자연과 휴게실로 가 옷을 벗는다. 아직 3월의 초봄 날씨가 꽤 쌀쌀한데도, 오면서 내의와 양말이 흠뻑 젖어 있는 것을 옷을 벗어보고야 알았다. 욕실에서 머리를 감고 몸에 더운 물을 끼얹으니, 몸에 긴장이 풀리며 기분이 좋아졌다.

　욕실에서 나오자 자연이 잠깐 누울 것을 권했지만, 사양하고 그냥 앉아서 쉬기로 한다. 젖은 속옷 상의는 그냥 벗어버리고 와이셔츠를 맨살 위에 입었다. 빳빳한 와이셔츠의 감촉이 풀어졌던 몸을 단단히 받쳐주는 효과가 있어 회담 전 마음을 다잡기 좋다고 느낀다. 자연은 인이의 속옷이 젖을 것을 예측했는지, 까만 가죽 핸드백에서 하얀 러닝셔츠와 양말을 꺼냈다. 인이가 내의는 사양하므로 양말만을 갈아 신겨준다. 인이는 입고 온 검은색 슈트를 다시 입고 넥타이는 하지 않은 채 짙은 남색 트렌치코트를 단단히 조여 입는다.

실내에서는 외투를 벗는 것이 관례이지만, 인이는 빳빳한 트렌치코트를 입은 채 회담장에 나가기로 한다. 집에서 나올 때부터 자연과 인이는 같은 색의 트렌치코트를 서로 맞춰서 입고 나왔다. 학교에 출근할 때나 외출할 때 둘이 즐겨 입던 스타일이다. 브리타니아의 육군용으로 제작된 후 민간에서도 유행해 널리 입게 된 옷이지만, 인이는 이 코트를 입고 회담장에 들어감으로써 자신이 지금 전투에 나가는 것과 마찬가지라는 것을 알리고 싶은 것이라고 자연은 이해했다.

"20분쯤 지나면 저들이 오겠군. 이제 천천히 회담장으로 가볼까?"

휴식을 마친 인이는 자연과 회담장에 미리 가 있기 원한다. 자연은 인이의 오른팔에 팔짱을 낀 채 회담 장소로 천천히 걸음을 옮겼다. 인이가 어느 정도 몸의 긴장을 풀긴 했지만, 그의 팔에서 전해오는 정신의 무게가 왠지 자연의 가슴을 내리누르는 것 같았다. 목재 마룻바닥에 인이와 자연의 구두 굽이 나란히 부딪쳐 나는 뚝뚝, 뚝뚝, 소리가 마치 인이의 심장 고동처럼 들려왔다.

인이와 자연이 회담장 문을 열고 들어가자 회담에 참석할 리쿠르고스 파 동지들은 이미 모두 착석해 있고, 마르크스 파 사람들이 앉을 자리만 비워놓고 있었다.

회담장은 남쪽과 북쪽 벽면이 기다랗고 동쪽과 서쪽 벽이 짧은 직사각형이다. 서쪽에 나무로 된 여닫이 출입구가 있고, 동쪽과 북쪽 벽은 하얀 회칠을 한 벽으로 막혀 있다. 남쪽 면 전체는 문풍지 바른 아테나이 전통 창이 닫혀 있어, 아침 햇살이 창호지를 통과해 회담장 안을 은은히 비춰주었다.

회담장 안에는 내부의 구조와 크기에 비례한 기다란 직사각형 목제 테이블이 놓여 있고, 그 위에 자주색 벨벳의 테이블보가 덮여 있어 평소보다 무거운 분위기를 자아냈다. 테이블에 직접 회담에 참석할 각파의 대표 11명씩이 둘러앉게 되면, 테이블과 벽면 사이에 한 사람이 겨우 앉아 있을 만한 여유 공간이 남는데, 여기에도 의자를 촘촘히 배치하여 참관인 자격으로 약 30명이 앉을 수 있게 해놓았다. 회담이 격론으로 치달을 경우 원칙을 깨고 이들이 발언할 경우도 생길 것이다.

자연은 리쿠르고스 파 내의 공헌도로 보자면 오늘 회담에서 중심적인 역할을 해야 하지만, 파의 수장인 인이의 아내란 입장 때문에 한 발 물러나 참관인 좌석에 앉기로 했다. 그리고 인이가 가질 심리적 부담을 줄여주자는 의도도 있었다.

리쿠르고스 파는 회담장 북쪽 면에서 남쪽 창가를 바라보며 앉고, 마르크스 파는 남쪽 면에서 창을 등지고 앉게 된다. 인이는 리쿠르고스 파 수장으로 테이블 북쪽 중앙에 앉고, 그의 좌우로 리쿠르고스 파 동지 다섯 명씩이 앉게 된다. 자연은 인이가 자신을 의식하지 않도록 인이의 오른쪽 뒤편 참관인석에 앉았다.

"이제 10분 정도 남았는데, 마르크스 파 사람들은 아직 오지 않았나요?"

자연이 내심 초조하여 동지들에게 넌지시 묻는다. 경직된 회담장 안의 분위기를 바꿔볼 의도에서였다고도 할 수 있겠지만, 자연도 자신의 초조함을 완전히 숨길 수는 없었다. 자연의 물음에 마땅히 대답할 수 없어 난처한 표정을 짓는 20대 젊은 동지들을 보고 자연은 괜한 말을 한 것은 아닐까 하고 후회한다.

사실 압도적인 세를 보유한 마르크스 파가 상대적으로 왜소한 리쿠르고스 파의 제안을 무시하고 회담에 참석하지 않더라도, 리쿠르고스 파에서 강력히 항변할 처지도 못 된다. 그만큼 두 파의 실력 차는 컸다. 다만 이것을 상쇄할 만한 것이 있다면, 자연이 마련한 자금으로 수년간 비축해둔 무기들로 먼저 행동을 개시하는 것이다. 그러나 인이는 그런 방법을 원치 않았다. 어디까지나 대의로 저들을 설득하고 싶었다.

그런데 만약 저들이 인이와 동지들을 무시하고 오늘 회담에 참석하지 않는다든가, 격식에 어울리지 않게 파의 하급 간부를 보내서 인이를 노골적으로 무시하는 행위를 해오면 어찌할 것인가? 이런 생각들이 회담 시간 10분을 남겨두고 회담장 분위기를 말할 수 없이 무겁게 짓누른다.

"옵니다."

아래층에서 대기하던 대원 한 명이 급히 올라와 마르크스 파 대표가 오고 있음을 허겁지겁 알린다. 회담장 분위기는 갑자기 반전되면서 희비가 엇갈린다. 오지 않을지도 모르는 자들이 와주어 기뻤지만, 과연 그들을 회담에서 설득할 수 있을지는 미지수다. 아니 실패할 가능성이 더욱 컸다.

회담장에 마르크스 파 대표들이 리쿠르고스 파 대원의 안내를 받으며 회담장에 입장하기 시작하자 리쿠르고스 파 대표와 참관인들이 모두 자리에서 일어나 정중히 마르크스 파를 맞았다. 놀라운 것은 아테나이 공산당을 대표하는 위치에 있다고 해도 과언이 아닌 마르크스 파의 수장 김현안(金衒顏)이 직접 참석한 것이다.

인이가 리쿠르고스 파의 대표라고는 하나 파의 세력 차를 고려해서 서열 2위인 이인조(李仁雕)를 보내지 않을까 예측했다. 그러나 예상을 뒤엎고 수장인 김현안이 이인조와 열 한 명의 대표단을 꾸려 직접 참석한 것은 리쿠르고스 파 모두를 놀라게 했다.

마르크스 파 대표가 남은 11석에 자리 잡고 앉자 회담장이 꽉 찼다. 그런데 마르크스 파 대표 11명이 차지한 공간은 실제 물리적 공간보다 더욱 넓었다. 그들의 존재감이 리쿠르고스 파를 압도하고 있었다. 상대적으로 커다란 세력, 오래된 역사에 사이베리아 국제 공산당 본부에서 받는 적극적인 지원이 후광이 되어 비교적 젊고 경험이 풍부하지 못한 리쿠르고스 파 대원들을 기죽게 했다.

게다가 말쑥한 고급 검정 슈트로 통일해 입은 마르크스 파의 복장은 마치 제복 같은 효과를 내서, 다양하고 소박한 복장을 하고 앉아 있는 젊은 리쿠르고스 파의 정연하지 못함을 조롱하는 것 같았다. 자연은 회담장 분위기를 장악하기 위해 30여 명의 리쿠르고스 파 참관인을 회담장 가장자리에 둘러앉게 해서 마르크스 파를 포위하는 형세를 만들도록 했으나 별로 효과가 없는듯하다. 자연은 모든 상황에 완벽히 대비하지 못한 자신이 원망스러웠다.

'이럴 줄 알았으면 대원들에게 통일된 복장이라도 맞춰서 입힐 것을⋯.'

회담 초반부터 분위기가 이렇다면 진 것이나 다름없어진다. 자연은 결국 인이가 회담장의 분위기를 바꾸지 않으면 안 될 것이라 생각한다. 다행히 회담 제안을 한 것이 리쿠르고스 파이고 회담장도 리쿠르고스 파의 본부이기 때문에 관례상 인이가 회의 진행권을 가진다.

먼저 인이가 일어서서 이곳에 직접 와준 마르크스 파 대표에게 간단한 예를 표하고 이제부터 자신이 회담의 발제를 하겠다고 알렸다. 자연은 발제하는 인이를 바라보기 위해 고개를 왼쪽 옆으로 살짝 돌렸다.

"저는 지금의 아테나이 공산당이 지나친 엄격주의에 안주해 있다고 생각합니다. 이것은 수년 전부터 리쿠르고스 파라 불리게 된 저와 우리 동지들을 제외한 마르크스 파에 대한 비판만을 의미하지 않습니다. 어쩌면 아테나이 수백 년 역사에 내재한 경향성에 대한 비판이 될 수도 있을 것입니다.

아테나이에서는 공산주의를 추종하든 자본주의를 추종하든 또는 유학을 추종하든, 현실적 필요를 무시한 이념에의 엄격주의가 기세를 떨쳐왔습니다. 그리고 지금 우리 아테나이 공산당도 예외가 아닙니다. 우리의 지나친 이념에 대한 엄격주의가 우리가 그토록 갈망하던 아테나이의 독립과 근대국가 달성이란 현실의 목표를 방해하는 것입니다.

다시 말하면 마르크스주의에 대한 지나친 엄격주의 때문에 우리가 알아야 할 시대정신을 망각하고 있다는 것입니다."[11]

자연은 인이의 발의 첫머리를 듣고 인이가 처음부터 회담 주도권을

---

11 마루야마 마사오, 『일본정치사상사연구』, 김석근 옮김, 통나무, 1995, 226쪽 참조. 여기서 '엄격주의(Rigorism)'는 작가가 마루야마 마사오, 「근세 일본유교의 발전에 있어서 소라이가쿠의 특질 및 코쿠가쿠와의 관련성」, 『일본정치사상사연구』에서 인용한 것이다. 마루야마의 학설을 응용하여 소설에서 무사인(武士忍)이 마르크스 파를 비판하기 위한 논리로 각색했다.

빼앗기지 않기 위해 필사적인 노력을 하고 있음을 느낀다.

"지나친 엄격주의란 대체 무엇입니까? 교조주의를 말하는 것입니까? 우리 마르크스 파가 교조주의에 빠져 있고 리쿠르고스 파는 그렇지 않다는 것이지 않습니까?"

인이의 서두가 끝나기 무섭게 김현안이 발끈하며 묻는다. 이것을 본 자연은 일단 윤이의 의도가 상대에게 먹혀들기 시작했다고 생각한다.

"오늘의 공산주의자는 아테나이 해방보다 마르크스주의에 대한 사랑을 무지한 인민 앞에 과시하며 자신들과 그들을 구별 짓고 싶어 할 뿐입니다."

인이는 유난히 강한 어조로 김현안에게 답했다. 남에게 모난 소리를 못하던 인이의 평소 성격에 비해 예외적인 태도였다. 여기에 자연도 은근히 놀란다. 인이의 발언은 계속된다.

"중세를 지배했던 정신의 끝없는 엄격주의와 연속성을 거부하고 보다 현실적 대안을 찾는 것이 근대정신입니다. 아테나이 민족해방의 의미는 우리의 정치적 독립을 의미할 뿐 아니라, 이오니아에 편승하여 지금까지 성장해온 크레타에 철퇴를 내려 제국주의의 연속성을 끊어버리자는 뜻이기도 합니다.

우리가 지금의 위기를 절실히 깨닫지 못하고, 사이베리아 공산주의에 대한 맹목적인 엄격주의를 극복하려 들지 않고, 우리의 시대정신을 바르게 읽어내지 못한다면, 과거 아테나이 왕조가 거대한 라케다이몬에 편승하여 그 연속성에 의지해 수백 년을 지속하다 결국 이오니아와 크레타의 제국주의에 나라를 빼앗기게 된 사례를 반복할지도 모릅니다."

남쪽 창에서 비쳐오는 오전의 투명한 햇살이 인이가 입은 진남색 트렌치코트에 반사되어 푸르게 빛난다. 반사된 빛의 입자는 인이의 다부진 체격을 코트 위로 그려내며 그동안 인이가 쌓아온 강건한 정신의 형상마저 수놓는 듯했다. 자연은 사뭇 새롭게 비치는 인이의 모습에 감동한다.

'아름답다!'

자연은 사실 이 자리에서 자신도 사자후를 토하며 역사의 한 부분을 장식하고 싶은 욕구를 억누르고 있었다. 억누르는 만큼 인이에 대한 기대와 초조함도 함께 커졌다. 그러나 지금 고개를 왼쪽으로 돌려 인이를 바라보는 자신의 모습은 누구보다도 자연 자신을 만족스럽게 했고, 지금 이 감정은 마치 종교적 희열처럼 느껴졌다.

인이는 육 년 전 자신에게 리쿠르고스에 대한 사랑을 설파했다. 마르크스의 근대 공산주의를 공부했으면서도, 스스로 그것을 더욱 소급해 올라가 3,000년도 넘은 리쿠르고스의 전설 같은 이야기를 자신의 것으로 내면화시켰고 그것에서 '얼굴을 보이지 않는 신'이란 화두를 끄집어냈다. 하지만 당시 인이의 사상은 자연이 듣기에 지나치게 관념적이고 정리되어 있지 않은 것처럼 보였다.

그러나 지금의 인이는 달랐다. 자신의 미학(美學)을 사회과학적 사유와 절묘하게 조화시켜 열변을 토하고 있었다. '얼굴을 보이지 않는 신'이란 지극히 추상적으로 들린다. 그러나 얼굴을 보이지 않는 존재는 비인격적인 자연이나 법칙이 아니라, 사람과 같은 인격체이다.

스스로 얼굴을 보이지 않음으로써 시간의 한계를 초월할 수 있음을 암시하고, 매사에 본능처럼 사람의 정신과 행동을 지배하는 편승의 욕구를 극복할 수 있게 해준다. '얼굴을 보이지 않는 신'이란 개념은 인이의 내면에서 발효되어 인격의 면모를 가지게 되었고 신비하지만, 역설적으로 근대의 정신과 일치하는 면이 있었다. 지금 인이가 마르크스 파를 힘 있게 비판할 수 있는 것은 인이의 내부에서 '얼굴을 보이지 않는 신'의 이상(理想)이 살아 작동하고 있기 때문이다.

반면에 마르크스 파의 이념에 대한 엄격한 추종, 그리고 사이베리아 공산당에 편승하려는 행태는 오히려 중세적인 성격이 강했다. 사이베리아로부터 받아들인 공산주의는 분명 근대가 낳은 사상이지만, 아테나이에서는 오히려 중세적인 성격으로 변질했다. 공산주의란 이념이 숭배의 대상이 되어 불변의 자연법칙처럼 되어버린 것이다.

인이가 말한 대로 지금 아테나이의 시대정신은 공산주의를 추구하든 자본주의를 추구하든, 중세의 관념에 대한 추종에서 벗어나 더욱 정치화한 사고로 근대국가를 건설하는 것이다. 지긋지긋한 편승의 경향성으로부터 탈피하여 국가와 개인이 동시에 균형을 추구하는 정신을 내면화하는 것이 근대정신의 핵심일 것이다.

이러한 사상을 바탕으로 자신보다 더욱 막강한 김현안과 마르크스 파를 역사의 반동으로 낙인찍는 인이의 대범함에 자연은 소스라치면서도 아름답다고 생각했다.

좌중이 무거운 침묵에 휩싸였다. 인이는 선 채로 무겁게 입을 다물고 김현안의 반응을 기다린다. 이제 회담은 김현안의 대응에 따라 방향이 갈리게 되었다. 그가 이 문제를 성의 있게 받아 토론을 보다 심도 있게 끌고 가느냐, 아니면 상대의 생각 자체를 무시하느냐에 따라 길은 정해진다.

하지만 인이의 강도 높은 비판은 상대가 듣기에 모욕적으로 들렸을 것이다. 회담은 오히려 결렬될 가능성이 크다. '인이도 처음부터 그런 것을 노린 걸까?' 하고 자연은 생각한다. 회담장에 오기 전까지 인이는 자연에게 아무 말도 하지 않았다.

"무장봉기는 없습니다. 사흘 전 우리 마르크스 파 본부에 도착한 모스코비아의 지령이에요. '아테나이에서 무장봉기 및 일체의 경거망동도 없도록 하라'는 것입니다."

갑자기 장내 분위기가 얼어붙었다. 리쿠르고스 파 전원이 아연실색해 김현안과 인이의 얼굴을 번갈아 쳐다본다. 김현안은 리쿠르고스 파 참석자 모두의 눈앞에 시커먼 먹물을 끼었었다. 리쿠르고스 파는 아테나이 무장봉기는 이미 기정사실이고, 이 회담에서는 봉기 시점이 크레타의 사이베리아 침공 이전이냐 이후냐를 놓고 토론할 것이라 믿었기 때문이다.

"다시 말하지만, 아테나이 공산당에 의한 무장봉기는 없습니다. 우리는 앞으로 아테나이 내부의 계급투쟁 노선에 좀 더 비중을 두어야 합니다. 민족해방 노선은 본래 우리의 길이 아닙니다. 앞으로 있을 전쟁은 사이베리아와 크레타 사이의 국가대전입니다. 여기에 휩쓸려서는 우리의 공산 혁명을 완수할 수 없습니다."

계속해서 김현안은 앉은 채 완고한 태도로 말을 잇고, 인이는 뜻하지 않았던 상황에서 선 채로 입을 다물고 무언가를 깊이 생각하는 기색이다.

"무슨 소리입니까? 당신들은 어째서 계급투쟁이 국내 차원에서만 이루어져야 한다고 생각하죠? 우리는 주로 제국주의 관점에서 바라보지만, 국제사회에 엄연히 존재하는 국가 간의 차등은 국내의 계급과 다를 바 없습니다. 크레타를 상대로 한 무장봉기는 국가 간의 계급적 차별을 극복하고자 하는 의미도 지닙니다."

참관인석에서 인이를 위해 자중하던 자연이 말의 포문을 열었다. 침묵에 싸인 인이를 구해야겠다는 본능에서 나온 행위이기도 했다. 자연의 돌발적인 발언을 듣고 김현안이 살짝 웃음 짓더니 답변한다.

"재미있는 지적이요. 자연 동지. 하지만 너무 앞서나가는군요. 오늘 회담 논점에서는 벗어난 듯싶은데…. 사이베리아 본부에서 온 지령은 절대적인 것입니다. 그것이 싫다면 공산당을 떠나야 할 것입니다."

김현안은 애초부터 회담에서 상대와 깊이 토론할 생각은 없었던 듯이 보였다. 그를 위시한 열한 명의 마르크스 파 대표는 단지 사이베리아의 전령사처럼 느껴졌다.

자연은 사이베리아의 지령이라는 것이 김현안이 리쿠르고스 파의 입지를 좁히기 위해 꾸며낸 거짓말이 아닐까 의심해본다. 아테나이에서 무장봉기가 일어나 크레타의 배후를 교란시켜준다면, 자신들에게 큰 힘이 될 일을 일부러 금지한다는 것이 말이 되질 않는다. 더군다나 40년 전 크레타가 해전에서 시이베리아에게 기저적인 승리를 거둔 후, 크레타의 해군 세력은 꾸준히 성장해 지금은 세계 최강의 전력이 되었다. 사이베리아 혼자서는 막아내기 버거운 적이다.

자연은 다시 서 있는 인이의 모습을 바라보았다. 인이는 지금 차오르는 모욕감에 젖어 정신이 혼란에 빠졌을 것이다. 마르크스 파가 인이를 무시하고 이 자리에 오지 않음만 못한 상태가 되었다. 자연은 이 암담한 상태에 인이에게 아무것도 해줄 수 없는 자신의 무력함을 인정하듯 인이를 바라보다가 천천히 눈을 감았다.

쾅. 빠직!

갑자기 앞에 노인 테이블에서 격심한 진동과 함께 나무 깨지는 소리가 들려왔다. 자연이 깜짝 놀라 눈을 떠보니 사람들이 모두 무언가에 시선을 집중하고 있었는데, 그것은 다름 아닌 인이었다.

인이는 주먹을 그리 높이 쳐들지 않은 상태에서 가속 없이 테이블 위를 내려쳤지만, 인이의 주먹이 떨어진 테이블 표면은 인이의 주먹 반 이상이 파묻힐 정도로 움푹 들어가고, 그 위에 덮인 자주색 테이블보는 인이의 주먹이 만든 분화구에 끌려 내려가 테이블 전체에 주름을 드리웠다.

계속 태연하게 말을 잇던 김현안도 놀라 입을 다물지 않을 수 없게 됐다. 좌중은 갑자기 깊은 침묵이 지배하고 인이는 눈에 보이지 않는 분노의 신들을 불러들여 회담장 안을 꽉 차게 하는 듯했다.

자연은 순간 거대한 화산이 폭발해 눈앞에 은빛 섬광이 번쩍이고 뒤이어 검불은 용암이 하늘 높이 치솟는 환영을 보았다.

"오늘부터 리쿠르고스 파는 마르크스 파와의 모든 연계를 끊고 독자적인 활동을 하겠습니다."

인이가 스스로 내린 침묵을 깨고 다시 입을 열었다. 잠시 넋을 잃었던 김현안은 인이의 발언을 듣고 이미 예상했던 내용이었다는 듯 고개를 끄떡인다.

"나는 오늘 우리가 그동안 인식하지 못했던 새로운 적이 있음을 알았습니다. 그건 크레타도 제국주의도 유산계급도 아닙니다. 적의 얼굴을 분명히 볼 수 없을 때 힘이 충분하지 못한 우리는 사이베리아 같은 강대국에 호의적이 될 수밖에 없으며, 결국에는 그들이 깔아놓은 궤도 위를 달릴 수밖에 없습니다. 그러나 나는 지금 마르크스 파에게 배신감을 느끼거나 원한을 갖진 않습니다. 다만 우리의 가시권 밖에서 우리를 노리는 적들이 있음을 뒤늦게 깨닫고 비탄에 빠질 뿐입니다."

인이가 마지막으로 발언을 끝냈다. 이때 이 말의 의미를 알아들은 사람은 없었다. 노회한 김현안도 수년간 고락을 함께해온 리쿠르고스 파 동지들도, 인이가 수년간 추구해온 사상적 맥락을 줄곧 옆에서 지켜봐온 자연조차도 이 말의 의미를 깨닫지 못했다.

그 순간 35년 전 가라기누를 입고 황후마마의 침실을 나서시던 어머니의 뒷모습이 자연의 뇌리에 스쳐 지나갔다. 그러나 왜 갑자기 어머니의 뒷모습이 그 순간 떠올랐는지 자연은 알지 못했다.

26

회담의 파행은 애초에 자연이 의도한 대로 리쿠르고스 파를 더욱 단합시키는 계기가 되었고, 자연이 준비해온 무기들을 사용해 리쿠르고스 파가 독자적인 행보를 하는 계기가 되었다. 회담이 결렬된 다음 날 리쿠르고스 파 본부 회의실에 무사인과 민자연 그리고 임철호 3인이 모여 앞으로 전개할 무장투쟁에 대해 논한다.

"크레타가 연합함대를 결성해 사이베리아를 치러 사세보(佐世保) 항을 출항할 시기가 대략 5월 중순경이 될 겁니다."

인이의 제자이자 군사에 해박한 임철호(林鐵虎)가 크레타·사이베리아 전쟁의 개전 시기를 예측한다.

"이제부터는 마르크스 파를 최대한 경계해야 해. 우리가 그동안 개전 후 봉기할 걸 주장해왔으니, 전쟁이 시작되면 우리에 대한 감시가 더 강화될 거야. 우리 계획을 변경해서 애초에 그들이 주장하던 대로 전쟁 전에 일어난다."

인이가 그동안 주장해온 원칙을 깨고 전략을 수정하려 한다. 철호는 여태까지 고수해온 자신들의 원칙을 깨는 것이 왠지 두렵다.

"그렇게 되면 크레타 연합함대 전체 또는 일부가 아테나이로 올 겁니다. 해전대 같은 정예병이 인천에 상륙해서 서울로 밀고 들어오면 우리로선 도저히 막아낼 방법이 없어요. 사모님께서 준비하신 무기로는 역부족입니다."

자연은 자신이 그간 애써 모아온 무기의 위력이 폄훼되는 것 같아 불쾌했지만, 철호의 말이 틀린 것은 아니다. 3,000명을 무장시킬 수 있는 양이지만 내용은 소총, 수류탄, 권총, 기관단총 등의 개인 화기뿐이다.

"우선 준비해둔 무기로 용산의 육전대 병기창을 습격하죠. 그러면 중화기를 충분히 얻을 수 있을 거예요."

자연이 단번에 대담한 작전을 제한해 젊은 철호를 놀라게 한다. 그래서 철호는 자연에게 묻는다.

"그런 식으로 노획한 중화기를 우리가 금방 전력화시킬 수 있겠습니까?"

"실물을 직접 다루는 훈련은 못 해봤지만, 이론상으로 웬만한 포는 다룰 수 있게 매뉴얼을 숙지해왔어요. 노획해서 훈련에 집중하면 이른 시일 안에 충분히 전력화할 수 있을 거예요."

자연이 확신에 찬 태도로 말하자 인이가 고개를 끄덕이며 자연을 거든다.

"중화기를 탈취하되 정규군이 아닌 우리 특성을 살려서 쉽게 이동할 수 있는 것들로 무장해야 해. 박격포나 바주카포 같은 거로 말이야. 야포도 105mm 포 정도로 제한해서 탈취하자고. 나머지는 폐기

하든지 나중을 위해 숨겨놓든지."

"알겠습니다. 그럼 여차하면 게릴라전에 대비하란 뜻으로 알고 거기에 맞게 탈취 목록을 정비해보죠."

자연이 돌파구를 제안하고 인이가 이정표를 제시하자, 철호는 이에 수긍하고 구체적인 작전 계획을 짜기 시작한다. 회의를 마친 후 자연은 모악산에 은거 중인 가수운에게 보낼 서신을 쓴다.

軻水雲 天師 尊下

그동안 안녕하셨습니까?

올해도 어김없이 따사로운 봄은 다가오고 있지만, 아테나이의 하늘은 아직도 어두운 구름에 덮여 있는 것 같아 마음이 무겁습니다. 일전에 받은 서신을 통해 최근 천사께서 건강이 나빠지셨단 소식을 알고 내심 안타까웠지만, 직접 찾아뵙지 못하고 이렇게 서신으로 안부 여쭙는 것을 용서하십시오.

그동안 천사께서 꾸준히 지원해주신 덕분에 아테나이 해방을 위한 준비를 차근차근히 해올 수 있었습니다. 그러나 안타깝게도 마르크스파와의 연대는 무산되었고, 리쿠르고스 파 단독으로 서울에서 무장봉기하기로 결단했습니다. 크레타가 사이베리아와 전쟁에 돌입하기 전에 거사하기로 했는데, 대략 5월 초순경이 될 것 같습니다.

천사께서 어려우시더라도 가지신 병력 중 1,000명을 서울로 보내주시고, 서울에서 봉기가 일어나면 삼남에서 호응하여 일어나주십시오. 비록 크레타 정규군과의 전력 차가 크더라도, 봉기가 전국 규모로 확산하여 적을 교란시킨다면 성공할 가능성이 큽니다. 저도 그동안 모아놓은 무기 중 1,000명을 무장시킬 수 있는 개인 화기를 모악산으로 내려보내겠습니다.

따스한 봄볕이 들수록 해방의 천운이 하루빨리 도래하길 기원하는 마음 간절해집니다. 다시 연락드리겠습니다.

閔紫涓 拜上

편지 쓰기를 마친 자연은 가수운의 입장이 되어 다시 한 번 읽어보고 교정할 곳은 없나 유심히 살핀다. 그런데 이 편지를 읽은 가수운이 지금 자신에게 말을 걸어온다.

'자네, 드디어 거대한 전함을 띄우는 강이 되려 하는가?'

27

5월 13일 저녁 크레타군 육전대 서울 용산 병기창.

"한 일병, 한 일병…, 빨리 군단장님 모셔와. 긴급히 드릴 말씀 있다고 전하고 빨리 이리로 모셔와. 어서."

임철호가 병기창을 점검하다가 뭔가 이상한 것을 발견했는지 연락병에게 최고 책임자인 인이를 불러오라 명령한다.

5월 9일 새벽. 리쿠르고스 파는 자연의 주장대로 서울 용산에 있는 크레타군 육전대 병기창을 기습했다. 평창에 숨겨둔 무기로 서울에서 모은 병력 800명에 가수운이 삼남에서 차출해 보내준 1,000명의 병력을 더해 총 1,800명을 무장시켜 용산을 쳤다. 서울에 주둔하던 크레타 군의 정예는 사이베리아와의 전쟁 준비에 동원되어 서울에는 최소한의 치안대만 남은 상태라 어렵지 않게 용산에서 중화기를 얻고 서울을 장악하기에 이른다.

리쿠르고스 파는 정규군은 아니지만 해방 전쟁에 임한다는 자세에서 군대처럼 계급을 나누어 조직을 편성했다. 병력은 연대 정도의 규모지만, '아테나이 군단'이라 이름 짓고 최고 책임자인 인이는 군단장이라 불렸다.

작전·병기 참모인 임철호 중령은 5월 9일 용산 병기창을 접수하여 점검하던 중 이상한 포탄 한 발을 병기창 깊숙한 곳에서 발견했다.

임철호가 용산 병기창에서 인이를 급히 부르고 있을 때, 인이는 경운궁 앞에서 군중집회를 가지고 있었다.

"여러분, 혁명을 일으켜 크레타를 몰아내되 사이베리아 공산당의 적화 노선을 따라서는 안 됩니다. 그들은 아테나이의 민족해방 따위는 관심도 없습니다. 혁명이 완료되면 그들은 아테나이를 라케다이몬 적화와 크레타 견제를 위한 병참 기지로 이용할 것이며, 우리는 크레타의 지배 아래서보다 더욱 비참한 노예 상태로 전락할 것입니다. 그러니 아테나이에서 자생한 우리 리쿠르고스 파 운동에 지지를 보내주십시오."

자연은 일부러 인이가 연설하는 단상에서 떨어져 나와 군중 속에 섞여서 인이가 연설하는 모습을 바라보고 동시에 군중들의 반응과 분위기를 살폈다. 서울 시민들은 사이베리아에서 수입한 외래 사상인 공산주의보다 리쿠르고스 파의 주장을 더 참신하게 여기기 시작했다. 아테나이 민족이 아테나이 반도로 들어와 정착하기 수천 년 전에 살았던 서 라케다이몬의 평원지대에 존재하던 고대국가 스파르타! 그녀가 탄생시켰던 옛 사상을 근대라는 역사의 흐름 위에 새로 부활시킨 것에 사람들은 호감을 느꼈다.

이쯤 되면 우리의 옛것을 바탕으로 창조된 사상이 역사가 짧은 마르크스주의보다 아테나이에서 더욱 호소력이 있을 거라고 예상했던 인이의 생각이 적중한 셈이다.

자연은 인이의 연설에 솔깃한 표정을 지으며 경청하는 군중들 사이에서 마르크스 파 감시자들의 사나운 눈초리를 감지한다. 리쿠르고스 파의 예상 밖 인기를 경계하는 것이다.

"두 달 전 우리 리쿠르고스 파는 마르크스 파의 명령을 거부하고 그들과의 연대를 끊어버렸습니다. 그들은 우리의 독립전쟁 계획을 취소하고, 다만 아테나이 내에서 계급투쟁에만 전념할 것을 명령했기 때문입니다.

여러분, 스스로 자신이 싸울 적을 결정할 수 있다는 것은 성숙한 정치 공동체를 가지고 있다는 증거이며, 그것은 독립이나 해방의 또 다른 표현일 것입니다. 만일 자신의 적을 스스로 결정하지 못하고 남이 정해준 적과 싸워야 하는 민족이 있다면, 그 민족은 큰 시련에 직면하고 머지않아 멸망할 것입니다.

지구상에서 가장 선진화한 이오니아에서조차 정치적 공동체를 형성하지 못했던 민족은 다른 민족에게 박해받다가 수백만 명에 달하는 인명이 무참히 학살당하는 거대한 재앙을 초래했습니다.

지금 아테나이는 무엇보다 크레타가 우리의 적이라는 사실을 확실히 깨닫고, 그들과 싸워 정치적 독립을 쟁취해야 합니다. 마르크스 파가 강요하는 계급투쟁은 지금 우리의 목적이 될 수 없습니다."

이 시기야말로 자연에게 있어 가장 행복했던 시기였다. 인이의 연설은 서울 시민들과 함께 과거에는 없었던 화학 작용을 일으켜, 서슬 퍼런 마르크스 파의 감시조차 무력하게 중화시키는 것 같았다. 자연은 육 년 전 인이가 지나치게 사회과학 이론에 경도된 것이 아닌가 하고 인이를 타박했던 자신이 미안했다.

"사모님, 사모님?"

누군가 뒤에서 자연을 부른다. 깜짝 놀라 뒤돌아보니 이제 갓 일병으로 진급한 열한 살의 한의상(韓義湘)이 자신에게 뭔가를 알리러 온 듯했다. 자기 아들 윤이보다도 세 살이 어린 아이지만, 워낙 조숙해서 스스로 이번 무장봉기에 참가했다. 동작이 빠르고 영리해 부대 사이의 연락병을 맡았고, 성공적으로 용산 병기창을 접수하고 서울을 장악한 후 이병에서 일병으로 진급했다.

"임 중령이 군단장님을 빨리 용산 병기창으로 오시라고 합니다. 급한 일 같습니다. 연설 끝나시려면 아직 멀었습니까? 사람이 너무 많아서…, 저 연단까지 가기 힘들어서 사모님 계신 것 발견하고 이리로 왔습니다."

"그래, 잘했어. 그럼 나랑 저리로 갈까?"

자연은 아무렇지 않게 한 일병을 데리고 연단 쪽으로 이동한다. 이곳은 마르크스 파의 감시자가 곳곳에 깔렸다. 용산 병기창에서 급한 일이 생겼다면 그걸 저들에게 알려선 안 되겠다고 생각했다. 자연은 연단 뒤편으로 가 연설 중이던 인이에게 쪽지를 보내 연설을 마무리 짓게 하고 같이 용산 병기창으로 향했다.

야포의 포탄이 격납된 병기창 안에서 임철호가 한 발의 155mm 포탄을 가리켰다. 보기에는 이상할 것이 없는 야포 포탄이었지만, 임철호는 그것을 유심히 관찰해줄 것을 인이에게 요청했다. 무기에 관해서라면 인이도 관심이 많아 상당한 지식을 쌓아왔지만, 이 포탄에서 특별한 점은 금방 찾을 수 없었다. 크기, 모양에 있어 일반 155mm 포탄과 다를 바 없었다. 다만 도색이 다른 포탄과 조금 다를 뿐이었다.

"뭐가 이상하다는 건가? 난 잘 모르겠어."

"여기 도색과 기호를 보십쇼. 실전용이 아니라 연습용이고, 여기 이 마크 보신 적 없습니까?"

인이와 자연은 임철호가 지적한 표시를 다시 자세히 들여다본다. 그러고 보니 어디선가 본 적이 있는 기호다. 포탄 동체 한가운데 가로세로 5cm 정도의 노란 정사각형 위에 까만색 도형이 그려져 있다. 사다리꼴 3개가 동그란 원을 중심으로 대칭각을 이루고 있어 배에 달린 스크루를 연상시키는 도형이다.

"이건…!"

인이가 상당히 놀란 표정으로 할 말을 잃은 듯하자, 자연은 대체 이 포탄에 어떤 문제가 있는지 매우 궁금해진다. 하지만 지금은 말로 표현하기 힘든 엄숙함이 병기창을 꽉 메우고 있어 감히 입을 열지 못한다. 대략 30초 이상이 지났을까? 한동안의 적막을 깨고 임철호가 무겁게 입을 연다.

"그렇습니다. 이건 절대무기입니다."

'절대무기?!'

잠시 영문을 몰라 하던 자연도 임철호가 말한 '절대무기'란 강렬한 단어에 자신의 머리가 무겁게 짓눌려옴을 느꼈다.

"못 믿어지실 겁니다. 저도 이걸 용산 병기창에서 보게 될 줄은 상상도 못 했습니다."

"이걸 벌써 크레타가 보유했단 말인가? 이건 이론상으로만 존재하는 무긴 줄 알았는데…, 보유하고 있는 나라가 있다면 브리타니아 정돌 걸로 알았는데…!"

자연의 귀에 인이의 말은 임철호에게 뭔가를 하소연하는 듯 들렸다. 인이는 이 무기의 출현이 어쩌면 아테나이 독립전쟁의 향방까지도 바꿔놓을 수 있다고 생각했다. 지금까지 짜온 전략을 대폭 수정해야 할지도 몰랐다. 자연은 대화에 끼어들지 않고 인이와 임철호의 말을 일단 듣고만 있기로 한다.

"이게 터지면 위력이 얼마나 되겠어? 이론상으론 서울, 도쿄, 론디니움이 이거 한 방이면 날아가잖아?"

"보시다시피 이건 실전용이 아니라 연습용입니다. 만추리아로 가는 무기는 모두 이곳 용산을 경유해서 철도로 운반되니, 이걸 만추리아 평원 어딘가에서 실험하려고 했던 것 같습니다. 무인지경에서 터트리려고 했겠죠. 상당량을 보유하기 전까지 이오니아 제국들에겐 숨겨야 하니….

그런데 위력이 예상하고 계신 것보다는 훨씬 작을 겁니다. 보십쇼. 이건 155mm 포탄입니다. 비교적 위력이 작은 전술용이라도 200mm 이상의 포로 40km 이상을 날려 보내야 쏜 사람이 피폭을 당하지 않을 겁니다. 그런데 155mm 포는 사정거리가 30km 미만입니다. 그건 이 포탄의 위력이 조악한 수준의 절대무길 거란 얘깁니다. 실험용이라서 일부러 위력을 축소했든지…, 아니면 크레타의 기술력으로는 아직 이 정도 위력의 폭탄밖에 만들 수 없든지 말입니다. 전 후자에 더 심증을 두고 있습니다만…."

"이게 서울 한가운데서 터지면 어떻게 되는 거야?"

"그게…, 판단할 수 있는 자료가 워낙 없어서…, 제대로 된 절대무기라면 무게가 몇 톤씩이나 되고, 그걸 폭격기로 투하해서 도시 하나를 날려버리겠죠. 그런데 이건 보시다시피 작은 155mm 포탄에 불과합니다. 힘센 어른 남자라면 혼자서도 운반이 가능할 정도죠. 하지만 지금 세상에 있는 폭탄 중에 가장 강력한 놈인 것은 사실입니다. 종로나 을지로 한복판에서 터지면 만 명 이상 즉사하지 않겠습니까?"

인이는 다시 침묵에 빠진다. 인이는 이러한 엄청난 변수를 미리 계산에 넣지 못한 자신에게 분노하고 있었다. 이오니아 제국에서 발행하는 무기연감을 구해 꼼꼼히 분석해오던 자신은 대체 이제까지 뭘 해왔단 말인가? 절대무기는 인류가 수천 년간 해온 전쟁의 양상을 뒤바꿔놓을 수 있는 엄청난 발명이다. 왜 이런 중요한 사실을 아테나 이와는 무관한 일처럼 여겨온 것인가?

인이는 말할 수 없는 자책의 늪에 빠졌다. 자연은 인이의 이러한 성격을 옛날부터 잘 알고 있다. 그리고 그것을 아들 윤이가 고스란히 물려받았다. 자연은 아까 광장에서 인이의 연설을 들으며 느꼈던 더할 나위 없던 행복감도 이젠 그쳤음을 실감했다. 이제 다시 이 어두운 굴을 빠져나갈 새로운 통로를 뚫어야 한다.

듣고만 있던 자연이 입을 연다.

"우선 이걸 평창에 있는 비밀 창고에 보관하죠. 좀 더 시간을 두고 천천히 이 무기의 용도에 관해 생각해보는 게 좋겠어요."

"하하, 지금쯤 이게 우리 손에 들어왔을까봐 어쩔 줄 몰라 하는 크레타 군부나 정부 놈들 표정이 훤합니다."

자연이 말을 마치자마자 임철호가 웃으며 의기양양해 한다. 그러자 침묵하던 인이가 버럭 하며 임철호에게 호통을 친다.

"자네 지금 웃었나? 뭐가 우리에게 득이 될 수 있나? 자네 이걸 155mm 포로 크레타 군에 쏘기라도 할 텐가? 그래 봐야 여긴 우리 땅 아냐. 쏜다면 바다 건너 크레타로 쏴야 할 텐데, 우리에게 그런 투발 수단이 있나, 어?"

인이의 호흡이 거칠어지고 언성이 높아진다. 공연히 아무 죄 없는 임철호에게 화풀이하는 셈이다. 자연은 급히 인이를 진정시키고 이 포탄을 평창으로 나르도록 했다. 이제부터 긴장의 연속이 될 것이다. 크레타 군이 무장봉기를 보고만 있을 리 없기 때문이다. 앞으로 크레타 항모전단의 행보도 궁금하다. 절대무기의 발견은 앞으로 있을 시련의 예고편에 불과하다.

28

6월 24일 초저녁 서울.

자연은 혼자 평창에서 걸어 나와, 탕춘대와 세검정 사이를 지나 자하문 쪽을 향해 천천히 부암동 오르막길을 올랐다. 길 오른편에 있는 석파정을 지나자 왼편으로 둥그렇고 큼직한 보름달이 쑤욱 자신의 모습을 드러냈다.

마치 갓 낳은 아기의 크고 부루퉁한 얼굴 같은 것이 누런빛을 띠더니, 바로 옆의 동그스름한 북악산 봉우리를 타고 천천히 오르면서 이내 노오랗고 맑은 빛을 띠었다. 그 노란빛이 산 중턱에서 봉우리의 곡선을 따라 산과 일체가 된 옛 성벽에 비추자 은은한 달그림자를 드리운다. 밤하늘 한가운데 높이 뜬 보름달보다 이렇게 산과 성벽에 걸려 있는 보름달이 자연에게 더 크고 정감 있는 풍경으로 다가온다.

자연은 이제 막 떠오르기 시작한 보름달을 바라보고 있자니 자꾸 인이 생각이 난다. 인이는 오늘 새벽에 소대 병력을 이끌고 행주산성으로 향했다. 지금쯤 크레타 군의 눈에 띄지 않게 행주산성에 진지를 구축하고 잠복 중일 것이다. 인천에서 공중으로 아리수를 따라 서울로 들어오는 크레타 군의 비행선을 막기 위해서다.

인이의 아테나이 군단이 서울을 장악하자, 크레타의 항모전단이 인천 앞바다로 오고 6월 13일 토벌군 7만이 인천에 상륙했다. 이것은 인이가 예상했던 것보다 훨씬 더 많은 병력이어서 서울시에서 시가전이 어려울 것으로 보고, 일단 크레타 해전대가 서울 안으로 들어오기 전까지 저항하다가 삼각산성으로 후퇴하여 시간을 벌기로 했다. 장기전으로 돌입한 후 아테나이 전체에 무장봉기가 확산할 것을 기대하는 것이다.

그러나 크레타군은 압도적인 전력으로 서울에 곧바로 들이치지 않았다. 상륙 후에 계속 인천에서 전열을 정비하고 수시로 정찰기를 서울 상공에 띄워 형세를 살피기만 했다. 인이는 이것이 아마도 아테나이 군단이 절대무기를 보유하고 있는 것을 크레타 군이 알고 있기 때문이라고 짐작했다.

그러다가 이틀 전 인천에 심어둔 척후병으로부터 급보가 도착했다. 인천에서 크레타 군이 비행선을 준비하고 서울로 투입할 예정이라는 것이다. 이것은 뜻밖의 상황이었다. 이미 항공기가 전장의 하늘을 주도하는 세상이 됐고, 지금 인천항에 계류 중인 항공모함 안에는 최신형의 함재기가 수십 대나 있다. 이것을 사용하지 않고 한 세대나 뒤처진 무기인 비행선을 서울에 투입한다는 것은 여간 시대착오적인 발상이 아닐 수 없다. 모두가 크레타 군의 작전에 의아함을 나타내던 와중에 인이만이 적의 의도를 읽고 오히려 이걸 기회로 삼으려 했다.

『잘 들어. 세계 최강의 해군력을 가진 크레타 군도 결국은 우리랑 다를 바 없는 사람이란 증거야. 그들은 과거 자신들의 성공사례에 집착하고 있어. 아테나이인들이 결정적으로 패배감을 느끼고 큰 무력 저항 없이 나라를 크레타에 넘긴 원인이 경술년에 반년 넘게 서울 상공을 떠다니던 비행선에 대한 두려움 때문이었어. 아테나이인들이 심리적으로 무릎을 꿇은 거지. 나도 어렸을 때 그걸 보았는데 정말 무서웠어. 또 사람들이 모여 비행선 얘기를 하다 보면, 각자가 가지고 있던 공포가 몇 배나 증폭이 돼. 게다가 비행선 한가운데 그려진 크레타 군의 상징인 검은 수소 대가리는 서울 시민들을 주눅 들게 했단 말야. 그건 조정 대신이나 일반 백성이나 차이가 없었어.

크레타 군은 이번에도 그런 효과를 노리는 거야. 아까운 화력을 사용하지 않고 심리전으로 우릴 굴복시키고 다시 사이베리아 침공에 나서기 위해서겠지. 하지만 이번엔 우리가 그걸 역이용하자. 과거 우리 패배의 상징이었던 것을 보기 좋게 분쇄하면 그 효과는 엄청날 수 있어. 심리전엔 심리전으로 대응하는 거야.

우선 서울 밖에서 비행선을 격추해야 해. 비행선이 서울 상공으로 들어온 후엔 이미 늦어. 수소로 꽉 찬 기구가 폭발해 시내로 떨어지면 엄청난 피해를 당할 테니. 그리고 무엇보다 중요한 건 우리가 비행선을 격추하는 걸 촬영해서 아테나이 전국에 뿌려야 해. 아직 지방에서의 무장봉기가 미미해 서울에서의 혁명 효과가 크게 파급되지 못하고 있는데, 이게 전국적인 무장봉기의 도화선이 될 수 있다. 사진기하고…, 가능하면 활동사진도 찍었으면 좋겠는데, 누가 전문 촬영기사 아는 사람 없나?

자, 이제 정말 힘을 내자. 압도적인 전력 차로 전투에선 승리할 수 없더라도 끝판엔 우리가 전쟁에서 이길 수 있는 길이 열렸다.』

인이와 소대원들은 만 하루 만에 비행선을 격추할 수 있는 최소한의 화력과 촬영 장비를 확보해 오늘 새벽 행주산성으로 향했다. 자연도 따라 나서려 했으나, 인이는 서울에서 기다리라며 따라오지 못하게 했다. 인이가 말한 대로 이번 작전이 아주 큰 기회인 동시에 매우 위험하다는 증거였다. 자연도 생각해보니 이러다 할 엄폐물이 없는 행주산성에서 기습에 실패하면 공중으로부터의 폭격에 매우 취약할 수밖에 없었다.

자연은 가던 길을 멈추고 한참 동안 북악산에 걸린 보름달을 바라보았다. 달빛은 언제나 옛 기억에 선명한 색채를 부여한다. 아버지 민경하가 경운궁에서 비행선의 기총소사에 맞아 온몸이 산산조각 나 돌아가신 기억이 생생하게 떠오른다. 더불어 석조전 침실을 나서시던 어머니의 뒷모습과 황후마마가 안채에서 목매어 돌아가신 모습도 떠오른다. 35년 동안 하루도 잊은 적이 없는 악몽이고, 그 악몽을 초래한 크레타의 상징을 지금 남편 인이가 불사르려 한다.

29

6월 25일 새벽 행주산성.

서울에서 아리수를 따라 서쪽으로 20km 정도 가면, 북쪽 강안(江岸)에 있는 해발고도 130m의 자그마한 산이 행주산성이다. 강의 남쪽으로 돌출된 산봉우리가 인천에서 강줄기를 거슬러 올라오는 크레타의 비행선을 격추하기에 적당한 위치라고 인이는 믿었다.

고대에 바다와 연결되는 아리수 수로의 거점에 있는 행주산성은 군사 요충이기도 했다. 약 350년 전 이곳에서 아테나이가 크레타의 침략을 수적인 열세에도 불구하고 크게 이긴 역사적 사례가 있기에, 인이는 반드시 여기서 크레타의 비행선을 격추하고 싶었다.

그러나 인천에서 이륙한 비행선이 아리수를 따라 서울로 올라오리라는 것은 35년 전 사례로부터 예측할 수 있었지만, 과연 비행선이 행주산성에서 격추하기 적당한 위치를 비행할 것인지, 그리고 그 밖의 제반 조건이 맞아줄 것인지는 아무도 확신할 수가 없었다.

"하늘이 도우셨습니다. 아무리 보아도 비행선 주변에 호위 전투기 편대는 없습니다. 게다가 우리가 격추하기 좋게 강줄기 바로 위를 아주 유유히 날아옵니다. 바로 산성 앞을 지날 거예요. 저놈들이 뭔가에 홀려도 단단히 홀린 겁니다. 사실 군단장님이 사진촬영 운운하실 때 전 비관적이었죠. 비행선을 맞추더라도 곧바로 같이 온 전투기가 산성 위를 불바다로 만들 거라고… 아니, 그런데 크레타 놈들 저렇게 방심하는 건 처음 봅니다."

망원경으로 계속 하늘을 관찰하던 임철호 중령이 기뻐서 어쩔 줄 모른다. 크레타의 비행선 3척이 인천에서 아리수 줄기를 따라 서울로 향하던 중 행주산성에서 잠복하던 인이의 부대에 발견됐다.

"뭔가에 홀리긴 나도 마찬가지야. 이렇게 무모한 작전을 세우고 자네들을 여기까지 데려왔으니…. 사실 나도 작전에 확신이 있는 건 아니었어. 비행선이 아리수를 따라 행주산성 앞을 지날 거라고 100퍼센트 확신할 수도 없었고…; 그런데 이번엔 뭔가 본능적으로 끌리는 게 있었지. 왠지 여기서 도박을 해보고 싶어지더군. 여긴 350년 전 크레타에 대승을 거둔 역사적 선례도 있고 하니…. 조준은 잘될 것 같은가?"

인이도 역시 임철호만큼 흥분해 있다. 이제 비행선이 행주산성 남쪽 상공으로 낮게 비행해온다. 추락한다면 아리수 위에 떨어질 위치다.

"걱정하지 마십쇼. 달이 아주 밝은 게…; 앞이 훤합니다. 저 달이 저것들을 잡으라고 비춰주는 것 같습니다. 박격포의 앙각을 최대한으로 높여놨습니다. 사정권 내에 들면 포탄이 저놈 몸뚱어리 위에 떨어지게 할 겁니다."

잠시 후 산성 위에서 비행선을 기다리던 박격포 16문이 한꺼번에 포탄을 공중 위로 쏘아 포물선을 그렸다. 16발의 포탄 중 5발이 선두에서 오던 비행선의 몸통에 떨어졌다. 비행선 안의 수소가 폭발하며 순식간에 비행선이 두 쪽이 나 추락한다. 사방이 거대한 화염으로 훤히 밝아지고 불타는 비행선에서 굉음이 울려퍼지는데, 마치 비행선 위에 그려진 거대한 수소 대가리가 고통스럽게 우는 소리처럼 들린다.

인이와 임철호는 16문의 박격포를 뒤따라오는 비행선에 쏘도록 했지만, 선두 비행선이 추락하자 급하게 기동하는 비행선을 맞추기 쉽지 않다. 소총과 기관총을 쏘아 시간을 벌며 박격포를 계속 쏘아대자, 3발의 포탄이 겨우 명중돼 다시 거대한 불을 뿜으며 아리수 위로 추락했다. 두 대의 비행선이 추락한 아리수 수면은 불바다처럼 끓어오르는 용암을 연상시켰다.

가장 뒤에서 쫓아오던 세 번째 비행선은 이미 선수를 동쪽에서 서쪽으로 돌려 인천으로 달아나는 듯했다. 이미 박격포로는 맞출 수 없게 되어 임철호는 바주카포를 직접 조준해서 쏘았다. 비행선의 꼬리날개 부분에 겨우 명중하긴 했는데, 앞의 2대처럼 대폭발로 이어지지 않고 데미지를 입은 채 계속 달아난다. 그러나 본거지로 귀환하지 못하고 도중에 추락할 것처럼 보였다.

극적인 전투 장면은 인이가 계획한 대로 모두 사진과 영상으로 촬영됐다. 이것들이 후에 아테나이 전국으로 퍼져 사람들의 투쟁 정신을 고무하고 연쇄적인 무장봉기를 촉발해 아테나이 해방의 일등공신이 된다. 혁명이 성공하여 크레타 군이 아테나이에서 물러간 이후부터 비행선에 새겨졌던 거대한 소머리는 크레타 군 상징의 지위를 박탈당하고 사용하지 못하게 되었다.

30

7월 6일 새벽 평창 리쿠르고스 파 지하 벙커.

"정말 삼각산에서 싸우다가 빠져나올 수 있는 거야? 이제 곧 서울이 함락되고 삼각산도 완전히 포위될 텐데. 차라리 아테나이 군단을 뿔뿔이 흩어서 전국에 산개한 후에 다시 적당한 시점에서 모이는 게 낫잖아? 아니면 삼남으로 내려가서 가수운과 함께하면 어때, 어?"

자연은 인이의 양팔을 잡고 애원하듯 인이를 설득하려 해본다. 그러나 인이는 그저 담담하게 자연의 말을 듣고 고개를 가로저으며 대답한다.

"아테나이 군단을 해체해선 절대로 안 돼. 우리가 마르크스 파와 절연하고 봉기를 일으킨 이유가 뭐겠어. 군단을 해체하면 스스로 원칙을 허무는 거고, 아테나이 독립의 구심점을 잃게 되는 거야. 가수 운이 우리에게 많은 힘이 돼준 건 사실이지만, 삼남에서의 봉기가 예상보다 활발하지가 않아."

"여보!"

자연이 인이와 단둘이서 대화할 때는 언제나 친구처럼 '인이'라고 불렀으나 이때만큼은 '여보'라고 불렀다. 새삼 너는 나의 남편이고 아이들의 아버지란 것을 인식시키려는 듯했다.

"여보, 필요한 건 시간이야. 당신에게 격추돼 하늘에서 떨어지는 비행선 사진이 전국에 뿌려진 지 이제 며칠밖에 안 됐어. 자발적인 무장봉기가 조직화돼서 서울까지 닿으려면 몇 달은 걸릴 거야. 그동안만 은신해 있잔 얘긴데, 왜 그걸 이해 못 해."

자연이 다시 애걸하듯 설득해 보지만 인이의 표정엔 변화가 없었다. 비행선 공격이 실패한 크레타 군은 시내의 혁명군 거점으로 보이는 곳을 전투기를 동원하여 하나하나 폭격하기 시작했고, 해전대도 전차를 앞세워 서울시 진공을 시작했다. 아테나이 군단은 일단 서울을 버리고 삼각산성으로 들어가 항전하기로 했다. 인이는 자연에게 아이들을 데리고 무사 씨의 선산이 있는 양주로 피신해 가 있으라고 한다. 이때 자연의 시아버지 무사태 공은 한 해 전 10월에 돌아가신 상태였다.

하지만 자연은 지금 인이가 삼각산에 들어가 파르티잔 식 항쟁을 했다가는 지방에서 지원군이 도착하기 전에 크레타 정예 해전대와 첨단 항공 전력에 얼마 못 가 괴멸될 거라고 생각했다.

"자연아. 뭘 걱정하는지 알아. 하지만 모든 일엔 때가 있어. 지금 우리가 이 흐름을 깨버리면 우리가 아테나이를 위해 싸울 기회가 영영 사라질지도 몰라. 그리고…"

인이가 잠시 말을 끊고 여운을 남기자 자연은 왠지 다음에 이어질 인이의 말을 들을 엄두가 나지 않았다. 자연과 인이가 서로 말한 적은 없지만 서로 뼈저리게 통감해온 것들, 그것들을 말하는 것은 너무나도 힘들 것이다. 인이가 말하고자 하는 것에는 자연이 지난 수십 년 간 가져왔던 고통의 근원이 모두 함께 담겨 있을 것이었다.

"난 지난 3월에 평창에서 있었던 마르크스 파와의 회담에서 새삼 느끼게 된 것이 있었어. 우리의 적이 단순히 크레타만이 아니라는 거. 바로 눈앞에 있는 크레타란 적은 별로 무서울 것이 없을지도 몰라. 우리를 정말 두렵게 하는 건 눈에 보이지 않는 미래의 적이야. 그런데 지금 우리가 여기서 이 기회를 놓치면 미래의 적과 싸울 수 없게 돼. 싸워야 할 적과 싸울 수 없다는 건 우리 자신을 잃는 것과 마찬가지야."

"당신은 당신 자식들도 당신처럼 싸우길 원해요?"

자연은 자기 자신을 알 수 없었다. 단둘이만 있음에도 불구하고 왜 갑자기 인이에게 존댓말을 하게 되고, 평소 인이란 부름 대신 당신이라 부르게 되는지. 그러면서 왈칵 눈물이 쏟아져 주체할 수 없게 됐다. 얼굴을 들고 눈물을 보이기 부끄러워 그냥 인이의 가슴에 얼굴을 묻어버렸다. 결혼 전부터 인이를 30년 넘게 알고 지내왔지만, 한 번도 이런 모습을 인이에게 보인 적이 없었다.

"우리가 평화롭게 살았던 것처럼 여겨지던 시절에도 우린 사실 계속 싸우고 있었어. 그리고 그건 우리 자식들도 마찬가질 거야. 우리 자식들에게 불행이 닥친다면, 그건 평화롭게 살지 못해서가 아니라 정작 싸워야 할 적과 싸우지 못하게 됐을 때야."

자연은 계속 인이의 가슴에 얼굴을 파묻고 울었다. 지난 30여 년간 참고 모아둔 눈물을 한꺼번에 쏟아내는 느낌이었다.

"그래 실컷 울어. 자연아, 울면서 들어봐. 내가 옛날에 들었던 얘기야. 세상엔 '3대의 법칙'이란 게 있대. 이건 고향을 떠나 타지에 사는 사람, 자기 나라를 떠나 외국에 이주해서 사는 사람들한테 특히 많이 나타난다네. 외국에 이주한 후 2세들이 그 나라에 적응해 살다 보면, 문화차이 때문에 부모와 대립하고 사이가 나쁜 경우가 많대.

그런데 이상하게 3세 손주 대가 되면 3대 전 할아버지 할머니의 문화를 그리워하고 동경하다, 결국 할아버지 할머니가 갔던 길을 가게 된다는 거야. 그리고 자연아, 우리가 비록 아테나이에서 태어나 아테나이 땅에서 살고 있지만, 우린 조국을 떠나 외국에서 사는 사람들과 다를 바 없어. 그래선데, 왠지 우리도, 우리 손주가 우리와 같은 길을 가게 될 거라는 느낌이 들어."

자연은 아까보다 더 크게 울었다. 왠지 모르게 가슴에서 뭔가가 왈칵 터져 나올 것 같은 기분이었다. 뜨거운 자연의 눈물이 인이가 입고 있던 셔츠를 적시고 인이의 살갗에 닿았다. 인이는 그 순간 예전과는 다른 무엇이 느껴졌다.

인이도 그동안 알고 있었다. 자연의 마음 깊은 곳에 자신은 어쩌면 황후가 되었을지도 모르는 여자란 미련을 버리지 않고 35년간을 살아온 것을. 그리고 그것은 둘 사이의 보이지 않는 벽으로 작용했다.

그런데 그것이 지금 자연이 흘리는 뜨거운 눈물에 용해되어 무너져 내리고 있었다.

인이는 자연을 두 팔로 힘껏 끌어안았다. 이제야 자연이 온전히 자신의 여자가 되었음을 느꼈다.

인이는 평창에서 자연과 작별하고 아테나이 군단 1,800명과 삼각산성으로 들어갔다. 혁명을 일으키기 전부터 자연이 준비해 비밀창고에 보관해온 개인 화기, 그리고 용산 병기창을 습격해 얻은 무기 중에 산속에서도 쉽게 사용할 수 있는 기동성 좋은 무기를 추려 산성 안으로 들어갔다. 그 무기 중에는 크레타의 절대무기 한 발도 포함돼 있었는데, 인이는 그것을 병사 두 명이 산에서도 운반하기 좋도록 들것처럼 생긴 것 위에 단단히 고정해놓고 다니게 했다. 그리고 일부러 들것 상부에 가리개를 하지 않아, 하늘 위 크레타의 정찰기에서 망원경으로 내려다보면 내용물이 무엇인지 알아볼 수 있게 했다.

자연은 인이와 병사들을 배웅한 후 속히 을지로 집으로 돌아와 아이들과 식모를 간단하게 챙긴 가산과 함께 차에 태웠다. 해가 뜨기 전 서울을 벗어나야 했다. 폭격이 두려워 서울을 벗어날 때까지 헤드라이트는 켜지 못하고, 희미한 달빛에 의지해 폭격으로 움푹움푹 팬 도로를 피해가며 천천히 아주 조심스럽게 달렸다. 혜화문을 빠져나와 미아리고개를 넘은 다음부터는 라이트를 켜고 최대한 빨리 달려 의정부를 지나 양주로 향했다.

자연은 차를 모는 중에 지난 35년간의 기억이 마치 영상처럼 차창 앞에 펼쳐지는 것이 보였다.

매일 서울 하늘에 공포를 드리우던 비행선의 모습, 석조전에 황후마마를 뵈러 갔다가 보게 된 어머니의 마지막 뒷모습, 아버지가 비행선의 기총소사로 돌아가서서 알아볼 수 없는 형체로 경운궁 뜰에 누워 계시던 모습, 대궐에서 희생당한 어머니 대신 어머니가 되어주실 줄 굳게 믿었던 황후마마가 자신을 버리고 먼저 목매어 가버리신 기억, 아버지 친구 분의 아들인 인이와 함께 보낸 학창시절, 결혼과 출산, 뒤늦게 인이와 마음을 열고 함께 준비하고 일으킨 혁명….

그리고 남편 인이가 이 모든 기억의 어두운 출발점이었던 저 무시무시한 크레타의 비행선을 거대한 불덩어리로 만들어 추락시킨 영상들이 주마등처럼 지나갔다.

자연은 자신이 살면서 이런 극적인 반전과 환희를 맛보리라곤 감히 예상하지 못했다. 그러나 그 꿈같은 시간도 오래가지 못해, 이제 다시 남편을 전쟁터에 놔두고 도망 나오지 않으면 안 되었다.

밤하늘의 달은 구름에 여린 은색 빛으로 차창을 통해 자연의 가여운 얼굴을 위무해줄 뿐이었다.

31

7월 7일 새벽 삼각산성 아테나이 군단 거처.

인이는 어제 새벽 삼각산성에 들어와 병사들의 숙소를 마련하고 가져온 무기를 점검하는 등 온종일 산성 곳곳을 돌아다니며 앞으로 전개될 항전을 준비하기 바빴다. 적이 항공기로 산성 내부를 무차별 공격할 것이기 때문에 병사들이 대피할 굴을 많이 확보해야 했다. 적의 폭격 시 굴에서 몸을 은폐한 후, 폭격이 중단되면 굴에서 나와 재빨리 성벽에서 적 보병의 산성 침입을 막아야 한다. 왕조시대의 화강암 성벽이 얼마나 적을 막아줄 수 있을까를 생각했다. 만일 성벽이 무너지면 높은 봉우리 위로 올라가 전선을 좁히면서 저항해야 한다.

이런저런 상황을 머리에 그리면서 정신없이 산성을 누비다가 밤늦게 삼각산 행궁지에 친 텐트 안으로 들어와 야전 침대에 몸을 눕혔다. 그리고 몇 시간이나 지났을까? 눈을 떠 플래시를 켜고 시계를 보니 새벽 4시다. 켰던 플래시를 다시 끄고 이런저런 생각을 한다.

'삼각산 최고봉인 백운대까지 밀리게 될 경우, 마지막 보루는 백운대 바로 밑에 있는 위문 일대가 될 것이다. 하얀 화강암 덩어리인 백운대에는 몸을 은폐할 곳이 없다. 여기서부터 큰 결단이 요구될 시점이다. 항전의 끝을 어떻게 마무리 지을 것인가? 아니다, 아냐. 그건 너무 통상적인 상황에 불과하다. 우리에겐 절대무기가 있고, 그것을 알고 있는 크레타 군은 이 사실을 매우 민감하게 받아들이고 있을 것이다. 우연히 손에 넣기는 했지만, 저 절대무기 포탄 한 발이 앞으로의 일에 큰 변수로 작용할 수 있다.'

인이는 혼자서 이런 생각을 하다가, 좀처럼 생각이 정리되지 않고 다시 잠이 들것 같지도 않았다. 침대를 박차고 일어나 텐트 밖으로 나와 계곡을 천천히 올랐다. 사방은 아직 어둠이 깊었지만, 계곡을 타고 흐르는 가녀린 물소리가 길벗이 돼주었다. 이곳이 며칠 후에는 폭탄이 우박처럼 떨어질 지옥이 되리라고는 생각하기 힘들었다.

계곡을 올라 대남문에 다다랐다. 이곳에서부터 성곽을 점검할 겸 주능선을 따라 대성문·보국문·대동문을 거쳐 동장대까지, 그리고 거기서 다시 용암문을 거쳐 노적봉을 타서, 만경대를 오른쪽으로 끼고 위문을 통과해 백운대까지 가보기로 했다. 특히 만경대를 지나 위문에 다다르기 전 왼쪽으로 보이는 원효봉의 동그스름한 봉우리가 보고 싶어졌다. 화강암의 하양과 소나무의 초록이 얼룩무늬를 그려내어찌 보면 어린 젖소의 엉덩이를 보는 것 같기도 하고, 어렸을 적 집마당에서 기르던 새끼 바둑이의 머리통 같기도 한 것이 아주 귀여워보이는 봉우리였다.

대남문에서 대성문으로 향하던 중 서서히 해가 밝아왔다. 산안개가 나지막이 끼어 산의 초록이 흰 솜이불을 덮고 있는 것 같은데, 능선 위에 길게 뻗은 성곽이 마치 사람의 다리처럼 차고 일어나 솜이불을 두 갈래로 갈라놓은 것 같았다. 시야는 맑고 적당히 낀 습기가잠을 충분히 이루지 못해 뻐근했던 몸을 촉촉이 적셔주는 것 같아기분이 좋아졌다. 대성문을 지나자 저 멀리 안개 너머 오른편으로도봉산의 날카로운 바위봉우리들이 이빨처럼 세워져 있다. 이제 조금만 더 가면 보국문 못 미쳐 아주 멋들어지게 생긴 치(雉)를 만날수 있다. 치는 원래 고대 성곽에서부터 적을 다양한 각도에서 공격하기 위해 성벽을 돌출시킨 부분이다. 이 주능선의 치는 능선 바깥쪽으로 불쑥 튀어나온 암벽 위를 성벽으로 둘러쳐서 자연지형을 이용해 만든 곳인데, 상당히 넓은 치 안에는 각기 다른 모양을 한 커다란 바위 몇 개가 모여 마치 누군가가 괴어놓은 수석처럼 조형미를이루고 있다. 그래서 이곳은 평소 산행의 분기점이 되고, 바위 위에걸터앉아 백운대 쪽을 바라보며 준비해온 주먹밥과 과일을 먹기 좋은 장소였다.

삼각산은 인이가 어릴 때부터 자주 놀러 오던 곳이었다. 특히 산성주능선과 백운대는 그가 눈을 감고도 오르내릴 수 있을 정도로 친숙했다. 그리고 지난 육 년 동안 자연과도 자주 이곳에서부터 백운대를 수없이 오르내렸다.

한 가지 특별한 추억을 들자면, 인이가 한참 사춘기의 절정이던 중학교 2학년 때 삼각산에 오르며 바로 그 치 안에서 쉬고 있다가, 아테나이력 4303년 경술국치 이전 의병에 가담하셨던 어르신 한 분을 만난 적이 있었다.

그분이 말씀하시길, 어째서 이 천혜의 요새에서 크레타 군과 일전을 각오한 사람이 아무도 없었냐는 것이다. 관군도 의병도 왜인지 이 산성을 싸움터로 생각하지 않았다. 만약 그때 이곳을 적극적인 항전의 기지로 활용했다면 역사는 바뀌었을 거란 주장이었다. 인이는 그 말씀을 듣고 고개를 끄덕였다.

물론 화력이 극대화되고 항공기가 전장에서 본격적으로 쓰이게 된 근대전에서 이 산성에 천혜의 요새란 수식을 붙이는 것은 이제 영 겸연쩍게 느껴지기만 한다. 인이는 다만 선택의 여지가 없어 어제 이 산성으로 들어왔을 뿐이다. 세상은 언제나 사람의 꿈을 앞질러가는 것 같다. 사람들은 이미 자신의 꿈을 시간에 추월당하지 않고 고독히 그 길을 가는 사람을 일컬어 천재라고 부르는 것일 것이다.

29년 전 치 안에서의 한 우연한 만남을 떠올리다 보니, 지금까지 자신을 여기까지 이끌어온 힘은 다름 아닌 인이 내부에서 끓어오르는 천재(天才)에 대한 갈망이 아닐까란 생각이 들었다. 그래서 다시 자신의 사춘기 시절로 되돌아가본다.

인이는 중학교에 입학해서 육 년 동안 자신이 속했던 학급에서조차 한 차례도 1등을 해보지 못했다. 이상하게 매년 자신보다 우수한 친구가 반에 꼭 한 명씩 있었다. 그래서 인이는 만년 2등에 만족해야 했다. 그럴수록 인이는 자신에 대한 학교의 객관적 평가를 초월하기 위해 천재에 대한 열망을 은밀하게 키웠다.

과거 아카이아에는 없던 '천재'라는 것은 근대 이오니아에서 발명된 개념으로서, '천재란 교육으로 키워낼 수 없는 것'이라는 기본 전제에서 출발한다. 천재는 정규 교육에서는 얻을 수 없는 영감을 통해 이제까지 세상에 없던 것을 창조하는 기인(奇人)이다. 가령 학교에서 인이보다 우수한 1등은 정규 교육이 만들어낸 수재(秀才)일 뿐 천재는 아니다. 인이는 바로 이런 천재란 개념에서 위로를 얻고 남모르게 천재가 되기 위해 노력했다. 그래서 학교 공부에 전념하지 않고 자신이 스스로 선택한 책을 밤새워 열심히 읽어 천재의 영감을 얻고자 했다. 어쩌면 그래서 계속 1등을 못 한 것인지도 모른다.

그러다가 중학교 2학년 때 읽은 괴테의 소설 『젊은 베르테르의 슬픔』은 인이가 추구하던 천재에 대한 열망을 충족시켜주기는커녕 큰 좌절을 느끼게 했다. 나약하고 어리석게만 보였던 주인공 베르테르는 인이에게 역할 모델이 될 수 있는 대상이 아니었다.

당시 천재의 대명사로 불리며 주위 친구들에게 숭상되던 괴테의 작품을 처음 대할 때 인이가 거는 기대는 매우 컸다. 모든 소설이 작가의 자전적 요소가 있음을 알고 있었기에, 소설 속의 베르테르가 결국 젊은 시절의 괴테에 다름없을 것이라 믿고 읽은 작품이 겨우 그랬다.

「뭔가? 그저 입만 산 인텔리 청년의 넋두리를 산만하게 늘어놓은 서간문에 불과하지 않은가? 이런 편지를 수도 없이 써갈긴 베르테르도 어떤 의미에선 참 대단하고 그것을 받아준 친구 빌헬름도 성인군자 못지않다! 도대체 이런 것을 써놓고 독자에게 공감을 구하다니, 괴테가 뭐가 천재란 말인가? 베르테르의 자살은 아무런 비장함도 애통함도 느껴지지 않는다!」

라고 생각했다. 주위 친구들이 이구동성으로 외치던 프러시아의 대문호 괴테에 대한 찬양이 인이에게서는 커다란 배신감으로 되돌아왔다. 혹시 자신의 문학적 소양이 얕아 작품을 바로 보지 못한 것은 아닌가란 의심조차 해볼 여유가 없을 만큼 실망은 대단했다.

인이가 이때의 괴테에 대한 실망과 분노를 나이 마흔이 넘은 시점에 돌이켜보면 혼자서 멋쩍은 웃음이 나왔다. 생각해보면 프러시아 어의 우리말 번역이 좋지 못해서 그랬을 수도 있다. 그래서 삼 년 전 아들 윤이에게 같이 저녁 식사를 하다 이런 얘기를 꺼낸 적이 있다.

『앞으로 학술로 대성하려면 프러시아 어를 잘해야 될 것 같다. 윤이는 나중에 프러시아 어를 한번 열심히 해봐.』

아빠의 사연 어린 당부를 알아들었는지 못 알아들었는지, 국민학교 4학년인 윤이는 그냥 아무 말 없이 수저로 국을 떠먹기만 했다. 윤이도 인이를 닮아서 말수가 적고 표현을 아끼는 편이다.

그런데 반전은 뜻밖에 일찍 찾아왔다. 젊은 베르테르의 슬픔을 읽고 실망한 바로 이듬해 춘원 이광수의 소설 『원효대사』가 한 신문에서 연재되기 시작했는데, 소설의 주인공 원효야말로 인이가 갈구해오던 천재의 전형이었다. 소설에서 묘사되는 원효를 향한 진덕여왕의 대담한 사랑 고백과 요석공주와의 파계는 고대의 신비감과 함께 고아한 에로티시즘을 구축하여 인이가 추구하는 천재성을 교묘히 북돋웠다. 그리고 아테나이 사람이라면 대부분 알고 있는 위대한 원효의 일화가 소설에서도 생생하게 재현됐다.

원효와 의상은 젊은 시절 불교를 공부하기 위해 라케다이몬으로 떠났다. 우선 배로 라케다이몬 양주에 도착하고 걸어서 수도 낙양으로 향하던 중, 민가의 무덤 안에서 하룻밤을 묵게 된다. 허기진 차에 무덤 안에서 관 앞에 차려진 음식을 먹다가 목이 메어 밖으로 나와 물을 찾았다.

원효는 어둠 속에서 웅덩이에 고인 물을 겨우 발견하여 맛있게 그 물을 마신 후 잠이 든다. 날이 밝은 후 원효는 밖으로 나와 어제 마셨던 물이 고인 웅덩이를 찾아가 보았다. 그런데 놀랍게도 그 웅덩이엔 시체가 썩어 드러난 사람의 해골이 들어 있었다. 원효는 어젯밤 그것이 시체 썩은 물인 줄 모르고 달게 마시고 잔 것이다.

순간 원효는 세상 모든 일이 마음에 달린 것을 깨닫고 낙양 행을 중지한다. 동행하던 의상은 계속 낙양으로 유학길에 올랐지만, 원효는 그냥 고국 아테나이로 돌아와버린다. 많은 불자가 라케다이몬에서 불교를 공부하기 원했지만, 그것이 헛된 것임을 깨닫고 돌아와 버린 것이다.

원효에 대한 이야기들은 소설이 나오기 전부터 잘 알려진 것들이다. 그러나 소설에서 이러한 이야기와 여러 인물들로 묘사되는 원효는 고대 아테나이가 낳았던 고승일 뿐만 아니라 근대적 의미의 천재였다.

소설에는 고대 아테나이 사회가 총체적으로 묘사되어, 원효라는 천재적인 캐릭터가 그 안에 너무나 잘 녹아 있었다. 고대 아테나이가 원효란 천재를 낳았고, 천재 원효가 그려낸 아테나이의 풍경이 곧 아테나이 그 자체였다.

그렇게 개인과 국가 또는 민족이 하나로 융합된 총체성은 세상 그 어떤 것보다도 숭고한 에로티시즘이었고, 그것은 괴테를 읽고 침체에 빠진 인이를 천재에 대한 원초적인 열망으로 다시 이끌었다.

인이는 원효 같은 천재가 되고 싶었다. 그리고 그 천재란 훗날 그려낼 아테나이의 총체성과 합일된 것이어야 한다. 아무에게도 드러내지 않고 천재가 되겠다는 열정을 가슴속에 키우는 것은 17세 동정의 소년이 몰래 숨어서 아름다운 여자의 나체를 바라보는 것보다도 설레고 자극적이었다.

이런 천재에의 욕구가 다른 친구들과 지식인들이 마르크스주의에 빠져 있을 즈음, 인이를 독자적인 고대 스파르타와 리쿠르고스의 사상 연구에 빠지게 하고, 근대 공산주의의 한계를 초월해보겠다는 목적을 가지게 했다. 원효가 웅덩이에 고인 썩은 물을 마시고 큰 깨달음을 얻게 되었듯이, 인이도 리쿠르고스로부터 천재적인 영감을 얻기를 소원했다.

소년기에 가졌던 천재에 대한 열정을 회상하며 능선을 걷다 보니, 동편 저쪽에 목표했던 산성의 치가 드디어 보이기 시작한다. 인이는 옛날처럼 거기 앉아서 잠시 쉬다 가기로 한다. 반가운 마음에 치 안쪽으로 달려 들어가 몸을 번쩍 들어올려 수석 같은 바위 위에 올라섰다.

숨을 깊게 몰아쉬고 머리는 동북쪽 안개 낀 도봉산 쪽을 바라보며 아련한 풍경에 빠져본다. 그런데 인이의 왼쪽 귀 옆으로 사늘한 인적기(人跡氣)가 느껴진다. 누군가가 자신을 보고 있는 듯하다. 그러나 지금 여기 자신 외에 누가 있을 리 없지 않은가? 잠시 머뭇거리다가 인이는 고개를 천천히 왼쪽으로 돌려 조심스레 시선을 모았다.

거대한 삼각의 네 바위가 한 묶음을 이루고, 그것들이 다시 하나의 거대한 삼각산이 되어 구름바다(雲海) 위에 둥 떠 있었다. 백운, 인수, 만경, 노적. 그 가운데 백운대는 네 바위의 으뜸이 되어 초연히 자리 잡고, 나머지 세 바위는 백운대를 남북으로 호위하고 있었다.

인이는 여기서 저 네 바위를 본 것이 수백 번이 넘는다. 그러나 지금 보고 있는 바위들은 이전에 보던 것과는 달랐다. 구름바다 위에 섬처럼 떠 있는 저 삼각산은 인이를 직접 바라봐주는 살아 있는 인격이었다. 산이 던지는 소리 없는 한 마디 한 마디가 가슴에 쑤욱 쑤욱 들어와 박혔고, 금방이라도 구름바다를 헤치고 자기 앞으로 다가올 것만 같았다.

인이는 수년간 보이지 않는 얼굴을 쫓아왔다. 아니, 어쩌면 실제로는 그 얼굴이 존재하지 않을 수 있기에 일부러 보려고 하지 않았는지도 모른다. 영원히 보이지 않을 것만 같던 리쿠르고스의 얼굴이 보이는 듯하다. 돌아가신 할아버지와 아버지의 모습이 떠오른다. 사춘기를 겪고 철이 난 이후로 하루도 마음에 두지 않았던 적이 없는 14대조 할아버지의 찬란한 승리의 신화가 실재하는 인격으로 다가온다.

하얀 구름이 서쪽에서 몰려왔다. 살아 있는 인격의 산은 다시 자신의 얼굴을 감추어 침묵 속으로 사라져버렸다.

32

7월 중순 양주.

자연이 양주로 피난 온 지 열흘이 지났다. 이곳 양주에서도 저 남쪽으로 삼각산의 세 봉우리가 또렷이 보인다. 그리 멀지 않은 거리임에도 저곳과 이곳의 마음의 거리는 수천 리가 넘는 듯하다. 아직 본격적인 전투가 벌어지지는 않고 있는 모양이다. 어서 전국에서 봉기가 일어나 삼각산에서의 고립을 풀어줘야 할 텐데. 이곳 양주에서도 하늘에서 떨어지는 불타는 비행선의 사진이 돌면서 민심이 술렁였고, 사람마다 서울에서 일어난 무장봉기가 매일 사람들의 화젯거리가 되었다. 하지만 아직 사람들이 들고일어나 운동에 가세할 기미를 보이진 않았다. 그럴 수밖에 없는 것이 이곳의 거의 모든 젊은이는 서울로 올라가고, 주민의 대부분이 60세를 넘긴 노인들로 농사를 지으며 살고 있기 때문이었다.

자연은 매년 추석과 정월 때 가족들과 무사 씨의 선산이 있는 이곳에 왔다. 그때 제청(祭廳)으로 쓰이던 집을 깨끗이 손보아 우선 네 식구가 기거할 장소를 마련했다. 밤이면 큰아들과 딸 그리고 식모애까지 모두 넷이서 한 방에서 잤다.

제청에서 20분 정도 걸어가면 가수운에게서 받은 넓은 농장이 있다. 자연은 낮에 아들 윤이와 함께 농장에 가서 일하며 소일거리로 삼았고, 둘째 딸은 아직 어리므로 제청 안에 남겨두고 식모 윤정이에게 돌보게 했다. 지금은 한참 자두와 복숭아 수확기이다. 과수원에서 잘 익은 자두와 복숭아를 수확하는 일이 자연에게도 윤이에게도 재미있고 신선하게 느껴지며, 전쟁에 시달린 마음을 한동안이나마 잊게 했다.

올해 아홉 살의 둘째 딸 영이는 제청 안에만 있기 지루한지, 종종 식모 언니 몰래 제청 밖으로 나가 마을 이곳저곳을 돌아다니곤 했다. 호기심 어린 눈으로 시골 여기저기를 배회했다. 선산으로 가서 녹색 잔디 위에서 몸을 눕혀 굴러보기도 하고 메뚜기와 방아깨비를 잡고 놀기도 했다. 기다란 방아깨비 다리를 한 쪽만 잡고 흔들다가 다리가 뚝 떨어져 나간 채로 도망 보낸 놈이 10마리도 넘었다. 사마귀를 메뚜기와 헷갈려 손에 잡았다가 왠지 모를 징그러움에 소름이 끼쳐 집어 던진 후 놈 위로 돌을 막 패대기쳤다. 손에는 흙이 잔뜩 묻고 옷에는 잔디 잎이 잔뜩 묻어 꼴불견이 되었다.

"야 서울에서 온 애. 뭐 하고 있냐?"

자신을 부르는 목소리에 깜짝 놀라 뒤를 돌아보았더니 깡마르고 큰 키에 새카맣게 탄 얼굴, 웃을 때 드러낸 앞니가 유난히 희지만 어딘지 사람을 비웃는 모습이 기분 나빴다. 나이는 자신의 오빠 또래인 것 같은데 키는 더 컸고 말투에 시건방이 잔뜩 끼었다. 기분이 나빠 아무 말도 하기 싫었다.

"…"

"왜 아무 말도 하지 않고 가만히 있어? 너 바보니?"

또 사람을 비웃는다. 처음 보는 사람에게 아무 말이나 막 내뱉는 것으로 보아 제대로 된 사람일 리 없다. 어떻게 대응해야 할지 몰라 그냥 상대의 얼굴만 빤히 쳐다보았다.

"영아, 뭐하니?"

마침 엄마가 저 뒤에서 걸어오며 영이를 부른다. 잘됐다 싶어. "엄마야." 하고 부른다.

"혼자 여기서 놀고 있었던 거야? 이 오빠 누구니?"

영이는 아무 말도 하지 않았다. 순간 자연이는 딸이 이 남자아이를 싫어하는 것을 알았다. 그래서 "빨리 가서 밥 먹자." 하고 영이를 데리고 제청으로 돌아왔다.

그 후에도 그 남자아이는 영이가 밖에서 혼자 놀고 있으면 쫓아와 비아냥거리거나 자연이네 가족이 과수원에서 일하고 있으면 멀리서 무엇을 하나하고 호기심 어린 눈으로 지켜보곤 했다. 자연이는 느낌이 안 좋았다.

동네에서 그 아이를 수소문해보았는데, 나이는 자기 아들과 동갑이고, 아버지는 칠 년 전 서울로 일하러 나갔다가 영 소식이 끊겼다고도 하고 크레타로 밀항했다고도 한다. 어머니는 아버지가 집을 나간 바로 다음 해 미쳐서 비 오는 날 집을 나가 돌아오지 않았다고도 하고, 옆 마을의 어떤 남자랑 눈이 맞아 도망갔다고도 하는데, 하여튼 그 아이의 부모에 대해서는 마을 사람마다 하는 얘기가 달랐다.

사람들은 그 아이의 이름도 모른 채 그냥 그놈, 그 자식, 어떤 때는 호로새끼, 미친년 아들, 바람난 년 아들로 부르기 일쑤였다. 어쨌거나 그 아이를 할머니가 맡아서 길렀지만, 최근에는 할머니가 연로하여 거의 집안에만 계시고 노망기가 있다고도 한다. 밥은 그때그때 마을 사람들에게 변통하든지 아이가 마을 밖에서 돈을 좀 벌어오는 것 같기도 하지만, 사람들은 아마 훔쳐오는 것일 거라고 했다.

서울에서 남편과 동지들의 뒷바라지를 하며 혁명을 준비해온 자연은 잠시 치절한 투쟁의 현장에서 벗어나 시골에서 아이들을 온전하게 돌보려고 했다. 그러나 소박해 보이는 이 생활도 알 수 없는 힘에 위협당하는 것 같아 불안하기 그지없다. 남편은 삼각산성에서 고립되어 있지만, 자신이 해줄 수 있는 일은 아무것도 없다. 자연은 불투명한 앞날이 걱정스러워 매일 밤 자리에 누워도 잠이 오지 않았다.

33

8월 9일 오전 삼각산성.

산성에 들어와 한 달이 지나도록 예상했던 적의 대대적인 공습은 없었다. 가끔 정찰기로 보이는 항공기 한 대가 산성의 상공을 선회하다가 돌아가곤 했다. 항공사진을 찍는 모양이었다. 성 주위 교통의 목에 크레타 군이 새로 배치되긴 했다. 대서문 밖 구파발에 1개 연대, 대남문 밖 세검정에 1개 연대, 대동문 밖 수유동에 1개 연대, 우이동 계곡 밑에 1개 대대가 주둔했다. 서울에 진주한 적의 주력은 주로 사대문 안에 주둔하며 서울 시내 장악에 집중하는 것 같았다. 하지만 지금 산성 주위에 주둔한 병력만으로도 성안 병력의 3배가 훨씬 넘는다.

인이는 이런 지루한 고착상태는 오히려 아군에 좋지 않다고 생각했다. 상황을 보니 시간을 끌더라도 올해 안에 지방에서 대규모의 병력이 서울로 진공작전을 벌일 가능성은 희박했다. 다만 지금쯤 전국에서 산발적으로 게릴라식의 무장투쟁이 일어날 가능성이 가장 컸다.

인이는 어차피 질 바에야 한번 공격이라도 제대로 해보자고 했다. 열흘 전 새벽에 50명의 특공대를 조직해 용암문을 빠져나가 우이동 계곡 아래 있는 적의 대대를 야습해 적에게 수십 명의 사상자를 내게 했다. 그러나 적을 자극했음에도 불구하고 적의 보병은 움직이지 않았다.

"문(文)의 극치(極致)는 무(武)요, 무(武)의 극치(極致)는 문(文)이라."

인이가 새삼 고색창연한 옛 왕조시대의 시구 같은 것을 소리 내어 외운다. 인이의 글 외우는 소리가 허공을 향해 퍼져 나가고, 바로 앞에 보이는 만경대가 다시 예스러운 말씨로 인이에게 대꾸할 것만 같지만, 당장 날아오는 것은 왼쪽 옆에 앉아 있는 임철호의 박한 목소리다.

"갑자기 뭐하십니까? 옛날 글공부라도 다시 하시려고요?"

인이가 왼쪽으로 고개를 돌리니 임철호의 얼굴 너머로 날카로우면서도 우아한 인수봉이 눈에 들어왔다. 임철호보다는 분홍색 홍조를 띤 인수봉의 하얀 얼굴을 보며 대화하는 것이 차라리 낫겠다고 생각했다.

인이와 임철호는 백운대에 올라 잠시 앉아서 휴식을 취하고 있다. 삼각산에서 가장 높은 백운대 정상에는 한꺼번에 100명 정도 앉아서 휴식을 취할 수 있는 널따란 화강암 안부가 있다. 이곳에 앉아 아래를 내려다보니 마치 극장의 객석에서 웅장한 바위들을 입체로 관람하는 듯하고, 주위에서 시원한 바람이 불어와 한여름 더위를 잊고 자신도 모르게 귀에 익은 옛 글귀를 외우게 됐다.

"자네 이 글귀가 어디 있는 건지 아나?"

"글쎄요. 전 옛날 왕조시대의 학문은 해본 적이 없어서…."

인이와 임철호는 백운대 위에서 군대의 상관·하급자 관계를 떠나 예전과 같이 스승과 제자 사이로 돌아갔다. 지금은 삼엄한 전시지만, 백운대 위에서 삼각산의 바위들을 바라보았더니 절로 가슴이 커지고 두 사람에게 정서적 여유가 우러나기 시작했다.

"그래. 사실은 나도 잘 몰라. 내 연배의 학자 중엔 신·구학문에 두루 능통한 사람들이 많아. 어렸을 땐 사서삼경을 익히고 나이가 들어선 신학문을 익혀 대학까지 나온 사람들 말야. 그런데 난 아버지가 일찌감치 내게 신학문만 익히도록 하셨어."

"옛날 분치고는 상당히 일찍 깨이신 분이셨군요."

"그랬지. 원래는 훈련원에서 무관을 지내시던 분이었는데…. 근데 아까 읊었던 그 문구는 할아버지가 자주 하셨던 말씀이야. 자신이 창작을 하신 것인지 어딘가에서 인용해 오신 것인지 모르겠는데, 난 그걸 들을 때마다 의구심이 들었어."

"뭐가 어때서요?"

"문이 극에 달하면 무를 절로 알고 그 반대 경우도 된다는 건데, 그
게 너무 관념적이란 말야. 사서삼경을 열심히 읽다 보면 창, 칼, 활쏘
기를 배우지 않더라도 저절로 익히게 되고, 무예를 열심히 익히다 보
면 책을 안 봐도 사서삼경 내용이 저절로 머릿속에서 깨우쳐진다는
게 너무 현실성이 없는 얘기잖아."

"그러네요."

임철호는 인이가 뜬금없이 고리타분한 얘기를 한다고 생각하고 인
이의 말을 건성으로 듣고 있었다.

"그런데 말야. 난 이 삼각산성에 들어와서 그 문구가 이젠 아주 현
실적으로 들려."

"네?"

"우리가 가진 절대무기가 상황을 아주 교묘하게 주도하고 있어. 크
레타의 7만 정예병이 절대무기 하나 때문에 저렇게 움직이질 못하고
있다고. 무기의 파괴력이 아주 커지니, 오히려 이것 때문에 원래 전장
에서 필요했던 힘이나 용기는 소용없어지고, 아군과 적 양편이 다 이
론적이 돼서 생각에 푹 빠져 있지 않나? 이 상황은 무가 극에 달하니
문에 이르게 된 거 아냐?

자네 생각은 어때? 우리가 쥐고 있는 절대무기가 이 현상을 타파할
수 있겠나? 뭔가 절대무기를 매개로 새로운 생각이 떠오르지 않느냔
말야. 사관학교 출신 군사 엘리트의 생각을 좀 들어보자고…"

인이는 지금 자신들이 보유한 작은 절대무기 한 발이 예상보다 훨
씬 더 큰 힘을 가진 것임을 실감한다. 마음만 먹으면 정예의 크레타

해전대는 단 하루 만에 삼각산을 점령할 수 있다. 항공사진을 수없이 찍어갔으니, 산성 안에는 155mm 포가 없고 크레타 군을 향해 절대무기 포탄을 날려 보낼 수 없는 것도 알고 있을 것이다.

그러나 저들은 보기 딱할 정도의 인내심을 발휘하며 계속 기다리고 있다. 과연 그 기다림 뒤에는 어떤 행동을 해올 것인가? 혹시 지금 전장의 주도권을 아테나이 군단이 쥐고 있으면서도 그것을 자신이 자각하고 있지 못한 것은 아닌가. 만일 그렇다면 아테나이 군단은 앞으로 어떤 작전이 가능한가?

인이는 생각할수록 전쟁이 학문이나 예술의 세계만큼 풍부한 상상력과 사변(思辨)을 필요로 한다는 것을 새삼 실감하고 할아버지가 읊으셨던 문구가 떠오른 것이다.

임철호가 잠시 생각에 잠기더니 입을 연다.

"크레타 해군 사관학교 중퇴했습니다. 무슨 그리 큰 기대를 하십니까. 예전에 말씀하신 대로 우리에겐 적당한 투발 수단이 없습니다. 그러면 그걸로 크레타와 협상을 해보면 어떨까요? 절대무기를 내줄 테니…, 아테나이 반도 전체는 힘들 것 같고 서울의 자치권 정도 허용해 달라면 어떻겠습니까?"

"자네 지금 전혀 진지하질 않네."

"네, 하하…."

임철호에게 성의 있는 답변을 듣기 어려울 것 같자, 인이는 다시 혼자 생각에 잠겼다.

34

같은 시간 용산 크레타 군 진영.

"현재 반군이 절대무기를 야포로 우리 쪽에 쏠 염려는 없습니다. 항공사진을 여러 차례 촬영, 판독해본 결과 적은 155mm 포를 보유하고 있지 않습니다. 더 지체하지 않고 성을 공격하는 것이 좋겠다고 생각합니다."

상황보고를 받는 이케다 마모루(池田守) 중장은 무엇보다 적에게 탈취당한 절대무기에 온 신경이 가 있다. 서울에서 반란이 일어나고 비행선이 격추된 이후 새로 군단장으로 부임한 그는 전임자의 작전 실패를 만회해야 하는 책임까지 겹쳐 머리가 무겁고 며칠 전부터는 구토가 일어나는 등 건강까지 나빠졌다. 자기 세대에서는 적에게 사용할 일도 공격당할 일도 없을 것으로 알았던 절대무기가 너무 일찍 현실화되어서, 현재에 적용할 과거의 사례가 없어 더더욱 당혹스럽다.

대본영에서의 지령은 무엇보다 크레타의 절대무기 보유 사실이 외부에 알려져서는 안 된다는 거였다. 아직 충분한 기술력을 보유하지 못한 상황에서 브리타니아·프랑시아·헤라클레이아 같은 이오니아 강대국에게 보유 사실이 알려지면 국제적으로 큰 압력을 받게 되어, 절대무기 보유를 포기해야 할지도 모른다.

"반군이 그 포탄으로 우리를 공격할 가능성이 없다면, 대대적인 화력을 산성에 집중해서 성안에 있는 반군을 모두 소탕한 후 우리가 들어가 그 포탄을 회수할 수는 있는가? 어떻게 생각하나?"

생각에 잠겼던 이케다 중장이 보고자인 시노하라 타츠로오(篠原達郎) 소좌에게 묻자, 시노하라는 마치 기다렸다는 듯 의기양양해서 답변한다.

"그렇습니다. 포탄 제작 시 가장 중점을 둔 것이 포탄의 안정성이며, 어떤 충격을 받더라도 안전장치를 제거하지 않으면 폭발하지 않게 되어 있습니다. 포탄 제작자에 의하면, 불구덩이 속에 넣거나 직격탄을 맞아도 안전장치 제거 전엔 절대로 폭발하지 않는다고 합니다."

"좋다. 그럼 산성 안에 화력을 집중시켜 안에 있는 반군을 모두 몰살하도록 한다. 항공기를 동원하는 게 가장 좋겠지만, 지금 지방에서 산발적으로 일어난 무장난동을 제압하기 위해 항공기들이 아테나이 반도 여기저기로 흩어져있다. 그래서 삼각산성 초토화는 포병이 맡는다. 포병대를 용산에 집결시키고 산성을 포위하고 있는 우리 군도 조금씩 뒤로 물러나라고 해. 물론 산성 안에서 기어 나오는 놈들은 사살하든가. 생포하도록. 준비가 끝나는 대로 포격 개시다."

"네 알겠습니다."

35

8월 10일 새벽에서 오후.

이케다 군단장의 명령이 떨어지자 크레타 군은 총 850문의 야포를 용산기지에 집중시켰다. 이곳에서 약 20km 북쪽의 삼각산성 내부에 집중적으로 포탄을 퍼붓는다. 각 포는 5시간 동안 시간당 12발의 포탄을 쏘았다.

산성 안으로 51,000 발의 포탄이 비 오듯 떨어졌다. 대서문과 대남문의 성루가 무너져 내렸고, 성내의 대부분 건물이 파괴됐다. 최대한 굴속으로 병력을 피신시켰으나 1,000명 이상의 사상자가 나왔다.

오전 7시경이 돼서야 크레타 군의 포격이 멈췄다. 인이는 앞으로 이런 공격이 다시 반복될 것이고, 아군이 거의 괴멸 상태에 이르렀을 때 성 밖의 적군이 밀고 들어올 것으로 예상했다. 아군의 사기는 완전히 땅에 떨어지고, 사태는 절망적이었다. 다시 이런 식의 포격을 받는다면 대서문 쪽과 대남문에서 대동문 사이의 성곽은 거의 붕괴하여 방어하기 힘들어질 것이고, 이때 수만의 병력이 몰아칠 것이다. 그러나 인이와 아테나이 군단은 끝까지 죽을 각오로 싸우기로 한다.

오전 10시에 2차 포격이 가해지고, 오후 3시에 3차 포격이 가해졌다. 1차 포격에 비하면 상대적으로 적은 수였으나, 1차부터 3차까지 모두 합하면 적어도 10만 개 이상의 포탄이 성안에 떨어졌을 것이다. 아군의 9할이 넘는 수가 사라졌다. 총을 맞아 죽는 것이 아니라, 포탄에 맞아 몸이 산산이 조각나든지 화염에 휩싸여 흔적도 없이 증발하든지, 팔다리가 떨어져 나가 과다 출혈로 죽어갔다. 그러나 크레타 해전대가 직접 산성 안으로 돌격해 들어올 기미는 보이지 않았다. 오히려 어제보다 주둔지를 산성에서 멀리 옮긴 것이 보였다.

인이는 포격이 멈추자 혼자 동장대 아래 서서 파괴된 성 전체를 바라보았다. 불과 하루 사이에 구불구불한 산 능선을 우아하게 타고 넘던 하얀 화강암 성벽은 몸에서 떨어져 나간 살점처럼 산산이 부서져 사방에 흩어지고, 강건해 보이던 검은색 기와 문루는 앉은뱅이처럼 기둥을 잃고 초췌하게 주저앉았다.

동장대(東將臺)는 성의 지휘소로, 산성 주능선 오르막과 내리막의 분기점 위에 세워진 아담한 2층 누각이다. 성벽에서 사람이 드나드는 통로 위에 세워진 문루는 성벽을 따라 긴 장방형의 기와지붕을 가지고 있으나, 이 동장대는 사방이 대칭인 정방형의 기와지붕이 주춧돌과 나무기둥 위에 2층으로 얹혀 있고, 기와지붕 사이에는 창문이 둘러쳐진 폐쇄형의 누(樓)가 있어, 성의 지휘관이 이 안에 거처했을 것이다.

주능선 성벽 남쪽 밖 칼바위 쪽에서 바라보면, 동장대는 백운대 인수봉 만경대의 희고 우람한 암벽을 등에 업고 살아 있는 총사령관의 인격처럼 한 치의 미동도 없이 영원을 향해 서 있다. 이제 삼각산성에서 온전히 형태를 보존하고 있는 건물은 이 동장대뿐이다.

그래도 인이는 감사하고 행복했다. 이것이라도 저 우람한 삼각산 암벽을 병풍 삼아 서 있어주니, 아직 자신의 정신이 기댈 곳을 베풀어주고 있지 않은가.

그러면서 인이는 자연이 보고 싶어진다. 언제부터인가 누구보다도 자신의 정신을 받쳐주던 사람. 인이는 육 년 전의 일이 생각났다. 자연과 함께 근대의 풍경 이야기를 나누다가, 실제로 본 적 없는 브리타니아 근대의 풍경이 눈앞에서 영상처럼 스치고 지나갔던 순간이….

자신은 도록에서 본 무미건조한 회화 몇 장의 기억에 의지해 근대 브리타니아의 풍경을 묘사했지만, 자연은 이를 받아 살아 움직이는 영상을 자신의 음성에 담아 인이에게 건넸다. 음악을 머금은 듯한 녹색 전원 풍경이 인이의 눈앞에 펼쳐졌다. 어째서 자연과 대화 중 그런 것을 경험했을까? 이제까지 여러 차례 생각해보았지만, 논리적으로는 설명되지 않았다.

어디선가 자연의 체취가 나는 듯했다. 그리고 성 밖 저쪽 칼바위 위에서 누군가 동장대를 등지고 서 있는 인이를 바라보고 있는 것 같다.

'그럴 리가…!'

이제 아테나이 군단은 100명이 채 남지 않아 산성 깊숙이 은신해 있고, 크레타 군도 성에서 거리를 두고 후퇴했으며, 성 근방의 주민들은 이곳이 전쟁터가 되자 모두 도망쳤다.

칼바위 쪽을 바라보던 시선을 뒤로 돌려 삼각의 바위로 향했다. 우아하면서도 날카로운 곡선을 머금은 인수봉이 백운대와 만경대 옆으로 자신의 하얀 몸을 일부만 드러내고 있었다. 인이는 왠지 자연의 가늘면서도 굴곡진 몸과 하얀 피부가 생각났다. 아직도 양주에서 미련을 버리지 못하고 자신을 기다리고 있을 자연이 가엾다.

인이는 자연과 지난 육 년 간 해온 일을 돌이켜본다. 때로는 이념을, 때로는 역사를 연구하며 혁명을 계획했지만, 그 본질은 언제나 두 사람에게 지극한 행복을 가져다줄 아테나이의 풍경을 그리는 것이었다. 자연은 어린 시절 경험했던 암울한 풍경을 극복하려는 것 같았고, 인이는 자신의 자아와 합치될 수 있는 총체로서의 아테나이 풍경을 그려내려 했다.

아테나이의 어떤 부분은 도려내고 어떤 부분은 외부에서 새로운 것을 가져와 접목하려 했다. 마치 아테나이의 정체(政體)를 그려내는 화가가 원래부터 그들의 본업이었던 것처럼….

이제 인이는 마지막 결정을 해야 할 시간이 다가왔음을 느낀다. 산성으로 들어오기 전 자연과 헤어지며 남긴 말이 떠올랐다.

『우리를 정말 두렵게 하는 건 눈에 보이지 않는 미래의 적이야. 그런데 지금 우리가 여기서 이 기회를 놓치면 미래의 적과 싸울 수가 없게 돼. 싸워야 할 적과 싸울 수 없다는 건 우리 자신을 잃는 것과 마찬가지야.』

  그리고 자신들의 후손이 자신들과 같은 길을 가게 될 것 같다고 얘기했다. 이제 인이는 역사에서 자신의 역할이 끝나가려 하니, 후대에 남겨야 할 것이 무엇인가를 생각한다.

  지금은 눈에 보이지 않지만, 미래의 적과 싸울 후손을 위해 그려야 할 풍경은 어떤 것인가? 미래에 완성될 아테나이의 풍경이 한 폭의 그림이라면, 그것을 위해 남길 수 있는 밑그림은 어떤 것일까? 그렇지 않고 그 풍경이 병풍처럼 이어진 화첩이라면, 미래의 그림과 연결될 지금의 그림은 어떤 것이 돼야 할까?

  인이는 마지막으로 동장대를 벗 삼아 생각에 빠졌다가, 무엇이 생각났는지 아직 생존 병사들이 남아 있는 행궁지 토굴 본부로 급히 내려갔다.

36

  8월 10일 저녁 9시.

  "포격이 끝나고 오늘 18시에 촬영한 항공사진입니다. 아직 살아남은 소수의 반군이 본부로 사용하고 있는 것으로 보이는 행궁지 부근 토굴을 출발해서 산을 올라가는 것을 발견했습니다. 길게 늘어선 줄 한가운데 두 사람이 들것을 잡고 뭔가 운반하는 게 보입니다."

  시노하라 소좌가 항공사진 여러 장을 테이블 위에 놓고 이케다 중장에게 상황을 설명한다.

  "그렇군."

"그 들것 위에 놓여 운반되는 것이 무엇인지 아시겠습니까?"

시노하라의 말을 듣고 이케다는 자세히 사진을 들여다본다. 피사체가 희미하게 찍혀 곧 알아보긴 힘들었다. 한동안 그것을 자세히 들여다보던 이케다는 불길한 예감이 든다.

"이건 포탄 아닌가? 이 포탄을 쏠 만한 야포도 사진엔 찍혀 있지 않군."

"맞습니다. 우리가 탈취당한 바로 그 실험용 포탄입니다."

"이걸 적이 괴멸 직전에 산 어디론가 운반했다…? 이걸 어디로 운반했단 말인가? 이미 날이 저물었잖은가? 운반할 때도 마치 이걸 보란 듯이 덮개도 하지 않고 나르고 있었어. 항공사진에 찍힐 걸 바라듯이 말야."

한동안 눈을 감고 생각에 잠겼던 이케다 중장이 다시 눈을 뜨자 큰소리로 외친다.

"하나비(불꽃놀이)다!"

"네?"

"하나비란 말야. 자폭이라고. 빨리 전 군을 서울에서 퇴각시켜야 한다. 서둘러야 해."

"아, 그럴 것까지야…, 저것이 터지더라도 우리에게까지 피해가 미치진 않습니다. 실험용이라 위력을 반감시켜놔서, 산성 안의 반군에게만 폭발력이 미칩니다."

"고노 바카야로(야이 바보 같은 자식아), 폭탄의 위력이 무서워서 그러는 게 아니다. 우리 군이 식민지 반군을 상대로 절대무기를 사용했다고 이오니아 열국이 떠들어대면 어떻게 되겠나? 아니면 솔직히 반군이 우리에게서 뺏어간 절대무기로 자폭했다고 할 텐가? 무장도 변변치 않은 오합지졸 반군에게 절대무기를 빼앗기는 나라를 이오니아 제국이 어떻게 생각할 것 같은가?

절대무기를 보유할 최소한의 능력도 없는 미개국으로 간주할 거 아닌가. 아이가이온 해전에서 사이베리아에 대승을 거둬 국위가 크게 신장된 이후 40년간 쌓아온 게 다 물거품이 되는 거야. 그럼 크레타는 앞으로 영영 절대무기를 보유하지 못할 테고, 국제사회에서 이등 국가로 전락하고 말 거다. 폭발 사실이 외부에 알려져서는 안 된다. 혹시 알려지더라도 일을 최대한 축소하고, 우리와는 관계없는 일로 해야 한다. 최대한 빠른 시간 내에 서울에서 철군한다. 어쩌면 아테나이 반도를 떠나야 할지도 몰라."

37

8월 11일 새벽 2시 양주.

자연은 제청 일부를 손질해서 마련한 안방에서 매일 아이들과 식모를 데리고 잠자리에 든다. 딸 영이와는 같은 이불을 덮고 꼭 껴안고 잔다. 영이는 오늘 잠이 잘 안 오는지 엄마의 젖가슴을 반질반질해질 때까지 만지다가 잠이 들었다. 잠이 많을 나이인데도 어제부터 주변 분위기가 요동치는 걸 느끼고 불안해한다.

어제 새벽부터 삼각산성 쪽에서 수도 없이 폭발음이 들렸다. 소리로 봐선 융단폭격을 하는 것 같은데, 하늘에는 폭격기가 떠 있지 않았다. 폭발음이 지표를 타고 양주까지 전해지고, 주민들은 계속해서 불안에 떨었다. 삼각산에서 검은 연기가 피어오르는 것이 보였다. 날씨가 흐려 흰 구름이 삼각산 상공에 낮게 드리운 오후에는 붉은 섬광이 구름에 반사되어 자연의 눈을 찌르고, 잠시 후 '우르르 쿠쿵' 하는 폭음이 자연의 고막을 두드렸다.

'저 안에 인이가 있다!'

아이들을 제청 안에서 나오지 못하게 하고 자연은 밖에서 계속 삼각산 쪽을 바라보았다. 사람에게 수소문해보니 서울시에서 대포 수천 문이 산성을 향해 불을 뿜는다고 한다. 자연은 섣부른 상상이나 결론을 이끌어내지 않았다. 그냥 침묵하며 삼각산을 바라보았다.

오후 4시경이 되자 포격이 그치고 적막이 삼각산을 옅은 안개와 함께 휘감았다.

해가 완전히 지고 밤이 깊어지자 백운대 정상에서 반짝거리는 불빛이 보이기 시작한다.

'혹시 저 불빛의 주인이 인이가 아닐까?'

자연은 이상한 기분이 들었다. 제청 안에 있는 아이들을 밖으로 불러냈다. 그리고 백운대 정상의 불빛을 손으로 가리키며 아이들의 시선이 거기에 머물도록 했다. 인이가 삼각산성으로 들어간 7월 6일…. 이후 밤중에 산 정상에서 사람이 내는 불빛이 나는 것은 이것이 처음이다.

'만약 저것이 인이가 내는 불빛이라면 과연 저기서 무엇을 하는 걸까? 폭격이나 포격을 피하기 위해서라도 불빛이 새나가지 않게 하고 은거지에 숨어 있어야 할 것 아닌가?'

자연은 걱정과 의문이 교차했지만, 아이들에게 저 불빛이 아버지가 내시는 불빛이라고 믿게 하고 싶었다. 윤이는 무표정하게 입을 다물고 그러면서도 뭔가를 생각하며 산정의 불빛을 주시했고, 영이는 엄마 앞에서 오히려 웃는 얼굴로 마치 밤하늘의 예쁜 별빛을 바라보듯 불빛과 엄마의 얼굴을 고개를 돌려 번갈아 쳐다보았다. 열아홉 살 처녀인 식모 윤정이는 그래도 같은 집안에 오래 산 정 때문인지 자기 식구를 걱정하듯 불빛을 바라보았다.

밤이 아주 깊어져도 백운대 정상의 그 불빛은 꺼질 줄 몰랐다. 몇 개의 불빛으로 나뉘어 움직이기도 하고, 다시 한 곳에 모여 큰 불빛을 이루기도 했다. 하지만 언제까지나 밖에서 그 불빛을 바라보고 있을 수는 없었다.

밤이 깊어져 아이들과 함께 잠자리에 들었다. 윤이와 윤정이는 이제 따로 방을 써야 할 나이지만, 지금은 이렇게 모두 한 방에서 함께 잠을 자지 않으면 앞으로 닥칠 위협에 맞설 수 없을 것 같은 기분이 들었다.

잠자리에 누운 지 2시간이 지났지만, 자연은 잠을 이룰 수 없었다. 윤이는 30분 전까지 몸을 뒤척이다가 겨우 잠이 든 모양이고, 윤정이는 이런저런 집안일 하느라 피곤했던지 가족 중에 가장 먼저 잠들어 숨을 새근거리며 자고 있다. 영이는 엄마 젖을 만지작거리다가 오빠보다 먼저 잠이 들었다.

'흠?!'

감고 있던 눈앞이 갑자기 환해졌다. '뭐지?!' 하며 순간 몸을 움츠리고 품에서 자고 있던 영이를 꽉 끌어안았다. 곧이어 '쿠웅!' 하며 폭음이 들리고 땅이 요동치자 자연은 조심스럽게 눈을 떴다. 섬광이 남쪽으로 난 장지문을 오렌지색으로 물들였다. 폭발 때문인지 아니면 엄마가 자신의 몸을 꼭 껴안아서인지, 영이는 깜짝 놀라 잠에서 깨면서 손으로 엄마의 가슴을 꽉 움켜쥐었다.

'이렇게 큰 폭발음은 처음이다.'

자연은 금방 일어나 나가볼 엄두를 내지 못했다. 전류 같은 것이 온몸을 타고 올라와 무언가를 강하게 직감하게 한다. 육체가 정신보다 먼저 사실을 깨닫는다. 이런 경험을 하는 것은 처음이 아니다. 35년 전 아침, 아직 잠자리에서 일어나기 전 밖에서 침모가 지르는 괴성을 듣고 황후마마의 자살을 직감했던 순간이 떠오른다.

순간 너무 많은 생각이 스치고 지나갔다. 그러다가 갑자기 가슴이 찡하며 눈가에 눈물이 고이려 했다. 영이는 계속 엄마의 젖가슴을 꽉 잡고 있다.

'울지 않을 거야. 절대로. 울지 않을 것이다.'

자연은 찬찬히 정신을 가다듬고 일어나 아이들을 깨워 옷을 입게 했다. 윤이도 이미 잠을 깨 누운 채로 뭔가를 생각하고 있는 눈치였다. 자연도 옷을 단정히 여미고 아이들과 함께 밖으로 나와 삼각산을 바라보았다.

백운대 정상에서 거대한 불기둥이 치솟고 있었다. 마치 화산이 용암을 뿜어내는 것도 같았다. 2,000m가 넘는 불기둥은 산 정상에 모인 구름을 열기로 밀어내며 검은 하늘로 치솟고, 구름은 사방으로 동심원을 그리며 퍼져나갔다.

자연과 아이들은 아무 말 없이 그 불기둥을 바라보았다. 윤정이는 앞에 보이는 대폭발이 이해되지 않아 발을 구르며 어쩔 줄 몰라 했고, 영이는 불기둥이 무서워졌는지 금세 엄마 뒤편에 숨어 엄마의 허리에 얼굴을 파묻었다. 그러나 윤이는 아무 말 없이 치솟는 불기둥을 직시하고 있었다. 얼굴에는 표정이 없었으나 가슴속에 있는 분노가 저 불꽃이 자신의 아버지가 산화(散華)하시는 모습이란 것을 스스로 깨우치게 하고 있었다.

자연은 저 불꽃이 인이가 자신에게 보내는 마지막 그림이라는 것을 알았다. 인이가 그려내는 마지막 풍경을 바라보며 자연은 인이를 말없이 배웅하고 있었다.

                              38

8월 25일 양주.

임철호와 한의상이 자연이 있는 양주로 찾아왔다. 인이와 함께 삼각산에서 산화한 줄 알고 있던 사람이 2주 만에 살아 돌아온 것이다.

"사모님 저예요. 의상이에요. 철호 형님도 같이 왔어요. 몰라보시겠죠?"

아테나이 군단에서 가장 어린 한의상 하사였다. 봉기가 일어났을 때 이병으로 시작해 산성으로 들어가기 전까지 불과 두 달 동안 네 계급이나 특진을 했었다. 바로 옆에 서 있는 임철호는 크레타 군과 마르크스 파에서도 잘 알려진 인물이라 변장을 하고 있어서, 자연은 의상이가 알려줄 때까지 누구인 줄 몰랐다. 임철호는 비행선을 격추한 데 큰 공이 있어 소장으로 진급한 상태에서 산성으로 들어갔었다.

그러나 지금은 아테나이 군단은 해체됐고, 이 둘은 이제 군인으로서가 아니라 예전 지인으로서 자연을 찾아온 것이다. 특히 의상이의 말투와 표정에서 그런 마음이 뚜렷이 드러났다. 자연은 급히 집 대신으로 쓰고 있는 제청으로 둘을 데려왔다. 영이는 윤정이에게 맡기고, 윤이와 함께 안방에서 임철호와 한의상을 대면한다.

"더 빨리 찾아뵀어야 했는데⋯, 서울 안의 사정이 심상치 않아 사정을 알아보다 이렇게 늦었습니다. 짐작하셨겠지만, 선생님과 동료들 모두 그날 새벽에 백운대에서 절대무기로 자폭하셨습니다."

"⋯."

"저도 이런 말씀 드리기 매우 죄스럽습니다. 제가 절대무기의 안전장치를 제거하자 선생님께서 의상이를 데리고 산성 밖으로 나가라고 하셨습니다. 절대무기가 폭발하기 3시간 전이었습니다."

자연은 임철호가 곤혹스러운 표정을 지으며 하는 말을 담담히 들었다. 바로 옆에 앉아 있는 의상이는 임철호와는 대조적으로 자연과 다시 만난 것이 기쁘다는 듯 오히려 밝은 표정을 짓고 있었다. 삼각산에서 겪었을 참혹함도 잊은 채 저 먼 곳에 있는 미래의 희망을 바라보고 있는 것 같은 표정이 오히려 정이 가고 보기 좋았다. 애써 미안해하며 말을 잇는 임철호에게는 왠지 자꾸 의구심이 든다.

"서울 사정이 심상치 않다는 건 뭔가요? 전 계속 양주에서 조용히 지내와서 지금 돌아가는 상황을 잘 몰라요."

"놀랍지만 크레타 군이 서울을 비우고 인천으로 철수했습니다. 그것도 우리가 자폭하기 이전에 서울을 빠져나간 것 같습니다. 그런데 문제는⋯."

"⋯?"

"상황을 마르크스 파가 교묘하게 잠식해 들어옵니다. 온갖 궤변과 조작을 동원해서 리쿠르고스 파가 해온 일을 사실은 자신들이 한 것처럼 꾸며 우리에게 향했던 민심을 가로채가려 하고 있어요."

"뭐라고요?"

"마르크스 파가 크레타 군이 물러간 후 서울에서의 힘의 공백을 너무 잘 메꾸고 있어요. 마치 이 상황을 기다렸다는 듯이요."

자연은 눈앞이 캄캄해졌다. 인이와 아테나이 군단 1,800명이 크레타 군과 싸우다가 삼각산에서 산화한 것은 도대체 다 무엇 때문이었단 말인가? 앞으로의 상황이 어떻게 전개되더라도, 아무리 자신에게 힘이 없더라도, 인이가 바친 희생을 헛되게 해서는 안 될 것이었다. 그러나 아무리 자신이 노력해도 옛날에 겪었던 것과 같은 절망을 다시 느낄 것만 같은 불안이 엄습해온다.

"서울에서 상황을 뻔히 바라보고도 아무것도 할 수가 없었습니다. 저와 의상이 외에 살아남은 리쿠르고스 파 동지는 아무도 없어요."

자연으로서도 암담했다. 임철호 말대로 이제 남은 리쿠르고스 파는 이 자리에 있는 세 명, 아니 아들 윤이까지 네 명이라 할 수 있을까? 임철호는 지금 자신에게 뭔가의 도움을 바라며 이야기하고 있다. 양주로 찾아온 것도 그 때문일 것이다.

하지만 자연은 임철호가 왠지 미덥지 못하다. 지금 당장 인적자원을 얻을 수 있다면 그건 모악산에 있는 가수운으로부터이고, 경제적으로는 지금 자연이 지내고 있는 양주 땅의 수십만 평 임야와 농장 그리고 금융 재산이다. 그러나 인이가 없는 지금 그것을 임철호에게 그대로 드러내놓을 수는 없다.

"안타깝군요. 저도 이 상황에서 뭘 어떻게 해야 할지 모르겠어요. 두 사람 다 지금 몹시 시장해 보여요. 뭘 좀 들고 나서 차근차근 얘기하죠. 의상이는 옷을 갈아입어야겠다. 산성에서 입던 옷을 지금 그대로 입고 있는 거지?"

자연은 좀 더 시간을 두고 상황을 파악해야 한다고 생각한다. 끼니를 핑계 삼아 대화를 중단하고 밖으로 나온다.

"윤정아, 영이는 어디 갔어? 영이가 안 보이잖아."

밖에 나와 보니 식모 윤정이와 같이 있을 줄 알았던 딸 영이가 안 보인다.

"어? 아까 마당에서 놀고 있었는데…, 밖에 나갔나 봐요."

자연은 임철호와 이야기하며 죄어 오던 가슴이 갑자기 영이에 대한 불길한 감으로 옮겨갔다.

"그래? 윤정아, 방에 손님 두 분께 식사대접 잘 해드리고, 윤이야, 의상이가 입고 있는 옷이 너무 헐었어. 네 옷 중에 적당한 것 골라서 의상이에게 갈아입혀."

"네."

임철호와 한의상을 돌보라고 해놓고 자연은 제청 밖으로 나와 영이를 찾았다. '어디 간 걸까? 오빠만 방에 들여 손님과 얘기하고 자기는 떼놓아서 심통이 난 건가?' 자연은 이런저런 추측을 해보며 영이를 찾았다.

한참 호기심이 많은 시기라 엉뚱한 곳으로 들어가 사고를 당하면 어쩌나 하고 걱정이 된다. 특히 마을의 그 천덕꾸러기 녀석이 혼자 있는 영이에게 해코지라도 하면 어쩌나 하는 생각이 들었다. 눈빛과 얼굴을 보면 세상일 내가 모를 것 어디 있겠느냐는 듯이, 턱을 내밀고 흰 이를 드러내며 느끼하게 웃는 모양이 영 볼썽사납다. 아직 어리지만, 세상을 떠난 인이가 가장 싫어하는 자기기만에 가득 찬 인간 유형이다. 고지식한 남편은 그런 꼴을 보면 차마 당사자 앞에서 욕은 못 하고 나중에 혼자서 "개새끼!" 하고 중얼대곤 했다.

마을 여기저기 돌아다니며 영이를 찾아본다. 어디서 혼자 아무 일 없이 개구리나 메뚜기를 잡으며 놀고 있으면 좋으련만. 날씨가 무척

더우니 개울가로 가보았다. 아니나 다를까? 개울 다리 위를 지나다가 영이와 그 천덕꾸러기가 개울가에 같이 서 있는데, 녀석은 영이에게 다가가려 하고 영이는 피하는 기색이다. 허겁지겁 달려가 영이의 한쪽 팔을 잡아당겨 그놈에게서 떼어놓았다.

"영이야, 여기서 뭐 하고 있었어?"

"엄마, 이 오빠 아까부터 자꾸 내 치마를 들추구 빤스 속에 손을 집어 넣으려 구래."

"뭐야?!"

불끈하고 분노가 치밀어 녀석을 노려보았다. 놀라운 것은 녀석은 아무렇지 않은 듯 히죽히죽 또 이빨을 드러내며 웃고 있다. 어처구니가 없었다.

"너 아무 일 없는 거지? 다치진 않은 거지?"

"어, 괜찮아. 근데 저 오빠 정말 개새끼야. 내가 싫다고 소리 지르고 손 막 꼬집구 할퀴구 해두 자꾸 하려 구래."

'이런 형편없는 자식. 아직 새파란 게, 그것도 이런 어린아이를 상대로.'

우선 아이의 말투를 보니 아직 큰일은 없었다. 우선 제청으로 영이를 데려간 후 이젠 사람들을 시켜서 어떻게든 손을 써야겠다고 생각했다. 부모 없는 아이를 업신여긴다고 할까봐, 그래도 좀 불쌍하단 생각이 들어 꺼림칙해도 그냥 놔두었던 것을, 이젠 정말 안 되겠다고 생각했다. 일단 영이를 데리고 돌아서 제청으로 가려는데,

"아줌마. 아줌마 남편이 반란군 두목이었다며?"

라고 한다. 순간 자연은 소름이 끼쳤다. 이놈은 아까 제청에서 자신과 임철호와의 대화 내용을 모두 엿듣고 있었던 것 아닌가! 이놈

이 영이를 희롱하려던 것도 다 그것을 계산에 두고 한 것인가? 자연은 자신도 모르게 저놈을 죽이고 싶단 생각이 들었다.

그런데 갑자기 녀석이 등을 보이고 있는 자연의 왼쪽 어깨뼈에 손바닥을 갖다댔다. 비열하고 야릇한 기운이 자신의 어깨를 타고 들어오는 것 같다.

'이런 망할…'

순간 자연은 오른팔을 있는 힘껏 돌리며 뒤돌아 그놈의 왼쪽 뺨을 후려쳤다. 녀석이 한 쪽으로 몸이 휙 쏠리더니 중심을 잃고 뒷걸음질쳐 2m 밖 개울에 뒤로 처박혔다. 녀석은 이런 뜻밖의 상황을 전혀 예상치 못했던 것 같다. 얼이 빠져 멍하니 자연을 쳐다보고 있었다. 저렇게 호리호리하고 얌전한 중년 여자에게서 이런 엄청난 완력이 나올 줄은 예상치 못했던 것이다. 자연은 일단 영이를 데리고 제청으로 향했다.

영이를 데리고 제청에 돌아온 자연은 임철호와 의상이에게 오늘 하루는 여기서 묵었다 가라고 권한 후 도움을 요청했다. 불과 며칠 전까지 전쟁터에 있었던 강건한 남자 두 명이면 저 이상한 마을 불한당쯤 제압하는 것은 간단할 것이라고 생각했다. 임철호와 의상이를 데리고 녀석의 집으로 들이쳤다.

그런데 이미 녀석은 집을 아주 떠난 듯했다. 서둘러 짐을 챙긴 듯 방안에 세간이 어질러져 있고, 노망기가 계시다는 할머니는 이부자리에 피를 흘린 채 엎드려 계셨다. 두개골 한 면이 움푹 함몰되어 있고 방바닥에 장도리가 떨어져 있었다.

'이 녀석이 엉뚱한 데다가 화풀이를 했구나.'

이후로 마을에서 녀석을 본 사람은 없었다. 자연은 녀석이 보복을 하지나 않을까 불안하여 멀리까지 사람을 보내 알아보게 했으나, 역시 확실한 행방은 알 수 없었다. 다만 누군가에게서 녀석이 마르크스 파에 가입했다는 소문을 듣기는 했다. 언제 어디서 터질지 모르는 폭탄 같은 녀석이라고 생각했으나 더 이상 어쩔 도리는 없었다. 지금은 온 나라가 내전 상태이다.

39

8월 29일.

임철호는 이틀간 양주에 머물다가 서울로 떠났다. 의상이도 원래 임철호와 같이 떠날 예정이었으나, 자연은 의상이가 양주에 남아 있어주면 했다. 영이에게 안 좋은 일도 있었고, 지금 이 마을에는 의지할 만한 젊은 남자가 없다. 임철호는 다시 연락할 것을 약속하고 의상이를 남겨둔 채 떠났다.

상황을 잘 주시하다가 리쿠르고스 파와 아테나이 군단을 재건하겠다는 소신을 밝히고 떠났으나, 자연은 '글쎄…!' 하는 의구심이 앞섰다. 리쿠르고스 파는 인이가 20년 이상 축적한 사상의 맥락과 자연이 육 년 동안 투입한 물적 지원의 결실이었다. 군사학에 밝은 20대 후반의 청년 혼자 이룰 수 있는 일이 아니다.

자연은 평소처럼 윤이와 새로 식구가 된 의상이를 데리고 농장에 나가보려 했다. 영이가 같이 가고 싶어 했으나 며칠 전 사고도 있고 해서 식모 윤정이와 함께 제청에 남아 있으라고 했다. 자연이 일하는 사이에 또 어디론가 사라졌다가 변을 당하면 어쩌나 하는 노파심에서였다. 그래도 영이는 같이 가자고 계속 떼를 썼다. 어쩔 수 없이 자연이 이번에는 큰소리로 야단을 치고 제청 안에 단단히 있으라고 했다.

영이는 갑작스러운 엄마의 호통이 서럽게 느껴졌는지 엉엉 울기 시작했고, 윤정이는 자기의 옷소매로 영이의 눈물과 콧물을 닦아내며 달랬다. 자연은 이럴 때일수록 딸을 엄하게 다루어야겠다고 생각했다. 윤정이에게 영이를 잘 돌보고 문단속을 철저히 하라고 시킨 다음, 영이를 다시 돌아보지 않고 냉정하게 대문을 나섰다.

자두와 복숭아는 수확기가 이미 지났고, 이제 며칠 더 지나면 밤 수확기에 접어든다. 사실 이곳 양주에서는 밤이 가장 잘된다. 자연은 임야에 있는 밤나무 외에 따로 밤나무 농장을 조성해 추석 때 큰 수익을 내보고자 했다. 모든 집에서 제수로 밤을 상에 올려놓는다. 하지만 올해 추석은 지방에서 산발적으로 일어나고 있는 무장봉기로 유통망이 무너졌을 것이고, 사람들도 차례를 지낼 수 있을 것 같지 않다. 자연은 어떻게 해서든 이 근방 또는 서울에서만이라도 밤을 팔 수 없을까 궁리해본다.

그러다가 '씨익' 쓴웃음이 나온다.

'남편을 얼마 전에 잃은 것도 모자라, 남편이 얼굴을 보이지 않는 신이라는 개념까지 창조해가며 극복하려 했던 자본주의에 편승해 돈을 벌려 하는구나.'

인이의 '얼굴을 보이지 않는 신'은 마르크스주의보다 더욱 근본적인 관점에서, 사람이 무엇인가를 남에게 보이고 자랑하고 싶어 하는 인간의 심리에 자본주의의 뿌리가 있다고 보고, 그것을 극복하기 위해 인이가 리쿠르고스로부터 영감을 받아 창조한 개념이었다. 그런데 자연은 농장에서 수확한 과실을 시장에 팔아 수익을 보려 하는 것이 먼저 돌아간 남편을 배신하는 행위가 아닌가 하고 가책을 느꼈다.

그러나 인이가 궁극적으로 극복하려고 했던 것은 자본주의만이 아니었다. 무언가를 남에게 끊임없이 보이며 편승하지 않으면 존속할 수 없는 세상에서 해방되고자 하는 반역의 정신이었다.

'하긴, 인이도 내가 가수운에게서 얻은 재산을 불려 혁명 준비에 쓰는 건 뭐라고 한 적이 없어. 목적이 숭고한 것이라면…, 현실에서 어느 정도 원리에서 벗어나는 건 불가피한 것 아닌가? 아직 구체적인 목표가 정해진 건 아니지만, 지금 경제 이익을 얻는 것은 리쿠르고스 파 재건이나 앞으로 인이의 뜻을 이어갈 후손을 위해서야.'

자연은 이렇게 생각하며 자신을 위로해본다.

자연 일행이 밤 농장에 도착하니 갑자기 하늘에서 고막을 찢는 굉음이 사방에서 울려 퍼진다. 자연과 윤이, 의상이는 하늘을 향해 고개를 쳐들었지만, 음원이 어디인지 알기 힘들었다. 주위에 산이 많은데 소리가 산에 부딪혀 반사되어 오기 때문이다. 세 사람이 한참을 두리번거렸는데, 그 중 의상이가 가장 먼저 하늘 저편에서 수평으로 이동하는 검은 점을 발견하고 손가락으로 가리킨다.

"저게 새로 개발된 그 신형 전투기니?"

자연이 놀라 의상에게 묻지만, 의상이도 저 신형 항공기를 직접 본 것은 이번이 처음이다. 피스톤 엔진으로 프로펠러를 돌려 추력을 얻는 기존 항공기와는 달리, 제트 엔진으로 가스를 분출하여 그 추력으로 움직이는 항공기이다. 앞으로 항공기의 위력은 이전보다 비교할 수 없을 만큼 커질 것이었다.

이제 아테나이 전장에서도 저런 최첨단 항공기가 사용되기 시작한 건가? 평소에 인이는 이오니아에서 신형 전투기가 개발됐다고 자연에게 말해주었다. 그리고 양주에서 머물다 간 임철호의 말에 의하면, 크레타 군이 지방에서 산발적으로 일어나는 무장봉기 진압을 위해 보병보다 주로 항공기를 증원 투입한다고 들었다.

자연은 최근 옛날에 겪었던 것과 같은 아픔이 다시 반복될 것만 같은 불길한 예감에 휩싸였었다. 그런데 까만 점의 형태로 나는 신형 전투기를 바라보고 있자니 어렸을 때 본 비행선의 공포와 아버지의 죽음이 다시 떠올랐다.

몇 초 전까지 하늘 저편에서 수평으로 날던 검은 점은 기수를 돌려 자연 일행이 있는 곳으로 다가왔다. 제트 엔진 음은 더욱 커지고, 검은 점에서 날쌘 새의 형상으로 변한 전투기는 지상으로 기관총을 난사하기 시작했다.

타타타타타타타….

기관총탄이 근처 지상을 가차 없이 난타하자 세 사람은 반사적으로 엎드리며 잎이 무성한 밤나무 밑으로 몸을 날렸다.

"앗!"

갑자기 자연의 가슴에 통증이 몰려온다. 몸을 살짝 들어보니 왼쪽 가슴 부위에 밤송이가 붙어 있고 하얀 블라우스 밖으로 빨간 피가 번져 나왔다. 급히 엎드리면서 땅에 떨어진 밤송이가 왼쪽 가슴에 박힌 것이다. 급히 밤송이를 떼어버리고 다시 하늘을 바라보았다.

기관총을 난사하던 전투기는 공중을 크게 선회하더니 기수를 마을 쪽으로 돌렸다. 자연은 황급히 일어나 전투기를 시선에서 놓치지 않으려고 했다. 윤이와 의상이도 일어나 자연을 따라와 전투기의 움직임을 주시한다. 전투기가 마을 상공에서 민가에 소이탄을 떨어뜨렸다.

쿠아앙…!

거대한 폭음과 함께 마을에 있는 제청과 초가집들이 시뻘건 불길과 검은 연기 속으로 타들어가는 것이 보였다.

자연은 밤마다 영이가 만지던 자신의 왼쪽 젖가슴을 오른손으로 움켜쥐었다. 하얀 블라우스에 아까보다 더 많은 피가 번지더니 이내 자연의 손목을 타고 방울방울 떨어져 내렸다.

40

11월 10일 모악산 무극교 성전.

타타타타타…:

"빨리 이곳을 벗어나세요. 여기 걱정은 하지 마시고요."

무극교 토벌대의 기관총 소리가 저 밖에서 들려온다. 육 년 전 모악산 무극교 성전을 찾아온 자연을 가수운이 있는 본당으로 안내했던 그 시종이 지금은 자연에게 피신을 권한다.

"그래 이 사람 말대로 해. 저놈들은 날 잡으러 온 거야. 여기서 자네까지 희생돼야 할 필요가 없네. 빨리 가."

가수운도 자연에게 빨리 피할 것을 권한다.

"제가 조금만 더 일찍 왔으면 됐을 걸!"

자연이 미안한 마음에 가수운에게서 눈을 떼지 못한다.

"어서 나가세요, 민자연 님"

탕…!

마르크스 파 대원 한 사람이 기관단총을 든 채로 본당 안에 침입한 순간, 시종은 권총의 방아쇠를 당겨 사살했다. 가장 먼저 가수운을 잡거나 죽이는 공을 세우고 싶어 했다가 가장 먼저 죽임을 당하게 된 것 같았다.

"제발 빨리 나가세요. 이게 도망칠 수 있는 마지막 기회 같습니다. 어서요."

시종의 도망이란 표현에 자연은 거부감을 느꼈지만 어쩔 수 없이 윤이와 의상이를 데리고 본당을 빠져나온다. 곧이어 본당 안에서 총격전이 벌어진다. 10여 초간 총격전이 벌어지는 소리가 나다가 이내 조용해진다.

'가수운은 사로잡혔을까, 아니면 곧바로 죽임을 당했을까?'

본당을 빠져나와 산 아래 숨겨놨던 차를 타고 서울로 향하면서 자연은 자꾸 가수운의 끔찍한 최후가 상상되어 괴로웠다. 그럴 수밖에 없었던 것은, 무극교 성전을 향해 몰려오는 마르크스 파 병력 중에 기관단총을 들고 허리에 용도가 불분명한 도검류를 찬 한 젊은 남자가 섞여 있었기 때문이다. 그것도 맨 앞줄에서 피에 굶주린 늑대의 눈빛을 하고….

자연과 그의 사이에는 상당한 거리가 있었지만, 그의 얼굴이 낯익었기에 멀리서도 금방 알아볼 수 있었다. 큰 키가 오히려 구부정하게 보이고, 검붉고 기다란 얼굴에 드러난 흰 이는 보는 이에게 표현하기 힘든 야비함을 느끼게 한다.

성전 밖에서 아테나이 전통의 흰옷 입은 중년 여인이 그와 우연히 눈이 마주치자,

『도련님!』

하고 부르며 별 두려움도 없이 그의 앞으로 다가갔다. 그녀는 마치

오랜만에 본 아들을 반기듯 오른손을 그의 가슴 앞에 내밀었다. 순간 자연은 그가 허리에 찬 칼의 용도를 알게 되었다. 그가 칼을 빼내어 그녀가 내민 손을 내리쳤다.

보다 가학적이 된 녀석을 발견하고 자연은 순간 그 원인이 자신에게 있는 것은 아닌가 생각했다. 양주에서 자신의 할머니를 둔기로 살해하고 도망쳤던 그 천덕꾸러기 녀석…!

성전 대문 안쪽에서 몰려오는 적의 세를 확인한 자연은 시종과 급히 본당 안으로 들어와 가수운과 작별을 고하고 빠져나왔다.

서울에서 자연은 마르크스 파가 모악산에 있는 무극교 신앙촌을 토벌하고 가수운을 죽이려 한다는 사실을 임철호에게서 전해 듣고 급히 모악산으로 내려왔다. 하지만 결국 가수운을 구하지 못하고 마지막 인사를 고하게 됐다. 거기서 자연은 그 천덕꾸러기의 정체를 가수운과의 짧은 대화 중에 알게 되었다.

『그 녀석은 그렇게 될 줄 알았어. 그 녀석 애비도 형편없는 자식이었거든.』

매사에 낙천적이고 소탈한 가수운이 이렇게 누군가에게 화를 내는 것이 자연에게는 뜻밖이었다. 그것도 자기 아들과 손자에 대해서…, 비록 첩의 소생이라도 말이다.

『내가 과욕을 부린 게 잘못이겠지. 계속 아들이 없어 50살 때 새장가를 들어 아들을 봤다네. 뒤늦게라도 아들을 낳아 교권을 물려줄까 했는데, 얼어 죽을 놈의 교권은 무슨…, 덜떨어진 주제에 어떻게나 욕심은 많고 말썽은 그리 잦은지. 어린놈이 장가도 가지 않고 여신도를 겁탈해 아들을 놔놓더니…, 거기다 그 애비의 그 아들…, 이매 그놈은 눈빛부터 글러먹었어. 사소한 짓이라도 어찌나 마음에 안 들던지.

다 꼴 보기 싫어 지 에미랑 처자식까지 한꺼번에 내쫓아버렸네.

그래도 자식이라고 평생 놀고먹고도 남을 양주 땅을 떼줬는데, 그것도 얼마 못 가 다 팔아먹고 어디론가 달아나버렸어. 어찌나 괘씸한지, 다시 그 땅을 다 사들였지만, 그놈들한텐 한 평도 안 나눠줬지. 빌어먹든 뭘 하든…. 그러더니 결국 어미란 년도 지 아들, 지 시어미 팽개치고 다른 사내와 눈이 맞아 달아났어. 그러고 나서 얼마 안 있다가 자네한테 서신을 받았었네. 자네가 오면 황후와의 약속을 지키라고 할 걸 알았지. 그래서 그 땅을 자네에게 주기로 한 거야.

흠, 그래서 그놈 원한이 더 깊어진 거겠지. 자연이 자네가 자기 걸 뺏어갔다고 여기고. 돼먹지 못한 놈이 주제 파악도 못 하고…; 올해 여름엔 지 할미를 쳐죽이고 마르크스 파로 들어가더니, 이젠 나를 잡겠다고 쳐들어오는 거야. 개자식. 흠, 그래도 재주는 좋아. 어린 녀석이…, 어른들을 선동해서 나를 잡겠다고 오는 거 아냐.』

'이매…'

자연은 자신의 딸을 죽게 한 장본인의 명부에 가이매(軻魑魅)란 이름을 올렸다. 딸 영이를 직접 죽게 한 것은 크레타의 폭격이었다. 그러나 자연은 영이를 해코지하여 죽음으로 이끈 그 천덕꾸러기를 가장 중오했고, 그의 이름이 가이매이며 바로 가수운의 첩의 몸에서 난 손자란 것을 알게 되었다.

이매는 양주에서 자기 할아버지에게서 버림받은 원한을 품고, 자연과 자연의 가족을 저주하며 앙갚음하려 했을 것이다. 그리고 가장 연약한 영이가 희생됐다. 엄마를 따라 나가고 싶었지만, 풀이 죽어 집에서 시무룩하게 있다가 순식간에 불구덩이에서 활활 타오르다 녹아버렸을 영이…!

자연이 이매가 유독 미운 것은, 그 안에 자신의 책임도 있기 때문이다. 이 불행의 시작은 자신이 가수운을 만나 지원을 받아내면서부터 시작됐다.

서울로 돌아온 자연은 임철호가 숨어 사는 용산의 판자촌을 찾아갔다. 임철호는 지난 8월 말 양주를 떠난 후 서울에서 마르크스 파에 잠입했었다. 마르크스 파에 거짓 투항해서 자신 외에도 삼각산에서 살아남은 리쿠르고스 파 계원들이 많으니 자신이 그들을 색출하는 데 도움이 돼주겠다고 그들을 속였다.

리쿠르고스 파의 기억을 아테나이인들로부터 지워버리고 자신들이 해방된 아테나이를 장악하려던 마르크스 파 지휘부에서는 임철호의 제안을 받아들이고 그를 이용하려 했다. 이때 임철호는 민자연의 존재는 모른 척했고, 살아남은 아테나이 군단의 잔당이 지방으로 산개했다고 꾸며댔다. 그리고 리쿠르고스 파 내부에서 지휘부 인사만이 알고 있던 비밀을 조금씩 폭로해가며 마르크스 파 내부에서 신뢰를 얻어갔다.

그런데 이때 큰 변수로 작용한 것이 바로 이매였다. 이매도 역시 양주에서 사라져버린 후 마르크스 파 청년부에 가입해 활동했는데, 처음에는 조직에서 나이와 계급 차가 크게 나 임철호와 이매가 만날 가능성이 희박했다. 하지만 나이에 비해 매우 조숙하고 수단 방법을 안 가리는 이매는 두 달 만에 어른 간부에 버금가는 지위를 누리게 된다.

이매는 가입 직후부터 리쿠르고스 파의 수장 무사인의 아내 민자연이 양주에 생존해 있고, 그녀의 자금원이 무극교의 교주 가수운임을 알리고 토벌을 제안했지만, 처음에는 어린아이의 말이라 무시당하기 일쑤였다.

하지만 이매 역시 조직에서 신뢰를 얻어가고 지위가 높아지면서, 그의 주장이 마르크스 파의 수장 김현안의 귀에까지 들어간다. 김현안은 이매를 불러 직접 그의 의견을 경청하고, 자연과 가수운 제거 작전을 세웠다. 동시에 그는 이매의 주장이 그동안 신뢰해온 임철호의 주장과 어긋남을 감지하고, 임철호와 이매를 대질시키려 했다.

다행히 임철호는 이매란 아이 때문에 자신이 위험해진 것을 알고 마르크스 파를 빠져나와 양주로 가서, 자연의 신변이 노출된 사실을 알리고 곧 모악산 무극교 신앙촌으로 토벌대가 파견될 것을 알렸다.

자연은 급히 양주를 떠나 가수운에게 위기를 알리려 모악산으로 향했지만, 가수운을 피신시키기에는 이미 때가 늦어 있었다.

"이미 한 발 늦었어요. 가수운은 아마…."

"목이 잘려 올 거예요."

"네에?"

자연에게 모악산에서의 일을 듣고 난 임철호는 가수운이 목이 잘려 올 것이라고 단언했고, 자연은 예상은 하고 있었지만 임철호가 어떤 근거로 그런 확신을 하게 된 것인지 궁금해 일부러 놀란 반응을 보였다.

"김현안을 설득할 때부터 자기가 가수운의 목을 따오겠다고 호언을 늘어놨다고 하더군요. 가수운은 혹세무민하는 사교의 교주로 아편과 같은 존재고 혁명의 반동이라면서요. 어쩌다 어린놈이 그렇게 독이 바짝 올랐을까 은근히 호기심이 들어 만나고 싶어지더라고요."

그러면서 임철호는 옆에 얌전히 앉아 있는 윤이와 의상이를 번갈아 쳐다보며 말을 잇는다.

"참…! 윤이는 그 녀석과 동갑이지만 아직 세상 물정 모르는 학생 같고, 의상이는 조숙하지만 그래도 아직 순수한 데가 있는데…"

임철호는 새삼 윤이와 의상이에 빗대며 이매의 간악함을 증폭시킨다.

"가수운의 손자예요. 가수운의 첩…, 셋째 부인의 손자예요."

"뭐라고요!"

"내가 그동안 가지고 있던 양주 땅이 원래 가이매의 아버지 거였는데, 가수운이 그걸 제게 준 거예요. 그래서 저와 할아버지를 원수로 생각한 거죠. 전에 영이에게 몹쓸 짓을 한 것도 그놈이었어요.

철호 씨는 그 애를 본 적이 없지만, 이매는 철호 씨 얼굴을 알고 있었을 거예요. 철호 씨와 의상이가 8월에 양주에 왔을 때 우리가 제청에서 하던 얘기를 다 엿들었어요. 그래서 내가 무사인의 아내란 것도 알고 있었던 거고…. 철호 씨는 그러니까 마르크스 파 내에서 이매보다 훨씬 취약한 입장에 있었던 거예요. 둘이 서로 일찍부터 얼굴이 마주쳤더라면, 철호 씨는 지금 이 자리에 없었을 걸요."

"그랬군요. 이매…, 이름부터 좀 이상하다고 느꼈어요. 이름이 외자고 성이 이(魑)인가 하면, 과연 그런 성이 아테나이에 있나 싶고…. 성을 숨기고 있다면 이유가 뭘까 궁금했는데, 자기가 가수운 손자란 걸 숨기기 위해 그런 거군요. 무서운 놈이에요, 그놈…!"

임철호는 그동안 중간 중간 끊긴 이야기의 맥이 연결되자, 모든 걸 알겠다는 듯 고개를 끄덕이며 아직 한 번도 본 적 없는 이매의 얼굴을 상상해본다.

"내가 처음 철호 씨에게 이매 얘길 듣고 대충 짐작은 했어요. 도망쳤던 녀석이 공산당에 가입했단 소문을 10월에 들었거든요. 어쨌든 얼굴과 이름이 따로따로이다가, 모악산에 가서 녀석의 모습을 멀리서 확인하고 나서야 확실해진 거예요. 그리고 가수운이 자기 집안 내력을 간단히 얘기해줬고요. 양주에선 그놈 이름을 아는 사람이 한 사람도 없었어요. 가족이 할아버지에게 쫓겨나 양주에서 십 년을 살았지만, 자신들의 신분은 철저히 숨겼던 거죠."

"우리가 넘어야 할 산이 하나가 더 생긴 셈이군요. 마르크스 파보다 더 무서운 적일 수도 있어요, 그놈은…!"

한동안 침묵이 이어졌다. 자연과 임철호 그리고 어린 윤이와 의상이도 거대한 암벽이 앞을 가로막고 있는 듯한 암담함을 느끼기는 마찬가지였다.

대화를 멈추고 보니 자연은 방안에서 싸구려 분냄새가 섞인 여자의 체취를 뒤늦게 느낄 수 있었다.

'임철호가 요새 여자와 같이 사나?'

갑자기 궁금해졌지만 직접 물어보기도 어색하다. 얼마 전까지 이 방에 있다가 자신이 오니 급하게 자리를 피한 것 같다는 생각이 든다.

"앞으로 거처는 어떻게 하실 겁니까? 양주에는 이제 가실 수 없게 됐잖아요. 그렇다고 을지로 댁으로 가실 수도 없고…"

임철호가 어색한 분위기를 피하려고 자연에게 거취를 묻는다. 사실 자연이 자신에게 여자가 있단 사실을 눈치 챈 것 같아 불편했다.

"나도 한동안 이 동네에 방을 하나 구해서 애들과 함께 지낼 수 있을까요? 몸을 숨기고 있기엔 여기가 적당하겠어요."

"그러고 나선 어떻게 하시겠어요? 시간이 갈수록 마르크스 파 세상이 되어가요. 게다가 이젠 이매란 흉물까지 날뛰고 있는데…"

임철호는 앞으로 자연이 얼마만큼 자신에게 도움이 돼줄 수 있는

지 알고 싶어 하는 것 같다. 자연은 임철호를 완전히 신뢰하고 있지 않지만, 이번에 임철호가 나서서 도와주지 않았다면 자연은 이매에게 참혹한 변을 당했을 것이다. 최소한의 의리는 있는 사람 같으니 어느 정도 마음을 열고 임철호와 같이 일을 해보기로 한다.

"걱정하지 마세요. 양주 땅 말고도 사람만 있다면 어느 정도 일을 추진해볼 여력은 남았으니까요. 우린 앞으로 마르크스 파의 동향을 잘 주시해야 해요. 크레타 군이 아테나이에서 철수한 후 그들이 어떻게 나라를 꾸려가는지 관찰하다 보면, 어딘가에 허점이 있을 거예요. 그들은 우리처럼 새 아테나이를 세울 야심 찬 전략을 가지고 있지 않았어요."

"그렇겠죠. 김현안 따위는 사이베리아와 현상유지에만 급급했으니까요. 선생님처럼 외세를 극복해서 근대국가를 완성하겠다는 포부 따위는 없었어요. 선생님은 엄밀히 말해서 공산주의자도 아니셨고요."

"맞아요. 남편은 공산주의자가 아니었어요. 열심히 이론 학습에는 참가했지만…"

추수가 끝나고 농한기에 접어들자 그동안 혁명에 미온적이던 지역에서까지 무장봉기가 일어나기 시작했다. 산발적으로 일어나던 무장봉기가 전국 규모의 혁명으로 불처럼 번져가, 서울에서는 철수했지만 아직 아테나이 지방에 주둔해 있는 크레타 군을 수세로 몰아넣었다.

마르크스 파는 계속해서 리쿠르고스 파가 목숨을 바쳐 거둔 혁명의 열매를 도둑질해갔다. 지난 5월 서울 봉기 때 마르크스 파의 이론보다 리쿠르고스 파의 이론이 아테나이인에게 더욱 호소력이 있다는 것을 직접 보고 깨달은 마르크스 파는 그들의 이론에 리쿠르고스 파의 이념을 대폭 수용하고, 보다 적극적으로 대중에게 다가가는 전략을 취했다.

마르크스 파의 지속적인 선전과 기만으로 사람들은 인이와 리쿠르고스 파를 점점 잊어갔다. 후계자와 기록을 남기지 못하고 삼각산에서 산화한 리쿠르고스 파와 무사인(武士忍)이라는 이름은 그렇게 역사에서 사라져갈 운명이었다.

41

11월 20일 서울 경운궁 앞 광장.

경운궁 앞 광장에는 수만의 인파가 모여 마르크스 파가 주도하는 아테나이 인민대회가 거행되려 한다. 이제 크레타가 완전히 물러가면 인민위원회를 세우고 정부를 수립해서 사이베리아의 승인을 받을 태세다.

자연과 임철호 그리고 두 소년은 자신들의 신분을 숨기고 군중들 속에서 애잔한 심경으로 아테나이 인민대회를 지켜본다. 쌀쌀한 초겨울 날씨가 자연과 임철호에게 적당한 변장의 구실을 제공했다. 원래 변장의 대가인 임철호는 중절모, 안경, 수염, 프록코트로 자신의 나이보다 스무 살은 더 늙어 보이게 했다.

자연은 흰색 실크 스카프로 머리와 뺨을 감싸고 턱 아래 매듭을 지었다. 그리고 선글라스를 써 얼굴을 알아볼 수 없게 했다. 복장은 검은색 원피스 정장 위에 다시 검은색 트렌치코트를 타이트하게 입었는데, 평소 즐겨 입던 감색이 아닌 검은색을 골랐다.

윤이와 의상에게도 변장이라고 할 정도는 아니었으나 흰 셔츠에 검은색 넥타이를 매게 하고 검은색 슈트를 입혔다. 마치 장례식에 참가한 것처럼…. 윤이는 평소 쓰던 안경과는 다른 스타일의 안경을 쓰고, 안경을 쓰지 않던 의상이는 도수 없는 안경을 썼다. 두 소년은 어른처럼 머릿기름을 발라 머리를 넘기고 최근에 부쩍 큰 키에 높은 굽의 구두를 신어 도저히 자연의 자식뻘 소년으로는 보이지 않았다.

인민대회는 처음부터 피의 향연으로 시작돼 아테나이인들에게 공포를 심어주기 시작했다. 사람들의 머리에서 어느 정도까지 리쿠르고스 파의 기억을 지울 수는 있었지만, 삼각산에서 천지를 진동시켰던 폭발에 대한 의문과 바로 이 자리에서 사자후를 터트렸던 무사인에 대한 기억까지 뺏을 수는 없기 때문이다.

친 크레타 파라든가 악덕 자본가를 세 명씩 단상에 세워 조리돌림하고 즉석에서 사형판결을 내린 후 끌고 내려갔다. 그리고 30대 중반의 여성 간부가 나와 연설을 시작했다.

"아테나이 인민 여러분, 내가 이 자리에 선 이유는 얼마 전 있었던 악질 반동의 척살 사실을 여러분에게 알리기 위해섭니다. 혹세무민하여 인민의 고혈을 빨고 크레타에 아첨하여 우리 혁명을 방해해온 이자는 수십 년간 삼남에서 큰 교세를 누린 무극교의 교주 가수운입니다.

사실 난 15년 전까지 무극교 신도였는데, 가수운에게 수차례 능욕당하고 무극교의 소굴에서 도망 나왔습니다. 다행히 이제 크레타가 물러가고 있고, 우리 아테나이 공산당이 일으킨 혁명이 인민들의 거대한 호응으로 이 땅을 뒤덮자, 놈도 이젠 하루아침에 쥐새끼 같은 신세가 돼버렸습니다.

열흘 전 나는 당원 동지들과 함께 가수운의 은신처로 쳐들어가, 15년간 맺힌 여자의 원한을 풀고 인민의 적을 없애는 데 성공했습니다. 보십시오. 이것이 가증스럽고 역겨운 가수운의 목입니다."

단상에 올라올 때 들고 왔던 자루 안에서 사람의 목을 꺼낸다. 머리채를 잡고 군중에게 눈을 부릅뜨고 죽은 가수운의 얼굴을 들이댄다. 마치 전근대 국가에서나 볼 수 있던 효수 장면이다. 자연은 가수운의 목을 자른 것이 저 여인이 아닌 가이매란 것을 알고 있다. 정작 가수운의 목을 벤 당사자는 자리를 피하고, 엉뚱한 사람이 나와서 연극을 하고 있다.

'이런 기회에 공을 과시해서 신분상승을 노려볼 만한데, 일부러 자신의 모습을 감추고 있구나! 간악한데다가 영민함까지 갖춘 놈이다. 우선 자신이 가수운의 손자란 걸 숨겨야 할 테니…. 아무리 갖은 수사로 가수운을 매도한다 해도, 손자가 할아버지 목을 잘랐단 사실이 알려지면 아테나이인의 정서가 자신을 용서하지 않을 거란 사실을 알았을 테지. 게다가 아직 어린 자신이 지나치게 외부에 노출되면 장래를 망칠 수 있단 사실을 본능적으로 알고 자제한 거야. 녀석은 정말 무서운 놈이다.'

자연은 이매의 생장해가는 악마성에 순간 몸이 움츠려졌다. 이제까지 싸워왔던 크레타란 적은 이제 한 시대를 마감하듯 아테나이를 떠나가려 하지만, 어느새 이매란 또 다른 성격의 적이 자신의 앞에서 쑥쑥 커가고 있었다.

"여러분 주목해주십시오. 이제 아테나이 공산당 위원장이신 김현안 동지의 연설이 있겠습니다."

대회 사회자가 김현안(金衒顔)의 등장을 알린다. 이 대회의 마지막

연설이 될 것이고 자연이 가장 기다렸던 순간이다. 자연은 지난 3월의 평창 회담에서 김현안에 분개하며 테이블을 내리치던 인이의 모습이 떠올랐다. 인이가 김현안에게 기만당하고 아테나이 해방이라는 눈앞의 과제를 넘어서 편승 지향의 아테나이 역사와 이오니아 문명 주도의 세계를 적으로 간주하기에 이른 순간!

인이는 그때부터 철저하게 반역을 기도해야 했다. 그리고 그 반역은 인이가 훨씬 이전부터 축적해온 사상의 결과물이었다. 인이가 리쿠르고스를 영감 삼아 창조한 관념인 '얼굴을 보이지 않는 신'이 살아 있는 인격을 품게 된 것이다. 끊임없이 자신을 드러내고 무엇인가에 편승해야 생존할 수 있는 연옥의 삶에서 자신을 해방하기 위한 반역을 인이는 바로 지난 3월 평창에서 시작한 것이다.

김현안이 단상에 오르자 그 주변에 있던 마르크스 파 간부들과 당원들이 일제히 박수를 치며 광장에 모인 군중에게도 열렬한 박수와 호응을 유도한다. 단상에 오른 김현안은 검소한 회색 인민복 차림으로 사람들의 박수를 가능한 표정의 동요 없이 받아내려 애쓰는 것같이 보였다.

'보나 마나 앞으로 사람들에게 저걸 입으라고 강요하겠지. 자신은 언제나 브리타니아 제 최고급 슈트만 입고 다녔으면서…'

자연은 미덥지 못하다는 듯 김현안을 바라보며 이렇게 생각했다. 그리고 아직 인민위원회도 정부도 수립되지 않은 상태인데, 벌써 저들에게서 관료주의의 냄새가 진동하기 시작한다고 느꼈다.

"아테나이 인민 여러분, 저는 오늘 이 자리에서 우리가 크레타를 몰아내고 해방의 날을 맞이하게 된 것을 진심으로 감사해 마지않습니다. 이 위대한 역사의 결실은 첫째, 그동안 우리 아테나이 공산당에게 믿음과 사랑을 아낌없이 베풀어주신 아테나이 인민 여러분의 공적이며…"

자연은 50대 중반의 노회한 김현안답게 겸손하며 무리 없는 연설을 시작했다고 생각했다. 그러나 그녀의 경험에서 볼 때 이 연설 첫머리 다음에는 점잖은 노비의 혼이 그에게서 발현될 것이었다. 그러면 삼각산에서 산화한 인이의 영혼은 다시 기만당하는 것이다.

"…아테나이 인민 여러분의 공적이며, 둘째, 위대한 공산주의의 조국 사이베리아의 전폭적인 지원 아래 이룩된 쾌거입니다."

'사이베리아의 지원 아래 이룩된 쾌거? 언제 사이베리아가 아테나이의 혁명을 전폭적으로 지원했다는 건가? 그리고 공산주의의 조국이란 또 뭔가?'

자연은 마음속에서 이미 준비된 분노를 터트리기 시작한다.

"우리의 혁명 전사들이 저 사악한 크레타의 제국주의와 건곤일척의 대결을 할 때, 당권을 노리고 준동하던 무리가 있었습니다. 우리가 서울 밖에서 저 무시무시한 크레타의 비행선을 맨주먹으로 격추할 때, 그들은 바로 이 자리에서 여러분을 감언이설로 선동하기 바빴습니다. 우리는 비행선을 서울 상공에서 격추하면 시민들의 피해가 막심할 것을 걱정해 서울 밖에서 목숨을 걸고 싸울 때, 저들은 여러분의 관심을 자신들만 독차지하려 미친 듯이 날뛰었습니다."

갑자기 허공에서 짙은 어둠이 내려 자연의 눈앞을 덮었다. 자연은 오늘 김현안이 어떤 이야기로 산화한 인이와 리쿠르고스 파를 모욕하고 세상을 기만할 것인지 이미 예상했다. 그래서 오늘 그것을 직접 자신의 눈과 귀로 확인한 후 자신의 분노를 리쿠르고스 파 재건 계획의 이정표로 삼을 셈이었다.

그러나 그것을 직접 보고 듣는 순간 자연의 정신은 거대한 분노의 총량으로 짓눌렸다. 원한의 깊이는 자신이 예측한 것보다 훨씬 더 깊었다.

김현안의 연설은 계속된다.

"그들은 부끄러움을 알아야 합니다. 공산주의를 추종하면서도 사리사욕과 명리심에 굴복해서, 사이베리아를 종주로 하는 마르크스주의에서 이탈해 이단의 악취를 풍겼습니다. 그리고 그들 스스로 급조한 요망한 이론을 여러분들에게 퍼트리고 자신들의 판을 꾸려 역사를 거스르려 했습니다."

자연은 순간 광장 바닥에 한 쪽 무릎을 꿇고 두 손으로 땅을 짚었다. 그녀는 분명 눈을 부릅뜨고 있었지만 앞을 볼 수 없었고, 분노로 몸을 가눌 수 없게 됐다. 천지의 심령들이 고막을 뚫고 들어와 머릿속에서 자연을 조롱했다.

갑자기 어머니가 땅에 한 쪽 무릎을 꿇고 앉자, 윤이가 이상하여 허리를 숙이고 어머니의 얼굴을 조심스럽게 쳐다본다.

"어, 엄마!"

윤이는 순간 소스라치게 놀라며 어머니가 쓰고 있던 선글라스를 벗겼다. 자연은 두 눈을 뜬 채로 피눈물을 흘리고 있었다.

"엄마, 엄마."

윤이는 당황해서 어머니를 계속 불렀지만, 자연은 아들의 목소리를 들을 수 없었다. 의상이도 예상치 못한 상황에 어찌할 바를 모른다. 이때 임철호는 다행히 이 초자연적인 현상에 넋을 빼앗기지 않고 이 상황이 자신들에게 가져다줄 수 있는 위험을 금세 알아차렸다.

"윤이야, 빨리 어머니 선글라슬 다시 씌워드려. 스카플 풀어서 피

흐른 얼굴 가리고, 어서."

윤이는 임철호가 시키는 대로 선글라스를 도로 씌우고, 자연의 턱 밑에 있는 스카프의 매듭을 풀려 했다. 그러나 자연의 피눈물이 선지피처럼 매듭에 엉겨 붙었고, 윤이도 손가락이 떨려 매듭을 풀 수가 없었다.

"안 되겠다. 이걸로 어머니 얼굴을 감싸."

임철호가 자신이 두르고 있던 머플러를 풀어 윤이에게 주고 자연의 얼굴을 감싸게 한다.

"의상이는 저쪽에서 사모님 부축하고…. 자, 천천히 일어나서 여길 빠져나가자. 조심해서…."

자연의 왼쪽 팔은 윤이가, 오른쪽 팔은 의상이가 부축해서 일으켜 세웠다. 임철호는 아까보다 중절모를 더 푹 눌러쓰고 앞장서서 천천히 그리고 조심스럽게 군중 사이를 헤쳐 나간다. 임철호는 오른손을 코트 왼쪽 안주머니에 넣고 주머니 안에 있는 권총을 언제라도 빼낼 수 있는 자세를 취한다. 만약 누군가 자신들을 알아보고 소리라도 지르면 그 자리에서 즉시 그자의 이마에 총탄을 박아 넣을 기세다. 자연은 윤이와 의상이의 부축을 받으며 임철호의 등 뒤에 바짝 붙어 군중 사이를 천천히 빠져나왔다.

42

11월 22일 용산 판자촌에 있는 자연의 임시거처.

"이제 좀 정신이 드세요? 윤이가 오늘 아침부터 눈동자가 조금씩 돌아오시는 것 같다고 그래서 와보니, 마침 절 바로 알아보시네요."

"네, 후…."

임철호가 이틀 만에 눈을 뜬 자연에게 말을 걸자, 자연이 기운 없이 대답하고 한숨을 몰아쉰다.

"뭘 좀 드셔야죠. 이틀 동안 물만 조금씩 넘기셨어요."

잠시 후 윤이와 의상이가 부엌에서 미음을 끓여와 자연이 천천히 그것을 들었다. 둘이서 미음을 처음 쑤어본 모양인데, 자연이 먹기에 맛이 그리 나쁘지 않았다. 윤이는 예전에 식모 누나가 끓이는 걸 어깨너머로 본 기억을 살려서, 의상이는 삼각산에서 하던 군영 생활의 경험을 살려 미음상을 차려봤다고 한다.

자연은 아들 윤이와 아들 같은 의상이가 서툴게나마 끓여낸 미음을 반쯤 먹다가 남긴다.

"아직 몸이 허하셔서 다 못 드시네요. 그래도 누워 계실 때 윤이가 수저로 입에 흘려 넣는 물은 조금씩 받아넘기시던데요."

"네, 의식을 완전히 잃진 않았어요. 옆에서 윤이랑 의상이랑 하는 얘기도 다 들렸고…, 근데 눈이 안 보이고 몸이 맘대로 움직여주질 않았죠."

"갑자기 쇼크 상태에 빠지셨던 것 같아요. 사람이 갑자기 충격을 받으면 그렇게 피눈물을 흘릴 수 있다는 거…, 저도 처음 알았어요."

"…."

"좀 더 누워 계시겠어요? 기운을 차리시려면 며칠 더 쉬셔야죠."

"아, 아네요. 그런데…, 제가 누워 있을 동안 좀 알아보셨어요?"

"네. 삼남에서 서울로 올라온 무극교도 수가 대략 1,000명가량 되고, 그 중에 병력으로 쓸 수 있는 인원이 100명이 좀 안 돼요."

"그것 가지곤 어림도 없어요."

"네, 그렇죠!"

"누워 있을 동안 생각을 해봤는데…, 이젠 리쿠르고스 파 재건을 단념해야 할 것 같아요."

"네?!"

임철호는 깜짝 놀라 외쳤다. 인민대회에 참석한 이후 리쿠르고스 파 재건이 현재로서 어렵다는 것을 자신이 누구보다 절실히 느꼈지만, 자연의 입에서 그 말이 먼저 나올 줄은 전혀 예상하지 못했다. 적당한 시기에 자연을 설득할 생각이었고, 지금은 자연의 뜻에 따라가 주기로 했었다. 그런데….

"마르크스 파가 이념에 대한 엄격주의에 빠져서 사이베리아에 편승해 혁명을 망쳤다면, 우리 리쿠르고스 파는 너무 즉흥적이어서 혁명을 망쳤어요. 이제 우리 실패를 인정해야 할 때가 온 것 같아요. 그래도 일단 크레타를 아테나이에서 몰아내는 데는 성공했으니, 우리가 한 일이 없지는 않아요. 우리 여기서 만족하도록 해요."

"크레타가 아테나이를 포기하게 한 결정적 계기는 선생님이 삼각산에서 절대무기로 자폭하신 거고, 우리 리쿠르고스 파를 아테나이 대중과 연결해준 건 비행선 격추였어요. 그런데 그것마저도 마르크스 파가 훔쳐갔어요."

"알아요, 철호 씨. 비행선을 직접 떨어트린 게 철호 씨니 얼마나 그 일에 안타까움이 클지…; 어쩌면 평생 가슴에 묻어두고 살아야 할 짐을 젊은 철호 씨에게 지우는 거 같아 죄스러워요. 하지만 여기서 그냥 모든 걸 접자는 건 아녜요."

"따로 생각이 있으신가요?"

"서울에서는 병력을 충분히 구할 수 없죠? 그래선데…, 철호 씨가 내 대신 북쪽으로 다녀와 줘요. 내가 직접 가야 하지만 몸이 이래 서…."

"북쪽이요?"

"무극교도가 삼남에만 있는 게 아니라 북쪽에도 있어요. 지난 무장투쟁에서도 삼남보다 오히려 적극적이었다고 하더군요."

임철호는 방금 리쿠르고스 파 재건을 포기하자고 하더니, 서울 이북 지방에 있는 무극교도를 상대로 모병하자는 자연의 말에서 모순이 느껴진다.

"북쪽의 무극교도는 호전적이고 가수운의 말도 잘 안 듣는다고 하던데요? 가수운도 죽은 마당에 그들에게 도움을 받을 수 있을까요?"

"예전의 가수운과 지금의 가수운은 이미 달라요. 마르크스 파가 무극교도를 적으로 간주하고 토벌하기 시작했고 가수운이 목 잘려 죽었어요. 순교한 셈이죠. 이제 가수운은 북쪽 신도들의 구심점이 될 수 있어요."

"하지만 제가 어떻게 그들을 설득하죠?"

"우선 서울에서 믿을 만한 무극교 신도를 뽑아 앞장세워 가세요. 그리고 제가 가지고 있는 게 있어요."

자연은 35년 전 자신과 가수운을 맺어준 그 빨간 경면주사로 쓰인 증표 이야기를 임철호에게 해준다. 그리고 평소에 지니고 다니던 검은색 가죽 핸드백에서 증표를 꺼내 임철호에게 맡긴다.

"이걸 가지고 가서 보이세요. 무극교 신도라면 그 증표가 가수운의 친필로 쓰인 증표란 걸 알 거예요. 가수운과 우리가 어떤 관계란 것을 알려주는 표시예요."

"잘 알겠습니다. 그런데 병력을 구하면 뭘 하시려고요? 리쿠르고스 파 재건은 포기하자고 하셨잖아요?"

"김현안을 죽이겠어요."

임철호는 자연의 대답을 듣는 순간 뒤통수를 철퇴로 맞는 듯한 충격을 받았다. 피눈물을 흘리고 쓰러진 자연이 일어나 리쿠르고스 파 재건을 포기하자고 했을 때, 임철호는 자연의 소탈함을 내심 칭찬하며 반겼었다. 기다렸던 말이 생각보다 일찍 나와준 것이다. 체념할 줄 아는 여인에게서 느껴지는 아름다움과 그녀에 대한 동정심 같은 것이 있었다.

그러나 자연은 그 기대를 보기 좋게 깨트렸다. 임철호는 예전부터 스승인 무사인보다 그의 부인 민자연이 상대하기 힘든 인물이었음을 새삼 느낀다.

"김현안을 죽인 다음에는 어떻게 하실 거죠?"

"온건하고 균형감이 뛰어난 2인자 이인조(李仁雕)에게 마르크스 파를 맡기고, 아테나이에서 참주가 출현하지 않게 하겠어요. 이인조와 계약을 맺어야죠. 나와 철호 씨도 마르크스 파의 아테나이 통치에 참가하는 걸 조건으로. 그리고 나선 시간이 필요해요. 불완전하게 시작한 체제이니 언젠간 반혁명이 일어날 거예요. 그리고 정말 중요한 건 그 다음이겠죠."

"이인조와 계약을 맺고 과두정을 세워 최악의 상황은 막은 후, 다음 세대의 혁명을 준비하잔 말씀이죠?"

"바로 보셨어요. 아테나이는 앞으로 공산주의와 자본주의 양 체제를 모두 경험할 거예요. 그 길이 이오니아와 크레타에 뒤져 식민지로 전락했던 아테나이가 가야 할 길이고, 리쿠르고스 파가 가야 할 길이에요.”

“알겠습니다. 그럼 머뭇거릴 거 없이 지금 떠나죠. 서울에 있는 무극교도와 접촉해서 내일이라도 서울을 떠나겠습니다.”

“부탁해요, 철호 씨.”

임철호는 곧바로 자연의 거처를 나섰다. 리쿠르고스 파 재건을 포기하겠다는 자연의 말에서 기묘한 반전과 역설을 느끼며…! 리쿠르고스 파는 이미 자연과 철호의 머릿속 풍경에서 재건되어 있었다.

43

12월 22일 동지(冬至) 오후 5시 30분 서울 삼청동 마르크스 파 본부.

“민자연이 1,000명도 넘는 무리를 이끌고 쳐들어옵니다. 평창에서 북악산을 넘어온 것 같습니다. 저기를 보세요. 흰옷을 입고 무리의 맨 앞에서 총을 들고…?!”

이인조(李仁雕)는 마르크스 파 본부 청사 창문을 통해 자연이 1,500명의 병사를 거느리고 쳐들어오는 모습을 보며 경악하여 외친다. 그는 30대 중반의 비교적 젊은 나이에 마르크스 파의 2인자가 되어 그 자리를 수년간 지켜왔다. 하지만 그는 이렇게 극적인 장면을 직접 바라보는 것이 처음이다.

한 여인이 저렇게 많은 병력을 이끌고 자신을 향해 달려온다는 사실이…. 아직 자연의 표정이 보일만 한 거리에 있지는 않지만, 이인조는 그녀의 얼굴에 서려 있을 숭엄한 살기가 이미 자신의 눈에 보이는 듯하다. 그는 지금 노회한 김현안이 자신에게 뭔가 지시해줄 것을 바라고 있지만, 김현안도 이 상황에선 어찌해야 할지 모르고 있었다.

"우리 병력은 어떻게 됐나. 다 죽었소?"

김현안이 다물고 있던 입을 연다.

"애초에 저만한 병력을 막을 만한 병력이 본부엔 없습니다. 아, 저걸 좀 보세요. 저 큰 체격들이랑 살기등등한 모습들을요. 상당한 전투 경험이 있는 부대 같습니다. 아마 민자연이 다시 불러들인 무극교도 병력일 겁니다. 지난번 리쿠르고스 파 봉기 때도 그랬으니까요.

이런! 저걸 좀 보십쇼. 민자연이 들고 있는 게 아까는 총인 줄 알았는데, 지금 다시 보니 무슨 도끼 같습니다. 전 사실 이매가 가수운의 목을 잘라올 때부터 불안했어요. 지금은 민자연의 저 도끼가 우리 목을 노리고 있는 겁니다."

이인조는 마치 종말을 앞둔 예언자처럼 음울하게 말을 이었다. 일년 중 해가 가장 짧은 동지의 해질녘. 하늘엔 어느덧 노을이 지고, 붉은 노을을 등진 자연은 더 성큼성큼 김현안과 이인조가 있는 청사로 다가오고 있다.

"그런데 이매는 어디 갔소? 지난번 가수운의 목을 벤 것을 이매가 한 것이라고 밝히면 민자연과 타협할 여지가 생기지 않겠소?"

"오늘 아침부터 그놈이 보이지 않았습니다. 뭔가 미리 눈치를 채고 도망쳤겠죠. 제가 뭐라고 했습니까? 그놈을 너무 믿지 말라고 말씀드렸죠?"

김현안은 이인조의 말을 듣고 자신이 사면초가에 처한 것을 뒤늦게 체감하지만, 그렇다고 체면상 모든 것을 포기하는 모습을 보일 수도 없었다.

"너무 낙담할 것 없소. 비록 저 여자가 남편과 가수운의 복수를 하러 압도적인 병력으로 우리를 쳐들어와도 역사의 대세를 거스를 순 없는 거요. 우린 침착하게 여기서 민자연을 맞고 천천히 얘기를 해보는 거지. 그 여자 앞에서 절대로 우리가 두려워하는 모습을 보여선 안 되오."

노회한 정객답게 김현안은 앉은 채로 이인조를 달래며 자신의 담대함을 과시했다. 그러나 이인조는 김현안의 그런 허세가 이제 보기 싫었다. 평소에 한결같이 충직하며 꼼꼼했던 이인조가 이제까지 상관으로 모시던 자를 배신하고 싶은 뜻밖의 충동이 뱃속에서 꿈틀댔다.

쿠앙, 콰직…!

아래층에서 폭약 터지는 소리와 우지끈하며 나무 깨지는 소리가 났다. 청사 현관문을 수류탄으로 폭파한 모양이라고 이인조는 생각한다. 성난 병사들의 발 구름이 목제계단을 울리고, 그 진동이 김현안과 이인조가 있는 사무실 마루까지 울려왔다. 곧이어 발로 문을 걷어차는 소리가 들리며 목제 여닫이문이 해액, 하고 열린다. 그리고 철제문의 손잡이가 벽을 세게 탕, 하고 들이받았다.

문밖의 복도가 방안보다 어두워 이인조는 밖에서 안을 들여다보는 자들의 얼굴을 분간할 수 없었다. 그는 가능하면 빨리 저 무리에서 민자연과 임철호를 발견하길 바랐다. 성난 사람 중에 그나마 자신이 의지할 수 있는 것은 그 둘이라고 믿었다.

사무실에는 김현안과 이인조 두 사람뿐 무장한 병력이 없음을 확인하자, 그 무리 중 흰옷 입은 여인이 앞장서 방안으로 들어오고, 뒤이어 임철호와 무사윤, 한의상 두 소년, 그리고 무장한 무극교 신도 20여 명이 들어왔다.

"잘 오셨소, 민자연 동지. 꼭 한번 만나서 얘기를 해야 했는데, 이제야 만나게 됐군요."

김현안은 일어나 자연에게 정중히 인사를 건네며 악수를 청했다. 그러나 자연은 오른손에 긴 자루가 달린 날 선 도끼를 든 채 아무 말도 없이 김현안을 바라볼 뿐이다. 자연이 악수를 거절하자 김현안은 어쩔 수 없이 내밀었던 오른손을 도로 가져갔다.

"이인조 동지, 동지께서 앞으로 인민위원회 위원장이 돼주셔야겠습니다."

이인조는 자연이 무겁게 건넨 말의 의미를 단번에 알아들었다. 수년간 2인자의 자리를 지켜온 감각에서 우러난 직감이었다. 이후 당에서 자신의 역할이 무엇이고 자연에게 양보해야 할 내용이 무엇인지도 알았다. 이제 자연은 자신과 권력을 공유하고, 그 균형 속에서 아테나이를 통치할 파트너가 된 것이다.

손해 볼 것은 없었다. 매사에 자신의 보스로 자처하며 복종을 강요하는 김현안보다는, 대등한 관계를 제안하는 자연 쪽이 이인조 자신에게도 바람직했다.

"그 대신 아테나이 외교의 전권은 저에게 맡겨주십쇼. 외교부의 수장이 누가 되든 상관은 없습니다. 다만 중요한 사안의 결정은 반드시 저를 거치게 해주십쇼. 저는 우선 대륙에서 크레타가 물러나 라케다이몬이 반식민지 상태를 극복하도록 지원하겠습니다. 아테나이 혁명의 전파지요. 사이베리아와의 우호관계도 지속할 것입니다. 제가 리쿠르고스 파였다고 해서 의구심을 가지진 말아주십쇼. 어찌됐건 힘 있는 동맹국은 필요하니까요."

자신에게 권력 분점을 제안한 후 기본적인 외교정책 기조까지 밝혔다. 나쁠 것이 없었다. 오히려 이상적이다. 이인조는 자연이 막무가

내로 권력을 탐하는 것이 아니라, 자신과 당원들로부터 정통성까지 확보하려 든다고 생각했다.

"그런데 그 전에 한 가지 처리해야 할 일이 있습니다. 지금 이 자리에는 반동의 우두머리가 있습니다. 그자가 우리 아테나이 공산당을 분열시키지 않았더라면 마르크스 파와 리쿠르고스 파는 합심하여 아테나이 해방 전쟁에 임했을 테고, 우리는 쓸데없이 동지들의 피를 흘리지 않고도 해방 조국을 건설할 수 있었을 겁니다."

이인조는 이제야 올 것이 왔구나 하고 생각한다. '자연이 들고 온 도끼는 그것을 위한 것이겠지. 그녀가 단정하게 입고 온 흰색 정장과 흰색의 코트는 김현안이 흘린 피를 선명하게 드러내기 위한 장치겠지'라고 생각한다.

이때 임철호가 앞으로 나와, 순식간에 김현안을 제압하여 바닥에 엎드리게 한 후 뒷짐을 지게 해 손을 묶었다. 이어서 검은색 정장을 입은 소년이 나와 김현안의 목에 밧줄을 걸어 잡아당긴다. 얼굴을 보니 낯이 익다. 이인조는 한 번도 본 적이 없지만, 이 소년이 무사인과 민자연의 아들임을 알았다. 임철호는 두 손을 뒤로 묶인 채로 엎드린 김현안의 허리를 구둣발로 밟고, 무사윤은 목에 건 밧줄을 잡아당겨 김현안의 목을 길게 잡아 뺐다.

이어서 자연이 엎드려 있는 김현안의 오른쪽 옆으로 다가왔다. 자연은 오른손에 든 도끼를 두 손으로 잡고 머리 위로 들어 올렸다. 그리고 김현안을 향해 내리찍었다. 김현안의 목을 베기 위해 목 위로 떨어질 줄 알았던 도끼가 김현안의 오른쪽 어깨뼈를 강타했다.

처절한 김현안의 비명과 함께 솟아오른 피가 자연의 흰옷을 붉게 물들이기 시작했다.

다시 도끼가 김현안을 향해 내리쳐졌다. 이번엔 김현안의 왼쪽 어깨뼈를 강타했고, 사람의 것인지 짐승의 것인지 모를 비명이 울려 퍼졌다.

밧줄로 김현안의 목을 잡아당기고 있던 윤이가 순간 놀라 잡고 있던 밧줄을 놓치고, 김현안이 자신의 목을 미친 듯이 흔들었다.

"뭐하는 거야. 빨리 도로 잡아당겨."

자연이 윤이를 향해 무서운 음성으로 소리친다.

아버지의 원한을 갚아야 한다고 어머니와 굳게 맹세하고 이곳에 온 윤이지만 어머니의 원한이 이만큼 짙게 사무친 것인 줄은 몰랐다. 어머니는 김현안이 최대한 고통을 느끼다가 죽게 할 생각이다. 그런데 이것이 과연 삼각산에서 산화하신 아버지의 원한 때문만일까? 윤이는 그런 의문을 가지며 다시 밧줄을 당겼다.

이번엔 도끼가 김현안의 목 아래 척추를 끊었다. 이제 김현안은 목을 움직일 수도 없게 됐다. 그러고 나서 자연은 김현안의 힘없이 빠져버린 목 위를 내리치기 시작했다.

목은 한 번에 끊어지지 않았다. 자연이 여섯 번째로 내리쳤을 때 윤이가 밧줄로 잡아당기고 있던 김현안의 목은 몸에서 멀찌감치 떨어져 나갔다.

제6장

텔레마코스

한편 텔레마코스는 외딴 바닷가에 가서
잿빛 바닷물에 두 손을 씻고 아테네에게 기도했다.
"내 말을 들어주소서. 그대는 어제 신으로서 내 집에 들어오시어
배를 타고 안개 빛 바다를 건너가 오랫동안 떠나고 안 계신
아버지의 귀향에 관해 수소문해보라고 내게 명령하셨나이다.
그러나 이 모든 일들을 아카이오이 족이, 그 중에서도 특히
사악하고 거만한 구혼자들이 방해하려 하나이다."
그가 이렇게 기도하고 있을 때 아테네가 그에게 가까이
다가가니 그녀는 생김새와 목소리가 멘토르와 같았다.
그를 향해 그녀는 물 흐르듯 거침없이 말했다.
"텔레마코스! 장차 자네는 무능하거나 어리석지 않을 것이네.
진실로 자네 부친의 고귀한 용기가 자네 혈관을 흐르고 있다면 말일세.
그런 사람으로서 그분은 자신의 말과 행동을 실현하셨으니까.
그렇다면 자네 여행도 결코 헛되거나 무익하지 않을 것이네.
자네가 그분과 페넬로페의 아들이 아니라면 자네가
자네 소망을 실현하리라고 나도 바라지 않겠지.

사실 아버지만 한 자식은 흔치 않다네.

대부분은 그만 못하고 소수만이 아버지보다 나은 편이지

그러나 장차 자네는 무능하거나 어리석지 않을 것이네.

오딧세우스의 지략이 자네에게 완전히 거부된 것이 아니라면

자네는 스스로 이 일을 할 수 있게 되리라고 기대해도 좋네.

자네는 지각없는 구혼자들의 계획과 의도 따위에

아랑곳하지 말게. 그들은 사려 깊지도 의롭지도 않으니까.

그들이 단 하루에 다 죽도록 이미 죽음과 검은 죽음의 운명이

가까이 다가와 있지만 그들은 그것도 전혀 깨닫지 못한다네.

머지않아 자네가 바라던 여행길에 오르게 될 것이네.

나는 아버지 때부터 자네의 그런 전우이고, 그래서 자네를 위해

내가 날랜 배 한 척을 마련해 몸소 동행할 것이기 때문이네.

자네는 집에 가서 구혼자들과 어울리면서

길양식을 준비해 모든 것을 그릇에 담되

포도주는 손잡이 둘 달린 항아리에 담고 남자들의 기력을

돋우는 보릿가루는 튼튼한 가죽 부대들에 담도록 하게나.

나는 서둘러 백성들 사이에서 지원하는 전우들을 모으겠네.

바다로 둘러싸인 이타케에는 헌 배와 새 배들이 많이 있으니

그 중 가장 좋은 것으로 한 척 고르겠네. 그러면

우리는 신속히 선구를 갖추고 넓은 바다로 나가게 되겠지."

이렇게 제우스의 딸 아테네가 말했다.

그러자 텔레마코스는 여신의 음성을 듣고 더 이상 지체하지 않았다.[12]

　　― 호메로스의 『오뒷세이아』, 제2권 「이타케인들의 회의_텔레마코스의 출항」 중에서

12　호메로스, 『오뒷세이아』, 천병희 옮김, 숲, 2006, 51~53쪽.

아테나이력 4379년,
병인(丙寅)년, 네스토리우스력 2046년

44

3월 중순.

무사인이 삼각산에서 절대무기와 함께 산화하고 자연이 김현안을
죽인 지 41년이 지났다.

그 사이 아테나이의 풍경도 크게 변했다. 무사인(武士忍)의 혁명으로
크레타가 물러난 직후 수립된 통제경제 체제는 다시 29년 후 무사인
의 아내 민자연(閔紫涓)의 반혁명에 의해 자유주의 시장경제 체제로 이
행했다. 이후 브리타니아·헤라클레이아 등의 이오니아 제국과 적극적
인 교류가 이루어졌으며, 쫓아냈던 크레타와도 다시 국교가 이루어
져 활발한 교류를 해왔다.

아테나이의 수도 서울은 크게 번영하여 이오니아 제국의 수도 못지
않은 세계적인 대도시가 되었고, 해마다 국제적인 스포츠 행사와 국
제회의 등이 개최되어 이미 이오니아 문명의 핵심부에 진입한 것처럼
보였다.

무사진(武士眞)은 무사인과 민자연의 손녀이다.

그러나 자신의 할아버지가 삼각산에서 절대무기와 함께 산화한 사
실과 할머니가 불과 일 년 전 이매에게 참혹한 죽임을 당한 사실은
모르고 있다.

올해 고등학교 1학년인 그녀는 오늘도 어김없이 새벽에 일어나 학

교에 가야 했다. 아테나이에서 대학 수험을 앞둔 그 나이 또래 학생이라면 누구나 겪어야 할 일상이지만, 진이는 매일 아침 낯선 자들이 지어놓은 성채 안으로 들어갔다가 밤늦게 그 성채를 나와 집으로 돌아와야 한다.

—아침 예배가 시작됩니다. 1, 2학년생 전원은 강당에 모여주십시오.

—아침 예배가 시작됩니다. 성경과 찬송가를 지참하고 강당으로 모여주십시오.

'또 듣기 싫은 방송이 나오는군. 짜증나네.'

진이는 등교하자마자 들리는 교내방송이 못마땅하다. 가방 구석에 대충 처박아두었던 네스토리우스교의 경전과 찬송가 악보 책을 가방에서 꺼내 들고 같은 반 아이들과 섞여 강당으로 향했다.

진이가 입학하자마자 네스토리우스교 재단에서 포교 목적으로 학생들에게 무료로 배포한 소책자 2권은 그 후 매일 의무적으로 지참해야 할 것으로, 교과서보다 더 중요한 책이 되었다. 불시에 교사가 검사해서 가지고 있지 않은 학생은 가벼운 체벌, 예를 들면 교사가 소지한 지휘봉이나 플라스틱 자로 손바닥을 맞거나 이름이 적혀 나중에 주의를 받는 등의 불이익을 당했다.

강당에 들어섰다. 진이가 다니는 학교의 강당은 네스토리우스교의 예배당이기도 하다. 학생들이 착석하자 교장, 교감을 비롯한 주임 급 교사들이 단상 위로 올라와 목제 등받이가 유난히도 길게 위로 솟은 의자에 걸터앉는다. 마치 성직자들 같다. 실제로 이 학교의 교사들은 자신이 소속한 네스토리우스 교회당에서는 성직자의 직함을 소유한 사람이 상당수였다.

"모두 찬송가 제297장 '오 주 찬미, 모든 영광 주께 돌리리'를 부르겠습니다."

아침예배 준비를 마치자 음악교사 송지영이 단상 위에 놓인 피아노로 찬송가의 반주를 시작하고, 곧이어 학생들은 찬송가 악보를 보며 가사를 따라 불렀다.

하지만 진이는 찬송가를 따라 부르지 않았다. 자신은 네스토리우스교 신자가 아니며, 이 학교에 들어온 것도 오고 싶어서 온 것이 아니기 때문이다. 그런데 잠시 후 강당 여기저기를 돌아다니며 학생들의 예배 태도를 눈여겨보던 교도주임이 진이 옆에 와 선다. 손을 들어 진이를 향해서 집게손가락과 엄지손가락을 반복해서 붙였다 뗐다 한다.

'야, 넌 왜 찬송가 안 불러? 입 벌리고 찬송가 불러, 어서.'

교도주임은 손가락 짓으로 진이에게 이렇게 말하고 있는 것이다.

진이는 순간 갈등했다. 불러야 하나? 아니면 계속 자기 소신을 지켜야 하나? 진이는 교도주임이 시키는 대로 잠시 입을 뗐다. 진이의 입을 보고 교도주임이 다른 곳으로 갔다. 그러나 진이는 찬송가를 부르지 않았다. 살짝 입만 떼고 목소리는 내지 않았다.

'아! 언제까지 이런 식의 소극적인 대응이나 하고 살아야 하지? 지금은 학기 초지만, 이런 생활을 삼 년간 해야 하다니⋯!'

진이는 한숨을 쉬면서 자신의 암담한 심정을 달래야 했다. 계속해서 강당에서는 기도와 교목의 설교가 이어졌다.

45

4월 중순.

"무사진, 무사진, 음악 선생님이 지금 널 찾으셔. 음악실로 내려가 봐."

점심시간 중 학급 반장이 진이를 부르고 음악실로 내려가 보라고 한다.

'음악 선생님이? 무슨 일이지?'

진이는 집에서 싸온 도시락을 먹다 말고 음악실로 내려갔다.

"1학년 3반 무사진이에요. 부르셨죠?"

음악실에는 30대 중반의 여교사 송지영(宋至嬰)이 진이를 기다리고 있었다. 입학식 때 단상에서 피아노 반주를 해서 가장 일찍 얼굴을 익힌 교사 중의 하나였다. 그리고 지금 1학년 음악수업을 맡고 있기도 하다.

"아, 그래 너구나. 여기 와서 앉아. 널 왜 불렀냐면 말이지…; 저번 중간고사 실기시험 때 넌 피아노 쳤지?"

4월 초에 본 중간고사 음악 실기시험은 각자가 가장 자신 있는 악기로 한 곡을 연주하면 됐다. 그때 진이는 쇼팽의 피아노 소품곡 한 곡을 연주했는데, 그것이 음악선생의 눈에 든 것이다. 학생 중에 진이만큼 높은 수준의 피아노 연주를 한 학생이 없었다.

"니 피아노 연주가 제일 수준 높았어. 어떻게 그렇게 잘 치니? 얼마나 친 거야? 음대로 갈 생각이니?"

"유치원 때부터 꾸준히 치긴 했는데…; 근데 전 음대 갈 생각은 없어요."

"그래? 어느 학과로 가고 싶은데?"

"사학과요."

"그래? 여자애가 사학과로 가겠다는 건 난 첨 봐. 아버지는 뭘 하시는데?"

"대학교수세요."

"사학과 교수셔?"

"아뇨, 사회학과 교수세요."

"어머니는? 어머니가 혹시 역사를 하셨나?"

"아뇨, 예전에는 일하셨는데 지금은 그냥 주부세요."

"그렇구나. 하여간…, 선생님은 니가 예배시간에 피아노 반주를 해 줬으면 해. 진이 니 실력이면 충분하니까…, 부담 갖지 말고 해봐. 학교에 봉사하는 만큼 혜택도 있어. 앞으로 졸업할 때까지 음악 실기시험은 면제야. 실기는 무조건 100점. 어때 해볼 만하지? 선생님이 이미 네가 최고라고 다른 선생님께도 말씀드려 놨어. 교장 선생님한테도…. 니 담임 선생님도 알고 계시고."

"근데요, 선생님…."

"음, 뭔데?"

"전 네스토리우스교 신자가 아닌데요. 예배시간에 반주라면 찬송가 연주잖아요? 전 신자가 아닌데요."

진이의 대답을 듣는 순간 송지영은 뜻밖이기도 하고 진이가 좀 괘씸해 보이기도 했다. 음악 실기시험 면제라는 인센티브만 놓고 보더라도 당연히 좋아서 받아들일 줄 알았는데…. 그것도 이 학교가 미션스쿨인 줄 알면서, 자신은 네스토리우스교 신자가 아니니 연주를 할 수 없다고 대드는 모양이 너무 당돌해 보인다.

'어쩐지…, 예사 얼굴이 아니더니만 좀 까다롭게 구는구나!'

송지영은 진이가 괘씸하지만 그래도 더 설득해보기로 한다.

"진이야, 우리 학교가 네스토리우스교 재단에서 세운 건 알지? 이 사장님도 독실한 신자시고 얼마나 훌륭하시니. 학생들에게 신앙을 권하는 건 우리 학교 교육 방침이야. 이 기회에 하나님을 신앙하면 좋잖아? 혹시 다른 종교가 있나, 불교?"

"아뇨. 종교는 없어요."

"그럼 잘됐네. 이번 기회에 하나님도 신앙하고 반주도 네가 맡아라. 그럼 좋겠지, 진이야?"

"아뇨, 전 하지 않겠어요. 사실 제가 이 학교 오고 싶어서 들어온 건 아니거든요. 중학교 졸업하니 그냥 컴퓨터가 무작위로 고등학교 배정한 게 여기였어요. 선생님 죄송한데 전 반주 안 할래요."

'이것 봐라?!'

이 학교를 오고 싶어서 온 게 아니라는 학생의 말대꾸를 듣고 송지영은 화가 머리끝까지 오른다. 어린 녀석이 학교와 교사 모두를 우습게 알고 있다는 생각이 들었다.

"그래, 알았다. 당사자가 싫다는데 별 수 있니. 니가 재능이 있어서…, 널 위해서 권한 건데 니가 싫다면 할 수 없지. 그 대신 이번 기회는 다른 아이한테로 갈 거야. 너 말고도 피아노 칠 줄 아는 애는 많으니까. 가봐."

진이는 음악실을 나오면서 생각한다.

'날 위해서 시킨다고? 자기가 매일 반주하기 귀찮으니까 학생한테 떠넘기는 게 아니고?'

46

4월 하순.

오늘도 어김없이 아침 예배는 시작됐다.

진이가 거절한 찬송가 피아노 반주는 1학년 6반의 김지애(金至娫)란 여학생이 맡아서 하고 있다. 오늘로 나흘째 매일 아침 강단에 올라가 반주를 하고 있다. 썩 잘 치는 피아노는 아니지만, 어차피 복잡한 곡을 연주하는 것이 아니고, 문외한이 들었을 때는 진이가 치는 것과 별다름 없이 잘 치는 것으로 들린다.

그런데 김지애는 선생들 사이에서 갈수록 평이 좋아진다. 비교적 키가 큰 편인 진이보다도 크고 조숙해 보이는 아이였는데, 무엇보다 진이에게는 없는 붙임성이 있었다. 키 크고 예쁜데다가 피아노도 잘 치고, 매사에 적극적이며 상당한 노력파 학생이란 평판이 김지애의 아우라로 자리 잡아갔다

오늘 아침 예배가 끝난 후 1교시는 미술시간이다. 미술교사 이현미(李賢美)는 30대 초반의 여교사로 진이의 반 담임 선생님이기도 하다. 입학 후 학교에 정을 못 붙이는 진이가 유일하게 정을 붙이고 있는 선생님이다.

교실에 돌아와 미술시간이 시작되자 담임인 이현미 선생이 이제까지는 없었던 색다른 과제를 내놓는다. 아테나이 역사를 소재로 한 미술대회를 연다는 것이다.

"자, 이번 시간부터는 우리나라 역사를 소재로 한 그림을 그린다. 이건 올해 1, 2학년 전체를 대상으로 한 교내 미술전에 제출할 작품을 그리는 거야. 각자 아테나이의 역사를 소재로 해서 그리도록 해.

미술전 명칭은 '아테나이 역사 5,000년'. 잘된 작품은 뽑아서 교내에서 전시하고 상도 줄 거야."

"야!"

학급 학생들이 상을 주는 미술전이란 말에 솔깃하여 고무된다.

진이도 입학한 이후 처음으로 느끼는 설렘과 기대감으로 넘친다. 그것은 그림 그리는 것 자체에 있는 것이 아니라, 그 소재를 아테나이의 역사에서 자신이 자유롭게 택할 수 있다는 것에 있다. 게다가 선생님이 말한 '작품'이란 말이 유난히 진이의 의욕을 돋웠다. 수업이란 테두리를 넘어서 학생은 독립된 작가로, 그의 그림은 창조적인 작품으로 인정해주겠다는 것이다. 물론 그런 평가를 받을 수 있는 사람은 소수의 입상자일 것이고, 그것이 인정되는 범위는 교내이다.

"그런데 어떤 식으로 대상을 고르죠? 고궁이나 절 같은 곳에 가서 그려 오나요?"

진이가 입학한 후로 처음 손을 들고 선생님에게 하는 질문이다. 선생님의 말이 끝나자마자 학생들 중에 가장 먼저 나온 질문이기도 했다. 아주 오랜만에 느껴보는 고조된 감정이었다.

"어떤 형태로든 상관없어. 주말에 고궁이나 절에 가서 직접 사생을 해와도 좋고, 박물관에서 유물을 직접 보거나 사진을 보고 그려도 좋아. 그리고 역사적인 사건을 상상해서 그려 와도 되고 인물을 묘사해도 돼.

예를 들자면, 아테나이가 살수대첩에서 승리하는 장면이나 세종대왕 모습을 상상해서 그려도 좋아. 인물의 성격이 잘 드러나게 해서 말야. 누가 봐도 이건 세종대왕이야 하고 알 수 있어야겠지. 어느 정도 고증이 돼야 한단 얘기야. 을지문덕 장군이 기관총을 쏘고 탱크를 타고 다니면 곤란하지?"

"하하하하."

학급 학생들이 다 같이 웃는다.

"기한은 다음다음 주 이 시간까지 2주간 시간을 준다. 미술시간에 그려도 좋고 집에서 그려 와도 상관없어. 수채화를 많이 그릴 것 같은데, 다른 거로 해도 좋아. 유화를 그릴 줄 아는 사람은 유화를 그려도 상관없어. 데생도 괜찮고, 뭐든지 좋아. 이미 뭘 할지 정한 사람은 지금부터 그려도 좋고. 2주 후까지다. 알았지?"

진이는 무엇을 그릴까 생각해본다. '시내로 나가 경복궁이나 창덕궁으로 가볼까, 아니면 남대문?' 그러나 그런 것들은 다른 아이들도 모두 생각할 만한 것이다. 국립박물관에 가보아도 마찬가지일 것 같다. 남들도 선택할 만한 소재를 택하긴 싫었다. 진이는 모처럼 발아된 자신의 창작 세포를 어떻게 더 고무시킬지 궁리하느라 여념이 없다.

47

같은 날 저녁 시내 백화점 커피숍.

"정말 놀랐어요. 제가 이 이벤트 얘기하자마자 진이가 제일 먼저 손을 들고 질문하는 거예요. 혹시 얘가 다 눈치 챘나 하고요."

"사막에서 오아시스를 만난 기분이었나 보지. 얘가 적극적으로 나왔다니 다행이네."

진이의 담임교사이자 미술선생인 이현미가 진이의 어머니 박영교와 백화점 커피숍에서 만나 이야기하고 있다.

이현미는 영교의 여대 후배였다. 특이한 것이, 학부는 국어국문과를 나왔는데 대학원에서는 회화와 이오니아 미술사를 공부했다. 미술사는 브리타니아로 가서 공부하고 이 년 전 귀국했다. 귀국 후 대학에서 자리를 얻고자 했으나, 서울에서는 아직 적당한 자리를 얻을 수 없어 일단 고등학교에서 교편을 잡고 있는 것이다.

모처럼 진이의 가슴을 뛰게 한 이번 교내 미술대회의 아이디어는 선배 영교에게 딸 진이의 얘기를 듣고 이현미가 짜낸 아이디어였다.

"송지영 선생이 피아노 반주를 맡기려고 했는데 진이가 매몰차게 거절했다고 하더라고요. 벼르고 있다가 나중에 되갚을 분위기던데요?"

"그 사람한텐 모른 척해. 알았지?"

"그럼요. 언니랑 저만 아는 거죠. 그런데 진이는 언니를 닮아서 그런지 참 개성 있게 잘생겼어요. 언니 딸이니 당연한 거겠지만…."

"나를 좀 닮기도 했는데…, 사실 나보단 아버지 쪽을 더 많이 닮았어. 할머니도 많이 닮았고. 근데 요샌 왜 그렇게 공부를 안 하는지 몰라. 중학교 2학년 1학기 때까지만 해도 전교 일 등을 하던 애가 이젠 겨우 반에서 13등이 뭐니?!"

"형부 닮았으면 앞으로 잘하겠죠. 게다가 할머니도 많이 닮았다고 하니. 슬럼프인 거예요, 사춘기니까."

"그 정돈 나도 알아. 그런데 왠지 그게 아닌 거 같아서 그러지! 하여간, 내가 좀 힘들다. 중학교 땐 교장이 진이 할머니가 정부에서 수족같이 부리던 사람이라 편했는데, 내가 그 학교 쪽으론 통 아는 사람이 없어. 진이 할머닌 작년에 돌아가시고 애 아빤 이런 일엔 너무 무심해서…. 그래도 세상이 좁다. 니가 우리 애 담임이 될 줄 누가 알

왔니?"

"그러게 말예요. 그리고 언니, 염치없지만…, 좀 부탁드려요."

"그래 알았어, 알아볼게. 복채 대신이다, 요것아."

"흐흠, 고마워요, 언니."

영교는 대학 후배 현미의 협조까지 얻어내며 진이가 아무쪼록 학교생활에 잘 적응해 나가길 바라지만, 본능적으로 느껴지는 위기감을 벗어나진 못한다. 영교는 12년 전 진이에게 일어났던 초자연적인 현상을 잊지 못한다. 그리고 바로 작년에 있었던 시어머니 자연의 죽음 또한 마찬가지다.

진이는 12년 전 그림책에서 보던 잔 다르크의 화형 장면을 내면화시켜, 위기상황이 되자 그것을 자신의 몸에 실현해버렸다. 영교는 그런 진이의 능력이 이후 시어머니 자연에 의해 절묘하게 통제돼왔다고 믿는다. 그리고 진이의 그런 능력이 어쩌면 시어머니로부터 물려받은 것일지도 모른다고 생각했다.

그렇게 생각하게 된 근거는 우선 나이를 초월한 시어머니의 외모였다. 여든이 훨씬 넘은 나이인데도 많이 잡아야 60대 초반으로 보였고, 자신이 시집오기 전 처음 상견례를 치를 때는 자연이 윤이의 어머니가 아닌 누나로 보일 정도였다. 시어머니의 외모에서 왠지 보통 사람이 아닐 것 같다는 인상을 받았다.

시어머니가 보여준 능력 또한 그랬다. 단순히 유능한 정부 관료일 뿐만 아니라, 자신의 머릿속에 프로그래밍 한 내용을 실제 역사에 투영하는 능력이 있는 듯했다. 쿠데타 성공 이후 시어머니와 남편이 대화한 내용이 십 년 남짓한 기간 동안 그대로 아테나이의 역사에 이루어져가는 것이었다. 이것이 과연 뛰어난 지적 능력만으로 가능할까?

그런데 그 탁월한 균형자가 작년에 뜻하지 않게 살해당했으며, 범인은 12년 전 자신을 남편으로부터 빼앗아가려 했던 미치광이 이매였다.

진이가 학교에서 네스토리우스교로부터 느끼기 시작한 위화감은 흔히 있을 수 있는 종교 갈등이 아니라, 자신이 완전히 알고 있지 못한 무사 씨 집안의 내력과 연계된 것이며, 이것이 앞으로 다가올 새로운 문제의 발화점이 될 거라는 불안감이 시간이 갈수록 영교의 마음을 괴롭혔다.

48

5월 초순.

"미술전은 취솝니다. 어째서 우리 신성한 미션스쿨에 불상이나 사찰 그림이 전시돼야 하고 상까지 줘야 합니까? 이건 우리 학교 교육 취지에도 어긋나고 네스토리우스교 신자로서도 용납할 수 없는 일입니다."

"교장 선생님, 이 일은 신앙의 관점에서 볼 일이 아니라고 생각합니다. 예술의 관점에서 보셔야죠. 아이들에게 불교를 포교하자는 것이 아니지 않습니까? 그리고 이 일은 교장 선생님께서 이미 찬성하셨고, 입상자에게 줄 상품의 구매 비용도 학교 예산으로 충당하라고 이미 허락하셨습니다. 이제 와서 행사를 취소하면 참가한 아이들, 특히 이미 입상자 통지까지 했는데, 그 학생들은 얼마나 낙심할까요. 교장 선생님, 이번 일은 그냥 추진하도록 해주세요."

"안 됩니다. 자꾸 같은 말을 되풀이하게 하지 마세요, 이현미 선생. 그리고 뭡니까? 무사진이란 애가 그렸다는 민비 그림. 그게 어떻게 우리 역사 전통에 관한 회화가 될 수 있습니까? 크레타 옷을 자진해서 입고 죽었던 여잘…"

"그래도 국모가 아니었습니까."

"국모는 무슨, 나라를 들어먹었던 년을…. 크레타 군에게 능욕까지 당했던 여자를, 원…"

"…!"

"무사진이란 그 아이 정신이 좀 이상한 애 아닙니까?"

미술전을 주최한 이현미 선생은 교장의 강권으로 미술전 개최를 없던 일로 해야 했다. 네스토리우스교 학교에서 불교 사찰이나 그곳에 있는 탑과 불상을 그린 그림은 전시할 수 없다는 이유에서였다.

아테나이에 불교가 들어온 것은 2,000년이 넘었고, 아테나이 전통 문화로 알려진 것 중에는 당연히 불교의 영향 아래 태어난 것들이 많다. 특히 고대 조형예술에서는 모든 것이 불교와 관련된 것이라고 해도 과언이 아니다. 아테나이 역사를 소재로 한 미술전에서 불교 작품이 다뤄지는 것은 자연스러운 것인데도, 그것을 네스토리우스교의 관점에서 금지한다는 것은 너무나 유아발상적인 것이다.

교장은 50대 중반의 남성으로 평균적인 키와 용모를 가지고 있고 꽤 카랑카랑한 목소리의 소유자였다. 교장이란 직위 때문인지, 아니면 아테나이 최고의 명문대 출신이라는 것 때문인지, 개인적으로 교사나 학생을 대할 때는 상당히 지적이고 점잖은 언행을 일관되게 보였다.

그런데 교사나 학생을 개인적으로 대할 때 점잖던 그의 언행도 강단에만 올라가면 파렴치하고 원색적인 발언으로 돌변했다. 그는 종종 정부와 여당을 지지하는 발언도 했는데, 교내의 학생들을 상대로 하는 설교에서는 불필요한 것이었다. 진이는 그의 설교가 학생을 대상으로 한 것이 아니라, 학교 밖에서 그를 바라보고 있을 그 누군가일 수도 있다고 생각했다.

진이는 교장이 강당에서 학생들을 모아놓고 자주 설교를 함으로써 교장으로서의 권위를 유지하고 있다고 생각했다. 교장 자신도 그것을 자신의 특기로 생각하고 있는 것같이 보였다. 진이는 그가 평교사에서 교장까지 올라갈 수 있었던 이유는 바로 설교에 있었는지도 모른다고 생각했다.

"억울하시겠어요. 선생님은 독실한 네스토리우스교 신자신데도 교장한테 그런 취급을 받으시고…"

"아니, 뭐 나야…; 진이가 안 됐지. 정말 대상은 진이 거였는데…"

이현미 선생과 진이가 미술실에 앉아 이야기를 나눈다. 이현미는 이번 미술전이 무산되어 무엇보다 진이가 낙담할 것을 염려해 일부러 불러서 위로한다. 이번 미술전에서 진이가 대상을 받게 됐음을 바로 그제 진이 본인과 자신의 대학 선배이자 진이의 어머니인 영교에게까지 몰래 알려줬는데, 일이 이렇게 되니 난처했다. 우선 당사자인 진이를 위로하고 영교에게도 일이 잘못됐음을 알려야 했다.

『언니, 진이가 미술도 꾸준히 했나요? 미술학원에 오래 다녔어요?』

『아니, 어렸을 때 가끔 미술학원이나 서예학원에 다니긴 했지. 근데 피아노처럼 꾸준히 하진 않았어. 왜? 이번에 낸 그림이 괜찮았나 보지?』

『어머, 괜찮은 정도가 아니에요. 어떻게든 진이에게 상을 주긴 줘야 할 텐데, 혹시 형편없이 못 그렸으면 어쩌나 하고 걱정했죠. 근데 그게 다 기우였어요.』

『뭘 그렸길래 그래?』

바로 그제 오후 영교와 전화 통화한 내용이었다.

진이의 그림은 정말 뛰어났다. 아니, 뛰어나다기보다 경이롭다고 하는 편이 더 정확했다. 진이는 한 장의 사진을 보고 그림을 그렸는데, 그 피사체는 뜻밖에도 아테나이의 마지막 황후 민자영(閔紫英)이었다. 물론 실제 사진의 주인공은 황후 민자영이 아닌 자연의 어머니, 진이의 진외증조모 박교하(朴交河)이다.

황후가 남긴 실물 사진으로 알려진 이 사진 속의 인물은 아테나이 궁중의상이 아닌 크레타 헤이안조(平安朝)의 복색을 하고 있다. 아테나이에서는 황후가 크레타에 아첨하기 위해 자진해서 입었다고 하는 설과, 크레타 군이 그녀가 원래 입고 있던 아테나이 식 당의(唐衣)를 강제로 벗기고 크레타 식 당의를 입혀 사진을 찍게 했다는 설이 둘 다 전해져 온다. 어느 쪽의 설을 받아들이건 이 사진은 아테나이인들에게 과거의 아픔과 수치심을 자극하는 사진이다.

그런데 진이는 그 사진을 그림으로 옮기면서 그 사진에 침잠되어 있는 사람들의 편견과 오욕을 중화시키고, 보는 사람에게 아름다움을 느끼지 않을 수 없게 그려놓았다. 사진은 얼굴을 정면으로 찍은 것이지만, 진이는 조각의 측면관(側面觀)을 음미하듯 상상력을 동원해, 황후의 얼굴을 비스듬히 돌려 옆모습에 초점을 두고 그려냈다. 이목구비를 뚜렷이 표현하기보다 전체적인 윤곽을 강조하고, 재료는 수성 물감과 파스텔을 함께 사용했다.

그리고 더더욱 놀라운 것은 진이가 무엇보다 회화의 특성을 정확히 인식하고 그림을 그렸다는 것이다. 독자적인 3차원 형상의 조각과는 달리, 2차원의 평면에 더욱 깊은 감정의 내면성을 담을 수 있는 것이 회화의 강점이다. 그리하여 회화는 다시 이를 감상하는 관객과 깊은 대화를 나눌 수 있게 된다.

대부분의 학생은 대상물을 정확히 묘사하려 하지만, 원근법이 능숙하지 못해 입체감이 부족하거나 상이 일그러져 보이게 하는 것이 보통이다. 고궁, 절, 탑, 불상을 그린 그림 대개가 다 그랬다.

그런데 진이는 대상을 정확히 묘사하기보다 자신의 내면을 그림에 투영시키려고 한 것 같았다. 그림 안의 여인은 아테나이 사람이라면 누가 보아도 마지막 황후 민자영이라고 여겨지는 한편, 그것은 이제까지 사진으로 보던 황후의 얼굴이 아니었다.

정말 아름다운 얼굴이었다. 오욕과 패배의 그늘은 어디론가 사라지고, 화려하면서도 단정함을 잃지 않은 꽃 중의 꽃이었고, 여인에게 신성(神聖)이 강림한 모습이었다.

이현미는 진이가 자기 내면의 어떠한 것을 그림에 투영시켰는지는 알 수 없었다. 그러나 미술을 체계적으로 공부하지 않은 진이가 이런 그림을 그려낼 수 있었다는 것이 미술교사인 이현미에게 신선한 충격으로 다가왔다.

그런데 이처럼 회화의 특성을 잘 인식하고 그린 그림이 진이의 것 말고 또 하나가 있었다. 바로 김지애의 그림이었다.

"절 너무 칭찬해주시니 몸 둘 바를 모르겠어요. 이번 대회에서 꼭 상이 받고 싶어서…, 아니, 상이 받고 싶어서라기보다 처음으로 푹 빠져서 할 수 있는 일거리를 만난 것 같았어요. 입학한 후로요."

"근데 어떻게 황후를 그릴 생각을 했을까?

"다른 애들이 많이 그릴 그렇고 그런 소재는 싫고, 유니크한 소재를 찾다 보니 그렇게 됐어요."

"다른 애들과 달라 보이고 싶어서, 다른 애들보다 뛰어나고 싶어서…? 단지 그것뿐야?"

"아뇨, 황후의 얼굴이야말로 아테나이의 얼굴 같았어요."

"아테나이의 얼굴?!"

"네, 76년 전 아테나이의 풍경…; 이제 곧 나라를 뺏기고 크레타의 식민지가 될 운명의 자화상이요."

"그래, 그럴듯하다! 황후의 얼굴이 그 시대의 암울한 분위기를 담고 있을 수 있지. 근데 왜 그림 제목은 '얼굴 없는 여인의 풍경'이라고 했니?"

"그런데 그 사진의 얼굴은 진짜 황후의 얼굴이 아니란 생각을 했어요."

"Why(어째서)?"

"…, 음…, 그건 저도 잘 모르겠어요. 제가 왜 그런 생각을 했는지…; 그런데 중요한 건 사진의 얼굴이 76년 전 아테나이의 풍경일 뿐 아니라 지금의 아테나이 풍경이기도 한 거예요.

자신의 모습이 아닌 것을 남에게 자신의 모습이라고 보이지 않으면 안 되는 세상. 그렇게 생각해보니…, 왜 그 사진은 황후의 얼굴이 아닐 거라 생각한 이유가 있기는 하네요.

전 황후가 강제로 사진을 찍었다고 보는데…; 그럼 어찌됐건 그 모습이 황후의 참된 모습이 아니었겠죠, 강요로 찍혔으니까…. 원래 황후다운 분위기나 인품이 드러나지 않았을 수도 있고, 음…."

진이가 이야기를 하면서 얼굴 근육에 미세한 경련을 일으켰다. 그리고 뺨에 홍조를 띠면서 흥분한 듯 말까지 살짝 더듬는다. 게다가 평소 진이답지 않게 정리되지 못한 생각을 조금 횡설수설 이야기하고 있다. 이건 이현미가 학기 초에 보았던 진이의 모습이 아니었고, 진이의 어머니 박영교를 통해서 들은 진이의 모습 또한 아니었다. 이현미는 진이가 입학 후 심한 스트레스를 받아왔다고 생각했다.

"그래, 네 얘길 듣고 보니 이해가 가. 강제로 찍힌 사진이니 그건 황후의 참모습이 아닐 수 있다는 얘기지? 그런데 그게 지금의 아테나이 풍경이란 건 또 뭐지?"

"모르겠어요."

'모르겠다는 건 사실이 아니다! 결정적인 데선 마음을 닫는구나!'라고 이현미는 생각한다.

이현미는 진이가 입학 후 학교생활에서 느끼는 콤플렉스를 아테나이의 문제로 확대해 받아들이고 있는 것처럼 보였다. 자신의 의지와는 상관없이 들어오게 된 이 미션스쿨에서 겪는 정신적 고통은 학교 내부의 문제가 아니라, 아테나이가 가지고 있는 구조적 문제 때문일 거라고 생각하는 것 같았다.

그런데 진이가 느끼는 갈등은 구체적으로 무엇인지, 무엇이 원인인지는 확실히 알 수 없었다. '네스토리우스교에 대한 이질감, 혐오감, 편견? 또는 미래에 대한 불안이나 강박관념일까?'라고 이현미는 추측해본다.

"그런데…, 그 잘난 김지애는 뭘 그렸대요?"

진이가 갑자기 김지애에 관해 물었다. 순간 이현미는 진이의 고뇌 속에 김지애가 상당 부분 차지하고 있다는 것을 깨닫는다.

"지애도 너처럼 굉장히 유니크한 그림을 그렸어. 진이 너만큼 아름다운 풍경은 아니지만…. 황사영이라고 혹시 아니?"

"황사영? 아, 황사영 백서(黃嗣永帛書), 대박청래(大舶請來)…?"

"그래 맞았어. 지애가 무덤 봉분을 그려 놨길래 뭔가 했더니, 양주에 있는 황사영의 무덤이란 거야. 자세히 보면 무덤 앞 비석에 '昌原黃氏(창원황씨) 알렉산델 嗣永(사영)의墓(묘)라 적혀 있어. 아, 진이 너두 직접 봐라."

이현미는 따로 추려놓은 입상작 중에서 김지애의 것을 빼내 진이에게 보여준다. 아테나이에서 흔히 볼 수 있는 무덤 봉분과 비석을 그려놓았고, 그림 구석에 쓰인 그림의 제목은 '목 베인 자의 축복'이었다.

"목 베인 자의 축복이라…!, 이 아인 아테나이를 배신했다가 처형당한 황사영을 동경한단 말인가요?"

"특이하지? 좀 어둡기도 하고. 원래 지애 이미지와는 많이 다르단 생각을 했지!"

"다르긴요. 원래 그랬던 거겠죠. 하여간 미션스쿨 모범생답네요! 김지애가 대상을 받는다면 교장이 미술전을 허락해줄지도 모르겠어요."

이현미는 진이의 어감에서 지애와 교장에 대한 상당한 적개심을 느꼈다! 김지애는 자신의 신앙 차원에서 황사영을 긍정적으로 평가한 것인데, 진이는 매우 못마땅한 투다.

약 200년 전 아테나이 왕조가 네스토리우스교를 박해하자 신자였던 황사영은 라케다이몬에 있는 네스토리우스 교구 주교에게 흰 비단에 빼곡히 글을 적어 보낸다. 이것이 황사영 백서인데, 이오니아 배수백 척과 수만의 병사를 아테나이에 보내 자신들의 신앙을 보호해

달라고 요청하는 내용이다.

신자의 처지에서 보면 간절한 신앙심의 발로이겠으나, 아테나이의 입장에서는 외세에 조국을 침략해달라고 요청하는 명백한 반역 행위가 된다. 백서는 도중에 발각돼 황사영은 처형당하고, 네스토리우스교에 대한 박해는 더욱 심해졌다.

"어쨌거나 진이도 지애도 회화의 특성을 잘 이해하고 자기 안의 영혼을 잘 표현했다고 봐. 다른 학생들은 그렇지 못했는데 말야. 하지만 지애의 그림은 직관적이질 못했어. 화가의 설명을 듣지 않고서는 어떤 맥락에서 그린 건지 알 수가 없어.

반면에 진이는 누가 보아도 대상이 아테나이의 마지막 황후인 것을 알 수 있지만, 그건 이제까지 알려진 사진과는 완전히 다른 이미지였잖아?! 이제까지 황후의 부정적인 이미지를 역설적으로 아름답게 승화시켰어. 그게 진이는 대상을 받고 지애는 일반 입상작에 그쳤던 이유야."

진이는 이현미의 설명을 듣고 조금은 위로를 받는 것 같았다. 그러나 예전보다 축 처진 어깨, 총기를 잃은 듯한 눈은 원래대로 돌아갈 기색이 없었다. 미술 선생님과 한동안 이야기를 나누던 진이는 곧 시작될 수업을 듣기 위해 교실로 돌아간다.

이현미는 터벅터벅 기운 없이 미술실을 걸어 나가는 진이의 뒷모습을 주시해 보았지만, 저 아이의 무엇이 이제까지 인식하지 못하던 황후의 모습을 그릴 수 있게 했는지 여전히 알 길이 없었다. 그리고 문득 이현미는 학기 초에 보았던 진이의 얼굴이 지금은 어딘가 변해 있다고 새삼 느낀다.

49

6월 26일.

자연은 제청이 검붉은 화염에 삼켜지는 것을 보고 자신의 왼쪽 젖가슴을 움켜쥐며 찢어질 듯한 통증을 느낀다. 기총소사를 피해 땅에 엎드리다가 밤송이에 찔려 이미 피가 새어나오고 있는 젖가슴이었다. 그러나 이 고통은 지금 저 화염 속에서 엄마를 부르짖으며 온몸이 타들어가는 고통에 몸부림칠 영이의 고통에 비하면 아무것도 아닐 것이다. 차라리 폭발에 의식을 잃어 타들어가는 자신의 몸을 의식하지 못했으면 좋으련만…!

자연은 그래도 마지막 희망을 버리지 않고 농장에서 제청으로 달려왔다. 그러나 아홉 살의 소녀는 타다 남은 제청 잔해 밑에 자신의 하얗고 작은 뼛조각 몇 개를 남겨놓았을 뿐이다.

자연은 마을에서 긴 화젓가락과 놋그릇을 빌려왔다. 그리고 까만 재 속에서 자신의 딸 영이와 식모 윤정이의 하얀 뼛조각들을 화젓가락으로 하나하나 추려내 놋그릇에 담았다. 아직도 주위에선 소이탄에 사용된 백린과 등유 냄새가 진동했고, 군데군데 하얀 연기가 피어오르고 있었다.

영이와 윤정이의 장례를 함께 치르는 동안 하얀 소복 차림의 자연은 전혀 눈물을 흘리지도, 소리 내어 울지도 않았다.

"헉!"

진이는 자다가 자리에서 벌떡 일어났다.

꿈이었다.

밖은 아직 어둡다. 불을 켜고 탁상시계를 보니 새벽 4시 10분. 학교에 가기 위해 평소 일어나던 때보다 한 시간 이상 빠른 시각이다. 베개를 보니 꿈을 꾸는 중에 식은땀을 흘려 베갯잇이 흥건하게 젖어 있다.

'무슨 꿈이 이렇게 생생하지! 왜 이런 꿈을 꿨지?'

진이는 꿈속에서 진이 자신이 아니라 작년에 돌아가신 할머니 자신이 되어 있었다. 41년 전 혁명 때 폭격으로 돌아가셨다는 고모는 자신의 딸로 타죽어 갔다. 꿈이란 종종 말도 안 되는 이야기와 영상을 자신의 눈앞에 펼쳐놓곤 하지만, 이번 꿈은 개꿈으로 치부하기엔 너무나 생생하게 지나간 역사를 재현했다.

'폭격으로 딸을 잃은 할머니의 이야기가 곧 나의 이야기가 되다니…, 딸이 소이탄에 맞아 타죽어 가는 것을 보고만 있을 수밖에 없는 안타까움과 잔해 속에서 딸의 유골을 화젓가락으로 추려내야 하는 서글픔을 내가 직접 느끼다니…!'

어렸을 때 할머니와 아버지에게 들었던 이야기가 자신의 머릿속에서 자신이 직접 겪은 일로 재구성된 모양인데, 지금 꿈에서 체험한 장면 중에는 예전에 한 번도 듣지 못했던 내용이 3가지 있었다.

우선, 제트기가 기관총을 퍼부어대는 장면이 보였는데, 비행기의 종류가 무엇이었는지는 들은 적이 없었다. 41년 전 크레타의 전투기라면 당연히 프로펠러 비행기일 거로 생각했었는데, 꿈에서는 느닷없이 제트기가 등장했다.

두 번째, 꿈속에서의 진이 자신, 실제로는 할머니가 폭격을 피해 밤나무 밑으로 피해 엎드리다가 밤송이에 왼쪽 가슴이 찔려 흰 블라우스가 피로 얼룩져갔는데, 이런 얘기도 들은 적이 없다.

마지막으로, 딸의 죽음을 직관하자 피 흘리던 자신의 왼쪽 가슴을 쥐어쟀다. 왼쪽 가슴은 어린 딸이, 실제로는 고모가 자주 만지작거리던 엄마의 젖이기도 했기 때문인데, 이런 얘기도 들은 적이 없었다. 다만 진이 자신도 어린 시절 할머니를 모시고 자면서 할머니의 젖을 자주 만졌기 때문에 꿈속에서의 체험이 곧바로 자기 일처럼 느껴졌다.

이 일들을 당시 할머니와 같이 계셨던 아버지와 한 국장님께 물어보면 확인할 수 있을까 생각해보지만, 갑자기 꿈 얘기를 꺼내 확인하려 들면 아버지나 한 국장님이나 자신을 이상한 눈으로 볼 것만 같다.

진이는 어째서 자신의 자아와 할머니의 자아가 꿈에서 교차하게 되었는지 이유를 곰곰이 생각해보며 오늘도 학교에 갔다.

학교에 도착하자 언제나처럼 아침 예배에 참석한다. 오늘도 훤칠한 키의 조숙한 김지애는 단정한 자세로 단상에 올라와 피아노 반주를 시작했고 찬송가 부르기는 시작됐다. 아이들이 잠 덜 깬 목소리로 부르는 찬송가는 보잘것없지만, 이걸 반주하는 김지애의 사회적 지휘만큼은 쑥쑥 상승하고 있었다.

김지애는 지난 이 개월 동안 올해 동기생 중에서 가장 모범적인 학생으로 거듭났다. 진이가 거절했던 피아노 반주를 자진해서 맡아 한 번도 실수 없이 연주해왔고, 입학할 때는 반에서 20등 정도였던 성적이 월례고사와 중간고사를 거치며 5등까지 치솟았다. 게다가 원래 네스토리우스교 신자가 아니었지만 입학한 후로 신앙인이 되고 스스로 세례까지 받아 교사들의 마음을 흐뭇하게 만들었다.

그런 김지애의 아이콘 반대편에 바로 진이의 그림자가 있었다. 진이는 날이 갈수록 학교에서의 위상이 추락해갔다. 이현미 선생의 배려로 미술전에서 대상을 받을 뻔했다가 교장의 반대로 무산되는 바람에 이미지를 쇄신할 기회를 빼앗겼고, 찬송가 반주 제의를 거절한 진이에게 창피를 당했다고 생각한 송지영 선생은 계속해서 진이를 깎아내렸다.

『처음엔 진이가 제일 잘 치는 줄 알았는데 알고 보니 지애가 훨씬 낫지 뭐야. 진이는 어딘지 딱딱하고 감수성이 메말라서 가슴에 전해오는 울림이 없어. 건반 위에서 손가락만 잘 놀리는 것 같아. 거기에 반해 지애는 정말 가슴에서 우러나오는 울림 같은 게 있어. 노력도 많이 하지만 타고난 재능도 진이보다 훨씬 뛰어나. 진이가 거절했기 망정이지 맡아버렸으면 후회할 뻔했다니까?』

음악에 조금만 조예가 있는 사람이라면 진이의 실력이 김지애보다 뛰어나다는 사실을 쉽게 알 수 있을 정도였는데도, 송지영 선생은 아무렇지도 않게 진이를 김지애와 비교하며 폄훼했다.

『알고 보니 진이 그 아이 공부 되게 못 하더라. 난 처음 그 아이 얼굴과 태도를 보고 전교 1, 2등 다투는 수잰 줄 알았어. 아주 당돌한 구석이 있더라고. 그런데 좀 두고 보니 영 아니잖아. 중학교 땐 잘했다고 하는데 거짓말 아냐? 설령 사실이었더라도 지금 성실하게 잘해야지, 옛날에 잘한 게 무슨 소용 있어. 지애를 봐. 처음 들어올 땐 못했지만, 꾸준히 노력해서 이젠 명문대에 진학할 수 있는 성적이 됐어. 사람이 그래야지. 그리고 전엔 신앙인이 아니었지만, 우리 학교에 들어와서 성실한 신앙인이 됐어. 찬송가 반주를 맡게 된 걸 계기로 주님을 진심으로 받아들이게 됐다지 뭐야. 정말 괜찮은 애야.』

송지영 선생이 김지애를 칭찬할 때는 반드시 진이를 헐뜯었고, 이런 경향이 다른 교사들에게도 퍼져갔다. 이유는 진이가 평소 학교생활에서 안하무인격으로 굴어 다른 교사들에게도 인심을 잃었기 때문인데, 진이는 어느 학교에나 있을 법한 말썽꾸러기는 아니었다. 몰래 담배를 피우거나 술을 마신 적도 없고 학교 밖에서 탈선해 경찰에 잡혀온 적도 없다.

진이가 미움 받게 된 일은 대부분 예배시간에 일어났다. 학기 초에는 교도주임이 찬송가 부를 것을 권하면 그래도 입을 벌리고 따라하는 시늉이라도 했는데, 이젠 아예 교도주임을 본 척도 안 하고 입을 다문 채로 버텼다. 그리고 교장이나 교목 또는 외부에서 초청된 목사가 강단에서 한참 설교 중일 때, 진이가 단상 아래 학생 석에서 그들을 무서운 눈으로 노려보곤 했다. 설교 내용 중에 진이가 도저히 받아들이기 힘든 내용이 있었던 것이다.

하지만 교사나 목사 입장에서는 진이의 분노한 눈과 표정을 보는 순간 섬뜩 두려운 마음이 들었다. 그러다가 시간이 좀 지나면 어린 학생이 선생님을 저런 불손한 눈으로 쳐다보는 것이 용납하기 힘들어지고, 자신들이 주도하는 성스러운 예배의 권위를 의도적으로 훼손하려는 행위로 생각됐다. 이런 식으로 진이는 시간이 갈수록 문제아라기보다 이해하기 힘든 이상한 아이로 낙인 찍혀갔다.

예배가 끝나고 강당을 나와 복도를 걸어 교실로 돌아오는데, 어떤 남학생이 진이에게 슬쩍 시비를 건다.

"어이, 얼굴만 이쁘고 골은 텅 빈 애?"

'뭐라고?!'

"공부는 좆도 못 하는 게, 얼굴만 예뻐 가지고…"

"낄낄낄낄…"

다른 반 남자아이가 하는 말을 듣고 같은 반 여자아이들이 낄낄대고 재미있다는 듯이 웃으며 지나간다. 갑자기 잘 알지도 못하는 남학생한테 이런 얘기를 듣는 게 이번이 세 번째가 넘는 것 같다. 게다가 그 말에 무언의 동조를 보내는 주위의 저 웃음소리 하며….

진이는 순간적으로 대꾸할 엄두가 나질 않았다. 어쩌다가 자신이 동급생에게 머리가 비었다고 조롱받게 된 것인가? 어이가 없었다. 학교 내에서는 진이 혼자서 대항할 수 없는 보이지 않는 기류가 형성돼 왔다. 학기 초부터 사소한 것이 쌓여 자신의 실체와 의지와는 상관없이 형성된 자기 아닌 자신의 이미지였다.

'언제 어디서부터 무엇이 잘못된 것일까?'

잠시 생각에 잠겨보았지만 부질없는 짓 같다.

선생들의 악의적인 험담보다 저렇게 별생각 없이 내뱉는 아이들의 말이 더 분하고 고통스러웠다. 공부를 못 한다는 것은 과거의 자신과 비교했을 때 못 한다는 것이지, 이 학교에서 자신이 열등생이어서가 아니다. 선생들이, 특히 송지영 선생이 자신에게 하는 말 또한 그런 의미에서 말한 것이다. 그런데 아이들은 선생이 하는 말의 전후 맥락을 모르고 맹목적으로 받아들여 진이를 향해 내뱉는다.

자신이 예전보다 불성실한 것이 있다면 그것은 학교 공부뿐이다. 평소 호메로스, 헤로도토스, 투키디데스, 플라톤, 한비자, 사마천, 마키아벨리, 헤겔, 칼 슈미트 등을 밤늦게까지 읽는 독서가 진이에게 얼굴만 예쁘고 골이 비었다는 평가는 너무나 가당치 않았다.

물론 대학 수험을 앞둔 수험생의 처지에서 학교 공부 성적이 그 학생의 모든 것을 평가하는 기준이 되는 것은 어쩔 수 없는 현실이기도 하다.

그럼 그런 현실을 수긍하고 일단 학교 공부에 전념하는 것이 현명한 것일까? 하지만 그런 현실주의적인 선택마저도 하기 싫게 만드는 것이 저 네스토리우스교를 기반으로 한 이 학교의 역사관이다. 입학식에서 진이가 들은 교장의 황당한 연설이 아직도 진이의 기억에 생생히 남아 있다.

『작년 우리 학교의 명문대학 진학률을 말씀드리자면, 국립 서울대학교에 32명, 연세대학교에 62명, 고려대학교에 57명, 이화여자대학교에 43명을 합격시켜 서울시에서 가장 높은 명문대 진학률을 기록한 학교 중의 한 곳이 되었습니다. 이러한 우수한 성적은 네스토리우스의 위대한 역사하심과 성령이 이 학교에 임하시어 이루게 된 기적과도 같은 것입니다. 그러니 여러분들도 열심히 신앙하며 공부에 임한다면 기대 이상의 결과를 얻을 수 있을 것입니다. 그리고 이 자리에 계신 학부형들께서도 이러한 점을 유념하셔서 학생들이 신앙과 공부에 전념할 수 있도록 최대한 배려를 해주십시오.』

기 막힌 아전인수 격 해석이요 자기기만이었다. 명문대 진학률이 높은 것이 어째서 네스토리우스 성령의 역사하심이라는 건가? 명문대에 진학한 학생들이 모두 독실한 네스토리우스교 신자란 증거라도 있나? 게다가 수험공부와 네스토리우스교 신앙을 아예 패키지로 묶어 신입생들에게 강요하는 저 파렴치함은 뭐란 말인가?

이 학교에 자진해서 원서를 내고 들어온 학생은 한 사람도 없다. 자신이 속한 학군에서 무작위로 배정받아 들어온 것이다.

아테나이는 유교적 전통이 강해 원래부터 교육열이 매우 높고, 대부분의 사람에게 유일하면서도 가장 확실한 신분 상승의 길이 교육이다. 구체적으로 말하면, 좋은 직업을 얻기 위해서는 명문대학교에 진학하는 것이 가장 좋은 방법이다. 그런 현실에 편승하여 학생이 학업에 전념하고 부모가 이를 적극적으로 보살펴 명문대학에 간 것이지, 네스토리우스교 덕이 아닌 것이다.

공부는 고등학교에 와서 더욱 하기 싫어졌다. 진이가 집안에서 할머니와 부모님을 통해 배운 것과 혼자서 열심히 읽은 책은 이런 속된 공부와 엉터리 종교와는 거리가 멀었다.

아이들은 우르르 교실로 몰려가 복도는 한산해졌다. 암담한 현실에 짓눌린 마음을 달래려 복도에 난 창으로 밖을 보았다. 저 멀리 삼각산이 보인다. 이곳에서 바라보는 삼각산은 진이네 집에서 바라보는 삼각산과는 달랐다.

할머니가 어린 진이를 위해 일부러 삼각산이 잘 보이는 곳으로 이사하셨던 곳이 현재 개운산 정상에 자리 한 진이네 2층집이다. 집에서 삼각산을 바라보면 백운·인수·만경 세 거대한 바위가 바로 눈앞에서 한 몸이 되어 버티고 서서, 마치 조물주가 세워놓은 피라미드를 대하는 것 같다.

그리고 세 바위를 이루는 흰색 화강암은 은은한 연분홍빛을 띠어 부드러운 여인의 피부를 연상케 하는데, 강건하고 날카로운 삼각산 형체와 정교한 대조를 이룬다.

하지만 여기서 바라보는 삼각산은 집에서 볼 때와 달랐다. 집에서보다 거리가 먼 탓도 있지만, 여기저기로 부정형하게 뻗은 지엽의 산줄기들과 최근 재개발된 도심의 빌딩 등에 가려 원래의 웅장한 산세가 이곳에서는 광채를 발하지 못한다.

그렇게 창밖을 보고 있는데 누군가의 시선이 느껴졌다. 고개를 왼쪽으로 돌렸더니, '이런!' 김지애가 열 발짝쯤 떨어진 곳에 가만히 서서 진이를 물끄러미 바라보고 있었다. 적어도 30초 이상 진이를 자세히 보고 있었던 것 같다. 순간 진이에게 수치심이 몰려왔다. 지금 진이가 청승맞게 창밖을 바라볼 수밖에 없게 만든 원인 중의 하나가 김지애 아닌가?

"경치를 보는 거야? 어때 바깥 풍경이? 근데, 진이 오늘 좀 피곤해 보인다."

눈이 마주치자 김지애가 가까이 다가와 먼저 진이에게 말을 걸었다. 처음 만나서 거는 말인데도 친숙한 태도로 자연스럽게 분위기를 유도하는 것이 제법이었다.

"어, 김지애구나! 좀 피곤하기도 해. 우리 지금 처음 만나 얘기하는 거지?"

"그래 반가워. 얘기 많이 들었어."

'얘기 많이 들었어'라…. 상투적인 인사치레에 많이 쓰는 말임에도 진이는 김지애의 그 한마디가 불편하다. 학교 안에서 선생과 아이들 사이에서 도는 자신의 이야기란 것이!

"가까이서 이렇게 얘기해보니 더 예뻐 보여. 멀리서 진일 여러 번 봤는데, 내가 쉽게 말을 걸 수 있는 상대가 아닌 것 같았어. 그래서 여러 번 피했었는데…"

'그래? 예전엔 어려운 상대였는데 이제 어렵지 않게 말을 걸어볼 수 있는 상대가 됐단 얘긴가?'

진이는 김지애의 말에 의구심을 버리고 있지 않았다. 다만 피아노 반주하는 모습을 보며 상상했던 김지애보다 지금은 상당히 괜찮은 애같이 느껴지는 것 또한 사실이다.

"그래. 나도 반가워. 니가 피아노 연주하는 것만 보다 이렇게 만나니 또 새롭네. 두 달 동안 봤는데 정말 잘 치던데? 실수도 한 번 안 하고, 주위에서 칭찬이 자자하더라."

"원래 그건 니 자리였는데…, 운이 좋아 내가 그 자리에 앉았지. 남들이 뭐래도 난 알아. 진이 니가 실력으로 나보다 위란 거. 송지영 선생님 너무 섭섭하게 생각하진 마. 나쁘신 분은 절대 아닌데…."

방금 마주쳤을 때 세련된 인상만큼 김지애는 적어도 아무 생각 없이 남을 헐뜯는 선생이나 아이들보다는 훨씬 나은 아이로 비쳤다. 자신이 학교에서 처한 일의 본질을 잘 이해하고, 걸러낼 것은 걸러내며 판단할 줄 아는 아이였다. 게다가 어디까지 진심인지는 모르겠지만, 겸양하며 상대방을 높이는 노련함은 진이보다도 위였다. 역시 그동안 봐오던 인상대로 조숙한 아이였다. 진이는 지금까지 김지애란 캐릭터가 송지영 선생이 자신을 깎아내리기 위해 의도적으로 부풀린 거품이라고 믿어왔지만, 지금 직접 대해보니 꼭 그런 것만도 아니란 생각이 든다. 진이는 그동안 가슴속에 맺혔던 것이 조금 풀리면서 김지애에게 마음을 열고 싶은 충동이 일어났다. 아마 그동안 고독하게 지내왔던 탓일 것이다. 하지만 그런 마음속 한가운데서 '그래도 역시 이 아이에겐 마음을 열어선 안 돼.'라고 누군가 자신에게 외치 는 것 같다. 그래서 막 나오려던 말을 도로 삼킨다.

"아! 벌써 시간이…, 오늘 처음 만나서 얘기한 건데…. 이제 곧 수업 시작이야. 빨리 들어가야지. 진이야, 나중에 또 보자. 그럼…."

김지애가 먼저 수업을 핑계로 자리를 뜨려 한다. 진이는 어쩌면 김지애가 자신이 계속 마음을 열지 못함을 감지하고 먼저 자리를 피하는 것인지도 모른다고 생각한다. 순간 미안하고 부끄럽기도 하다.

그러나 지금 막 돌아선 김지애의 뒷모습에서 알 수 없는 그림자가 비치는 것은 왜일까? 그러자 두 달 전 미술실에서 본 김지애의 그림이 생각났다.

"아, 지애야. 니가 그린 그림 재밌게 잘 봤어."

"어?!"

교실로 막 향하려던 김지애가 진이의 말을 듣고 고개를 돌려 다시 진이를 쳐다본다. 그림이란 말에 살짝 놀라 눈의 동공이 조금 전보다 더 확대된 것이 진이의 눈에 보였다.

"지난 번 미술전에 니가 냈던 '목 베인 자의 축복' 말야. 재미있게 잘 봤어. 미술실에 내려갔다가 우연히 니가 그린 걸 보게 됐어. 잘 그렸더라. 재미있었어. 정말로…."

"어, 어…! 그래, 고마워."

마지못해 답례로 고맙다고는 했으나 조금 전까지처럼 여유 있고 차분하던 김지애의 모습은 아니었다. 순간적으로 동요하는 마음을 억누르는 빛이 역력했다.

'이미 남들에게 보이기 위해 미술전에 출품했던 작품을 내가 보았다고 해서 곤란해할 이유가 뭐가 있지? 다른 사람은 봐도 되지만 내가 보아선 안 되는…? 아니야. 당시 미술전이 계획대로 열렸다면 입상한 김지애의 작품은 당연히 나도 보게 됐을 텐데….'

진이는 사라져가는 김지애의 뒷모습을 보며 의아해한다. 진이는 김지애가 미처 인식하지 못했던 어떤 문제를 지금 처음으로 깨닫게 된 것이 아닌가, 추측해본다. 김지애가 그린 그림, 김지애 그리고 무사진이 엮였을 때 비로소 문제가 되는 어떤 인과적 사실을…!

50

6월 27일.

오늘 아침 예배가 끝나고 시작되는 1교시 수업은 국어 시간이다. 국어교사가 들어오고 오늘 진도 나갈 교과서 페이지를 폈다.

진이는 이제까지와는 달리 상당한 기대감에 부풀어 있다. 바로 지난 국어시간 진도를 마친 시조에 이어 오늘 새로 진도를 시작할 단편소설 「금당벽화」에 큰 기대를 걸고 있기 때문이다.

고등학교에 입학한 직후 국어 교과서를 받자마자 한번 쪽 훑어보았는데, 거기서 가장 눈에 뜨인 것이 정한숙의 「금당벽화」였다. 약 1,400년 전 아테나이의 승려 담징이 크레타 호오류우사(法隆寺) 금당(金堂)에 그렸다는 벽화를 소재로 한 단편 역사소설이었다. 역사학자 중에는 금당 벽화는 담징이 그린 것이 아니라고 주장하는 이도 있다. 그러나 아테나이 사람 대부분은 금당벽화를 담징이 그렸다고 믿고 있고, 그것을 전제로 쓰인 작품이 이 「금당벽화」이다.

진이는 「금당벽화」를 읽고 이렇게 짧은 글로도 거대한 역사적 배경을 담아 강렬한 감동을 느끼게 할 수 있다는 사실에 전율했고, 호메로스의 거대한 서사시 못지않게 훌륭하다고 생각했다.

담징은 이년 전 라케다이몬의 200만 대군이 아테나이를 침범할 당시 크레타의 초청에 응해 아테나이를 떠났다. 승려이자 화공이기도 한 그가 크레타에 온 것은 종교적인 보시를 위해서, 그리고 그의 예술적 포부를 펼치기 위해서였지만, 조국이 당면한 국란을 외면하고 바다 건너로 도피한 것이기도 했기 때문에 그는 계속 죄책감에 시달린다.

그 때문에 지금은 호오류우사의 금당에 벽화를 그려야 하지만, 담징은 번민에 휩싸여 여러 달째 벽화를 착공조차 하지 못했다. 마음을 다스리려 할수록 조국의 전란이 눈앞에 어른거리고 악몽에 시달리기까지 한다.

그러던 어느 날 아침, 호오류우사 주지 스님이 담징에게 아테나이의 승전보를 전한다. 조국 아테나이가 라케다이몬의 200만 대군을 물리쳤다는 장쾌한 승리의 비보다. 이 사실을 듣는 순간 담징은 그동안의 죄책감과 번뇌에서 벗어난다. 그는 지금까지의 지리멸렬을 떨쳐내기 위해 숲속 샘터에서 목욕재계하고 금당의 벽화를 착공한다.

「동방에 제패(制覇)한 조국 아테나이의 환희는 관음상(觀音像)의 미소를 자아내게 하고 담징의 싱싱한 예술적 포부는 여기 무르익어 관음상의 불룩한 유방 위에 구슬같이 맺혔다.」[13]

담징이 온갖 정성을 기울여 벽면에 그린 자신의 관음상을 바라보았다. 그러나 그 그림은 아직 세속의 허물을 완전히 벗어나지 못한 한 여인처럼 비추어진다. 담징은 다시 붓을 들고 이 여인을 세속에서 끌어올려 열반의 세계로 인도해야 했다.

「넓은 듯 좁은 그 미간(眉間)은 그리운 여인의 마음인 듯했다. 여자의 마음이 너그러움은 헤픈 것을 말하는 것 같아 담징에겐 싫었다.
담징은 속세에 대한 마지막 미련인 듯 그 미간에다 일점(一點)을 찍어

---

13 정한숙, 『금당벽화』, 고려대학교 출판부, 1998, 65쪽. 인용문 중에서 원문의 고구려를 작가가 밑줄 친 아테나이로 가공했다.

자기의 정성을 다했다.

헤프지 말라는 뜻에서가 아니라 다시는 자기의 의식의 세계에서 그런 생각을 버리려는 생각에서였다.

붓을 놓고 그는 빙그레 웃으며 다시 화면을 쳐다보았다.

범할 수 없는 관음상이여….」[14]

담징은 마지막으로 관음상의 두 눈썹 사이에 한 점을 찍음으로써 화룡점정(畵龍點睛)을 이룬다. 금당 화면에 열반의 세계를 구현한 것이다. 관음상을 완성한 담징도 이를 지켜보던 호오류우사의 모든 승려도 꿇어 엎드린 채 합장을 한다.

진이는 이 장면에서 종교적 숭고함과 예술적 희열을 동시에 느꼈다. 「금당벽화」의 작가는 이 짧지만 거대한 서사를 이렇게 갈무리한다.

「조국의 국난이 없었던들…; 금당벽화는 한낱 승 담징의 관념의 표백에 그쳤을지도 모른다.」[15]

조국의 위대한 승리가 불후의 대작을 낳고 불완전했던 한 인간의 예술혼을 완성한 것이다. 진이는 이 소설이 역사적 사건과 한 인간의 내면 그리고 예술이 어떤 인과관계를 가졌는지 극적으로 잘 그려낸 작품이라고 생각했다.

게다가 아테나이의 근현대사에는 고대에서처럼 장쾌한 승리의 극적인 경험이 없으므로, 고대의 위대한 승리의 기억을 모티프로 문학

---

14 위의 책, 66쪽.
15 위의 책, 67쪽.

을 창작하는 것은 정말 흥미진진한 일이라고 생각했다.

이제 「금당벽화」의 진도가 나가기 시작한다. 국어수업은 교사가 학생을 한 명씩 번호순으로 일으켜 세워 교과서 본문을 약 반 쪽쯤 낭독하게 한 후, 그 부분의 설명을 하는 과정을 반복함으로써 진행한다.

"자, 오늘부터 세 번에 걸쳐서 「금당벽화」 진도 나가고, 그 다음부턴 기말고사야. 「금당벽화」까지 기말고사 범위니까 정신 차려서 잘 받아 적어라. 알았지? 지난 시간에 누구까지 읽었지? 다음 사람 일어나서 읽어봐. 누구부터니?"

국어교사 차성화(車成火)가 본문을 낭독하라고 시킨다. 지난 시간에 마지막으로 읽은 학생이 반 번호 48번이었다. 「금당벽화」의 서두를 낭독할 학생은 공교롭게도 49번 무사진이었다. 입학한 이후 진이에게 있어 가장 흥미로운 수업의 개시를 진이 자신이 하게 되었다. 진이가 일어나 책을 들고 「금당벽화」를 읽기 시작한다.

「목탁(木鐸) 소리가 비늘 진 금빛 낙조(落照) 속에 여운(餘韻)을 끌며 울창한 수림을 헤치고 기복(起伏)진 구릉(丘陵) 밑으로 흐르고 있다.
　무성한 숲과 숲 사이에 스며드는 습기에 오늘도 돌바위의 이끼는 어제련 듯 푸르고….」[16]

진이의 총기 없던 눈이 다시 빛나고 평소와는 다른 낭랑한 목소리가 「금당벽화」를 읽어 내리기 시작했다. 그러나…

16　위의 책, 55쪽.

51

6월 30일.

「금당벽화」 수업에 남다른 기대를 가졌던 진이는 사흘 전, 어제 그리고 오늘까지 세 번에 걸친 국어수업에서 참담한 모멸감만 느끼고 말았다.

40대 초반의 여교사 차성화는 진이의 눈에 꽤 실력 있고 대범한 성격의 소유자로 보였다. 고등학교 수업은 대학 수험 위주의 건조한 내용이 되기 쉬움에도 그녀는 수업시간에 전형적인 수업 내용에서 일탈하여 학생들에게 자신의 대학 시절 연애담을 들려준다든지, 교과 내용을 벗어난 문학 이야기를 낭만적으로 구성해 이야기해주곤 해서 학생들에게 상당한 인기가 있었다.

진이가 이번 「금당벽화」 수업에 큰 의미를 부여한 것도 차성화의 그런 자유분방함에 기대한 면이 적지 않았다. 국어국문학과 졸업이라는 그녀의 학력 이외에 그녀 나름의 개성적인 접근 방식으로 진이가 「금당벽화」를 몇 번이나 반복해 읽고도 미처 알지 못했던 내용을 그녀가 깨우쳐줄 것이라는 기대감 때문이었다.

그러나 차성화는 세 번의 수업에서 시종 단편소설 「금당벽화」 대해 부정적인 태도로 일관했다. 그것은 한 문학작품에 대한 비평이라기보다 네스토리우스교적 감성에 기반을 둔 불교에의 조롱이었고, 아테나이 역사와 전통에 대한 생리적인 거부감이 외부로 드러난 것으로 보였다.

진이는 이런 분위기가 두 달 전 '아테나이 역사 5,000년' 미술전이 교장에 의해 취소된 것과 같은 맥락이라고 이해했다.

『담징이 벽화를 그리기 전에 숲속에 있는 샘터에 가서 목욕을 하네. 근데 이건 무슨 경건한 종교의식이라기보다 평소에 목욕을 잘 안 해서 이렇게 하는 거야. 매일 샤워를 하면 일부러 숲속으로 씻으러 갈 필요가 없지. 평소에 목욕을 안 하니 몸에 얼마나 때가 많이 끼었겠어?』

『푸하하하하.』

차성화는 소설에서 숭고하게 묘사된 장면을 이런 식으로 희화화시키고 웃음거리로 만들었다. 이 작품의 클라이맥스는 담징이 자신이 그린 관음상의 양미간에 점을 찍음으로써 그림에 불성을 불어넣고 세속을 초월한 종교미를 구현하는 데 있다. 또 담징에게 그것이 가능하도록 한 것은 담징의 조국 아테나이가 라케다이몬의 200만 대군을 물리쳤다는 장쾌한 승전보였다.

차성화는 이 작품의 대미를 설명할 때도 계속 비웃는 태도였다. 학생들에게 담징이 화룡점정하는 장면을 설명하기 위해 자신이 직접 칠판에 그림을 그렸다. 그런데 관음보살의 얼굴이라고 그려놓은 것이 둥글넓적하고 바보스러운 얼굴에 대머리, 비정상적으로 크게 묘사된 코이다.

진이가 이 얼굴을 보았을 때 연상되는 것이 있었다. 신문에 매일 연재되는 4컷 만화 중에 가장 인기 있는 것이 XX일보의 '고바우 영감'과 XX일보의 '코주부'이다. 그런데 차성화가 관음의 얼굴이라고 묘사한 것이 바로 희극적 캐릭터인 코주부와 아주 닮은 얼굴이었다.

담징이 그린 관음의 얼굴이 졸지에 세상의 온갖 부조리를 풍자하기 위해 창조된 신문 만화 캐릭터의 얼굴이 된 것이다. 아무리 보아도 차성화의 그림 실력이 부족해서라기보다, 관음상의 미를 폄하하기 위해 일부러 우스꽝스러운 얼굴을 그려놓은 것 같았다.

『자, 여기 이렇게 딱 하고 눈썹 사이에 점을 찍으면 그림이 완성되는 거래. 이게 '화룡점정'이라는 거란다.』

차성화는 계속 피식피식 비웃으며 칠판 위에 자신이 직접 화룡점정을 시범해 보였다. 차라리 아니함만 못 했다. 이런 식으로 할 것이라면 차라리 무미건조한 대학 수험 위주의 수업이 낫다. 진이는 차성화의 수업을 들으면서 그녀의 저런 비아냥거림이 대체 어디서 기인한 것인지 생각해본다. 자신이 네스토리우스 교도이므로 불교를 소재로 한 소설이 못마땅한 것인가? 이 학교가 네스토리우스교 학교이므로 불교에 대한 이 정도의 폄훼는 당연하다고 생각하는 걸까?

하지만 그녀는 평소 기성세대의 문화에 비판적이었고 수업 시간에도 대범한 언행을 보여왔다. 이런 경우라면 오히려 학교의 교육방침 따위는 무시하고 철저하게 문학적 관점에서 이 작품을 평가해야 그동안 그녀 자신이 보여온 언행에 부합하지 않는가?

진이가 입학 이후의 일들을 돌이켜 보면 이러한 문제는 비단 차성화 선생에게만 국한된 문제는 아니었다.

아테나이는 근대국가이다. 아니라면 적어도 선진적인 이오니아 식 근대국가를 지향하고 있는 나라이다. 이것은 아테나이 왕조가 크레타 제국주의에 멸망한 이후 식민통치 체제 아래에서도, 통제경제 체제 아래에서도, 자유시장경제 체제 아래에서도 일관되게 지속돼온 목표였다.

그런데 진이가 이 학교에 들어온 이후 피부로 느껴진 분위기는 이 학교의 네스토리우스 교도가 자신만이 근대 아테나이의 건설자인 것처럼 처신한다는 것이다.

진이가 봤을 때 이것은 지나친 만용이자 파렴치한 행동이다. 교장이 강권으로 아테나이 역사 5,000년 전을 취소시킨 것이나 차성화 선생이 「금당벽화」를 조롱하는 것이나 같은 맥락의 사고에서 나오는 태도이고, 이것은 아테나이의 역사와는 철저히 절연하겠다는 의식에서 기인한 것이다. 그들이 추구하는 자신들의 정체성은 오로지 네스토리우스교 아래에서만 형성될 수 있다고 믿는 것 같다. 물론 네스토리우스교가 아테나이에 전래되면서 이오니아 선진문명 유입의 통로가 된 것이 사실이고, 근대국가 건설에 어느 정도 공헌을 한 것도 사실이다.

그러나 진이는 시간이 갈수록 의구심만 쌓여왔다. 현재 아테나이의 주인처럼 행세하는 네스토리우스교도가 과연 미래에 성공적인 근대국가를 건설할 능력이 있는가이다. 진이는 그렇지 못할 것으로 생각한다.

진이는 이 학교 교목(校牧)의 설교를 떠올린다. 교목은 왜소해 보이는 남자로 피골이 상접했다고 할 정도로 마른 체격에다 창백한 피부, 쑥 들어간 눈과 툭 튀어나온 광대뼈를 가지고 있어서, 어떻게 보면 건강이 안 좋은 것 같기도 하고 뭔가에 정신을 빼앗겨 제정신이 아닌 사람처럼 보였다. 하지만 이 학교 교사들 사이에서는 대단한 믿음을 가진 성직자로 인정받고 있었다.

그는 강단에 올라가 설교를 하게 되면, 반드시 방성기도를 했다. 고래고래 악을 쓰고 눈물 콧물 흘리며 기도를 하는 것이다. 세계 보편종교인 네스토리우스교의 설교가 아니라, 산신을 모시는 무당이 굿을 하는 것 같았다. 아니, 그런 무당을 충분히 능가하고도 남았다.

그런데 진이가 정말로 혐오감을 느끼는 것은 그런 피상적인 것이 아니라, 그의 설교 내용이었다. 그의 방성기도가 끝날 때 즈음 매번 노래의 후렴구처럼 붙는 일정한 문구가 있다.

『하나님 아버지 우리 아테나이를 이스라엘 다음으로 축복받는 나라가 될 수 있게 해주시옵소서.』

「뭐라고? 이스라엘 다음으로 축복받는 나라가 되게 해달라고?!」

진이는 처음 교목의 이 기도 내용을 들은 순간 귀를 의심했다. 어째서 저 선생님의 머릿속에서는 전 세계 서열 1위의 국가가 이스라엘이고, 2위가 아테나이인가?

이스라엘은 서 라케다이몬 끝자락에 자리한 나라로, 고대 원시 네스토리우스교가 탄생한 지역이다. 호전적인 유목민족이 신앙하던 원시 네스토리우스교에서는 이스라엘 민족이 하나님께 선택받은 유일한 민족이었으나, 네스토리우스교가 세계 종교로 발전하면서 이스라엘을 제일로 삼던 배타적 교리는 철폐되고, 누구나 하나님께 귀의하면 구원받을 수 있다는 개방적인 교리로 진화한 것이다.

그럼에도 불구하고 교목은 애써 2,000년도 훨씬 넘은 원시종교의 배타적 교리를 부활시켜, 이스라엘을 형님으로 삼고 조국인 아테나이를 종속적인 위치에 둔 것이다. 아무 역사적 맥락도 없는 해괴한 짓이고, 근대세계에서 이오니아 문명을 선도해온 네스토리우스 교리에도 명백히 어긋나는 내용이다. 진이는 과연 이런 비상식적인 자들이 종교인이라고 할 수 있을지 의문이었다. 더더군다나 아테나이를 네스토리우스교 왕국으로 삼으려는 저들의 염치없는 역사관에는 극한 혐오감을 느껴왔다.

그러던 차에 국어 교과서에서 만난 「금당벽화」라는 단편소설은 가뭄의 단비 같은 존재였다. 이것을 통해 국어수업 시간을 자신에게 의미 있는 시간으로 만든 후, 「금당벽화」가 기말시험 범위에 포함되는 만큼 이번 기말시험을 열심히 준비해서 예전처럼 다시 우수한 성적을 받는 계기로 삼겠다는 나름대로의 계획이 있었다. 학교 분위기가 마음에 안 든다고 고등학교 삼 년을 전부 포기할 수는 없었고, 대학에도 가야 했기 때문이다.

그러나 진이가 기대했던 국어 시간은 차성화 선생의 비아냥거림과 학생들의 조롱으로 엉망진창이 돼버렸다.

딩동, 댕동.

"차렷, 경례."

"감사합니다."

차성화 교사는 50분씩 사흘간 「금당벽화」의 진도를 마쳤다. 수업 종이 울리자 반장이 자리에서 일어나 수업을 마친 선생님에게 큰소리로 구령을 붙였다. 이어서 반 학생들도 앉은 채로 머리 숙여 "감사합니다." 하고 인사를 한다. 진이도 머리를 숙여 인사한 후 교실 문을 열고 나가는 차성화 교사의 뒷모습을 보며 생각한다.

'저 개 같은 년…. 이젠 정말 못 참겠다!'

52

7월 2일.

월요일 아침, 진이는 주말을 보내고 학교에 왔다.

오늘도 어김없이 아침예배에 참석하러 강당에 들어섰다. 손에는 성경책과 찬송가가 쥐어져 있고, 평소에는 가지고 다니지 않던 만년필을 한 자루 왼쪽 셔츠 주머니에 꽂아놓았다. 3년 전 아버지가 중학교 입학선물로 사주신 만년필이다. 프랑시아에서 수입한 18K 금촉 만년필. 당시 열네 살의 학생이 쓰기에는 과분한 필기구였다. 그래서 학교에서 필기용으로 쓰지 못하고 책상 서랍에 고이 간직해온 것이다.

키가 크고 조숙한 김지애는 오늘도 어김없이 단상 위에 올라가 피아노 반주를 시작했고, 학생들은 찬송가를 따라 불렀다. 예측대로라면 오늘은 교장이 설교 겸 훈화를 할 것이다.

'수백 명의 학생과 수십 명의 교사를 내가 다 일일이 상대할 수 없다. 우두머리 한 놈을 쳐야 한다.'

진이는 지난 토요일 국어수업이 끝난 이후부터 학교 전체를 하나로 묶어 자신과의 제로섬 게임(Zero-Sum Game) 상대로 인식하기 시작했다. 패배한 자는 적에게 모든 것을 빼앗겨야 하는 게임의 법칙, 적당한 타협도 이익의 균점도 있을 수 없다. 오로지 절대적인 승자와 모든 것을 잃고 우주에서 사멸해야 하는 패자만이 존재할 뿐이다. 진이는 지난 사 개월간 자신과 학교가 공유할 수 있는 그 어떤 풍경과 서사도 찾을 수 없었기 때문이다.

'학교의 가장 우두머리는 이 학교를 창립한 이사장이다. 그러나 그자는 일 년에 많아야 서너 번 학교에 와 얼굴만 잠깐 비치고 간다.

입학식과 졸업식 때, 그리고 간혹 정·재계 유력 인사를 학교로 초대해 강당에서 같이 예배를 보며 그자들과 친목을 다지는 계기로 삼는다. 이사장을 칠 기회를 잡기는 어렵다. 이사장을 제외하면 다음은 교장이다.'

진이는 주말에 교장을 칠 궁리만 했다.

학생들이 찬송가의 후렴구를 부르고 김지애가 반주로 끝맺음을 한다.

"이제 교장 선생님의 말씀이 있겠습니다."

교장이 단상 위에 있는 등받이 높은 의자에 눈을 감고 앉아 있다가, 일어서서 단상 앞으로 나온다. 회색 슈트 바지에 흰 와이셔츠를 입고 재킷은 입지 않았다. 넥타이를 매지 않은 상태에서 와이셔츠의 단추 두 개를 푸니, 안에 입은 러닝셔츠의 허연 옷깃이 비쳤다. 긴 소매를 걷어 올려 반소매처럼 접었다.

날씨가 더운 탓도 있지만 조금 전까지 졸고 있다가 단상에 나올 때는 마치 이제 자신이 뭔가 힘을 쓸 일이 생겼다는 듯한 복장과 태도였다.

교장의 설교가 시작됐다. 오늘 교장의 설교는 교목처럼 눈물 콧물 흘리면서 하는 방성기도까지는 아니더라도, 얼굴이 벌게질 때까지 열을 내며 하는 웅변 형식의 설교를 하고 있다. 내용은 평소에 자주 써먹던 상투적인 것이 많았다. 언제나처럼 집권 여당의 정책을 지지하는 듯한 발언도 포함됐다.

진이는 그런 교장의 모습이 교육자의 모습이라기보다, 뒷골목에서 어깨에 힘을 주고 떠드는 양아치 같다고 생각했다. 설교가 시작된 지 20분가량이 지나자 타 종교를 비방하는 내용으로 흘렀다. 이런 설교를 처음 듣는 것은 아니지만, 이번에는 그 수위가 평소보다 높았다.

"여러분 석가모니가 도를 닦아 해탈을 해서 열반에 들었다고요? 그런 말을 절대로 믿어선 안 됩니다. 그것은 악마입니다. 다 사탄이 역사해서 그렇게 된 거예요, 여러분."

진이가 기다리던 것이 왔다. 진이는 불교 신도가 아니다. 가족 중에도 불교 신도는 없었다. 하지만 용납할 수 없는 말이었다. 저것은 종교도 그 무엇도 아니다. 근대 국가 아테나이에서 세속적인 역할조차 수행할 수 없는 잡신(雜神), 이매(魑魅)일 뿐이라고 생각했다. 교장의 발언은 지금까지 진이가 가슴에 쌓아온 분노를 격발시키기에 충분했다.

'개기름 번들거리는 면상에 달린 입으로 아주 잘도 지껄이는구나!'

진이는 왼쪽 가슴 위 주머니에 꽂아둔 만년필을 꺼내 오른손에 들었다. 그리고 자리에서 일어나 천천히 걸어 강당 중앙 복도로 걸어 나간다. 진이 옆에 앉아 있던 학생들은 벌떡 일어나 자신들의 앞을 가로질러 나가는 진이를 이상한 눈으로 쳐다본다.

중앙 복도로 나온 진이는 몸을 오른쪽으로 돌려 교장이 설교하는 단상을 향해 천천히 걸어간다. 1,000명이 넘는 학생들의 시선이 단상으로 한 걸음 한 걸음 다가가는 진이에게로 모였다.

강당 가장자리를 돌면서 예배 중인 학생들을 유심히 지켜보던 학생주임은 진이의 돌출적인 행동을 멀리서 목격하고 진이가 걷고 있는 중앙 복도 쪽으로 이동한다. 교내에서 거친 말썽꾸러기들을 전문으로 상대하는 그는 운동복 차림에 호루라기를 목에 걸고, 흰 장갑을 낀 오른손에 선도용 나무 막대기를 쥐고 있다.

단상 가까이 다가간 진이는 자신과 단상 위에 서 있는 교장의 거리가 5m 정도로 좁혀지자, 왼손으로 오른쪽 손에 쥐고 있는 만년필 뚜껑을 뽑아 그냥 옆으로 던져버린다.

교장은 자기 자신의 설교에 취해 중앙 복도에서 자신에게 다가오는 진이를 보지 못했다. 사람들의 시선이 어느 한 쪽으로 계속 몰리는 것을 보고야 뒤늦게 알아차린다. 교장이 진이와 눈이 마주친 순간 진이는 이미 무엇인가를 앞으로 던지는 자세를 취하고 있었다.

진이는 뚜껑을 빼버린 만년필의 손잡이 끝을 잡고 어깨를 뒤로 힘껏 제쳤다. 그리고 만년필의 촉을 교장의 얼굴을 향하게 하여 마치 탄자(彈子) 다루듯이 체중을 실어 힘껏 앞으로 던진다.

진이는 격투기를 수련한 적도 없고 총이나 활, 투창 등을 배운 적도 없었다. 다만 어제 하루 자신의 만년필이 교장의 얼굴에 가서 꽂히는 그림을 머릿속에 수도 없이 그려, 자신의 신경과 근육이 때가 되면 생각대로 움직일 수 있게 해놓았다.

진이가 자신을 노려보면서 뭔가를 던졌다고 생각되는 순간, 교장은 바로 저 아이가 두 달 전 민비의 얼굴을 그려 미술전에 출품한 무사 진이라는 학생인 것을 알았다.

교장은 반사적으로 왼손을 자신의 얼굴 앞에 가지고 왔으나 화살처럼 날아오는 날카로운 것이 자신의 검지와 중지의 살갗을 찢으며 뚫고 들어오는 것이 느껴졌다. 급히 얼굴을 오른쪽으로 돌렸는데, 날카롭고 차가운 금속이 자신의 왼쪽 뺨을 뚫고 입속으로 들어오는 것이 느껴진다.

진이는 만년필을 던진 직후,

"이 지각없는 녀석아. 여기는 아테나이야. 니놈 따위의 왕국이 아니란 말야."

라고 큰소리로 외쳤다.

만년필의 금촉은 교장의 왼쪽 뺨을 뚫고 들어가 입안의 혀에 박혔다.

교장이 괴성으로 고통을 호소하며 단상에서 아래로 떼굴떼굴 굴러 떨어졌다.

"아악!"

좌중이 예상치 못한 사태에 동요하며 고성을 질렀다. 학생 주임이 급히 단상 아래로 달려왔지만 어찌해야 할 줄 몰랐다. 격투기 유단자에 많은 문제학생들을 다뤄왔지만, 진이 같은 유형은 처음 본다. 제압하고 결박을 해야 하나?

교장이 바닥에 엎드려 계속 고통을 호소하지만, 교사들도 어찌해야 할지 몰라 망설이고 있다. 이때 뜻밖의 행동을 보인 것이 김지애였다. 단상 위 피아노 의자에 앉아 있던 김지애가 급히 몸을 일으켜 단상 아래로 내려왔다.

"교장 선생님."

김지애가 쓰러져 신음하고 있는 교장 옆으로 다가와 한 쪽 무릎을 꿇어앉은 자세로 교장에게 말을 건다. 볼에 박힌 만년필을 섣불리 빼려고 건드려선 안 된다고 판단한 그녀는 자신의 주머니 속에 있던 손수건을 꺼내 만년필이 박힌 구멍에서 나오는 피를 막으려고 한다. 신속하면서도 침착한 태도로 대응하는 김지애는 마치 잘 훈련된 여군이나 간호사처럼 보였다.

모두가 진이의 돌발적인 행동을 보고 당황할 때, 김지애는 보란 듯이 냉정하게 대응했다. 다른 사람처럼 넋이 나간 표정으로 진이를 쳐다보지도 않고 침착하게 교장을 돌본다. 마치 진이가 이런 일을 벌일

줄 알고 있었다는 듯이….

53

7월 7일 진이의 집 무사윤의 서재.

짝!

영교가 딸 진이의 뺨을 때린다. 영교는 남편 윤이 앞에서 진이의
잘못을 추궁하지만, 진이는 잘못했다고 반성하기는커녕 자신이 보아
온 학교 측의 부당함을 성토했다. 계속 야단을 쳐도 듣지 않자, 영교
는 화를 억누르지 못하고 딸에게 체벌을 가한다.

짝!

"그러고도 아직 잘못한 걸 모른다니…, 혀의 신경을 건드리지 않은
게 천만다행이었어. 조금만 더 깊이 박혔으면 교장 선생님은 평생 말
더듬이가 되셨을 거야. 그러면 진이 넌 마음이 편할 거 같니? 너도
평생 죄책감에 시달려 살게 될 걸? 이유가 어쨌건 넌 변명의 여지가
없어. 학생이 선생님을 흉기로 친다는 게 말이 돼? 그것도 전교생이
보는 앞에서? 난 니가 어쩌다 이런 애가 됐는지 의문이다. 너 왜 그러
니?"

영교는 진이의 뺨까지 때려가며 야단치지만 진이의 표정은 변함이
없다. 교장은 마땅히 받아야 할 처벌을 받은 것이고, 자신은 아무런
잘못이 없다고 말하는 것 같다.

"진이야, 나가봐. 니 방에 가서 곰곰이 생각해봐라. 과연 니가 정말
잘못한 게 없는지…. 어머니가 아무리 얘기해봐야 소용이 없을 것

같구나."

옆에서 듣고 있던 윤이가 더 말해봐야 소용없다며 진이를 어머니에게서 떼놓으려 한다. 진이가 아버지의 말을 듣고 문을 열며 서재를 나가려다가, 다시 고개를 돌려 윤이와 영교에게 말한다.

"할머니는 대체 뭐가 아쉬워서 저런 것들을 키워놓으신 거죠?"

"뭐…, 뭐라고?"

진이가 하는 말을 듣고 영교의 표정이 사나워지며 목청을 높이려 하자, 진이는 금세 서재를 나가서 문을 닫아버린다. 영교는 머리가 아파지는지 오른손을 이마에 갖다대며 서재에 있는 소파에 앉는다. 윤이는 계속 선 채로 아무 말이 없다.

"당신은 언제나 참 공자님 같아요. 이런 일에도 냉정할 수 있고요."

영교가 남편을 살짝 비꼬듯이 말하지만 윤이는 별다른 반응이 없다. 다시 영교가 말을 잇는다.

"어머니의 빈자리가 이렇게 클 줄 몰랐어요. 진이가 의식을 하는지 어떤지 모르겠지만, 어머니가 돌아가신 이후로 혼자서 중심을 잡기 힘들어하는 것 같아요. 학교에서 네스토리우스교도 한몫했지만요."

윤이는 여전히 말이 없었지만, 방금 영교가 한 말에는 공감하듯 표정이 바뀐다.

"우리가 12년 전에 병원 응급실에서 생각한 게 맞았다면 어떤 일이 생길 수 있는 거죠? 난 진이가 눈으로 본 걸 자기 몸에 체현시키는 것 같다고 했고, 당신은 진이가 어렸을 때 본 걸 미래에 실현할지 모른다고 했잖아요. 저렇게 정신적으로 큰 동요를 일으키면 어떤 결과로 이어질 것 같으냐고요? 그때보다야 나이가 먹어서 어느 정도 자신을 통제할 수 있다고 믿었는데, 학교에서 저렇게 충동적으로 행동하는 거 보면….

당신 진이 얼굴 자세히 봤어요? 몇 달 전하곤 뭔가 달라요. 표정이 변한 정도가 아니라 근육하고 골격이 어딘가 미세하게 변해 있다고요."

"그걸 나라고 어떻게 알겠어. 나도 그땐 흥분해서 어머니랑 다툴 때잖아. 두서없이 한 얘기였어."

"진이가 특별한 아이란 거 여태까지 용케 숨겨왔는데, 왠지 그걸 이제 세상이 알게 될 거 같아 불안해요."

"그런 사람이 이번 일은 왜 그렇게 요란스럽게 처리한 거야? 교장을 파면할 것까진 없었잖아?"

"그렇게 하지 않으면 우리 진이가 죽어요! 그렇게 안 했으면 어떻게 됐을 것 같아요? 교장에게 잘못이 없다면 우리 진이가 나쁜 짓을 한 게 되고, 그럼 아마 학교를 퇴학당하고 소년원에 수감될 거예요.

그러면 진인 더 엄청난 사고를 일으킬 걸요? 게다가 당신은 어떻고요. 당신 요즘 장관 물망에 오르고 있는데, 딸이 범죄자가 되면 어떻게 되겠어요? 안타깝지만 이번엔 교장이 희생양이 되는 수밖에 없어요."

"당신 인제 보니 아주 무서운 여자군! 어머니를 닮아가는 거 같아? 피가 안 섞여도 한 집에서 오래 모시다 보면 닮아가나 보지?"

"저 지금 당신하고 농담할 기분이 아니네요."

영교가 화를 내며 소파에서 일어나 서재 밖으로 나가버린다.

윤이는 혼자가 되자 서재 안의 공기가 자신의 정신을 과거의 풍경으로 실어 나르는 것을 느꼈다.

진이가 태어난 것이 4363년, 경술년. 아테나이가 크레타에게 국권을 빼앗긴 해로부터 60년이 지난 해이자, 자신이 번역한 칼 슈미트의 저서가 세상에 나온 해이기도 했다. 아테나이가 크레타에 해방된 이래 최고의 역서(譯書)라고 찬사가 자자했고, 서른아홉의 젊은 무사윤은 아테나이 최고 석학의 반열에 오른다.

국내에서뿐만이 아니었다. 해방된 이후 적대관계에 있던 크레타에서의 반응이 오히려 더 요란했다. 자신들이 지난 100여 년간 번역해 온 그 어떤 이오니아 고전보다도 뛰어난 번역물이 아테나이에서 나왔다고….

돌이켜보면 국민학교 4학년 때 아버지가 프러시아어를 열심히 해 보라고 권유하셨던 것이 이 모든 것의 시작이었다. 이후 대학에 가기 전부터 프러시아어를 틈틈이 공부했고, 대학에서는 프러시아어 원전으로 헤겔을 읽는 것이 하루도 빠짐없이 반복되는 일과였다. 마치 독실한 네스토리우스교 신자가 매일 성경책을 읽듯이….

책이 나온 지 몇 달 후 진이가 세상에 나왔다. 윤이는 진이가 아름답고 재능 있는 여인이 되기를 바라며, 아테나이의 전설적인 미인이자 시서(詩書)에 능했던 황진(黃眞)의 이름을 따서 붙여주었다. 모두 집안에 경사가 겹쳤다고 난리들이었다. 하지만 유일하게 윤이의 성공을 부정적으로 보는 이가 있었는데, 바로 어머니인 자연이었다. 이유는 아들 윤이가 칼 슈미트의 이론을 아테나이의 실정에 맞게 가공하여 취약하기 짝이 없던 체제의 수명을 기적적으로 연장하고 있었기 때문이다.

자연은 자신이 통제 체제의 대외정책을 결정하는 요직에 앉아 있음에도 불구하고, 지금 이 체제를 하루라도 빨리 무너뜨린 후 다음 세대를 위한 혁명의 토대를 닦아야 한다고 생각했다. 자신에게 허락

된 시간은 제한되어 있는데, 아들은 어머니의 뜻에 역행해 혁명을 지연시키고 있는 셈이었다. 통제 체제에서 아들의 명예가 높아질수록 어머니는 아들이 삼각산에서 산화한 아버지 무사인을 잊어버리고 나태해져간다고 간주했다. 급기야 아들이 자신의 사회적 명성에 힘입어 당시 아테나이 최고의 여배우 박영교와 결혼하자, 자연은 아들을 내심 증오하기까지 했다.

그렇게 차갑게 얼어만 가던 자연의 마음을 조금씩 녹여주던 이가 바로 아기 진이었다. 한 살 두 살 세 살 먹어가는 진이에게서 자연은 새로운 희망을 보기 시작했다. 그러면서 자연은 조금씩 마음의 여유를 되찾고 아들과도 말없이 화해해간다.

진이가 다섯 살이 되던 해 자연은 드디어 여러 해 동안 치밀하게 준비한 쿠데타를 성사시키는데, 그건 자신의 남편이 일으켰던 혁명의 반혁명이 되는 셈이었고, 자신이 일으킨 혁명조차 다음 세대에 완성될 혁명이 극복할 대상으로서 의미가 있는 것이었다. 그리고 자신의 아들 윤이는 혁명의 여파로 대학에서 추방돼 칠 년간의 야인 생활에 들어간다. 아들 윤이가 보아도 어머니 자연은 무서운 여자였다.

혁명이 일어나기 하루 전날 진이가 뜻밖에 보인 초자연적인 능력에 대해서 아내 영교와 어머니 자연의 보는 관점이 달랐다. 아내는 딸의 그런 능력을 위험한 것으로 판단하고 그 능력을 어떻게 해서든 밀봉하려 했다. 그러나 어머니는 진이의 능력을 두려워하지 않고 아이가 그것을 부지불식간에 사용해 자신을 도야할 수 있게끔 했다.

사람들이 진이의 뛰어난 외모를 보고 어머니 영교를 닮아서 그렇다고들 하지만, 자세히 보면 진이는 영교를 그다지 닮지 않았다. 할머니 자연의 절묘한 유도로 진이 자신의 외모와 재능을 스스로 향상해온 것이다.

그러던 것이 할머니가 떠나가시자 진이가 중심을 읽기 시작했고, 이제 무너져 내리는 모습이 훤히 눈에 보이기 시작했다.

윤이는 슬리퍼를 신은 채 터벅터벅 커다란 책꽂이 앞으로 걸어갔다. 책꽂이 맨 하단 오른쪽 구석에 있는 책 한 권을 허리와 한쪽 무릎을 굽혀 꺼냈다. 오랜만에 손에 직접 쥐어보는 책이다. 일어나서 책장을 폈다.

16년 전 진이가 태어나던 해에 윤이가 냈던 칼 슈미트의 저서 번역본 초판이다. 책장 사이에는 마치 책갈피처럼 하얀 비단이 접혀 있었다.

윤이는 책 안에 접혀 있던 하얀 비단을 펼쳤다. 41년 전 어머니가 경운궁 앞 광장에서 김현안의 연설을 듣다가 분에 복받쳐 피눈물을 흘릴 때 머리에 매셨던 그 흰색 실크 스카프다. 어머니의 턱밑에 매듭 지어졌던 스카프의 가장자리에는 그때 흘리셨던 피눈물이 배어 아직도 붉은 빛이 역력하다.

윤이는 진이가 교내 미술전에서 황후의 모습을 그려 대상을 받을 뻔하다 교장의 강권으로 취소됐단 얘기를 어제 영교에게서 들었다. 멸망한 아테나이 왕조의 마지막 황후! 재작년 어머니가 갑자기 황후의 얘기를 꺼내셨다. 사진에서 황후로 일컬어지는 여인은 황후가 아니라고.

'어머니는 그것을 숨겨오시다가 왜 돌아가시기 한 해 전 나에게 얘기하셨을까? 죽음을 직감하셨던 걸까?'

윤이는 선채로 눈을 감고 잠시 사색에 잠긴다.

근대의 물결이 이오니아에서 아테나이로 밀려오면서 아테나이에는 커다란 시련과 변화가 있었고, 아버지와 어머니가 함께 시작한 혁명은 아직도 미완인 상태로 남아 있다.

이 커다란 흐름에서 어머니의 모든 문제가 시작된 것은 바로 76년 전 경운궁 석조전에서였을 것이다. 하지만 그 문제의 첫머리조차 아직도 사람들의 커다란 오해 속에 묻혀 있고, 어머니는 결국 문제의 근원을 해결하지 못하신 채 돌아가셨다.

이제 어떻게 해야 하나? 이 문제의 유일한 당사자인 자신은 그분이 사실 황후가 아니라, 나의 외할머니라고 사람들에게 하소연이라도 해볼까? 설령 그 일이 바로잡힌다 해도 세상에 무슨 의미가 있을까?

그런데 이제 이 일이 진이의 문제로 수렴되어가는 것을 본다. 아테나이인들의 수치심을 자극하던 지나간 역사의 한 페이지를 진이가 너무나 아름다운 자태로 다시 그려냈다고 한다. 진이는 하필 왜 그것을 그림으로 표현할 생각을 했을까? 이것을 우연으로 치부할 수 있을까?

윤이는 다시 눈을 떴다. 그리고 손에 쥐고 있는 어머니의 흰색 실크 스카프를 바라본다. 마흔한 해 전 어머니의 피눈물은 하얀 비단 위에 수놓아진 단풍잎처럼 빛났다.

'어머니, 도와주세요!'

54

7월 9일 아침 학교 교무실.

"이 선생, 이현미 선생, 축하해요. 이제 학교 그만두고 대학으로 간다며?"

음악교사 송지영이 진이의 담임이자 미술교사 이현미의 근황을 묻는다.

"네, 모교 미대에 전임강사로 가게 됐어요. 마침 빈자리가 있어서요. 운이 좋았죠."

"그래, 그런데 말야…."

"진이 때문에 그러시죠?"

"아하, 그래. 이 선생, 진이 집안이랑 잘 알아? 진이 어머니랑 친한 선후배 사이라며?"

"네, 옛날부터 막역하게 알고 지내던 언니예요."

"근데, 진이 어머니가 옛날에 그 유명하던 박영교였어? 난 그런 줄도 모르고…."

"뭐, 은퇴한 지 20년이 다 돼가니까요."

"어쩐지, 진이 걔가 유난히 예쁘던 게 다 엄마 닮아서 그런 거군. 역시 예술 쪽에 재능이 많은가 봐. 피아노도 잘 치고 그림도 잘 그리고…."

'나 원 참…! 애를 달달 볶을 땐 언제고…'

"그런데 이 선생, 진이네 아버지는 어떤 사람이야? 교수라고 들었는데…. 이번에 어떻게 진이는 말짱하고 오히려 교장이 파면을 당하냐고?"

"게네 집안이 좀 세요. 아마 송 선생님이 상상하시는 것보다 훨씬 더요."

"글쎄, 그게 어떻게 그렇게 센 거냐고. 대학교수라고 들었는데…."

"교수가 그냥 교수가 아녜요. 어쩌면 올해 안에 국방부 장관이 될

지도 몰라요."

"국방부? 사회학과 교수라고 들었는데? 국방부 장관은 군인이 되는 거 아냐? 사회학과 교수가 어떻게 국방부 장관을 해?"

"그게…, 그런 게 좀 있어요. 저도 복잡한 건 잘 몰라서…. 아버지도 아버지지만 걔네 할머니가 정말 엄청난 사람이에요. 대중적으로 잘 알려진 인물은 아닌데….

아테나이가 크레타에 독립한 이후로 거의 건국의 어머니나 다름이 없더라고요. 그런 사람이 어떻게 계속 자기 모습을 일반한테 숨겨왔는지, 신기하죠?

그래서 더 대단해 보이는지 모르지만, 은퇴하기 전까지 정·관계에서 진이 할머니랑 대등하게 대활 나눌 수 있던 사람은 대통령이 유일했대요. 그야말로 막후 실세였죠.

재계에서는 또 어떻고요. 요즘 재벌이라고 목에 힘주는 놈들, 진이 할머니에게 신세 안 진 사람이 없다더군요. 우리나라 재벌들 성장 배경이 다 비슷하잖아요? 옛날에 외국에서 들어오는 돈줄을 전부 진이 할머니가 쥐고 있었다나 봐요.

그러니 기껏 준 재벌급인 우리 학교 이사장 따위는 진이 할머니 앞에서 감히 명함도 못 내미는 거죠. 근데 그 진이 할머니가 작년에 사고로 돌아가셨대요. 하지만 죽어서도 얼마나 힘이 센지! 교장은 죽은 진이 할머니에게 목이 잘린 셈이죠."

"재, 재, 재수 더럽게 없…."

"네? 뭐라고 그러셨어요?"

"아, 아, 아냐. 아무것도…."

"자, 이제 나가봐야죠, 오늘부터 기말고사니. 제가 학교 떠나기 전 마지막으로 보는 시험감독이네요. 근데, 송 선생님, 왜 갑자기 손은 떠시고 그러세요?"

55

7월 하순 삼각산.

삼각산의 새벽은 지금이 한여름이라는 사실을 잊게 해준다. 멀리서 바라본 산 능선은 옅은 운무(雲霧)에 가려 흰 속옷을 입고 누워 있는 여인의 몸같이 느껴졌다. 진이는 문수봉 자락에 있는 산사에서 나와 대남문을 지나 삼각산성 안쪽으로 들어왔다. 오늘 새벽에는 산 주능선을 따라 삼각산 최고봉인 백운대에 오르고 싶었다. 주능선을 따라 하얀 화강암으로 세워진 성벽은 진이의 길동무가 되어줄 것이다.

진이는 집을 나왔다. 부모님에게 어디로 간다고 알리지 않고 나왔으니 가출을 한 셈이다. 자신의 신분을 방학 동안 글을 쓰러 절을 찾은 대학생으로 속이고 고등학교 1학년 여름방학을 삼각산에서 보내기로 했다. 여름방학에 돌입했지만, 학교는 첫 한 주일만 학생들에게 완전한 방학을 허용하고 이후부터는 4주간 방학 보충수업이라고 해서 하루에 네 시간씩 학교에 나와 수업을 받게 했다. 진이는 이것을 무시하고 산으로 와버렸다. 어차피 방학 보충수업은 정규 수업이 아니니 그것을 무단결석해도 졸업을 못 하진 않을 것이다.

미션스쿨에서의 한 학기는 진이에게 지옥에서의 십 년처럼 느껴졌다. 자신에게 강요된 네스토리우스교는 아테나이 사회에서 변질되고, 여기에 종교사학(宗敎私學)이라는 공간의 특성이 가미되어 생겨난 엉터리 사교였지, 지금 세계를 지배하는 이오니아 문명을 낳고 기른 세계종교가 아니었다.

이런 사교에 의해서 훼손된 자신의 풍경과 서사를 복원하지 않는다면, 자신의 영혼과 몸은 얼마 못 가 붕괴할 것만 같았다.

이것은 진이에게 심리적인 문제이기보다 자신의 정체성과 생존에 관한 절실한 문제였다. 비범한 듯 보이는 진이는 어떤 면에서는 다른 평범한 아이들보다 매우 취약한 정신과 몸을 가지고 있었다.

12년 전 이매가 어머니 영교를 아버지에게서 뺏어가려 할 때, 평소에 그림책을 보며 내면화시켜놓았던 잔 다르크의 화형 장면을 자신의 몸에 실현해 이매를 쫓아냈고, 마침 그때 진이의 할머니 자연이 지금은 혁명이라 평가되는 군사 쿠데타를 일으켜 성공했다. 진이를 옆에서 유심히 관찰한 가족들은 진이에게 일어난 현상과 자연이 일으킨 혁명 사이에 어떤 인과관계가 있다고 느꼈다.

그런 경향은 직관적으로 사물을 파악하기 좋아하는 진이의 어머니 영교에게서 가장 강했는데, 영교는 시어머니 자연이 일으킨 혁명의 성공이 구체적으로 어떻게 작용했는지 알 수 없지만, 온몸에 화상을 입고 죽기 직전까지 간 진이를 살려냈다고 믿을 정도였다.

매사에 이론적이고 분석하기 좋아하는 아버지 윤이는 이것을 반신반의했다. 할머니 자연은 자신이 일으킨 혁명과 손녀 진이가 일으킨 기적과의 관계를 크게 의식하지 않았지만, 미래의 희망으로 여겨지는 진이의 특수한 능력을 계발해주려고 했다.

자연은 진이가 자신의 외모에까지 스스로 영향을 미칠 수 있을 거라 판단하고 수차례에 걸쳐 시험해보았다. 가령 자연이

"우리 진이는 참 명문가의 규수처럼 곱고 단정하구나."

라고 반복해서 자기암시를 해주면, 진이는 할머니가 제시한 이미지가 어떤 것인지 직감적으로 깨닫고, 그와 같은 심상을 마음에 그려서 몇 달 후에는 자연이 말한 이미지를 직접 자신의 얼굴에 구현해놓았다. 아이에게 있어서 매우 놀라우면서 위험할 수 있는 능력이었다. 자연은 십여 년간 그런 진이의 능력을 조심스럽게 잘 이끌었고, 진이는 아름답고 뛰어난 소녀로 성장했다. 누가 보더라도 진이를 귀엽고 총명한 아이로 칭찬했고, 이러한 평판을 증명이라도 해 보이듯이 국민학교에 입학해서는 반에서 매년 가장 예쁘고 공부 잘하는 아이였다. 선생님의 신망을 한몸에 받고, 친구들 사이에서는 인기가 많으면서도 함부로 할 수 없는 야무짐이 있는 아이였다.

할머니 자연이 제시한 미(美)의 패러다임을 손녀 진이는 참신한 형태로 자신의 몸에 체현했고, 그래서 진이는 언제나 세상에서 환영받는 존재가 될 수 있었다. 할머니 자연이 손녀 진이의 총체성(總體性)이 되어준 것이다. 지난번 취소된 미술전에서 진이가 민족의 오욕으로 점철된 황후의 사진을 아름다운 풍경으로 재구성할 수 있었던 것도 할머니에게서 부여받은 총체성의 힘이 컸다.

그런데 이렇게 할머니와 십여 년간 힘써 체득한 진이의 총체성이 몇 달 사이에 무너져 내리기 시작했다. 진이는 본능적으로 이 위기를 실감하고 최대한 빨리 벗어나야만 했다. 교장에게 만년필을 던지는 일탈적인 행동을 한 것도 그런 위기감에서 비롯됐다.

삼각산성 안쪽으로 들어온 진이는 대남문에서부터 동쪽으로 산성 주능선을 따라 능선의 오르막과 내리막을 반복해 걸었다. 예상대로 능선을 따라 난 하얀 화강암 성벽은 홀로 가는 산행에 좋은 길벗이 돼준다.

산성은 4338년 을유년 독립전쟁 때 게릴라전으로 모두 파괴되었지만, 그 후 조금씩 복원되어 지금은 거의 모든 산성이 원형에 가깝게 복원되어 있다. 삼각산이 국립공원으로 지정되고 서울 시민이 즐겨 찾는 명소가 되었는데, 아직도 41년 전 전투에서 전사한 공산당 게릴라들의 유골이 출토되곤 한다.

역사를 좋아하는 진이는 그래서 삼각산에서 지낼 동안 그 유골을 한 번쯤 직접 보았으면 했다. 그리고 삼각산에서 절대무기의 폭발에 상응하는 대폭발이 있었다고 하는데, 그건 세상의 주목을 받고 싶어 하는 호사가들이 지어낸 이야기라 치부해버렸다.

대남문에서 봉우리를 하나 넘어가니 대성문이 나오고 여기서 수백 미터를 가면 보국문 못 미처에 산성 바깥쪽으로 울뚝 돌출한 성의 치(雉)를 볼 수 있다. 그 치 안에 울퉁불퉁 솟은 바위가 있는데, 진이는 그 바위 위에 앉아 숨을 돌리기로 한다. 성 안쪽을 바라보며 앉으니 진이가 오늘 오를 백운대와 인수봉, 만경대, 노적봉이 한꺼번에 다 보인다. 진이는 어렸을 때 할머니와 지금 이 주능선 코스로 자주 백운대까지 올랐었다. 치 안의 바위에 앉아 준비해온 물을 마시며 예전 할머니와 산행하던 기억을 떠올려본다.

할머니는 진이가 열 살 되던 해부터 한 달에 한 번씩 진이를 삼각산 백운대에 데리고 오셨다. 오실 때마다 아테나이에서 가장 오래된 호텔 레스토랑에 주문한 비프스테이크와 레드와인을 배낭에 챙겨 백운대까지 오르셨다.

백운대에 도착한 후 그것을 백운대 정상이나 그 밑의 오리바위 근처에서 하얀 사기 접시에 올린 스테이크, 크리스털 와인 잔에 따른

레드와인을 바위 위에 올려놓으신 후 한동안 뭔가를 생각하신다. 아테나이 전통의 주(酒), 과(果), 포(脯)로 준비하지 않았고 따로 절을 올리시지도 않지만, 진이가 보기에 분명히 제사나 차례를 지내시는 것 같았다.

신경통으로 무릎이 편찮으신데다가 이렇게 높은 곳까지 오르면서 깨지기 쉬운 와인 잔과 사기 접시, 은제 포크와 나이프, 냅킨까지 꼼꼼히 준비해 오신 것을 보면, 내심 양주 산소에서 지내는 차례나 제사보다 더 비중을 두시는 모양인데, 정작 할머니는 이 제(祭)가 누구를 위한 것인지는 말씀하신 적이 없었다.

제를 마치고 할머니와 스테이크를 맛있게 음복하는데, 고기는 어김없이 미디엄으로 적당히 익혀져, 자르면 가운데 살이 보기 좋은 분홍색을 띠어 레드와인 색과 아주 잘 어울렸고 식욕을 더 돋웠다. 할머니는 취하지 않을 정도로 와인을 한 잔 드셨고 아직 어리지만 진이도 살짝 한 모금만 마셔보았다. 와인의 시큼한 향과 쌉싸름한 맛이 나쁘지 않았다.

진이는 이렇게 할머니와 삼각산 백운대에 오를 때마다 대상이 누구인지 알 수 없는 의식을 지내고 주황색으로 물든 석양을 벗 삼아 산에서 내려왔었다.

진이는 잠시 할머니와의 추억을 회상하다가 쉼을 마치고 다시 능선을 탄다. 보국문을 지난 후 주능선 코스를 벗어나 성벽 바깥으로 나가 정릉 쪽으로 뻗은 칼바위 능선을 타기 시작한다. 칼바위 위에 올라서면 진이가 가장 좋아하는 삼각산 정경을 볼 수 있기 때문이다. 진이는 순식간에 칼바위에 올라 저 멀리 보이는 동장대를 시선의 중앙에 놓았다.

마치 아주 오랜만에 소꿉친구를 만나는 기분이었다. 작지만 산마루에 봉긋이 서 있는 2층 누각 동장대는 이 삼각산성의 사령탑에 해당한다. 그 뒤로는 우람한 백색의 삼각 바위들이 동장대를 무사들처럼 호위하며 서 있고, 서쪽 아래로는 진이가 지금까지 타고 온 능선 성벽이 길게 도열하여 동쪽 아래 산자락까지 뻗치고 ,이어 활처럼 굽은 성벽 바로 위에 단아한 대동문의 문루가 자리 잡고 있다.

진이는 삼각산의 문들 중에서 저 대동문을 가장 좋아했다. 대동문을 거친 성벽은 다시 북쪽 능선을 타고 솟구쳐 동장대까지 이어진다. 그런데 동장대 바로 앞에서 누군가가 서서 진이가 서 있는 칼바위 쪽을 바라보고 있는 듯했다.

'누굴까? 주말도 아닌 평일 새벽 이 시간에 동장대 앞에 서서 마침 칼바위에 서 있는 나를 바라보는 것이? 이제 겨우 새벽 여섯 시가 좀 넘었는데? 혹시 서둘러서 가보면 저 사람을 만나 볼수 있을까?'

진이는 짧은 동안의 탈선을 마치고 다시 성안으로 들어와 주능선을 탄다. 칼바위에서 바라본 대동문을 지나 동장대에 도착했다. 멀리서는 작게 보이지만, 가까이서 보면 제법 규모 있는 풍채의 2층 장대가 진이를 든든하게 해주었다.

아까 여기서 누군가가 자신을 지켜보는 듯했지만, 지금은 아무도 눈에 띄지 않는다. 동장대 나무기둥에 손을 갖다대니 새벽이슬을 맞아 차가울 것 같았던 것이 누군가의 체온에 데워진 듯 따뜻했다.

'여기 누가 있긴 있었던 건가?'

진이는 혼자 그렇게 생각해보지만 누군가에게 향했던 막연한 주의가 그리 오래가지는 않았다. 진이는 대남문에서 동장대까지 자신이 타고 온 하늘 길을 바라본다.

저 멀리 산등성이가 성벽과 함께 우불구불, 위로 올라갔다 아래로 내려갔다 하며 마치 용이 천공에서 마음껏 기동하는 것 같았다. 크진 않지만 으리으리함이 무엇인지를 말해주는 산이라고 생각한다.

진이는 좀 더 길을 서두르기로 한다. 오다가 잠시 성 밖으로 외도한 탓에 예정보다 시간이 지체되었다. 노적봉의 어깨를 넘고 만경대를 오른편으로 지나쳐서 저 아래 원효봉을 바라보며 위문을 통과해 백운대 정상에 도착했다.

주위에 등산객은 아무도 없었다. 잠시 숨을 거르고 절에서 준비해 온 떡과 과일로 갈증과 허기를 채웠다. 그리고 어렸을 적 할머니와 이 부근에서 여러 차례 스테이크와 와인을 음복하던 기억이 났다.

배낭을 바닥에 놔두고 천천히 백운대 사방을 둘러보았다. 바로 동북쪽에 날카로우면서도 우아한 인수봉이 마주하고 그 위로 더 올라가면 송추 오봉이 나란히 서 있었다. 동남쪽으로는 만경대가 떡하니 가로막고 있고, 더 남으로 내려가면 남산과 서울시의 빌딩 숲, 그리고 아리수가 햇빛을 반사해 은백색으로 빛난다.

서울은 어느 방향에서 보아도 아리수와 주위의 산들이 짝을 이루어 허허롭지 않아서 좋다. 진이는 다시 송추 오봉이 있는 동북쪽으로 시선을 돌린다.

'바로 저 너머가 무사 씨의 선산이 있는 양주 땅인가?'

라고 진이는 생각해보았다. 41년 전 공산혁명이 일어났을 때 할머니와 아버지가 양주에 피난 가셨던 일을 자주 얘기로 듣곤 했다. 거기서 어린 고모가 폭격에 돌아가셨다고 한다.

그런데 이상한 것은 공산혁명이 일어난 시점으로부터 할아버지의 존재가 가족사에서 소리 없이 사라져버린다는 것이다.

할아버지와 할머니는 동갑으로 같은 대학교 동기시고 또 같은 대학교에서 교수로 활동하셨다는 이야기는 곧잘 들었다. 아버지는 진이에게, "네가 할아버지를 닮아 역사에 흥미가 많은가 보다"라는 말씀을 입버릇처럼 하셨고, 할아버지가 공산주의에 관심이 많으셨다는 얘기도 가끔 하셨다.

그런데 공산혁명 이후의 시점부터는 집안에서 할아버지의 존재가 사라져버리고 할아버지의 존재를 언급하는 것이 금기시돼버린 분위기다. 어디서 어떻게 돌아가셨는지 언급이 전혀 없고 제사도 지내지 않는다. 이상하지 않은가?

할머니와 아버지가 일부러 뭔가를 숨기시는 걸까?

진이는 잠시 가족사의 문제를 생각하다가 다시 정신을 가다듬고 주위를 바라보았다.

확실히 삼각산은 명산이란 사실이 피부로 느껴진다. 평범한 육산이 아니라 웅장한 바위가 수없이 돌출한, 그것도 하얗다 못해 엷은 분홍색이 도는 우아한 화강암의 고갱이로 이루어진 산을 수도 한복판에 가지고 있는 나라가 과연 또 있을까?

진이는 국민학교 때 가족들과 여행한 브리타니아의 수도 론디니움 중심에서 북쪽에 위치한 햄스테드 히스(Hampstead Heath)를 떠올려보았다. 정상에 올라서면 론디니움 시내가 내려다보이고 푸른 초지와 숲, 연못이 있어 시민들에게 목가적인 안식을 제공하는 유서 깊은 장소로, 근대 브리타니아의 풍경을 이루는 장소이기도 하다.

그러나 산이라고 하기에는 밋밋해서 평범한 언덕에 가깝고, 그곳에서 바라보는 론디니움 시내도 뜻밖에 허허한 벌판에 세워진 멋대가리 없는 도시로구나 하는 생각에, 다시 가고 싶은 마음이 들지 않았다.

삼각산은 아테나이의 수도 서울을 품고 있으므로 다른 산들이 누리지 못하는 특권을 누린다. 1,000만이 넘는 서울 시민과 벗하며, 나라에서 가장 중요한 일들이 다른 어느 지역에서보다도 서울에서 많이 일어나고 결정되기에, 삼각산은 다른 산들과는 차별화된 공간성과 역사성을 획득하고 있는 것이다. 삼각산에 살아 있는 인격이 내재한다면, 그것은 과거와 현재를 이야기하는 아테나이의 인격일 것이라고 진이는 생각한다.

'삼각산의 인격이 나의 미(美)의 기준이 돼줄 수 있을까? 나 자신과 아테나이가 공유할 수 있는 초험적 풍경과 서사를 나의 얼굴에 그려낼 수 있을까? 담징이 화룡점정을 함으로써 자신의 예술과 불성과 조국 아테나이를 하나로 합일시켰듯이…'

진이는 다시 인수봉과 만경대 사이의 탁 트인 동쪽으로 시선을 가져갔다. 빽빽이 밀집한 건물들과 도로, 그리고 저 너머엔 도시를 첩첩이 둘러싼 산들과 지평선이 보인다. 저 산들과 지평선을 지나면 또 무엇이 있을까? 진이에게 알 수 없는 가슴 설렘이 다가왔다. 나침반의 자침이 지구의 자기장에 이끌려 북쪽을 향하듯이 진이의 관념의 혈관에서 도는 하얀 피가 동쪽을 향해 맥을 띄웠다.

56

9월 중순.

투, 투, 투, 투, 투, 투, 투.

삼각산성 대남문 안쪽 안부에 산악 구조용 헬기가 착륙해 요란한 프로펠러 소리를 낸다. 대남문 서쪽 문수봉 자락에 있는 문수사도 산사의 적막을 잃은 채 무슨 큰일이 난 듯, 석굴 앞에 수십 명의 사람이 모여 웅성거린다.

문수사의 석굴은 안쪽에 불상을 안치하고 바깥쪽에 출입구를 설치하여 암자로 사용하는 곳인데, 누군가 안쪽에서 문을 걸어 잠그고 승려와 신도들의 출입을 막고 있었다. 산사에서는 갑작스럽게 당하는 일이라 승려들은 적잖이 동요하는 기색이었고, 지나가던 등산객들은 무슨 일이 일어났나 하고 암자 주변으로 몰려들어 경내는 사람들로 어수선하게 들끓었다.

조금 전 헬기를 타고 온 부부가 급히 경내로 들어와 승려들의 안내를 받으며 사람들을 헤치고 암자 바로 앞까지 왔다. 무사윤과 박영교였다.

"진이야, 진이야, 엄마야. 아버지도 오셨어. 무슨 일 때문에 그러니? 문 열어, 어서."

안에서 문을 걸어 잠그고 소란을 일으킨 장본인은 진이었다. 승려들에 의하면, 진이는 사흘 전 새벽부터 암자를 혼자서 점거하고 문을 열어주지 않는다고 한다. 좋은 말로 설득도 해보고 큰 소리로 윽박질러보기도 했지만 소용이 없다가, 오늘 아침에야 집 전화번호를 알려주며 부모를 불러달라고 했단다.

"스님, 너무 죄송합니다. 저희가 온 것을 알면서도 문을 안 여는 걸 보니 아마 주위에 보는 눈이 많아서 그런 것 같습니다. 주위에 있는 사람들을 파해주시면 저희가 들어가 데리고 나올 수 있을 것 같습니다. 부탁드립니다."

영교가 승려에게 요청하자 승려들과 헬기에 같이 타고 온 구조대원들이 주위에 몰려 있는 등산객들에게 협조를 요청하고 돌려보낸다. 그제야 진이는 안에서 걸어 잠근 빗장을 풀고 윤이와 영교는 암자 안으로 들어갔다.

"꺄악."

"뭔가? 부모가 들어갔는데 왜 비명을 지르는 거야?"

사람들을 돌려보내고 암자 밖에서 대기하던 2명의 승려 중 1명이 안에서 난 여자의 비명을 듣고 안으로 들어가 보려 한다. 하지만 그보다 연장자로 보이는 승려가 조금만 더 기다려보라는 듯이 젊은 승려의 팔을 잡고 제지한다.

그리고 잠시 후 진이가 양쪽으로 윤이와 영교의 부축을 받으며 천천히 암자 밖으로 나왔다. 사흘 동안 몸이 허약해졌는지 걸음을 제대로 걷지 못했고, 머리에는 윤이가 입고 온 등산 재킷을 뒤집어쓰고 얼굴이 안 보이도록 했다.

진이는 산악구조용 헬기로 삼각산을 떠나 집으로 돌아왔다. 집을 나간 지 한 달 반 만이었다.

집으로 돌아온 윤이와 영교는 진이를 방에 눕혀 안정을 찾게 하고 거실에서 진이를 위한 대책을 논한다.

"그동안 절에 들어가 얼굴 변형을 시도한 거였군요. 새 학기가 이미 시작됐는데 어디 가서 뭘 하나 했더니…. 한 학기 동안 종교 문제로 고민한 것과 얼굴 변형이 대체 무슨 관계가 있는 거죠?

전 진이가 학교에 가기 싫어 개학을 해도 어딘가에 숨어 있는 거로 생각했어요. 그래서 전학 갈 학교를 알아보고 있었는데…. 유학도 고려하고 있었잖아요?"

영교가 답답한 듯 윤이를 쳐다본다. 남편은 진이의 일탈적인 행위의 원인을 무엇이라고 생각하는지 궁금했다.

"얼굴 변형을 시도했다는 건 자기 정체성을 새로 찾으려는 거 아니 겠어? 이전에 자신이 체득했던 정체성이 고등학교 입학한 후에 무너 졌고, 자신이 너무 무력했다고 생각한 거야."

"그게 진이가 학교에서 느낀 고통과 무슨 관련이 있죠? 학교에서 네스토리우스교 때문에 느꼈던 고통과 무슨 관련이 있냐고요."

"이쯤 되면 이미 종교 문제를 넘어섰어. 자기가 겪은 문제를 큰 틀 에서 바라보고 일거에 모든 문제를 해결할 수 있는 혁명을 꿈꾼 거 야. 혁명을 하듯이 자신의 몸에 새롭고 강력한 관념을 주입해 환골 탈태하려고 했겠지!"

"네, 스님이 그러더군요. 소설 습작을 위해 절에 온 국문과 1학년생 이라고 했는데, 글은 안 쓰고 암자에서 수행만 하더라고요. 하지 만…, 진이가 학교에서 느낀 부조리를 깨부수고 세상을 바꿀 생각이 었다면, 차라리 공부를 열심히 해서 할머니처럼 되려고 하는 게 맞 아요. 교장에게 만년필을 던진 일로 당신과 야단칠 때 할머니를 그리 워하는 눈치였어요. 그런데 갑작스럽게 산으로 들어가서 얼굴 변신 을 시도하다뇨!"

"어쨌거나 진이에겐 이미 그런 능력이 주어져 있어. 관념을 통해서 몸 안에 화학작용을 일으키고 그걸로 자기 몸을 바꿀 수 있는 거. 당 신이 은퇴하기 전 일을 한번 생각해봐, 아름다운 얼굴이 단지 그 자 체로만 머물러 있던가?"

"아!"

"물론 진이의 경우는 보통 미인이 가지는 사회적 의미와는 또 달 라. 사람들이 어떤 특별한 생각을 한다고 해서 몸의 변형이 오진 않으니까.

진이는 이번에 시간을 초월한 절대적인 진리를 가시화해서 자기 얼굴에 실현하려 했을 거야. 앞으로 자신에게 어떤 외부의 충격이 오더라도 자신은 불변하기 위해서 말야. 누구도 감히 자신을 범하지 못하게 할 미(美)를 얼굴에 나타내 보이려 한 거야."

"어머나 우리가 해줬던 걸 이제 혼자서 하겠단 거군요. 아니죠. 우리가 해줄 수 없는 걸 이제 자기가 해보겠단 거예요. 우리가 막지 못했던 이매의 미치광이 짓을 자기가 막아냈던 것처럼 말예요."

"…!"

"당신은 이제 진이를 어떻게 하면 좋겠어요? 여기서 계속 정상적인 학교생활을 하긴 틀렸어요."

"그래, 나도 알아. 계획했던 대로 해야겠어."

"진이는 새로운 곳에 가서 다시 시작해야 해요. 원래 진이를 알고 있던 사람이 진이의 변화를 알게 되고, 그래서 진이의 능력이 세상에 알려지면, 진이에겐 그게 바로 재앙이 될 거예요."

"크레타로 알아볼 거야. 너무 멀리 갈 필요는 없지. 교민이나 주재원 자녀들이 많은 아테나이인 학교는 안 되고, 일반 크레타 학교에 보내서 크레타 학생들과 어울리게 해야겠지? 진이를 알아보는 우리나라 사람이 있으면 안 되니까.

예전부터 날 교수로 초빙하고 싶어 하는 도쿄의 사립대가 있는데, 아마 거기 부속 고등학교가 있었던 것 같아. 내가 다시 알아볼게."

"당신에겐 정말 안 됐어요. 조금만 더 기다리면 국방부 장관으로 임용될 참이었는데…"

"어쩔 수 없지. 그런데 진이가 크레타에선 제대로 적응할 수 있을

지 의문이야. 얼굴을 보는 순간 놀라지 않을 사람이 몇이나 있겠어?
머릿속으로 무슨 생각을 했길래 저런 혐오스런 얼굴이 됐는지…."

"여보! 자기 딸을 그렇게 말하는 사람이 어딨어요?

아, 아니에요. 저도 이런 말 할 자격이 없어요. 암자에 들어가 진이
얼굴을 보는 순간 너무 놀라서 저도 모르게 소리를 질렀죠. 눈앞에
있는 이 아이가 진이가 아니길 바랐어요. 출국하기 전까지 조금이라
도 원상으로 돌아와주면 좋을 텐데…, 하지만 저렇게 참담한 실패를
해버렸으니…."

57

10월 중순.

삼각산에서 집으로 돌아온 후 한 달이 지났다. 초췌해진 몸의 기력
은 되찾았으나 거울을 볼 때마다 나타나는 얼굴은 화려한 문양의 뱀
껍질을 뒤집어쓴 것 같고, 눈은 상대의 정신을 깨진 유리처럼 조각낼
듯 뇌쇄적이다.

한 달 동안 학교도 가지 않았고 잠깐의 외출조차 하지 못했다. 어
머니는 열흘 전 진이에게 가족이 크레타에 가서 살게 됐다고 했다.
아버지가 초빙교수로 가게 됐으니, 진이도 앞으로는 크레타에서 학교
에 다녀야 한다는 것이다.

진이는 망설여졌다. 집 밖으로 나가는 일조차 두려워 자제하고 있
는 처지에 외국에 가서 살 수 있을까라고.

그러나 다른 한편으로 새로운 환경에서 지내고 싶은 마음도 없지

않았다. 어렸을 때 할머니와 부모님과 같이 두 차례 놀러가 보았던 크레타란 나라의 인상이 나쁘지 않았다.

오늘은 어머니가 외출하고 집에 안 계신다. 시계를 보니 오후 4시 45분. 해가 지려면 아직 한 시간가량 더 지나야 하는데 조심스레 한 번 밖으로 나가볼 생각이다. 해질녘이나 돼야지, 한낮이라면 도저히 나가볼 엄두가 나지 않는다.

우선 흰색 스카프를 머리에 둘러쓰고 선글라스를 써서 사람들의 시선을 피하기로 한다. 그리고 날씨가 선선해졌으니 바람막이로 남색 트렌치코트를 입었다. 대문을 열고 집을 나서 북악산로를 천천히 내려온다. 대로까지 오면서 혹시나 아는 사람을 만나지 않을까 하여 수시로 주위를 살피며 걸었다. 대로까지 나와 버스를 타고 시내까지 가보기로 한다. 아직 퇴근 시간 전이라 버스에는 승객 2명이 좌석에 앉아 있을 뿐이었다. 버스에 오른 진이는 앉아 있는 승객의 얼굴을 보고 둘 다 초면인 것을 확인했다. 선글라스를 벗고 자신이 앉을 좌석을 찾는 척하며 좌우 창가에 앉은 승객과 고의로 눈을 맞춘다.

한 달 동안 거울을 수도 없이 쳐다보고 자신의 얼굴이 괴이하기 그지없음을 뼈저리게 느꼈지만, 그것을 남들에게도 한 번쯤 보여 확인하지 않고는 견딜 수가 없었다. 지금 진이의 얼굴은 삼각산 산사에 들어가기 전과 비교해 그 느낌이 크게 변해 있기는 하지만 진이를 원래 알고 있던 사람이 그녀를 몰라볼 정도는 아니었다. 분명히 진이인 것은 맞는데 인상이 너무 변해서 사람들이 놀라워할 정도이다. 진이는 자신과 눈이 마주치는 순간 그 사람의 눈빛과 반응을 보고 처참한 자신의 처지를 다시 한 번 확인하고 싶었다.

20대 중반으로 보이는 한 여자가 진이와 눈이 마주친다. 남달리 뛰어난 진이의 외모를 보고 놀라는 듯했는데, 곧이어 그 놀라움은 두려움과 혐오로 급변해 얼굴을 심하게 찡그린다. 진이는 얼굴을 급히 반대편 창가로 돌려 한 중년 아저씨와 다시 눈이 마주쳤다. 남자는 분노한 듯한 눈빛으로 진이를 노려본다. 마치 사탄을 직접 눈으로 본 네스토리우스교도의 표정 같았다. 곧바로 '사탄아, 물러가라!'를 외칠 것만 같아 진이는 눈을 피하고 버스 맨 뒤쪽 좌석에 와서 앉아 다시 선글라스를 쓴다. 선글라스만 벗고 스카프를 머리에 두른 채 얼굴의 정면만을 사람들과 마주했지만, 그것으로 혐오감을 주기에 충분한 모습이었다.

'그래, 지금 이게 바로 나의 모습이야!'

집에서 나오기 전부터 예상하지 못한 바는 아니지만, 그래도 이렇게 당하고 보니 참담하기 그지없다. 버스가 시내에 들어오자 진이는 서둘러서 도망치듯 버스에서 내렸다. 아까 눈이 마주쳤던 사람들과는 절대로 다시 만나는 일이 없었으면 좋겠다고 생각한다.

버스에서 내려 시내를 걸었다. 선글라스 안에서 자신의 시선을 숨긴 채 무심코 거리를 지나는 사람들의 표정을 유심히 살폈다. 진이는 어쩌다 자신이 이다지도 남의 눈치를 보는 사람이 됐나 싶었다. 40m 전방쯤에서 한 아저씨가 개를 끌고 온다. 진이 역시 어릴 때부터 개를 좋아해서 유심히 바라보았는데, 개의 종은 골든 리트리버로 풍성한 연갈색 털과 커다란 몸집에 사람을 잘 따르고 성격이 매우 유순해서 맹인견으로 애용되는 개다. 자세히 보니 개를 끌고 오시는 아저씨도 지팡이로 길을 짚으며 잔걸음으로 천천히 오시는 모양이 맹인이다. 아저씨는 어차피 진이를 못 볼 테니, 처음부터 진이는 개에게 모든 신경이 쏠렸다.

오랜만에 친구와 해후하듯 개의 머리를 쓰다듬어주고 목덜미를 팔로 안아주고 싶었다. 이렇게 해주면 사람을 잘 따르는 개는 상대의 애정에 보답하듯이 꼬리를 흔들며 사람의 얼굴을 핥고, 맑고 촉촉한 눈으로 사람과 눈을 맞춘다. 이럴 때 개에게서 느끼는 행복감은 이루 말할 수 없다.

개와 차차 거리를 좁혀갔다. 코를 땅으로 향하여 킁킁거리며 주인과 천천히 여유롭게 걸어오던 개가 진이와 눈이 마주쳤다. 선글라스를 쓰긴 했지만 개는 사람과 달리 상대의 모습을 꿰뚫고 있는 것 같았다. 그런데 개는 뜻밖에 코와 주둥이 주변 근육에 경련을 일으키고 으르렁대며 흰 송곳니를 순간순간 드러내 살기를 띠었다. 상대를 경계하며 공격적이 되었다.

기가 찼다. 순하기로 이름난 이 종의 개가 이런 반응을 보이는 것은 처음 겪어본다. 사람들이 자신에게 순간적으로 드러냈던 혐오감을 개는 있는 그대로 살기를 드러내며 표현했다.

진이는 원래 개에 대해서 토테미즘적인 관념이 있었다. 개는 시각만으로 사람을 보는 것이 아니라, 영적인 눈으로 사람을 보고 판단한다고. 그래서 개들이 자신을 보고 마음에 들어 할 땐 자신의 오로라 같은 것을 보고 그것이 맑고 훌륭하므로 자신을 좋아하는 것이라고 믿고, 기분 좋은 자기암시를 느끼곤 했었다. 하지만 이젠 개마저도 자신을 배신한 것이다.

"왜 그러니? 앞에 있는 사람이 마음에 안 들어? 나쁜 사람 같니?"

개의 갑작스러운 변화를 감지한 맹인 아저씨가 무심코 하는 말에 진이는 너무 무안하다. 그러다가 국민학교 5, 6학년 정도로 보이는 남자와 여자애 한 쌍이 지나가며 더더욱 진이를 당혹스럽게 한다.

"이 누나 좀 재수 없게 생기지 않았어? 선글라스를 끼고 있어서 잘 안 보이긴 하지만…, 꼭 마녀 같아."

"그러게…, 이 언니 무지 예쁜 것 같으면서도 어딘가 좀 이상해. 개가 벌써 알아보네."

진이는 이제 정말 갈 곳이 없어져버린 느낌이었다. 무엇이 어디서부터 어떻게 잘못된 것인지 알 수 없었다. 삼각산에서 얼굴 변신을 시도할 동안 자신이 가진 모든 상상력을 동원했다. 이제까지 읽었던 역사와 사상의 고전 내용을 정서(情緒)로 환원시켜 몸속에 주입했다. 의도한 대로라면 자신이 생각했던 최고의 아름다움이 자신의 얼굴에 완벽하게 구현됐어야 했다.

변신을 시작하기 전 자신의 능력을 시험해본 적이 있다면, 그건 지난 미술전 때 황후의 얼굴을 그려본 것이다. 사람들이 가진 황후에 대한 부정적인 이미지를 배제하고, 자신의 상념 속에서 가장 황후답고 아름답다고 생각하는 여인의 얼굴을 스케치북에 그렸다. 그리고 이현미 미술 선생님은 그 모습을 진심으로 상찬해주셨다.

마찬가지로 얼굴이라는 살아 숨 쉬는 캔버스에 그려진 진이의 그림은 누구보다도 아름다운 모습이면서 자신의 총체성이 돼주어야 했다. 그러나…!

해가 저물며 하늘의 여명이 삼각산 저편을 발갛게 물들였다. 삼각산의 주봉인 백운대·인수봉·만경대의 남쪽에 병풍처럼 펼쳐진 보현봉·문수봉·비봉의 흰 바위들이 짙은 주황색으로 물들어 그 기운을 다시 진이의 얼굴에 비추었다. 그 붉은빛이 진이의 얼굴에 잔뜩 박혀버린 퍼런색 껍기를 조금은 떼어내 주는 듯했다. 진이는 선글라스를 벗고 눈의 홍채를 최대한 크게 벌려서 그 빛을 들이마시고자 했다.

하지만 그것도 잠시뿐, 해는 완전히 져버리고 사방에 어둠이 내리면서 도로의 가로등이 켜졌다. 가로등의 차가운 백색 불빛은 진이를 백안시하는 것처럼 보였다.

진이는 기운 빠진 발걸음을 계속 옮긴다. 아무 생각 없이 걷다 보니 어렸을 때부터 할머니나 어머니와 자주 오던 백화점 앞에 서 있었다. 육중한 화강암으로 지어진 백화점 건물을 바라보니 진이의 기억이 정확히 팔 년 전으로 이동했다. 진이가 9살 때로 자유주의 혁명이 일어난 지 사 년 되던 해였다.

할머니는 이 시기부터 신경통으로 병원에 자주 다니셨는데, 그때마다 진이가 할머니를 모시고 병원에 갔다. 아직 꼬마였던 진이가 모시고 간다는 것 자체가 우습기도 하지만, 어찌됐건 진이는 할머니의 손을 잡고 자주 외출을 했다. 모시고 나갈 때 진이는 할머니가 브리타니아 식 정장을 하신 모습을 가장 좋아했다. 검은 투피스 정장에 흰색 베이직 블라우스를 받쳐 입고 위에는 짙은 남색 트렌치코트를 걸치셨다. 타이트하게 입은 코트의 허리를 벨트로 단단히 졸라매면 가느다랗고 긴 몸의 실루엣이 겉으로 드러나 관능적이면서도 우아해 보였다. 멀리서 남들이 보면 20대 아가씨로 착각할 만했다.

당시 70이 넘은 나이에 이렇게 세련된 차림으로 거리를 거니는 노인을 진이는 자신의 할머니 이외에 본 적이 없었다. 평소에는 자신을 남에게 드러내는 걸 엄하게 절제하시던 할머니가 자연스럽게 여성미를 발산하시는 이 패러독스가 진이에게는 비록 쓸쓸하지만 맑게 빛남으로 보였다. 사 년 전 시가전으로 폐허가 된 서울 시내는 어느 정도 복구되었으나, 아직도 스산한 정경을 완전히 지우지는 못하고 있었다. 새로 닦인 신작로 대로변에 드문드문 세워진 조촐한 새 건물들과 이들 뒤편으로 조금씩 밀려서 뒷골목이 되어버린 회색빛 폐허들은 가끔 쌀쌀맞게 차로를 활보하는 고급 수입 세단들과 묘한 대조를 이루었다.

할머니와 대학병원에 들렀다가 당시 서울에 하나밖에 없다는 거대한 백화점 앞을 지났다. 고대 이오니아의 열주 양식을 흉내 내 화강암으로 지은 하얀 4층 백화점 건물의 가장 큰 특징은 건물 남쪽 정면에 땅에서 옥상 바로 밑까지 높게 솟은 8개의 원주(圓柱)인데, 원주 표면에 세로로 깊게 홈을 파 건물을 더욱 웅장하게 보이도록 했다. 어찌 보면 매우 큰 치수로 패인 홈들이 아테나이 여인들이 즐겨 입던 전통치마의 주름처럼 보이기도 해, 이오니아 양식에 아테나이의 전통 양식을 가미한 것이 아닌가 하는 생각이 들기도 한다. 어쨌거나 이런 외래 양식을 두고 사람들은 통칭 이오니아 식이라고 불렀지만, 사실 이 백화점이 흉내 낸 것은 이오니아 식에 선행한 도리아 식이다. 이오니아 대륙에서 고대문화가 꽃피기 전 서 라케다이몬에서 유행하던 도리아 식으로, 이오니아 식보다 원주가 더 굵고 원주 사이의 간격이 좁아 이오니아 식보다 둔중하고 강건한 느낌이 든다. 자유주의 혁명 이후 다시 무서운 속도로 이오니아 문화가 유입되고 있었다. 그러나 진이가 아직 어렸던 이 시기에는 우아하고 정제된 이오니아 식보다 웅대한 효과를 내어 숭고함을 고양하는 양식이 아테나이의 현실과 부합하는 것인지도 몰랐다.

백화점 앞에 오니 얼마 전 엄마에게 사달라고 졸랐다가 좀 더 크면 사주겠다고 보류되었던 수입품 미니카를 할머니에게서 받아내려 했다.

『할머니, 우리 안에 들어가서 그냥 구경만 하자. 응?』

『그럴까?』

그러나 구경만 하기로 했다가 점찍어놓은 파란색 미니카를 손에 잡고 만지작거리며 말없이 할머니 얼굴을 보았다. 그러면 옆에서 보고 있던 점원 아주머니는

『하나 사주세요. 요번에 브리타니아에서 새로 수입한 건데, 참 예쁘고 품질도 좋답니다. 애가 참 귀엽네요. 손주이신 모양인데 할머니가 어쩌면 이렇고 고우세요? 혼인을 일찍 하셨나 보다.』

그러면 할머니는 진이의 잔꾀에 넘어가는 척하시고 미니카를 사주셨다. 가볍고 단단한 합금과 플라스틱으로 정교하게 만들어진 미니카. 거기에 파란색 에나멜 칠을 하여 입에 넣고 빨고 싶을 정도로 반짝반짝 윤이 나고 매끄러웠다. 투도어의 유선형 모양 스포츠카였는데, 두 문과 보닛 부분이 열리고 안에는 그럴싸한 엔진 모형이 탑재되어 있었다. 정부로부터 특혜 받은 재벌가 사람들이 타고 다니는 수입차도 이 미니카만큼 앞서가는 디자인은 아니었다. 진이는 유난히 파랑에 집착했다. 그 또래 여자아이들이라면 보통 빨강이나 노랑을 선택하기 마련인데, 차도 파랑을 좋아했다.

미니카를 산 후 백화점 꼭대기의 식당가로 올라가서 맛있는 저녁을 먹었다. 할머니는 생선 커틀릿에 타타르 소스를 곁들여 백포도주와 함께 드셨고, 진이는 햄버그스테이크를 소다와 같이 먹었다. 햄버거란 이오니아풍의 음식은 집에서 반찬으로 자주해 먹던 전통 아테나이 식 섭산적과 모양과 만드는 방법이 비슷하다. 고기와 채소를 갈아 섞어서 반대기를 지어 만드는데, 섭산적이 마늘, 파, 깨 등의 양념이 더 많이 들어가 간이 잘 맞는다. 햄버거는 섭산적보다 간이 별로 없는 고기 맛이라 데미그라 소스를 쳐서 먹었다.

진이는 사실 햄버거보다 섭산적이 더 맛있다고 생각하지만, 같은 또래 친구들은 이미 섭산적은 몰라도 햄버거는 잘 알고 있었기 때문에, 그냥 편한 대로 이런 모양의 음식을 보면 햄버거라고 부르고 또 즐겨 먹게 됐다. 집에서 엄마에게 배운 포크와 나이프 사용을 능숙하게 하며 어느 때보다도 맛있게 먹었다. 진이가 요리와 함께 시킨 소다는 처음엔 짙은 핑크빛을 띤 레모네이드였는데, 컵 안에 든 얼음이 녹으면서 핑크빛이 점점 희석되어 엷은 분홍색을 띠어, 앞에 계신 할머니의 얼굴을 유리잔을 통해 투과시켰다.

분홍빛은 브리타니아 어인 핑크(pink)와 사전적으로 같은 의미일 것이나, 진이에게 분홍이란 핑크와는 다른 의미로 다가왔다. 엷은 빛깔의 철쭉이나 진달래와 같은 분홍빛은 자신이 가장 좋아하는 색깔이라고 할머니가 진이에게 몇 번인가 고백하신 적이 있다. 나중 일이지만 아버지도 그것을 아셨던지, 할머니가 돌아가신 후 할머니 산소의 봉분 앞에 분홍색 철쭉 꽃나무를 촘촘히 심어놓으셨다. 진이는 유리잔과 소다수를 투과하여 분홍으로 물든 할머니의 얼굴을 보고 지금은 70대 후반의 노인이지만 젊었을 땐 미인이셨을 것 같다고 생각했다.

저녁을 먹고 백화점을 나오니 해가 뉘엿뉘엿 저물어가고 하늘엔 노을이 졌다. 백화점이 워낙 번창하다 보니, 백화점에선 백화점 주위의 작은 건물들을 사들이고 여기에도 독립된 점포들을 들여놓았다. 이 점포들로 이루어진 상가 거리 위에 철골과 유리로 된 지붕을 설치하고, 바닥은 깨끗한 타일로 포장하여 비가 와도 비를 맞지 않고 상가를 여유롭게 거닐며 쇼핑할 수 있게 해놓았다. 이것을 프랑시아 어로 파사주(passage)라 부른다. 할머니와 이 파사주를 따라 걸었다. 해가져서 밤이 되었지만 파사주 천장에 달린 청동제의 멋들어진 샹들리에에 황금색 전깃불이 들어와 큰 궁전 안을 걷는 것과 같은 느낌이 들었다. 양편으로 늘어선 상점들의 화려한 쇼윈도는 사람들의 구매욕을 더욱 자극했다.

진이는 할머니와 걸으며 이런저런 이야기를 나누었다. 대개 진이가 할머니에게 무언가를 물어보면 할머니가 답하는 모양이었다. 아이가 어른에게 거는 말이야 매사에 뻔한 구석이 있지만, 할머니의 손을 잡고 가던 진이가 불쑥 이런 말을 던졌다.

『할머니 아빠 말고 딸이 하나 또 있었어?』

『그래, 잘 아네? 아빠 여동생, 그러니까 진이 고모가 있었어.』

『근데 일찍 죽은 거야? 옛날에?』

『어, 옛날에…. 딱 지금 진이만 할 때. 할머니보다 먼저 갔어.』

그리고 할머니는 진이에게 살짝 고개를 돌리며 미소 지으셨다.

잠시 옛 생각에 잠겼던 진이는 천천히 할머니와 걷던 파사주를 걸었다. 이 일대는 그 후 팔 년 동안 더욱 번창하여 거대한 백화점이 새로 3곳이나 생겼다. 웅장해 보였던 백화점의 도리아 식 열주는 새로 지어진 백화점의 우아한 이오니아 식 열주에 밀려 투박하고 누추해 보였다.

찬란한 궁전 회랑같이 보이던 파사주는 세월 탓인지, 아니면 새로 생겨난 백화점들에 압도돼서인지, 천장 유리에는 때가 많이 끼어 있고 군데군데 거미줄이 쳐져 있었다. 황금색 샹들리에는 청록이 슬어 과거와 같은 영화로움은 사라져버렸다.

할머니와 파사주를 걸을 땐 충만한 총체성이 진이의 아우라가 되어 그녀를 보호하고 있었다. 파사주의 쇼윈도에서 뿜어져 나오는 현란한 빛은 온통 긍정의 암시들로 꽉 차 있었고, 그것의 현시라 할 수 있는 멋들어진 브리타니아 제 미니카가 진이의 손에 쥐어져 있었다. 그런데 무엇이 진이에게서 그것을 뺏어간 것일까? 빛바랜 파사주 아래 서 있는 자신은 마치 한물간 창녀처럼 초라하게 느껴졌다.

진이는 시내에서 집까지 버스를 타지 않고 힘없는 발걸음으로 터벅터벅 걸어왔다. 적어도 2시간 이상 계속 걸은 것 같다. 어디서 무얼 하다 이렇게 늦었냐는 부모님의 채근은 들은 척도 안 하고 방에 들어가 멍하니 시간을 보냈다.

새벽 3시가 넘어 인시(寅時)가 되자 호랑이 같은 기운이 살짝 열어 둔 창틈으로 엄습해 들어와 진이의 흐리멍덩한 머릿속에 하얗고 둥그런 원을 그려냈다. 처음엔 아무것도 없는 암흑에 희미한 형체를 드러내는 듯싶더니, 점차 그것이 하얗고 뚜렷한 원형으로 변해 강렬한 초신성처럼 진이에게 감당하기 힘든 기운을 쏘아댔다.

눈을 번쩍 떴다. 밤의 적막 속에 견디기 어려운 현실로 돌아왔음을 의식한 순간 말할 수 없는 고독감이 엄습하고, 찬 새벽공기가 야속하게만 느껴졌다. 아버지와 어머니도 지금은 들어가 주무시고 있겠구나. 누구보다도 진이의 처지를 아파하실 분들이지만, 딸의 고통을 대신할 수 없는 것 또한 사실이다.

소리 내지 않고 방문을 열고 나와 부엌으로 갔다. 진이는 옛날부터 집안에서 쓰던 녹슨 화젓가락을 찬장 깊은 곳에서 꺼냈다. 할머니가 폭격 맞은 어린 딸의 유골을 잿더미 속에서 추려내던 바로 그 화젓가락이다.

'그래, 꿈속에서 본 것이 바로 이거였어!'

다시 방으로 들어온 진이는 거울을 통해 자신의 얼굴을 바라보았다. 그리고 그 녹슨 화젓가락을 자신의 오른쪽 뺨에 깊숙이 찔러 넣었다. 본래 젓가락 끝은 날카로웠지만, 지금은 표면에 거칠거칠한 청록이 붙어 있어 뺨을 뚫고 입속으로 들어올 땐 둔탁한 파열음이 오른쪽 고막을 찢어놓을 듯 진동시켰다. 고통을 참는 만큼 살을 찢는 화젓가락의 움직임이 더 거칠어진다. 입안으로 들어온 것이 잇몸을 뚫고 콧등을 찢어 밖으로 튀어나왔다.

그때서야 진이는 혼자서 감당하기 힘든 고통을 괴성을 통해 내뱉었다. 놀라서 잠을 깨고 진이의 방으로 달려들어 온 윤이와 영교를 보자 진이는 당혹스러웠다. 자신이 지금 무슨 일을 저지른 것인가? 다시 화젓가락을 빼려고 해도 빠지질 않았다. 윤이와 영교가 가까이 다가오자 어찌할 바를 몰라 당황한 진이는 무심결에 젓가락 손잡이를 두 손으로 잡고 힘껏 팔을 왼쪽으로 돌렸다.

화젓가락은 오른쪽 볼 한복판에서 인중을 거처 콧등까지 일직선으로 진이의 얼굴을 찢어 놓았다.

(2권으로 이어집니다.)